南開詩學書系

民國詞話叢編

第二册

MINGUO CIHUA CONGBIAN

孫克强 楊傳慶 和希林 ／編

社會科學文獻出版社
SOCIAL SCIENCES ACADEMIC PRESS (CHINA)

第二册目録

舊時月色齋詞譚

陳匪石◎著

陳匪石（1884～1959），名世宜，號小樹，又號倦鶴，江蘇南京人。早年就讀尊經書院，曾隨張次珊學詞。曾赴日留學，并加入同盟會。回國後參加南社，編刊物《七襄》。又隨朱祖謀研詞學，任中央大學教授。解放後任上海市文物保管委員會編纂。著有《宋詞舉》《聲執》《舊時月色齋詩》《倦鶴近體樂府》等。《舊時月色齋詞譚》爲陳匪石早年所撰，1916 年連載於《民權素》文藝期刊第十三、十五、十七諸集，又見《民權素粹編》（民權出版社 1926 年印行）第二卷第三集。鍾振振點校《宋詞舉》（江蘇古籍出版社，2002）將其作爲外三種之一。葛渭君《詞話叢編補編》、屈興國《詞話叢編二編》、張璋《歷代詞話續編》均收録該詞話。

《舊時月色齋詞譚》目録

舊時月色齋詞譚

一 詞中以小令爲最難

詞中以小令爲最難，猶詩中之五、七絶也。《花間》一集，盡辟町畦，益之以南唐二主、馮正中，更衍爲珠玉、小山、六一，小令之能事，已不爲後人更留餘地。近世以來，凡填小令，無論如何名家，皆不能脱温、韋、馮、李、晏、歐窠臼。陳伯弢謂小令可以不填，持論雖似稍偏，然實甘苦獨有之言也。余謂填小令而欲避花間途徑者，尚有二派：其一取語淡意遠之致，以古樂府之神行之，莊蒿庵〔蝶戀花〕四闋，此其選也。其一用豪邁疏宕之致，中泠蘗子和《庚子秋詞》韵，爲《春冰》詞五十三首，似得其竅焉。

二 汲古閣刻宋六十家詞

汲古閣刻《宋六十家詞》，在今日頗不易得。子晋刻詞，得一集即以一集付梓，故如子野、石湖、東澤，固多未備，即人人傳誦之草窗、碧山、玉田，亦付闕如。且校讎之功亦多疏忽。此汲古之失也。然填詞叢刻中，實以此爲最豐富，故久爲世間所推重。近錢塘汪氏重鎸板於廣東，亥豕魯魚視汲古爲尤甚。但取價不昂，且較爲易得，故此人多購之，以彌不得汲古原本之憾。若能以汲古原本付之石印，而再詳加校勘，以校勘記附其後，則風行之遠可預卜也。

三　善言詞者詞多不工

近二百年來，善言詞者詞多不工。如萬紅友、戈順卿、徐誠庵、陳亦峰皆是也。或謂律太謹嚴，則爲所束縛，而摛詞遂不能自然超妙。抑知兩宋大家如秦、周、姜、吴、張諸子，誰非精於律者？又誰不工於詞耶？故謂紅友諸人精於律而拙於詞則可，謂其詞之不工由於律之太細，則斷斷不可也。

四　竹垞論南宋詞

竹垞有言："世人言詞，必稱北宋。然詞至南宋始極其工，至宋季始極其變。"此在竹垞當時，自有兩種道理：一則詞至明季，盡成浮響，皆由高談《花間》《尊前》，鄙南宋而不覩之過，故以此語矯之。二則竹垞專宗樂笑翁，遂開二百年浙西詞派，其得力正在宋季，自言其所致力也。若律以讀詞之眼光，清真包括一切，絶後空前，實奄有南宋各家之長。姜、史、吴、王、張諸人，固皆得清真之一體，自名其家；即稼軒之豪邁，亦何嘗不從清真出？則至變者宜莫如美成。而屯田、子野、東坡，其超脱高渾處，詞境亦在南宋之上。小山、淮海、方回則工秀絶倫，更不得謂"南宋始極其工"也。竹垞此語，實爲宗南宋而祧北宋者開其端。然亦由南宋有門徑可尋，學之易至。而南宋之不如北宋，愈彰彰矣。喬笙巢曰："詞至北宋而大，至南宋而深。"予於其論南宋之言，亦未敢以爲愜心貴當也。

五　有清一代詞學

有清一代詞學駕有明之上，且駸駸而入於宋。然究其指歸，則"宋末"二字足以盡之。何則？清代之詞派，浙西、常州而已。浙西倡自竹垞，實衍玉田之緒；常州起於茗柯，實宗碧山之作。迭相流衍，垂三百年。世之學者，非朱即張，實則玉田、碧山兩家而已。湖海樓崛起清初，導源幼安，極縱横跌宕之妙，至無語不可入詞，而自然渾脱。然自關天分，非後人勉强可學，故後無傳人，不能與浙西、常州分鑣并進也。至同、光以降，半塘、漚尹出，始倡導周、吴而趨其途徑。漚尹則直入夢窗之室，吴派遂爲清末之新聲矣。若學美成而至者，則尚未之有也。

六　蘇辛豪情逸氣

蘇、辛豪情逸氣，自不可及，亦不可學。學之則易流於粗。余固不敢問津也。

七　詞須融情入景

詞固言情之作，然但以情言，薄矣。必須融情入景，由景見情。温飛卿之〔菩薩蠻〕，語語是景，語語即是情。馮正中〔蝶戀花〕亦然。此其味所以醇厚也。然求之北宋，尚或有之；求之南宋，幾成《廣陵散》矣。

八　詞不可專作聰明語

詞貴有聰明語，謂能見其性靈也。詞又不可專作聰明語，恐其漸流於薄，不能入於高渾深厚之境也。

九　詞中咏物之體

詞中咏物之體，忌雕琢，忌膚泛，人所共知。然苟無寄托，亦索然無味。碧山咏物諸詞，俱含有一掬亡國泪，而借物以寫其哀，如咏蟬、咏螢、咏榴花諸作，允推絶唱。而論者猶謂其咏物體多，未免自卑其格。可見咏物之詞不可輕作也。余謂咏物體亦非不可作，然須以我爲主，不以物爲主，而時序之感，身世之悲，家國之事，一以寄之，則不爲物所束縛，方免於呆板之弊。彼《茶烟閣體物集》全掉書袋，直獺祭耳。

一〇　瞻園論詞

瞻園師曰：填詞以意爲主，意淺則語淺，意少則不必强填。意貴新，而造語宜圓熟，不可生硬；意貴遠，而造語宜沖淡，不可晦澀。

一一　詞有咽字訣

詞有“咽”字訣，非可於字句間求之者。讀清真〔六醜〕，無語不咽。而碧山諸作亦然。若於字句間討生活，未有不失之淺薄者。

一二　詞筆無害於拙

詞筆無害於拙。惟拙故重，重則無淺薄浮滑之病，而入渾之基在焉。世之犯纖、犯薄、犯滑者，皆自命不拙之所爲也。

一三　作詞當於氣息上作工夫

典博，宜加以微婉；濃麗，宜進之深厚。此當於氣息上作工夫。

一四　作詞不澀尤難

玉田《樂府指迷》於詞中用事之法，標題“緊著題融化不澀”七字。予謂“融化”固難，“不澀”則尤難。蓋詞之運用故實，無直用者，無明用者。且地名、人名隨意砌入，則生硬而不圓熟，凌雜而不純粹。故“融化”之法最重。取其意者不妨變其面目，仍不能失其本真。使造作太過，令人不解其所隸何事，則晦澀矣。欲免此弊，須有一番研煉工夫。

一五　福唐獨木橋體

山谷〔瑞鶴仙〕隱括《醉翁亭記》，通首用“也”字均。〔阮郎歸〕通首用“山”字均。竹山〔聲聲慢〕咏秋聲，通首用“聲”字均。在諸公一時戲作，以此見巧妙心思耳。張咏以謂此體效“福唐獨木橋體”。近人謝枚如章鋌論之，以爲《湯盤銘》用三“新”字，《董逃歌》用十三“逃”字，即此體之濫觴。然吾以爲，此種體裁無論果出於古與否，吾人皆不必效法，以其太嫌纖巧，非大方家數也。不惟此體，凡詞中以一二字叠用不已，挑逗以示聰明者，如“衡陽猶有雁傳書，郴陽和雁無”，“郴江幸自繞郴山”，“牆裏秋千牆外道，牆外行人牆裏佳人笑”之類，淮海、東坡偶一爲之，未嘗不别饒風趣，爲一時名句。然使後人奉爲金科玉律，專意摹仿，其不轉成惡趣者幾希。

一六　草堂詩餘硬分詞調

《草堂詩餘》將各種詞調硬分爲小令、中調、長調，以五十八字以下爲小令，六十字以上、九十字以下爲中調，九十二字以上爲長調，不知何所取義。夫詞之有慢、犯、近諸名者，律吕上之關繫；而小令、中調、長調等，則無異於宫商也。以此分爲三種，不亦異乎！

一七　古來詞多無題

古來詞多無題，調名即題也。後人或自爲一題，以取别於本意。然無題者居多，則讀其詞者亦不必爲之强標一題也。若詞本無題，而强就詞中之意穿鑿附會，取一題以實之，以致“春景”“夏景”“秋景”等字羅列滿紙，不獨無當於詞之真意，抑亦陋矣。然此例亦創自《草堂》。

一八　張皋文不取夢窗

張皋文《詞選》不取夢窗，是爲碧山門徑所限。

一九　白石在兩宋中獨樹一幟

周止庵《四家詞選》以周、辛、王、吴爲不祧之宗，是已。然降白石爲稼軒附庸，而所挑剔之“俗濫”“寒酸”“補湊”“敷衍”“支複”等處，又皆白石之小疵。其實白石之所不可及者，在純以氣勝。子輿氏所謂“浩然”者，白石之詞足以當之。而瘦硬通神，爲他人屐齒所不到。與稼軒之豪邁，畦徑似别。余謂白石在兩宋中固當獨樹一幟，非可爲他人附庸也。

二〇　屯田詞品正如絶代佳人

柳屯田有“忍把浮名，換了淺斟低唱”之句，論者譏其輕薄。又以集中諸詞多閨房媟褻語，議其輕褻。不知屯田詞品正如絶代佳人，亂頭粗服，而一種天然之致，自不可掩。且其氣沖和，純是渾淪未鑿氣象。余嘗嘆其不易學步，絶不敢人云亦云，視《樂章集》之詞，等於《疑雨集》之詩也。

二一　清真花犯詞

清真〔花犯〕一首，咏梅也。結處數語曰：“相將見、脆圓薦酒，人正在、空江烟浪裏。但夢想、一枝瀟灑，黄昏斜照水。”忽而推及梅子，忽而勒轉到梅花，中間仍以人爲骨。若在他手，恐非數十字不能滿足其意。而清真包一切，掃一切，兔起鶻落，操縱自如，筆力何等雄渾。試問他人之鈎勒，有如此包舉之大力否？

二二　張玉田論夢窗詞

張玉田論夢窗詞，謂“如七寶樓臺，炫人眼目，拆碎則不成片斷”。是美其奇思異彩，而以其過於典實，意猶不之足也。玉田論詞取清空，不取質實。夫質實之流弊，晦澀與堆砌易蹈其一。玉田之説，未可厚非。但細讀夢窗各詞，雖不着一虚字，而潛氣内轉，蕩氣回腸，均在無字句中，亦絢爛，亦奥折，絶無堆垛餖飣之弊。後人腹笥太空，讀之不能了解，輒襲取樂笑翁語，亦爲質實而不疏快，不亦謬乎！

二三　張玉田爲人詬病

張玉田爲人詬病，不曰律不精，即曰韵太雜。余謂玉田之病，在《山中白雲詞》共三百首，爲數太多，不無瑕瑜之互見耳。使於三百首中，僅精選數十首傳之後世，亦何至供人指摘耶？

二四　妥溜爲入門途徑

玉田以“春水”詞得名，人呼之曰“張春水”，即〔南浦〕“波暖碧粼粼”一首也。余昔以其平淡無異人處，心甚疑之，漚尹先生曰：“此詞雖無新奇可喜之處，然吾嘗試爲之，終不能及。玉田之安詳合度，是即其可傳處也。”夫詞之平淡無奇，而他人爲之輒不能及，則其境深遠矣。玉田《詞源》標“妥溜”二字爲入門途徑。漚尹教人亦常舉此語，以爲入渾之基。予嘗思之，填詞一道，不必有驚人語，但通首之中，用意應有盡有，層次秩然不紊，遣詞命筆，無不達之意，安章宅句，磬折鈴圓，自然純熟，而饒有餘味，即爐火純青時候，可以當“妥溜”二字。余學填詞有年矣，然尚不能造此境焉。

二五　成容若論詞

成容若《渌水亭雜識》曰：“《花間》如古玉器，貴重而不適用，宋詞適用而不貴重。李後主兼有其美，而更饒烟水迷離之致。”容若瓣香後主，其所著《飲水》《側帽》詞，神味雋永，亦頗似之。故其語云然也。然細思之，亦屬確論。“貴重”“適用”之别，即世風今古之變。《左》《國》不如《盤》《誥》，而《史》《漢》又不及《左》《國》，亦此故也夫。

二六　律絶變爲詞

由《雅》《頌》而變爲樂府，由樂府而變爲律、絶，由律絶而變爲詞，由詞而變爲曲，此亦世事由簡趨繁之常軌焉。古之《雅》《頌》、樂府、律絶、詞、曲，無不可被之管弦，今僅爲詞章之一枝，則本真浸離矣。然詞謂之“填”，控腔合拍之義顯然可見。苟能協律吕，付絲竹，則黄鐘大吕之遺音俱在是乎？

二七　填詞必明五音

填詞必明五音，始能合拍，非僅辨四聲，即謂能事畢具也。觀玉田《詞源》所載，同一平聲，而“深”字不叶，“幽”字不叶，“明”字乃叶，即可知四聲不誤，未必即能付紅兒也。然晚近以來，五音之論已成絶響，則但於四聲之用而明辨之，庶或免於偭規錯矩之弊。若既不知五音，又不辨四聲，則不必填詞可也。

二八　詞律於去聲辨之極嚴

萬紅友《詞律》於去聲辨之極嚴，啓發後人不少。近人丹徒茅北山於四聲之中各分陰陽二部，屬陰之音可以延長，屬陽者不能，立論尤爲精密。聞其自編一韵，不知何日告成。

二九　周止庵論詞

周止庵曰：“平、去是兩端。上由平而之去，入由去而之平。”此語極精邃。凡詞中押入聲之調，必不能押上、去；而押上、去之調，改押入聲，間或可行。此徵之兩宋各大家而皆然者。

三〇　浣溪沙有平仄兩調

〔浣溪沙〕有平仄兩調。又有平調而首句不起韵者，其下三字作“平仄仄”。此見之於薛昭藴：“紅蓼渡頭秋正雨”“越女淘金春水上”皆是也。宋以後用此體者雖不多見，然固是一格。紅友《詞律》、誠庵《拾遺》皆不載之，何也？

三一　詞律中亦有誤者

紅友駁《嘯餘圖譜》之誤，固爲倚聲家功臣，然《詞律》中亦有誤者。夢窗〔探春慢〕詞上段之“重雲冷，哀雁斷，翠微深，愁蝶舞”，明明是三字四句；下段之“冰溪憑誰照影，有明月，乘興去”，明明是六字一句，三字二句；與夢窗自度腔〔探芳新〕詞上段之“層梯峭空麝散，擁凌波、縈翠袖”，下段之“椒杯香乾醉醒，怕西窗、人散後”等句，句法相似。而紅友於此兩調注此数句皆爲六字句，非也。

三二　夢窗玉京謠叶韵

夢窗〔玉京謠〕過變曰："微吟怕有詩聲，翳鏡慵看，但小樓獨倚。"明明六字一句，四字一句，五字一句，至"倚"字乃叶韵。而紅友竟以"翳"字屬上句，注之曰"叶"。試問以"翳"字屬上，作何解説？不獨多一韵之爲誤也。

三三　清真浪淘沙慢

清真〔浪淘沙慢〕"曉陰重"一首，其結處曰："恨春來、不與人期，弄夜色，空餘滿地梨花雪。""弄夜色"三字聯屬於下七字，明明可見。則"色"字處特讀耳。且全首押"月""曷""屑"韵，而"色"字在"職"韵，亦無從叶，則不過此處適用入聲字耳。方千里和清真詞，不和"色"字，而於其用"色"字處用"日"字，其詞曰："謾飄蕩、海角天涯，再見日，應憐兩鬢玲瓏雪。"可謂"色"字非叶之證。紅友注之曰"叶"，亦屬非是。

三四　惜分飛用韵

〔惜分飛〕兩結句之第四字，有用韵者，有不用韵者。陳西麓之作，上段曰"相思葉底尋紅豆"，下段曰"翠腰羞對垂楊瘦"，是不用韵也。而毛東堂之作，上段曰"更無言語，休相覷"，下段曰"斷魂分付，潮歸去"，則"語""付"二字皆韵也。紅友《詞律》僅載西麓之作，而於東堂一體付之闕如，是漏去一體矣。

三五　惜紅衣叶韵

〔惜紅衣〕一調，爲白石自度腔。紅友所注"叶"處，祇與張玉田諸作相合。其實後段之"國"字亦韵也。鄭叔問謂，鈎稽白石旁譜，次句之"日"亦韵。漚尹先生六叠姜韵，"日""國"之韵皆和之，近人靡然從風矣。考與白石同時之作，吴夢窗、李周隱各有一闋。周隱"日""國"二字皆不漏，同於時賢之所填。夢窗之作，則次句“雪”字、後段“箔”字，似乎不叶。人有謂爲借叶，而以白石〔長亭怨慢〕用“此”字叶“語”“御”韵爲比者，則“日”“國”之爲叶審矣。然此義實非叔問創獲，周止庵亦曾言之。而最初辨爲叶者，則《碎金詞譜》也。

三六　木蘭花慢當以柳耆卿爲正軌

〔木蘭花慢〕一調，當以柳耆卿爲正軌。首句爲四字，换頭固已。中間相連之二字、四字、八字三句中，其二字句必叶，其四字句必以一領三，乃爲合格。觀《樂章集》中此調凡三首，無不如是也。若《山中白雲》，此調亦極夥，而不獨四字句多用二二句法，首句或用二三句法，即二字句亦多不叶，殊不足爲訓。

三七　趨輕倩一派

趨輕倩一派，其失也浮；趨側艷一派，其失也猥；趨豪邁一派，其失也粗；趨圓熟一派，其失也滑；趨典實一派，其失也砌；趨雕琢一派，其失也纖；趨疏宕一派，其失也生硬，趨艱深一派，其失也晦澀。然皆不善學者之誤，兩宋名家固無是也。

三八　造句琢字不外一化字

蘖子語余：一般詞人多不着意於造句，惟叔問、漚尹無一字無來歷，無一字不新穎。予謂造句琢字不外一“化”字。用一故實，必有數故實以輔佐之。意取於此，用字不妨取於彼。合數典爲一典，自新穎而有來歷。如白石詞中“昭君不慣胡塵遠，但暗憶、江南江北”之類，即得此訣。而夢窗尤擅用之，《甲乙丙丁稿》中，舉不勝舉。吾人欲求造句琢字之妙，須於夢窗詞深味之。

三九　白石夢窗皆善練氣

白石、夢窗皆善練氣。但白石之氣清剛拔俗，在字句外，人得而見之；夢窗之氣，潛氣内轉，伏於無字句中，人不得而見之。此所以知白石者較多，知夢窗者較少。而一般對君特肆攻擊者，猶不免爲吴氏之門外漢也。

四〇　夢窗之氣深入骨裏

世人病夢窗之澀，予不謂然。蓋澀由氣滯；夢窗之氣深入骨裏，彌滿行間，沉着而不浮，凝聚而不散，深厚而不淺薄，絶無絲毫滯相。淺嘗者或未之知耳。但必有夢窗之氣，而後可以不澀。

聲 執

陳匪石◎著

《聲執》，唐圭璋《詞話叢編》收録，另有《陳匪石先生遺稿》油印本（1960 年）、鍾振振校點《宋詞舉》（外三種）本（江蘇古籍出版社，2002）。今據《宋詞舉》（外三種）本輯録。

《聲執》目録

聲　執

叙

學倚聲四十年，師友所貽，諷籀所得，日有增益，資以自淑。第念遠如張炎、沈義父、陸輔之，近如周濟、劉熙載、陳廷焯、譚獻、馮煦、况周頤、陳鋭、陳洵，其論詞之著，皆示人以門徑。予雖譾陋，然出其管蠡之見，與聲家相商榷，或能匡我不逮，俾此道日就康莊。一息尚存，及身亦可求益。昔釋迦説“相”，法執我執，皆所當破。詞屬聲塵，寧免兩執？况詞自有法，不得謂一切相皆屬虚妄，題以“聲執”，適表其真。世有秀師，或不訶我。特前人所已言者，非有研討，或須闡明，不敢剿説。時賢言論，見仁見智，例得并行，不敢涉及。并世作者之月旦，或鴻篇巨製之蒐録，詩話詞話，往往有之，慮涉標榜，亦不敢效颦。戒律所在，拳拳服膺，倘亦我執與。己丑三月，陳匪石自識。

聲執　卷上

一　詩餘説

詞曰“詩餘”，昔有兩解。或謂爲“緒餘”之“餘”，胡仔曰：“唐初歌詞，皆五七言詩，自中葉以後，至五代，漸變爲長短句，至本朝而盡爲此體。”張炎之説亦同，《藥園詞話》因之，遂追溯而上，謂“殷其雷，在南山之陽”爲三五言調，“魚麗於罶，鱨鯊”爲四二言調，“遭我乎猺之間兮”爲六七言調，“我來自東，零雨其濛。鸛鳴於垤，婦嘆於室”爲换韵，《行露》首章曰“厭浥行露”，次章曰“誰謂雀無角”爲换頭，則《三百篇》實爲其祖禰。此謂詞源於詩，由詩而衍，與騷賦同。班固以賦爲古詩之流，説者即以詞爲詩之“餘事”矣。或謂爲“贏餘”之“餘”，况周頤曰：“唐人朝成一詩，夕付管弦，往往聲希節促，則加入和聲。凡和聲皆以實字填之，遂成爲詞。詞之情文節奏，并皆有餘於詩，謂之‘詩餘’。”此以詞爲“有餘於詩”也。沈約《宋書》曰：“吴歌雜曲，始皆徒歌，既而被之管弦，又因弦管金石，作歌以被之。”况周頤引以説詞，謂“填詞家自度曲，率意爲長短句而後協之以律”，此前一説；“前人本有此調，後人按譜填詞”，此後一説。歌曲“若枝葉始萼”於詞“則芳華益茂”即所以引申“有餘於詩”者也。愚以爲詞之由來，實以歌詩加入和聲爲最確。唐五代小令，或即五七言絶，或以五七言加减字數而成，如《苕溪漁隱叢話》所舉之〔瑞鷓鴣〕〔小秦王〕，可爲明證。又所謂〔小秦王〕必須雜以纏聲者，即加入和聲之説。蓋始則加字以成歌，繼乃加字以足意。詩由四言而五言而七言，不足則加和聲而爲詞。詞調既定，又不足而加和聲而爲曲，此詩詞曲遞嬗之迹，所謂言之不足則長言之，長言之不足則嗟嘆之。凡以宣達胸臆，陶寫性情，務盡其所蓄積，始簡畢巨，自然之理。則爲“餘”於詩，而非詩之“餘”，與胡、張二氏之説，并不相悖也。

二　和聲説

和聲本有聲無詞，在《毛詩》爲“兮”，在《楚辭》爲“些”，在古樂府爲“妃呼豨”之類。今歌昆曲，歌皮黄，皆有無字之腔，俗名“過門”，亦曰“贈板”。宋人名以“和聲”“纏聲”“虚聲”，其關鍵在拍眼。詞之令、引、近、慢，即由拍眼而分。今雖不明其拍眼如何，然觀張炎《詞源》所言，可窺及之。因各字之間，其聲長短不一，故填以實字，亦可多可寡，在南北曲之襯字，最爲明顯。詞因所填之字，由無定而漸歸有定，遂泯其迹。然亦有迹象可尋者，如“也囉”“知摩知”“悶悶悶”之類。和聲之字，既可多可少，於是有同一調而字數不同者。例如〔臨江仙〕，或五十四字，或五十六字，或六十字。〔訴衷情〕之雙調，或四十一字，或四十四字，或四十五字。而〔卜算子〕〔酒泉子〕〔風入松〕等調，莫不皆然。又如〔高陽臺〕，同一吴文英作，而换頭或七字不協韵，或六字協韵。〔玲瓏四犯〕歇拍，史達祖比周邦彦多二字。〔洞仙歌〕〔二郎神〕〔安公子〕等調，亦率類此。大抵一句之中有一字至二三字之伸縮，皆由所填和聲之多寡。深知音律之宋賢，類知之而能爲之，猶元明至今制南北曲者，同一牌調，而所填襯字多寡有無，可以任意也。至〔减字木蘭花〕〔促拍醜奴兒〕〔攤破浣溪沙〕〔轉調踏莎行〕之類，因節拍之變而增减其字，而句法變，協韵亦變，皆由和聲而來。單調加後遍爲雙調，原不屬和聲範圍，而前後編相同之句法，忽有一二字增减者，仍由於此。《填詞圖譜》《嘯餘圖譜》等書别之曰第一體、第二體、第三體。萬樹駁之，謂第一、第二等排列，不知所據；所著《詞律》改以字數爲次第，短者居前，長者居後，稱之曰“又一體”。《詞譜》作於萬氏之後，亦沿其例。雖似無可議，然關繫全在和聲，并非體製之異。《譜》《律》既未知此，王敬之、戈載、徐本立、杜文瀾，對於萬氏有攻錯，有拾補，亦未思及。然苟明於和聲之用，則此疑問早迎刃而解。愚謂應就古詞字數多寡不同之處，注明某人某句多一字或少一字。再就句中平仄或四聲參互比照，即見和聲之所在，所以致此之故，亦瞭然於心目中，萬氏定體之辨，可以不作矣。惟詞之音律拍眼，自元曲行後即失其傳，今更無可考。後人填詞，衹能依宋以前名作按字填之，不得任意增損，以蹈於不知而作之嫌，致與明人之自度腔等譏耳。

三　宫調説

明清填詞家之説，有句，有讀，有韵，有協，有平仄，有四聲。然所謂律者，本非如此。唐宋之詞，用諸燕樂，燕樂之源，出於琵琶。《隋書·音樂志》《新唐書·禮樂志》、段安節《琵琶録》(一名《樂府雜録》。)、《宋史》《遼史》，言之綦詳。宋蔡元定有《燕樂新書》，清凌廷堪作《燕樂考原》，就《琵琶録》之四均二十八調，詮釋詳明。四均者，平聲羽，上聲角，去聲宫，入聲商。每均七調。徵配上平，有聲無調。宋仁宗《樂髓新經》，又有八十四調，本“五聲十二律旋相爲宫”之説，以黄鐘、大吕等十二律爲經，四均以外，加徵、變徵、變宫，七聲爲緯，迭相配合，得八十四。張炎《詞源》爲之圖表，鄭文焯《斠律》復加校注。陳澧《聲律通考》，二十八調、八十四調，各有專篇。然迄於南宋，則衹行七宫十二調。徵與二變不用，角亦早廢，羽爲宫半，故實用者衹宫、商二均。又去大吕宫(《宋史·樂志》、姜夔《大樂議》作“太簇”，與他書不同，疑誤。)之二高調，遂爲十二，是不獨無八十四，且無二十八矣。至聲律之標識，則古用十二律之首字，宋始用六、凡、工、尺、上、一、四、勾、五之記號。節拍則有所謂住、掣、掯、打，又有所謂殺聲，姜夔名以“住字”，正犯、側犯等犯調，即以住字爲關鍵。考之《白石道人詞曲》旁譜，似即協韵所在。《詞源》又云纏令四均，引近六均，慢曲八均，則爲詞之拍眼，令、引、近、慢，由此而分。就詞言律，確爲上述各事。惟元代即已失傳，調名如黄鐘宫、仲吕宫之類，各書所用，且混淆而莫辨。考古者雖爬搜掇拾，終以無從審音，不能驗諸實用，則律之亡久矣。然讀《尊前集》《金奩集》《樂章集》《清真詞》《白石道人歌曲》《夢窗詞》及凡詞集之注明宫調者，有志索解，衹能博覽上述各書，以考古之法，得聲律之大凡。又宋沈括《夢溪筆談》、清方成培《詞麈》、張文虎《舒藝室隨筆》，亦資旁證。

四　詞律與詞譜

以句法平仄言律，不得已而爲之者也。在南宋時，填詞者已不盡審音，詞漸成韵文之一體。有深明音律者如姜夔、楊纘、張樞輩，即爲衆所推許，可以概見。及聲律無考，遂僅有句法、平仄可循，如詩之五七言律絶矣。萬樹《詞律》作於清康熙中，前乎萬氏者，明有張綖《詩餘圖譜》、程明善《嘯餘譜》，清有沈際飛《詞譜》、賴以邠《填詞圖譜》，“觸目瑕瘢”，爲萬氏所指摘。證以久佚復出之各詞集，萬説什九有驗。惟明人以五十九字以内爲小令，五十九字至九十字爲中調，九十字以上爲長調，其無所據依，朱彝尊譏之，實先於萬氏。萬氏之書雖不能謂絶無疏舛，然據所見之宋元以前詞參互考訂，且未見《樂府指迷》而辨别四聲，暗合沈義父之説。凡所不認爲必不如是或必如何始合者，不獨較其他詞譜爲詳，且多確不可易之論，莫敢訾以專輒，識見之卓，無與比倫，後人不得不奉爲圭臬矣。後乎萬氏者，有《白香詞譜》，有《碎金詞譜》，既沿《詞譜》體例，取材不豐。葉申薌《天籟軒詞譜》，雖偶補萬氏之闕，亦莫能相尚。清聖祖命王奕清等定《詞譜》四十卷，後於萬氏三十年，沿襲萬氏體例。中秘書多，取材弘富。且成書於《歷代詩餘》後，詞人時代後先，已可考見。依次收録創調者或最先之作者，什九可據。惟以備體之故，多覺泛濫；所收之調，涉入元曲範圍，又不如萬氏之嚴。同治間，徐本立參合所見之晚出各書，作《詞律拾遺》。杜文瀾又據王敬之、戈載訂正萬氏之本，并參己意，作《詞律校勘記》。然詞集孤本續出不窮，不得謂徐、杜已竟其業也。

五　論詞韵

詞爲韵文，用韵且與詩異，而韵書不可見，學者苦之。然《三百篇》《離騷》、漢魏詩賦，皆無可據之韵書。鄭庠、陳第，就《詩》《騷》文句以求韵，歷顧、江、戴、段、孔、江諸大師至丁以此而益密，遂成古韵之學。詞韵亦然。其見諸記載者，朱希真嘗擬《應制詞韵》，張輯釋之，馮取洽增之，元陶宗儀欲爲改定。然其書久佚，目亦無考。於是有以曲韵爲之者。《嘯餘譜》載《中州韵》，謂宋太祖時物，似在朱希真之前。然與五代、宋詞用韵多不合，與元曲用韵相似。戈載不敢斷爲僞托，而疑爲周德清《中原音韵》所本。《中原音韵》以平、上、去相從，分十九部，入聲分隸三聲，實爲曲韵。厲鶚《論詞絶句》曰："欲呼南渡諸公起，韵本重雕菉斐軒。"自注：曾見紹興刊本。秦恩復於嘉慶間假孯經室藏本刊之。但疑爲元明人所爲，專供北曲之用。蓋亦分十九部，入聲分隸三聲中之七部，名曰作平、作上、作去，視《中原音韵》衹標目微異也。故詞韵之探索，衹能師鄭庠諸人之法，就宋以前詞求之。清初沈謙等《詞韵》，毛先舒爲之括略，仲恒復加訂正。依"平水韵"一百六部韵目，平統上、去，分十四部，入聲獨立，分爲五部。毛先舒曰："沈氏博考宋詞，以名手雅篇灼然無弊者爲準。"戈載生道光間，其父戈小蓮游錢大昕之門，通曉音韵，既承家學，并擅倚聲。因沈韵以考宋詞，用《集韵》之目救"平水韵"界限不清之失，而十四部、五部之分，一沿沈氏之舊。後之填詞者，翕然宗之。前乎沈氏，有胡文煥《文會堂詞韵》。後乎沈氏者，有李漁《詞韵》，許昂霄《詞韵考略》，吴烺、程名世《學宋齋詞韵》，鄭春波《緑漪堂詞韵》，訛誤所在，戈氏曾言之，見《詞林正韵·發凡》。

六　詞韵與詩韵之異

詞韵與詩韵之異：《廣韵》《集韵》皆二百六部，今之詩韵（即平水韵。）一百六部。而詞韵則僅十九部，固與二百六部變爲一百六部者不合，即與《廣韵》《集韵》《禮部韵略》所注之同用者亦不合。其與曲韵之異，雖同爲十九部，而曲韵於今之支、微、齊分二部，寒、删、先分三部（三部各字分隸與詩韵不同。）麻分二部，覃、鹽、咸分二部。詞韵則皆不分。入聲五部獨成一類，異於曲韵之附入三聲。蓋詞之用韵，平聲、入聲皆獨押，上、去通押。其有平、上、去通押者，亦不與入聲混。所謂“上不類詩，下不墮曲”，韵亦其一事也。至與古韵之别，則按諸《集韵》韵目，古韵“江”與“東”“冬”“鍾”通，詞韵“江”與“陽”“唐”合，在韵學方面爲唐宋以後之大變化，同於《切韵指掌圖》，而開《中原音韵》《洪武正韵》之先。“灰”與“咍”分，“元”與“魂”“痕”分，則仍承古韵之舊。而其他分合，與清儒各家之古韵分部，亦不相同。至“佳”分爲二，一入“皆”“咍”，一入“麻”，則古今皆無之。

七　入聲分部

入聲分部，任何韵書均少於平、上、去，蓋入聲之字較少，試以發聲、收聲均同之音，依四聲次第呼之，至入聲輒有無字者，甚且有不能成聲者。因之有“古無入聲”之説，且可舉某地某地之方音爲證。曲韵無入，即源於此。江永、戴震因《毛詩》及其他先秦古籍之韵，比照唐宋相承之《廣韵》，於四聲之配合遂有異平同入之發明。孔廣森更進一步，謂陰陽對轉，以入聲爲樞紐，且推原於因時因地之變遷。孔氏及王念孫又發現古音之中有去、入而無平、上者。故入聲分部，與三聲不能合符，自然之勢也。特詞韵之五部，既與古韵或《廣韵》之部居不同，與曲韵之分配亦不合，實宋詞所用入韵使然，由參互比較而得之，猶之其他三聲耳。

八　方音不可爲典要

陸法言之作《切韵》也，與劉臻、顔之推等，互論“南北是非、古今通塞”，由捃選而决定，叙中曾自言之。蓋方音不同，發聲、收聲即多齟齬。觀揚雄《方言》及何休《公羊注》所稱齊人語、許慎《淮南注》所稱楚人語可見。地域異音，實爲古今異音之由來。唐宋迄清，有類隔、通轉、合韵諸説以通其變。至章炳麟作《成均圖》，定旁轉、對轉等例，又有雙聲相轉，以濟其窮，於是韵部之通轉幾恢廓而無遺矣。唐初以許敬宗之議，就《切韵》各部注明"同用""獨用"，爲後世并爲一百六部之濫觴，本非據音理、音勢以爲分合，如音韵家之所爲。詞之用韵雖與詩有相承之關繫，然詞以應歌，當筵命筆，每不免雜以方音。沈、戈二氏之《詞韵》，固以名家爲據，而亦斟酌於唐宋用韵之分合及古韵之分合，猶是陸氏遺法也。惟宋人用韵每有例外，如真、庚、侵三部，寒、覃二部，蕭、尤二部，及入聲屋、質、月、藥、洽五部，按之古今分部及音理皆不相通，而有時互相羼雜，即知音之清真、白石、夢窗亦每見之。又如白石〔長亭怨慢〕以"無"字、"此"字叶"魚"部。夢窗〔齊天樂〕之"裹"字叶"魚"部，〔法曲獻仙音〕以"冷"字叶"陽"部，〔風入松〕以"鶯"字叶"陽"部。更如入聲屋部韵，而清真〔大酺〕押"國"字，白石〔疏影〕押"北"字。戈氏選七家詞，每擅爲改竄，致有專輒之譏。然《詞林正韵·發凡》於山谷〔惜餘歡〕閣、合同押，林外〔洞仙歌〕鎖、考同押，及夢窗之冷、向，皆謂以方音爲協，實顛撲不破之論。愚讀宋元詞集如黄裳《演山詞》、洪希文《去華山人詞》，皆與林外同例。以絶不相通之簫、歌兩部通押，同爲閩人，同用方音，足爲確證。又居吴門數年，知以吴音讀冷、鶯二字，恰與陽部相似：則詞之隨地取音求適歌者口吻，正與北曲之入附三聲同一因素，不同部而互協，職此之由。且方音相近者，在一部之中或衹某字某字，而非全部皆通，與言古韵之某字入某部者相類，後人不知其故，援以爲例，致有按諸古今韵部無一而合之韵，則學者之過也。吾人今日爲詞既非應歌，即不應取以自便。如清真〔齊天樂〕〔繞佛閣〕之"斂"，〔華胥引〕之"唼""怯"，〔玲瓏四犯〕之"艷""臉""點"，〔品令〕之"静""影""病"，〔南鄉子〕之"尋"，白石〔踏莎行〕之"染"，〔眉嫵〕之"感""纜"，以及〔鬲溪梅令〕〔摸魚兒〕所用韵，夢窗〔解連環〕之"白"，〔江南春〕〔暗香〕〔疏影〕之"筆"，〔法曲獻仙音〕之"點""染"，及〔一寸金〕之“獵”“邑”“牒”“泣”“入”“業”“篋”“楫”“帖”“葉”，〔水龍吟〕之“定”“影”“興”“茗”“緊”“隱”“近”“信”，〔洞仙歌〕之“并”“餅”“勝”“枕”“飲”“錦”，與夫〔花心動〕〔凄凉犯〕〔蕙蘭芳引〕所用韵，皆不得資爲口實而轉相仿效。昔人謂玉田平、上、去多雜，入聲獨嚴。嚴與雜之分，即古今韵部之合否。方音固不可爲典要，借叶亦屬曲説也。

九　用入聲韵

楊纘《作詞五要》之四，爲“隨律押韵”，其言曰：“如越調〔水龍吟〕、商調〔二郎神〕，皆合用平、入聲韵，古詞俱押去聲，所以轉摺怪異，成爲不祥之音。”戈氏本萬氏之説，鈎稽古詞，於《詞林正韵·發凡》中，設爲三例：一可押平韵又可押仄韵者。其所謂仄，限於入聲。如〔霜天曉角〕〔慶春宫〕〔憶秦娥〕等十一調。又謂白石改〔滿江紅〕爲平韵，其所據之“無心撲”亦係入韵。二押仄韵而必用入聲者。如〔丹鳳吟〕〔蘭陵王〕〔鳳凰閣〕〔好事近〕等二十六調。三用上、去韵而有差别者。如〔秋宵吟〕〔清商怨〕〔魚游春水〕，宜單押上聲。〔玉樓春〕〔菊花新〕〔翠樓吟〕，宜單押去聲。愚按：戈説近之。惟所舉之例，〔望梅花〕〔看花回〕，平仄結體各别。〔清商怨〕祇晏殊全用上聲，清真已雜去韵。〔玉樓春〕全用去韵者，祇顧敻二首、魏承班一首如是，他作皆雜以上聲。至〔翠樓吟〕之“里”字韵，杜文瀾已言之矣。但因此而發現不可易之定則，即凡同一體而平仄各異者，爲或平或入，不可押上、去，且有〔漢宫春〕〔滿庭芳〕〔萬年歡〕〔露華〕與此同例。而〔浪淘沙〕〔沙塞子〕〔惜黄花慢〕用上、去者爲例外。凡入聲詞不可押上、去，〔桂枝香〕〔秋霽〕等同例。其南宋人有押上、去者爲例外。凡上、去韵不可押入聲，如〔燭影摇紅〕〔法曲獻仙音〕〔花犯〕〔過秦樓〕之類，遽數之不能終其物，而如〔齊天樂〕〔驀山溪〕〔玉漏遲〕〔喜遷鶯〕〔永遇樂〕等之或押入聲者爲例外。蓋各調皆有創造之人，不但柳永、周邦彦、姜夔、吴文英所自度者班班可考。且如戈氏所舉專用入韵者，皆昔人所謂僻調，必當依創作者之成法。即未能考定何人，而依時代推定最先之作者，亦係易事。至上述之例外，則率在後且不皆精通聲律之人，實不足爲訓也。

一〇　上去通押亦以應歌之故

上述各事，似據成例而言。然按之音理亦非無説。戈氏援《琵琶録》"商角同用，宫逐羽音"，謂與楊氏可相發明。然《琵琶録》四弦分四均之實，今既失其真傳，言之亦近於模糊影響。平聲可以入聲替，沈伯時《樂府指迷》已有此語。萬、戈二氏亦屢言之，入與上、去不可通，則仍入按三聲不足分配之故，亦易明瞭。上、去通押，雖元曲承宋詞，遂成定法，而詞所承之詩則無此例。且詞之純用上、純用去者，其例極少。况押韵所在，即沈括所謂"殺聲"，姜夔所謂"住字"，張炎所謂"結聲"。篇中各韵，雖上、去通押，而宜上、宜去及字音之清濁陰陽（如《詞源》所言平聲之"明""深""幽"。），謳曲之時應有分别。此點之研究在今日實爲難事，惟求諸音韵之學，或可得其輪廓。南齊永明以前無四聲之説。隋陸法言《切韵》各部兼收南北、古今之音，遂有一字而收入兩聲或兩部者。其後迭次增修，以迄《廣韵》《集韵》而兼收益廣。唐李涪作《切韵刊誤》，已譏法言以上爲去，以去爲上。清江永就聲紐及地域論之曰：群、定、澄、并、奉、從、邪、牀、禪、匣共十母之上聲，以官音呼之似去。戴震就韵部及時代論之曰：今人語言矢口而出作去聲者，《廣韵》多在上聲；作上聲者，《廣韵》多在去聲。段玉裁説同戴氏。可知因時因地讀音之變遷，以上、去爲尤甚。吴瞿安精研曲學，有"陽上代去"之説，雖根於南北曲之應用，實亦與詞相通。愚以爲上、去通押，當亦以應歌之故，唐宋各地方音上、去之混亂有以致之。季剛、檢齋已成異物，就鄙見而演繹證明，不得不望諸世之知音者。

一一 夾協

一詞之中，平仄韵互見，謂之“夾協”，計有二類：一爲轉韵。所轉之韵不屬本部，上、去、入亦無限制。特有轉韵之後，前韵即不再協者，例如〔古調笑〕〔蕃女怨〕〔西溪子〕三换韵。〔清平樂〕後遍换平韵，〔女冠子〕第三韵换平韵，〔菩薩蠻〕〔減字木蘭花〕〔虞美人〕四换韵，而〔河傳〕换韵多少，各家不同，皆相連之句，各自爲協。有所轉之韵插入前韵之間者，例如單調〔訴衷情〕，韋莊、顧敻兩詞平韵中夾兩句仄韵；〔相見歡〕换頭夾兩句仄韵；〔定風波〕前後遍夾入仄韵三處，每處二韵。有所轉之韵與前韵間隔相協者，例如〔定西番〕〔紗窗恨〕及毛文錫〔中興樂〕；而〔酒泉子〕之夾協，各家不同，類皆隔句各自爲協。此種體格，令曲爲多，且多唐五代之作。慢曲中如〔小梅花〕八换韵，屬第一者。韓元吉〔六州歌頭〕五换仄韵，皆夾入平韵之間；〔水調歌頭〕東坡“明月幾時有”一首，前後遍五六兩句另换仄韵自協，宋元人或仿之，屬第二者。此外則甚少概見。二爲三聲通協。其平仄之變，必爲同部之字。例如〔西江月〕前後遍之末一韵换仄，〔采桑子慢〕第二韵起换平，〔换巢鸞鳳〕前遍末一韵起换仄，〔渡江雲〕换頭第二韵仄協，〔戚氏〕第三段夾入三句仄協，〔四園竹〕前遍一仄協，後遍兩仄協，而〔哨遍〕三聲夾協之處爲尤多。雖通協之地位不同，而取諸同部，實與轉韵有别。此種體格，慢詞多於令曲。宋元人作轉韵之令曲，或有用同部者，則偶爾爲之，無必要也。若論其源流，則轉韵、通協，《三百篇》固皆有之；漢魏以降，古體樂府有轉韵而詩無通協；南北曲用通協，而并無轉韵：故三聲通協實開元曲之風，轉韵仍詩之遺耳。

一二 詞有句中韵

詞有句中韵，或名之曰“短韵”，在全句爲不可分，而節拍實成一韵。例如温庭筠〔荷葉杯〕“波影滿池塘”，“影”字與上句

"泠"字叶。"腸斷水風泠","斷"字與上句"亂"字叶。馮延巳〔南鄉子〕之"茫茫""斜陽",與下句"腸"字、"行"字叶。〔霜天曉角〕换頭第二字,〔定風波〕换側後仄協之二字亦然。《花間集》中其例多有。慢曲如〔滿庭芳〕〔瑣窗寒〕〔憶舊游〕〔絳都春〕〔玉蝴蝶〕〔暗香〕〔無悶〕等調之换頭第二字屬於短韵者,不勝枚舉。〔木蘭花慢〕則有三短韵,换頭以外,如柳詞之"傾城""歡情"皆是,且柳之三首悉同。此等叶韵最易忽略。南宋以後,往往失叶。〔霜天曉角〕〔滿庭芳〕〔憶舊游〕〔木蘭花慢〕等常填之調爲尤甚。《律》《譜》列爲"又一體",而不知其非也。填詞家於此最應注意,既不可失叶,使少一韵,尤須與本句或相承之句黏合爲一,毫無斧鑿之痕。歷觀唐宋名詞,莫不如是。惟因此故,發生一疑似之問題:凡詞中無韵之處,忽填同韵之字,則迹近多一節拍,謂之"犯韵",亦曰"撞韵"。守律之聲家懸爲厲禁。近日朱、况諸君尤斤斤焉。而宋詞於此實不甚嚴。即清真、白石、夢窗亦或不免。彼精通聲律,或自有説,吾人不知節拍,乃覺徬徨。例如清真〔拜星月慢〕之"眷戀",屯田〔戚氏〕之"孤館",有他家不叶者,尚可謂其未避撞韵;而如清真〔綺寮怨〕之"歌聲",梅溪〔壽樓春〕之"未忘",夢窗〔秋思〕之"路隔"及草窗〔倚風嬌近〕之"淺素",是韵非韵?與〔倚風嬌近〕"城""屏""婷"三字可以斷句,是否夾協三平韵,同一不敢臆測,既避專輒,又恐失叶,遂成懸案。凡屬孤調,遇此即窮。因審慎而照填一韵,愚與邵次公倡之,吴瞿安、喬大壯從而和之。然終未敢信爲定論也。

一三 孔廣森分韵

孔廣森著《詩聲分例》,開丁以此《毛詩正韵》之先。其言曰:"今之詩主乎文,古之詩主乎歌。歌有急徐之節、清濁之和。或長言之,咏嘆之,累數句而無以韵爲;或繁音促節,至於句有韵,字有韵,而莫厭其多。奇者不可偶,偶者不可奇;虧者不可綴，綴者不可虧；離者不可合，合者不可離；錯之則變化而無方，約之則同條而有常。”就《三百篇》之韵立“通例”十，“别例”十三，“雜例”四，此不啻“毛詩”之律矣。愚謂論詞之用韵亦當用此法。有曼聲，有促拍，相因相成，聲之所以成文，歌之所以悦耳。韵之疏密，即節拍之長短，雅樂如是，燕樂乃魏文侯所謂聽不知倦者，在唐時爲俗樂，更何待言。唐五代令曲率一句一韵，或兩句一韵，密者句中有韵，且如單調〔訴衷情〕〔河傳〕之類，有韵之句爲二字、三字并相連至數句者，則節拍愈促，所謂累累乎如貫珠也。慢曲之作，乃長其聲，疏其拍，即孔氏所謂“長言之”“咏嘆之者”。試就各調觀之，大率兩句一韵、三句一韵以爲常，或於其間加一有韵之句。其在换頭有用促拍者，加一短韵，如前舉〔滿庭芳〕之類；更促者，連用兩短韵，如〔瑣窗寒〕“遲暮，嬉游處”之類。曲中加一促拍，則如〔木蘭花慢〕“傾城”“歡情”之類。畢曲之時連用單句兩韵，而上韵字數較少，則如〔掃花游〕“黯凝佇”之類。孔氏曰“急則承之以緩，緩則承之以急；密則間之以疏，疏則間之以密。不知此不可與言聲學。”誠至當之論也。至所謂“累數句而無以韵爲”者，則詞較詩尤多。孔氏舉不入韵之例，如《豳風》首章、《周頌·噫嘻》篇，不過三句。詞中四句一韵，如〔風流子〕〔沁園春〕〔鶯啼序〕之類已屬習見；而〔八六子〕後遍五句一韵，共二十九字；〔西平樂〕後遍五句一韵者計二十八字，六句一韵計二十六字。有人疑〔西平樂〕後遍十五句七十字，不應衹有三韵，而不知此爲曼聲之極致，用韵既少，且不加短韵，正與孔氏之論《噫嘻》篇相類也。鄭文焯以夢窗前遍之“苑”“晚”，换頭之“市”“水”夾叶兩仄韵，因疑清真之“盡”“晚”二字，以“真”“寒”相叶，“楚”“野”二字以古音相叶。然在夢窗則是，在清真仍爲疑問。以真、寒爲一部，衹漢魏有。然“野”入“魚”部固係古音，而宋詞皆罕用，《清真集》中且無他證也。慢曲格調成於屯田，《樂章集》中如〔笛家弄〕之四句一韵，全篇凡五；〔曲玉管〕换頭四句一韵，結拍五句一韵，雖篇中間以短韵，然實句多而節拍少；林鐘商〔鳳歸雲〕，起調、换頭皆六句一韵，仙吕商〔鳳歸雲〕换頭六句一韵，亦〔西平樂〕之類；至〔夜半樂〕前兩段用曼聲，第三段逐句用韵者相連至四句，則改用促拍，又與孔氏之論《鴟鴞》者同矣。故詞之節拍今雖無徵，而依孔氏研《毛詩》之法，其疏密實可因韵以考見。至孔氏書中，如奇韵、偶韵、叠韵、空韵、獨韵、兩韵、三韵、四韵、分叶、隔叶、首尾叶、不入韵、句中韵各例，在詞亦皆有之。惜曩之言詞律者未知此法也。

一四　四聲不可紊

自明至清中葉，填詞家每疏於律。平仄且舛，遑論四聲。然四聲之不可紊，實宋人成法。姜夔《大樂議》曰："七音之叶四聲，各有自然之理。今以平、入配重濁，以上、去配輕清，奏之多不諧叶。"雖非爲燕樂而發，而音理無二，當然適用於詞。沈義父《樂府指迷》曰："句中去聲字最爲緊要，將古知音人曲一腔兩三隻參訂，如都用去聲，亦必用去聲。其次如平聲，却得用入聲替。上聲字最不可用去聲替，不可以上、去盡是仄聲便用得。"此對知四聲不知七音者説法，較姜氏語尤顯豁，既明示四聲之各有垠堮，且告以替代之所宜矣。清人論四聲始於萬樹，持論頗精。萬氏之言曰："上聲舒徐和緩，其音低；去聲激厲清遠，其腔高。相配用之，方能抑揚有致。"故於相連二仄聲字上、去之分配，及中隔一平聲時上、去之分配，《詞律》論之綦詳。又曰："名詞轉折跌蕩處多用去聲，何也？上、入可作平，去則獨異，當用去者，非去則激不起，用入且不可，斷斷勿用平上。"故對領句之去聲字，注中時時提出，擬諸曲之務頭。〔宴清都〕注云："四聲之中，獨去聲爲一種沉著遠重之音，所以入聲可以代平，次則上聲，而去聲萬萬不可。"此借程垓、何籀以上代平之字，示其義例也。〔暗香〕注云："首句姜詞第三字'月'字，觀吴詞'誰'字，則知可用平。'吴水'，姜作'竹外'，可知'竹'字可平。'送帆葉'，姜作

‘正寂寂’，則知第一個‘寂’字可平。‘卧虹’，姜作‘夜雪’，則知‘雪’字可平。”此雖未明言入之代平，而已示其實例也。〔丹鳳吟〕注云：“上、去、入亦須嚴訂，如千里和清真，無一字相異，此其所以爲佳，所以爲難。”則又示全依四聲之例也。考《詞律》旁注，雖止“可平”“可仄”，間有“作平”或“某聲”未明示四聲之限制，而各調注中詳爲説明，實以應用某聲之字示以規範矣。杜文瀾《校勘記》就〔一枝春〕言之曰：“按宋詞用韵衹重五音”，“往往以上聲作去，去聲作上。用平聲處更可以上、以入代平。獨於應用去上二聲相連之處，則定律甚嚴。如此調萬氏注出‘乍數’‘唤起’‘尚淺’‘夜暖’‘試與’‘媚粉’六處，尚有前段第七句之‘自把’，後結之‘醉語’，亦去上聲，共八處，皆定格也。凡仄聲調，三句接連用韵，則中之四字必用去上。又後結五字一句而尾二字皆仄者，亦必用去上。如用入韵則用去入。名詞皆然。此卷後之〔掃花游〕用去上六處；卷十七之〔花犯〕用去上十二處，爲至多者。蓋去聲勁而縱，上聲柔而和，交濟方有節奏。”闡明萬説雖衹上、去一端，實不下康成之箋《毛傳》矣。至周濟《宋四家詞選·序論》曰：“紅友極辨上、去，是已。上、入亦有辨，入之作平者無論矣。其作上者可代平，作去者斷不可代平。平、去是兩端，上由平而之去，入由去而之平。”則又推至於上、入之分。夫上、去、入既各有區别，則非四聲有定而何？惟周、杜二氏一謂去作上，一謂入代去，尚有可疑，以實例既少，即音理亦待商也。至杜謂上、去互用，本於五音，則未明音理矣。

一五　四聲因調而異

四聲問題，因調而異。有參照各家，限於某句某字者。有自度之腔，他無可據，不得不全依之者。有常填之調，衹有平仄，無四聲之可言者。兹分别論之。限於某句四聲有定之字，萬、杜兩家所論多屬於此，惟尚未完備。就實例言之，可分七種：

（一）領句之字多用去聲。如《詞旨》所舉“任”“乍”“怕”

“問”“愛”“柰”“料”“更”“况”“悵”“快”“嘆”“未”“念”是也。“看”平、去兼收。“似”“算”“甚”，上、去兼收，論者云當作去。“嗟”“方”“將”“應”平聲，“若”“莫”入聲，亦有時用以領句。且常用之字《詞旨》未舉者尚多，故如清真〔解語花〕“從舞休歌罷”、白石〔惜紅衣〕“説西風消息”，用平、用入應依之。

（二）句中或韵上之一字限用去聲者。例如〔柳梢青〕後遍第二韵，〔戀綉衾〕前遍第二、第三韵，後遍第一、第二韵，韵上一字皆去聲。清真〔塞翁吟〕之“鏡中”，〔慶春宫〕前遍“見星”、後遍“未成”亦同。又如〔秋蕊香〕前、後遍第三句第五字，子野〔惜瓊花〕前遍“處”字、後遍“計”字，小山〔思遠人〕“念”字、“寄”字、“旋”字、“爲”字，清真〔塞垣春〕“韵”字、“怨”字、“袖”字、“向”字，〔望海潮〕前、後遍第四、五兩句第三字，皆句中字之限用去聲者。萬氏論〔一寸金〕調所指去聲二十字，則句中、韵上皆有之。

（三）某字某句限用入聲者。例如〔憶舊游〕〔紅林檎近〕末句第四字，〔霜葉飛〕清真之“飒飒玉匣”，皆非用入聲不可。〔八聲甘州〕屯田“物華休”之“物”字，“識歸舟”之“識”字，〔憶舊游〕清真“燭花摇”“拂河橋”之“燭”字、“拂”字，〔齊天樂〕清真“暮雨”“勸織”“深閣”“重拂”（後遍準此。）之“雨”字、“織”字、“閣”字、“拂”字，均應用入。但可以上聲代，此類甚多。

（四）句首或句中或句尾限用去上者。句首之例如清真〔倒犯〕之“霽景”“駐馬”，〔瑣窗寒〕之“暗柳”“静鎖”“付與”，〔隔浦蓮近〕之“驟雨”。句中之例如屯田〔八聲甘州〕之“暮雨”，清真〔應天長〕之“笑我”“載酒”，〔花犯〕之“勝賞”“望久”“夢想”，〔解連環〕之“寄我”，〔玲瓏四犯〕之“鬢點”“念想”。句尾之例，則不屬於韵者，如〔宴清都〕〔湘江静〕前後遍四字偶句句末二字，（上聲或用入代。）清真〔三部樂〕之“瘦損”，白石〔玲瓏四犯〕之“換馬”，〔琵琶仙〕之“細柳”；屬於韵者，在〔花犯〕〔眉嫵〕〔掃花游〕調中不止一處，清真〔隔浦蓮近〕之“翠葆”“岸草”，〔西河〕之“對起”“半壘”，白石〔秋宵吟〕之“頓老”“又杳”“未了”。而〔齊天樂〕〔綺羅香〕〔西子妝〕〔宴清都〕〔過秦樓〕等調結拍末二字限用去上者，尤指不勝屈。至於〔探芳信〕結拍六字句去上平平去上，則與〔掃花游〕“駐馬河橋避雨”皆一句之中首尾均用去上者。各名家詞於上述諸例，大抵從同。

（五）二字相連用上聲者。此例較少，惟屯田《樂章集》中兩上聲連用者頗多，或係叠字連語。

（六）平聲三字以上連用者。例如淮海〔夢揚州〕之“輕寒如秋”，梅溪〔壽樓春〕之“今無裳”“良宵長”“消磨疏狂”“裁春衫尋芳”，〔金盞子〕“湔裙蘋溪”，〔三姝媚〕“晴檐多風”。其三平、四平、五平皆爲定格。惟此例不甚多。

（七）句中各字四聲固定者。以四字句爲多。例如〔倦尋芳〕首句；〔絳都春〕〔永遇樂〕結拍；〔掃花游〕“暗黄萬縷”，〔眉嫵〕“翠尊共款”爲去平去上；〔瑣窗寒〕“桐花半畝”，〔尉遲杯〕“無情畫舸”，〔齊天樂〕“西窗暗雨”，〔西子妝〕“垂楊謾舞”爲平平去上。此兩事詞中常有。〔夢揚州〕“燕子未歸”，去上去平，〔倦尋芳〕第三句平去平去，〔戚氏〕“夜永對景”、〔鶯啼序〕“傍柳繫馬”，去上去上。〔鶯啼序〕“平瞻太極”“清風觀闕”，平平去入。例雖不多，亦屬固定。更有所謂四聲句者，〔渡江雲〕“暖回雁翼”，〔掃花游〕“曉陰翳日”，皆上平去入；〔繞佛閣〕“樓觀迴出”，平去上入。方、楊和詞及夢窗均依清真填之。而夢窗〔龍山會〕末句之“月向井梧”，雖在句内，亦入去上平也。以上皆一定不易之四聲，守律者所應共遵，萬氏以特重去聲及去上，故其他未遑詳論耳。至全依四聲，則除方千里和清真以外，夢窗填清真、白石自度之腔亦謹守之。故某人創調，其四聲即應遵守某人。如清真之〔大酺〕〔六醜〕〔瑞龍吟〕〔霜葉飛〕及凡無前例者，白石之〔鬲梅溪令〕〔鶯聲繞紅樓〕〔醉吟商小品〕〔暗香〕〔疏影〕〔徵招〕〔角招〕之類，不下十餘；夢窗之〔西子妝〕〔霜花腴〕等九調及屯田詞不見他集之調，皆以全依四聲爲是。至於〔浣溪紗〕〔鷓鴣天〕〔臨江仙〕〔玉樓春〕〔高陽臺〕〔洞仙歌〕〔滿江紅〕〔賀新郎〕〔沁園春〕一般習見之調，宋人作者甚多，無從發現其四聲一定之字，即不適用守四聲之説，平仄不誤可矣。然可平可仄之字，仍應有所據依。《詞律》《詞譜》之注，歷考各家，足資遵守。如有補充糾正，亦必據善本詞集。且其可平可仄，有一句之中兩字必同時變換者，如四字句、七字句之一、三兩字，頗多明證。

一六 切戒自恃天資

作者以四聲有定爲苦，固也。然慎思明辨，治學者應有之本能，否則任何學業皆不能有所得，况尚有簡捷之法、自得之樂乎？萬氏曰："照古詞填之亦非甚難，但熟吟之，久則口吻之間有此調聲響，其拗字必格格不相入，而意中亦不想及此不入調之字。"况蕙風晚年語人："嚴守四聲，往往獲佳句佳意，爲苦吟中之樂事。不似熟調，輕心以掉，反不能精警。"以愚所親歷，覺兩氏之言實不我欺。凡工詩工文者，簡練揣摩，困心衡慮，甘苦所得，當亦謂其先得我心也。抑愚更有進者：諷籀之時，先觀《律》《譜》所言，再參以善本之總集、别集并及校本，考其異同，辨其得失，則一調之聲律具在我心目中，熟讀百回，不啻己有，不獨入萬氏之境，且獲思誤之一適。竹垞、樊榭，有開必先；彊邨、樵風，遂成專詣：至足法矣。及依律填詞，尤有取於張炎《詞源》製曲之論，句意、字面、音聲，一觀再觀，勿憚屢改，必無瑕乃已。白石所謂"過旬塗稿乃定，不能自已"者，彈丸脱手，操縱自如，讀者視爲天然合拍，實皆從千錘百煉中來。况氏之樂，即左右逢源之境，成如容易却艱辛。彊邨先生謂之人籟且曰："勿以詞爲天籟，自恃天資，不盡人力，可乎哉？特以艱深文淺陋，不足語於研煉，且當切戒耳。”

一七　音理宜求密

萬氏之辨去聲及去上也，因音有高低，而默會於抑揚抗墜，謂必如是乃能起調。所資以參酌者，爲南北曲之謳唱，就所用去上推之於詞。然詞所承之詩，早有類此之研究。齊梁之際，競談聲病，因有平頭、上尾、大韵、小韵等“八病”之名。所謂“五字之中，音韵悉異；兩句之内，角徵不同”，即在四聲之分配。永明體之詩，以善識聲韵相標揭，舉例如“天子聖哲”“王道正直”，韵部聲紐，無一相同。《南史》所述，即詩之聲響也。姜夔七音四聲相應之説，似較周顒、沈約尤精。然沈義父有言“近世作詞者不曉音律”；而舊譜失傳一語，亦常見於南宋人詞叙中。如萬氏之説，兩上兩去，皆所當避。屯田嫻於聲律，當時必付謳唱，所用兩上、兩去、兩入，音節是否流美？後鮮繼聲，是否以不説耳之故？今無可考。梅溪〔壽樓春〕是否能歌？音節如何？亦無人論及。然於口齒間求諧叶，唇齒、喉舌、陰陽呼等，皆不無關繫。欲合於孟子所謂“耳有同聽”，則與永明聲病息息相關。四聲既分，陰陽亦别，雙聲叠韵，尤當慎用。以愚諷籀所得，諧美清脆之句，率布置停匀，一句之中，聲紐韵部，實忌重沓。李清照〔聲聲慢〕連用十四叠字，吴夢窗〔探芳新〕連用八叠韵字，亦與柳、史同一疑問。聞者疑吾言乎？求音理於至密，固有如是者。音學大師戴震雖非詞人，而謂音同字異或相似者連用爲不諧，實可施之於詞也。

一八　詞句隨人而異

乾嘉經師有恒言曰：“始爲之不易，後來者加詳”。由晚近之詞學上視清初，聲律如是，句法亦如是。萬氏糾明代清初之誤讀，所用方法，審本文之理路語氣，校本調之前後短長，再取他家以資對證，此萬古不易之説也。彼所成就，爲五言一領四與上二下三之别，七言上三下四與上四下三之别；次則九字句上三下六與上五下四之别；再次則爲短韵，已瞭如指掌。然有引其端未竟其緒者：中二字相連之四字句，〔八聲甘州〕之“倚闌干處”，注中言及而不視爲重要；且〔戚氏〕之“向明燈畔”、〔木蘭花慢〕之“盡尋勝去”，未免忽略，〔木蘭花慢〕并不采柳詞；玉田〔高陽臺〕“能幾番游”之非定格，亦未言及。六字折腰句法，固有在第三字注“讀”者，而〔夜飛鵲〕“斜月遠、墮餘輝”，〔玲瓏四犯〕“揚州柳、垂官路”，則未注出。〔側犯〕采方千里詞，結拍八字讀法與周、姜不合。惟近代論著由萬氏成法而推演，如〔黄鶯兒〕“觀露濕縷金衣”十一字，一字領兩五字之例；〔拜星月慢〕“似覺瓊枝玉枝相倚”十四字，二字領兩六字之例；〔引駕行〕“秦樓永晝”十字，二字承兩四字之例。日有增益，不得謂非《詞律》啓之也。至〔霜葉飛〕“正倍添淒悄”“奈五更愁抱”，夢窗則用二三句法。〔瑞鶴仙〕〔三姝媚〕等之九字句，或三、六，或五、四，隨人而異，殊難比而同之，作者各就所仿效者，求與原詞相合可耳。

一九　依律填詞須有名作可據

七字以下之句由詩嬗變。八九字以上者由加和聲，然實有不能臆爲句讀者。《律》《譜》於此明而未融，且未能言其所以然之故。〔彩雲歸〕“别來最苦”十二字，〔二郎神〕結拍十三字，萬氏不敢句讀，并於注發之是已。然清真〔還京樂〕“奈何客里光陰虚費”“中有萬點相思清泪”，皆八字，應一氣讀。“殷勤爲説春來羈旅况味”，“説”字“來”字斷句皆有未安。且“向長淮底”十九字一氣赶下。而萬氏采方千里詞，强分句讀。屯田〔征部樂〕“須知最有風前月下心事始終難得”，萬氏於“有”字“下”字分句。夏敬觀曰：“須知”至“心事”十字，應連讀不可分。又如梅溪〔换巢鸞鳳〕“定知我今無魂可銷”，“今”字可屬上可屬下，不能遽爲劃分。屯田〔傾杯〕“争知憔悴損天涯行客”，周濟曰：

依調“損”字當屬下，依詞“損”字當屬上，亦未易臆爲句讀也。其十字以上之句在一韵之中，分句各異者。〔霜葉飛〕前結，清真作“又透入清暉半晌特地留照”，夢窗作“彩扇咽凉蟬倦夢不知樊素”，玉田一作“尚記得當年雅音低唱還好”，一作“又暗約明朝鬥草誰能先到”，一作“慣款語莫游好懷無限歡笑”，能斷爲必五字、六字，或七字、四字乎？即以《詞律·發凡》所舉〔水龍吟〕結拍論：淮海爲“念多情但有當時皓月照人依舊”，東坡爲“細看來不是楊花點點是離人泪”，清真爲“恨玉容不見瓊英謾好與何人比”，白石爲“甚謝郎也恨飄零能道月明千里”，夢窗九首則上四例皆有。明楊慎論淮海詞“有”字、“照”字、“舊”字各一拍，强作解事，不明樂章，固爲竹垞所譏；即《詞律》謂首句一領四、以下四字兩句，亦豈免削足適屨？〔八聲甘州〕起拍十三字，按屯田、石林、夢窗各作，中三字屬上屬下，或可上可下，同上述兩例。愚以爲詞以韵定拍，一韵之中，字數既可因和聲伸縮，歌聲爲曼爲促又各字不同。謳曲者祇須節拍不誤，而一拍以内未必依文詞之語氣爲句讀；作詞者祇求節拍不誤，而行氣遣詞自有揮洒自如之地，非必拘拘於句讀。兩宋知音者多明此理，故有不可分之句，又有各各不同之句。今雖宫調失考，讀詞者亦應心知其意，决不可刻舟求劍，驟以爲某也某也不合。而依律填詞須有名作可據，即免偭錯。夢窗作〔水龍吟〕，其良師矣。故愚於詞之圈法，向不主標點句讀，但注明韵叶，以示節拍所在。喬大壯深韙吾言。蓋綜上述諸例所得，而實例不止此，且與和聲、住字之説一以貫之也。不寧惟是，多數從同之句，名家所作，有時偶殊。例如〔憶舊游〕起拍“記眉横淺黛，泪洗紅鉛，門掩秋宵”，一般從之，而夢窗曰“送人猶未苦，苦送春隨人去天涯。”〔水龍吟〕前、後遍四字三句爲一韵者各二，而夢窗一首前遍作“紺玉鈎簾處，横犀麈、天香分鼎”，一首後遍作“携手同歸處，玉奴换、緑窗春近”，他家亦有如是者，《詞譜》名以〔攤破〕。〔尉遲杯〕屯田“困極懽餘，芙蓉帳暖，别是惱人滋味”，東山及《梅苑》無名氏均同，清真作

“冶葉倡條俱相識，仍慣見、珠歌翠舞”。〔瑞龍吟〕〔賀新郎〕〔念奴嬌〕皆有相類之事。究其實際，同在一韵之中，同出於知音之輩，又足證吾説矣。

二〇　比興説

張惠言論詞曰：“緣情造端，興於微言，以相感動。”又曰：“惻隱盱愉，感物而發；觸類條鬯，各有所歸。”蓋托體風騷，一埽纖艷靡曼之習，而詞體始尊。清季詞風上追天水，實啓於此。周濟繼之，其言曰：“詞非寄托不入，專寄托不出”，“以無厚入有間”，“意感偶生，假類畢達”，“雖鋪叙平淡，摹繢淺近，而萬感横集，五中無主。讀其篇者，臨淵羡魚，意爲魴鯉；中宵驚電，罔識東西；赤子隨母笑啼，鄉人緣劇喜怒。”以風騷、漢樂府之法説詞，而實取於六義中之比興。顧比興之義，《毛傳》祇標興體，二鄭始加分疏。孔氏《正義》申之，謂“美刺俱有比興”“比顯而興隱”。又釋先鄭“托事於物”爲“興”之説，謂“取譬引類，起發己心”，陳啓源《毛詩稽古編》，復闡明之，謂“興婉而比直，興廣而比狹，二者皆喻而體不同。興者，興會所至，非即非離，言在此意在彼，其詞微，其旨遠。比者，一正一喻兩相譬况，其詞决，其旨顯”。則張、周二氏之言又即《毛詩》學者之所謂“興”也。夫論詞者，不曰“烟水迷離之致”，即曰“低徊要眇之情”。心之入也務深，語之出也務淺。驟視之如在耳目之前，静思之遇於物象之外。每讀一遍或代設一想，輒覺其妙義環生，變化莫測，探索無盡。莊棫曰：“義可相附，義即不深；喻可專指，喻即不廣。”實有未易以言語形容者。惟作者於此，决非刻楮爲葉，有意爲之；必蓄積於胸中者，包有無窮之感觸不能自抑，則無論因事物、因時令、因山川，當時之懷抱如矢在弦，不得不發，即作者亦不自知，脱稾以後，按諸所感之事實，似覺有匣劍帷燈之妙。言爲心聲，如就題立意，或因意命題，不能得此無形之流露，名以寄托，慮猶涉迹象也。故造此境難，讀者知之亦難。然苟由張、周之論，參以治《毛詩》學者之説，於比興之義體會有得，則思過半矣。

二一　煉字煉句

千錘百煉之説，多施諸字句。蓋積字成句，積句成段，積段成篇，詩文所同，詞亦如是。向之作者，以煉字煉句爲本。且字煉而句亦煉，張鎡所謂“纖綃泉底，去塵眼中”，造句之喻，仍偏重於字也。陸輔之《詞旨》有所謂“警句”，所謂“奇對”，前者句之煉，後者字之煉也。煉之之法如何？貴工貴雅，貴穩，貴稱。戒餖飣，戒艱澀。且須刊落浮藻，必字字有來歷，字字確當不移。以意爲主，務求其達，意深而平易出之，意新而沖淡出之。驅遣古語，無論經史子與夫《騷》《選》以後之詩文，侔色揣稱，使均化爲我有；即用古人成句，亦毫無蹈襲之迹，而其要歸於自然。所謂自然，從追琢中來，吾人讀陶潛詩、梅堯臣詩，明白如話，實則煉之聖者。《珠玉》、小山、子野、屯田、東山、淮海、清真，其詞皆神於煉。不似南宋名家針綫之迹未滅盡也。然煉句本於煉意。愚始學時，瞻園先生詔之曰“意淺則語淺，意少切勿强填”，此爲基本之論。惟既須有意，而意亦有擇。意貴深而不可轉入翳障，意貴新而不可流於怪譎，意貴多而不可横生枝節，或兩意并一意，或一意化兩意，各相所宜以施之。以量言，須層出不窮；以質言，須鞭辟入裏。而尤須含蓄藴藉，使人讀之不止一層，不止一種意味且言盡意不盡，而處處皆緊凑、顯豁、精湛，則句意交煉之功、情景交煉之境矣。至一篇大局，所謂文章本天成，行乎不得不行，止乎不得不止者，原非預設成心。然如何起，如何結，如何承轉，如何翻騰，如何呼應，一篇有一篇一之脉絡氣勢，不能增減，徹首徹尾，且不可分。在駢散文、五七古最爲顯著，律絶實亦如此。詞之近、慢較易見，南唐、兩宋之令曲仍易探索。《花間集》如温庭筠〔菩薩蠻〕極不易以此求之，而細加尋繹，仍莫不有全局之布置。陳鋭有言：“我衹能以作詩之法作詞”。此謀篇布局之説，而其功仍不外於煉也。

二二 行文有兩要素

行文有兩要素，曰氣，曰筆。氣載筆而行，筆因文而變。昌黎曰："氣盛則言之短長與聲之高下者皆宜。"長短高下與筆之曲直有關，抑揚垂縮，筆爲之，亦氣爲之。就詞而言，或一波三折，或老幹無枝，或欲吐仍茹，或點睛破壁，且有同見於一篇中者，"百煉剛"與"繞指柔"，變化無端，原爲一體。何也？志爲氣之帥，氣爲體之充，直養而無暴則浩氣常存，惟所用之，無不如志，苟餒而弱，何以載筆？名之曰柔，可乎？讀昔人詞評，或曰拗怒，或曰老辣，或曰清剛，或曰大力盤旋，或曰放筆爲直幹，皆施於屯田、清真、白石、夢窗，而非施於東坡、稼軒一派。故勁氣直達，大開大闔，氣之舒也；潛氣内轉，千回百折，氣之斂也。舒斂皆氣之用，絶無與於本體。如以本體論，則孟子固云"至大至剛"矣。然而婉約之與豪放，温厚之與蒼凉，貌乃相反，從而别之曰陽剛，曰陰柔。周濟且準諸風雅，分爲正變，則就表著於外者言之，而仍衹舒斂之别爾。蘇、辛集中，固有被稱爲摧剛爲柔者。即觀龍川何嘗無和婉之作？玉田何嘗無悲壯之音？忠愛纏綿，同源異委；沉鬱頓挫，殊途同歸。譚獻曰："周氏所謂變，亦吾所謂正。"此言得之。故詞之爲物，固衷於詩教之温柔敦厚，而氣實爲之母。但觀柳、賀、秦、周、姜、吴諸家，所以涵育其氣，運行其氣者，即知東坡、稼軒音響雖殊，本原則一。倘能合參，益明運用。隨地而見舒斂，一身而備剛柔，半唐、彊邨晚年所造，蓋近於此。若喧豗放恣之所爲，則暴其氣者，北宫黝、孟施舍之流耳。

二三 詞境極不易説

詞境極不易説。有身外之境，風雨、山川、花鳥之一切相皆是。有身内之境，爲因乎風雨、山川、花鳥發於中而不自覺之一念。身内身外，融合爲一，即詞境也。仇述盦問詞境如何能佳，愚答以"高處立，寬處行"六字。能高能寬，則涵蓋一切，包容一切，不受束縛，生天然之觀感，得真切之體會。再求其本，則寬在胸襟，高在身分，名利之心固不可有，即色相亦必能空，不生執着，渣滓净去，翳障蠲除，沖夷虚澹。雖萬象紛陳，瞬息萬變，而自能握其玄珠，不淺不晦不俗以出之。叫囂儇薄之氣皆不能中於吾身，氣味自歸於醇厚，境地自入於深静。此種境界，白石、夢窗詞中往往可見，而東坡爲尤多。若論其致力所在，則全自養來，而輔之以學。《蕙風詞話》曰“多讀書，謹避俗”，又曰“取古人詞之意境極佳者，締構於吾想望中，使吾性靈相浹而俱化”，皆入手之法門，特不免仍有迹象耳。蕙風説境，上述數語以外，尚有數條，語亦近是。

二四　詞之結構

有曲直，有虚實，有疏密，在篇段之結構，皆爲至要之事。曲直之用，昔人謂曲已難，直尤不易。蓋詞之用筆以曲爲主，寥寥百字内外，多用直筆，將無回轉之餘地。必反面側面，前路後路，淺深遠近，起伏回環，無垂不縮，無往不復，始有尺幅千里之觀、翫索無盡之味。兩宋名家隨在可見，而神妙莫如清真、夢窗。然有如黄河東來，雖微遇波折，仍一瀉千里者，如東坡赤壁之〔念奴嬌〕，稼軒北固亭之〔永遇樂〕；有以事之起訖不提不轉恰成全局者，如清真〔夜飛鵲〕，則皆妙於直者也。一段之中，四句、五句、六句一氣趕下，稱爲大開大闔者，如清真〔還京樂〕换頭，〔西平樂〕後遍；而《樂章集》中尤多此類體格；夢窗最擅勝場，亦妙於直者也。此雖皆筆之運用，而實賴氣以行之。虚實之用，爲境之變化，亦藉筆以達之。叙景叙事，描寫逼真，而一經點破，虚實全變。例如憶往事者，寫夢境者，或自己設想者，或代人設想者，衹於前後着一語或一二字，而虚實立判。就點破時觀之，是化實爲虚；就所描寫者言之，則運虚於實。飛卿已有此法。尤顯者如東山〔青玉案〕結拍及清真〔掃花游〕〔瑣窗寒〕〔渡江雲〕〔風流子〕，皆有此妙，南宋諸家多善學之。疏密之用，筆之變化，實亦境與氣之變化。如畫家濃淡淺深，互相調劑。大概綿麗密緻之句，詞中所不可少。而此類語句之前後，必有流利疏宕之句以調節之，否則鬱而不宣，滯而不化，如錦綉堆積，金玉雜陳，毫無空隙，觀者爲之生厭。耳目一新者，境；呼吸驟舒者，氣；變化無恒者，筆；與詞調組織偶句之後，必有單行，恰相似也。事屬易曉，實例極多，不煩枚舉。至於宜拙不宜巧，宜重不宜輕，宜大不宜小，所以杜纖弱佻淫之漸，免於金應珪所稱“三蔽”者，則必然之條理，非相互之應用，不得與曲直、虚實、疏密相提并論矣。

聲執 卷下

一 花間集

《花間集》爲最古之總集，皆唐五代之詞。輯者後蜀趙崇祚。甄選之旨，蓋擇其詞之尤雅者，不僅爲歌唱之資，名之曰“詩客曲子詞”，蓋有由也。所録諸家，與前後蜀不相關者，唐惟温庭筠、皇甫松，五代惟和凝、張泌、孫光憲。其外十有三人，則非仕於蜀，即生於蜀。當時海内俶擾，蜀以山谷四塞，苟安之餘，弦歌不輟，於此可知。若馮延巳與張泌時相同，地相近，竟未獲與，乃限於聞見所及耳。考《花間》結集，依歐陽炯《序》爲後蜀廣政三年，即南唐昇元四年，馮方爲李璟齊王府書記，其名未著。陳世脩所編《陽春集》，有與《花間》互見者，如温庭筠之〔更漏子〕“玉爐烟”，〔酒泉子〕“楚女不歸”，〔歸國遥〕“雙香玉”，韋莊之〔菩薩蠻〕“人人盡説江南好”，〔清平樂〕“春愁南陌”，〔應天長〕“緑槐陰裏”，以及薛昭蘊、張泌、牛希濟、顧敻、孫光憲各一首，疑宋人羼入馮集。王國維謂馮及二主“堂廡特大”，故《花間》“不登其隻字”，則逞臆之談，未考其年代也。然唐五代之詞能存於今，且流傳極溥，實惟此是賴。明人刊本頗多，未經羼亂。清有汲古閣本、四印齋本；民國有雙照樓本、《四部叢刊》本，皆影刊明以前舊本者。

二 尊前集

《尊前集》亦唐五代總集之一。有明萬曆刻本，顧梧芳《序》謂所自輯；毛晋據之刊入《詞苑英華》。然吴匏庵有手鈔本。爲朱彝尊所得，斷爲宋初人輯録。又有梅禹金鈔本。彊邨参以宋慶元本《歐陽公近體樂府》之羅泌校語引及此書，益信朱説之確、顧《序》之妄。《歷代詩餘·詞話》謂作者爲吕鵬，則其人無考，存而不論可也。名之《尊前》，且就詞注調，殆專供嘌唱之用者。所録各家，姓氏每誤，如〔菩薩蠻〕“游人盡道江南好”一首爲韋莊作，而入之李白；〔搗練子〕“深院静”一首爲李煜詞，而入之馮延巳；〔更漏子〕“柳絲長”一首，“玉爐烟”(《花間集》作“香”。)一首，皆温庭筠詞，而一入之李王，一入之馮延巳，不獨李璟父子合爲一人爲疏於檢校也。然唐代各家之〔楊柳枝〕〔竹枝〕，杜牧之〔八六子〕，尹鶚之〔金浮圖〕〔秋夜月〕，李珣之〔中興樂〕及歐陽炯、孫光憲各家之作，多爲《花間》所未載，則唐五代之詞賴以傳世，其功亦不可没也。

三　金奩集

《金奩集》爲明正統間吴訥所刊《四朝名賢詞》之一，《彊邨叢書》據知不足齋傳鈔梅禹金本刊行。然《歐陽公近體樂府》羅泌校語亦引及之，陸游於淳熙間作《金奩集跋》，足證其爲北宋人所編。然題名爲温庭筠，令人疑爲温之别集；陸跋亦稱〔南鄉子〕爲温詞，可見其誤不自明始矣。彊邨取《花間集》互勘，將人名分注於目録，足發其覆。并因〔菩薩蠻〕原注之五首已見《尊前集》，亦頗合符，斷爲宋人雜取《花間集》詞，各分宫調，以供嘌唱，爲《尊前》之續。其説是也。《漁父》十五首，非張志和作，則吴縣曹元忠已有考證。

四　全唐詩附詞

《全唐詩》附詞十二卷，計六十八家、八百三十二首，雖非詞之總集，然唐及五代之作者包括無遺。五代惟李煜、馮延巳有别集，然均晚出，非編者所及見。而所録李煜三十四首、馮延巳七十六首，爲他書所無。又孫光憲無别集，而有八十首；李珣、歐陽炯亦所收獨多，不得不謂之宏富矣。故欲觀五代之全，舍此莫屬。特此爲清代官書，不無草率舛誤之處，讀者宜辨之。

五　唐五代詞選

《唐五代詞選》，成肇麐所輯。書成於清光緒十三年，刊於金陵。其所取材爲《花間》《尊前》及各選本，益之以《全唐詩》。四印齋刊《陽春集》在成書後二年，故馮煦《序》以未見《陽春集》足本爲恨也。所選各詞，雖存各家之真面，而本意内言外之旨、緣情托興之義，因身世之遭逢，以風雅爲歸宿。凡意淺旨蕩者概從删削，故即《花間》所有，亦多甄擇，體尊而例嚴。成氏《自序》謂“上躋雅頌，下衍爲文章之流别，俯仰之際，萬感横集，不得計其字數而小之”，可以見纂輯之旨矣。宋後，唐五代選本止此一種，而實爲最精，宜乎聲家人手一編也。

六　樂府雅詞

宋人選宋詞之總集，以曾慥《樂府雅詞》爲最早。觀《自叙》題“紹興丙寅”可證。宋有俳詞、謔詞，不涉俳謔，乃謂之雅。此種風尚成於南宋。《自叙》所謂“涉俳謔則去之，名曰《樂府雅詞》”。“雅詞”之名，未必肇自曾氏，然已見風會所趨。觀所録曹元寵詞不取〔紅窗迥〕，可知已。然陳瑩中有〔減字木蘭花〕，王介甫有〔雨霖鈴〕及《拾遺》上〔永遇樂〕之“功名閑事”一首，雖非諧謔，究不得謂雅，則去之未盡者。以所藏四十三家分爲三卷，蓋王荆公《唐百家詩選》之例，就所有而選之，非於人有詮擇也。又以百餘闋不知姓名者標爲《拾遺》，故所藏無之，即從蓋闕。而蘇東坡有〔虞美人〕〔翻香令〕二首，見《拾遺》上，晏同叔有〔訴衷情〕，秦淮海有〔阮郎歸〕〔海棠春〕〔南歌子〕三首，見《拾遺》下，秦刻爲之補注，而舊鈔本無注，則當時仍待訪詢者，曾氏未見各家詞集，可知也。所録諸家，或北宋人，或北宋人之相從南渡者。上卷有晁無咎，中卷有葉少藴、晁次膺，下卷有陳去非、朱希真，是於疏宕豪邁一派亦非無取。使東坡詞集未罹黨禁，或已禁弛而流傳，亦必存而不廢，則可見東坡之詞不在藏弆之列，乃黨禁初弛時情事。黄蕘圃《元刊東坡樂府》跋語謂毛鈔《坡詞·拾遺》有紹興辛未孟冬曾慥《跋》，云《東坡先生長短句》既鏤板，復得張賓老所編，并載於蜀本者悉收之。辛未爲丙寅後六年，故詞之出在《樂府雅詞》成書後可知也。余所見本爲《四庫》本、秦敦復刻本、《四部叢刊》之舊鈔本。秦《跋》未言及庫本，亦未據補，秦殆未見庫本也。

七　花庵詞選

《唐宋名賢絶妙詞選》十卷，《中興以來絶妙詞選》十卷，黄昇所輯。又稱《花庵詞選》者，黄氏亦名花庵詞客也。成於淳祐九年。在宋人選本中，爲網羅極富之本。各人之下，繫以小傳，并附評語，既可考見仕履身世，亦見各家流别，在當時固戛戛獨造者也。自明以來，傳刻未軼。毛晋收入《詞苑英華》中。陶南村傳鈔《白石道人歌曲》未出以前，傳世之三十四首，即全據此本。兩宋名家無專集者或集軼者，大半藉以流傳，故在宋代總集得名獨盛，播傳亦廣。惟張玉田譏之，謂“所取不精一”。然黄氏此選，非姝姝爲一家之言。唐五代以來，千門萬户，無所不收，頗能存各人之真面目，與《陽春白雪》《絶妙好詞》之有宗派者不同，較《樂府雅詞》所收尤廣，卷帙更多。玉田原有成心，故嫌其“不精一”。然取舍在讀者，“不精一”庸何傷？愚以《絶妙詞選》之佳處正在其“不精一”也。

八　陽春白雪

趙聞禮《陽春白雪》八卷、《外集》二卷，在宋人總集中最晚出。收入《宛委别藏》，外間罕覯。秦恩復始據鈔本刻之。錢塘瞿氏亦有刊本，同在清道光時。趙萬里謂瞿刻較善，附《校記》三通。愚未見瞿本，然秦氏亦有校勘，字、句、押韵不同者條注於每句之下，錯誤不能强通者以俟考補，是兩本均有校語。然觀趙氏校輯《宋金元人詞》所引有與秦本異者，疑出於瞿，依詞意考之，亦未盡善也。趙氏所録各詞，頗有南宋人未見他本之作，且皆妍雅深厚，與周密《絶妙好詞》相近。第四卷以前，兼收北宋，美成所録尤多。稼軒、改之、後邨諸人，則取其温厚藴藉者。《外集》則録激昂慷慨、大氣磅礴之作，取舍所在，尤爲顯著。惟於辛、劉之作見於八卷中者，似亦可入《外集》；《外集》所載曹松山三首，似亦可入本集：則消息甚微也。其所自作，見於卷五者四首，卷八者二首，筆意亦與梅溪、夢窗爲近。所録宋末詞人，終於王聖與，而草窗、玉田及與相倡和者均未見。聖與之詞，見於《花外集》《樂府補題》者亦未見。則趙之時代雖難確指，而其人未見宋亡，且與夢窗、時可兄弟同時，可以想見。又草窗《絶妙好詞》載趙作〔千秋歲〕〔魚游春水〕〔水龍吟〕〔賀新郎〕四首，惟〔魚游春水〕見卷八，且有異文；而《陽春白雪》卷五之〔好事近〕、法曲〔獻仙音〕〔玉漏遲〕〔瑞鶴仙〕，《絶妙好詞》則作樓采詞。朱彊邨校《夢窗詞》，删〔玉漏遲〕“絮花寒食路”一首，斷爲趙作，即據此書。故趙萬里謂，聞禮自輯，斷無以他人之作誤爲己作之理。是草窗未必及見聞禮，且未睹此書，又可知已。此書在宋總集中頗可寶貴，倘樊榭得見，其鑒賞推崇必不在《絶妙好詞》《元草堂詩餘》下矣。

九　絶妙好詞

周密輯《絶妙好詞》七卷，一百三十二家。始於張孝祥，終於仇遠，純乎南宋之總集。清初有高士奇刊本，又有小瓶廬覆刻本，然極難得。世所傳者爲樊榭箋本。朱孝臧曾見汲古閣鈔本，據以校定，欲刊未果。張玉田稱其“精粹”，《四庫提要》謂其“去取謹嚴”，鄭文焯亦云“南宋佳製，美盡是篇”，蓋周氏在宋末，與夢窗、碧山、玉田諸人，皆以凄婉綿麗爲主，成一大派别，此書即宗風所在，不合者不録。觀所選于湖、稼軒之詞，可以概見。清中葉前，以南宋爲依歸。樊榭作箋以後，翻印者不止一家，幾於家弦户誦，爲治宋詞者入手之書。風會所趨，直至清末而未已。以二窗爲的者，尤有取焉。張玉田諸人之品評，允爲恰當，以其不獨與《樂府雅詞》《花庵詞選》不取派别者有殊，即視《陽春白雪》亦無幾微失當之處，以一家之言成總集者，清代爲盛，而周氏實啓之。即謂其選法、做法，皆開有清之風氣，亦無不可。

一〇 梅苑

《梅苑》十卷，黄大輿所輯。多北宋詞，或南北宋之交者。中多未見他選本之作，輯佚者、校勘者頗多取焉。黄大輿之人名不甚著，時代無可考。曹元忠《重刊〈梅苑〉序》引《清波雜志》：紹興庚辰，得蜀人黄大輿《梅苑》。趙萬里次諸《樂府雅詞》之後，蓋就所録詞考之，與曾慥時代相近也。所録限於咏梅，且無甚甄擇。蓋總集中别開生面者。今可見之刊本，以曹楝亭爲最先，武進李氏、揚州宣氏皆從之出。訛錯之處，無可諟正。李刻有校記，出自曹元忠。曹則本諸何小山，蓋據他選本或專集爲之者。第五、第十兩卷各缺若干首。趙萬里據《永樂大典》《花草粹編》輯補，亦未能全也。余讀此書，曾發見一疑問：第四卷〔望梅〕下注：或作王聖與。《花草粹編》據以入選，明鈔及鮑刻《花外集》均據以補遺。然黄大輿果爲高宗時人，則决不能見碧山。此書於梅溪、白石之作在碧山前者，均未録入，又何能及宋末之碧山？且玩此詞語意，似南宋初或中葉人所爲，因臨安之盛而追憶北狩之二帝者。而碧山各詞，在宋亡以後多絶望語，口吻不相類。是爲王作與否，亦一疑案矣。

一一 草堂詩餘

《草堂詩餘》有二種，一分類本，一分調本。王國維以分調本《春景》等題即分類本之“類”。謂分調本據分類本改編，其説近是。今所見之本分類者，一爲四印齋校刊之嘉靖戊戌本，一爲雙照樓影刊之洪武壬申本。而兩本已有不同。趙萬里曾見元至正辛卯本，爲洪武本所自出，行款悉同，因證明洪武本所據原有奪葉。

元本且有編者何士信之名。分調本，明人所刊不下四五種。今可見者，最早爲嘉靖本，《序》謂出顧子汝家藏宋刻，比通行本多七十餘調，即以小令、中調、長調、長調編次者。其結銜爲武陵逸史，蓋此書之始編者在明已無可考。然所録無宋後之詞，且證以元《草堂詩餘》之名，則此書定出宋季。其分爲“時序”等類，殆與陳刻《片玉集》同。而箋注并附詞話，則南宋有此風氣也。小令、中調、長調之名，説者謂《草堂》開之，前此未有。明人性好作僞，以己作爲古人之作，或襲古人之作爲己作，往往而有；而所刊古書，割裂竄改，尤屬見不一見。故分調是否宋本，已成疑問。而各分類本中，類之分合既互有參差，詞之多寡又不一致，即如由元本以證明洪武本之殘缺，而洪武本固無殘缺之迹是也。然而小令、中調、長調之分，直成明代通例，至清初仍相沿襲。蓋《草堂詩餘》一書在明流傳極盛，填詞者奉爲圭臬。例如陳大聲之《草堂餘意》，即取《草堂詩餘》而遍和之，一若舍此别無足據者。故其名極大，而版本亦極龐雜，馴至分調本行而分類本微，則《草堂詩餘》固盛於明而亂於明矣。然所選各詞皆宋以前作且仍係雅詞，足資誦習，故與《花間》并垂不朽。至作者之名，在《梅苑》《樂府雅詞·拾遺》，凡不能確知者例從蓋闕；分類本猶存此風；分調本出，悉以前一首之撰人當之，乃增訛誤，則又明人之無知妄作者。

一二 中州樂府

金詞總集，唯一《中州樂府》，元好問所選。原與《中州集》相附麗，故汲古閣兩書同刊，張石洲校刊《元遺山集》亦彙刊之。其單行本，一爲日本五山覆元本，雙照樓影刊；一爲明嘉靖五峰書院本，彊邨校刊。計三十六家、百十三首，附二首，金源詞人以吴彦高、蔡伯堅稱首，實皆宋人。吴較綿麗婉約，然時有凄厲之音；蔡則疏快平博，雅近東坡，今《明秀集》尚存半部，可以覆按。金據中原之地，郝經所謂“歌謡跌宕，挾幽并之氣”者，迴異南方之文弱。國勢新造，無禾油、麥秀之感，故與南宋之柔麗者不同，而亦無辛、劉慷慨憤懣之氣。流風餘韵，直至有元劉秉忠、程文海諸人，雄闊而不失之傖楚，蘊藉而不流於側媚，卓然成自金迄元之一派，實即東坡之流衍也。此選雖兼收綿麗之作，而氣象實以代表北方者爲多。去取頗嚴，無一篇不可讀。或謂其不無挂漏，如遯庵、菊軒之未與；或以〔梅下引〕"城下路"一首見宋刊《東山詞》，疑於失考。然存一代之詞，并見北方之流别，不能以小疵掩之也。

一三　元草堂詩餘

《元草堂詩餘》三卷，秦恩復以《讀畫齋叢書》本用厲樊榭手校本校刊，并録樊榭四跋。樊榭之治是書，借鈔吴尺鳧藏本，以朱竹垞鈔本及元刊本校勘。又以《翰墨大全》及《天下同文集》輯補，可謂勤矣。樊榭謂其"采擷精妙，無一語凡近"，"《絶妙好詞》外，渺焉寡匹"。蓋輯者名雖不傳，而必爲元代一大作手且漸染南宋之風。其輯爲是書，則别有深意在。上卷十四人、六十二首，中卷二十五人、六十八首，下卷二十四人、七十三首。其確爲元人者，衹劉藏春、許魯齋兩家，餘皆南宋遺民。其詞皆樊榭所謂"凄惻傷感，不忘故國"者。是名雖屬元，實乃南宋餘韵，蓋草窗、碧山、玉田、山村之所倡導。如張翥、張雨、邵亨貞等，皆屬此派。在元代詞學爲南方之一流别，與北人平博疏快者迥乎不同。而所録之人又多無别集，實可繼《絶妙好詞》之後，於南宋爲補遺。彊邨《宋詞三百首》列入彭元遜、姚雲文，即據此也。元人又有《天下同文集》，其四十八至五十卷爲詞，二十餘首。然盧摯以外，皆與此同。

一四　花草粹編

《花草粹編》，明陳耀文纂。今海内傳本不過四五部。南京盈山書舍以善本書室藏本影印，始有流傳。明人輯刊之書多無足取。

如楊慎《詞林萬選》、卓人月《詞統》、茅映《詞的》及《草堂續集》之類，等諸自鄶。獨陳氏此書有特色焉。一、所録皆唐、五代、宋、元之詞，不羼明詞，不雜元曲，足見矜嚴之處。二、取材以《花間》《草堂》爲主，益以《樂府雅詞》《花庵詞選》《梅苑》《古今詞話》《天機餘錦》《翰墨大全》及名家詞集，旁采説部、詞話，間附本事，雖無甚抉擇，然今已絶版之書藉以存者不少。三、依原書迻録，缺名者不補名字亦先後參差，并無校改，所據舊籍可以推見，校勘、輯佚，資以取材，故頗爲前人所稱。至其以小令、中調、長調分類，則仍《草堂》之舊爾。清咸豐間有金氏活字本，以陳氏體例爲未善，擅加改竄，轉失其真。今金氏本亦罕見。全書十二卷，庫本分爲二十四卷，金氏仍之。實當明末有僞爲元人所撰者，《四庫》成書時爲所誤也。

一五　詞綜

《詞綜》三十八卷，清初朱彝尊選。體例仿《花庵詞選》，而卷帙殆將倍之。所録之詞，自唐迄元，一以雅正爲鵠。蓋朱氏當有明之後，爲詞專宗玉田，一洗明代纖巧靡曼之習，遂開浙西一派，垂二百年，簡練揣摩，在清代頗占地位。且朱氏搜求佚書，不遺餘力，凡明人未見之本，多經朱氏發現，例如專集之《山中白雲》，總集之《絶妙好詞》《元草堂詩餘》皆是。讀其例言，凡所已見之本及旁求而未獲之本，一一羅列，後人按圖索驥，藉以覓獲久佚之籍，其功爲多。至所録之詞，雖宗玉田，而門户實不過嚴，非如《絶妙好詞》有釐然之垠堮。或者準諸其詩，以貪多誚之，非篤論也。附録各家評語，應有盡有，較《花庵詞選》爲周備，足資學者之參證。其後王蘭泉《續詞綜》、陶凫薌《詞綜補遺》，則就晚出之書爲朱氏所未見者，從而補之耳。

一六　歷代詩餘

《歷代詩餘》，康熙四十六年沈辰垣等所編，爲清代官書之一，爲詞一百卷，列調一千五百四十，詞九千零九首。附《詞人姓氏》十卷，《歷代詞話》十卷，洋洋乎大觀也。其體例，分調收詞，以字之多寡爲次；調同字數同，又以句讀分體，凡前調下所稱“又一體”是也。昔人謂欲比較各名家句讀平仄，當觀此書，蓋兼有譜、律之用矣。《凡例》謂“廣搜名作，注明各體，故不另立圖譜”，蓋編纂初意，原欲兼譜、律而一之，然嗣知不能相代，故五十四年王奕清等另成《词譜》一書。然以此之故，遂有缺點。〔九張機〕本爲九首，且有次第，如選詞則不可缺一，而此以備體之故，衹録第一首。又所據本有奪文，致少一字，則另列於字數相同之卷。例如清真〔解連環〕“謾記得當日音書”句奪一“謾”字，乃有百零五字之體；夢窗〔風入松〕“玉佩泠丁東”句奪一“佩”字，乃有七十五字之體。如此之類，觸目皆是。蓋當時既無善本可校，而編者又草率從事，不能如萬樹之審詳，是官書不可信之處，今之治詞者多知之矣。至於圖卷帙之多而抉擇不精，且遍收明人之作，則皆編者無專門之學，不足以舉之也。

一七　張惠言詞選

張惠言《詞選》，四十四家，百十六首，陳鋭稱爲最約。其旨趣見於《自叙》中，無一首不可讀，無一首有流弊。加圈之句，爲詞之筋節處，須細心體會始能得之。指發幽隱，在所加之注，雖有時不免穿鑿，然較諸明人、清初人之評點，陳義爲高。蓋所取在比興。比興之義，上通《詩》《騷》，此爲前所未有者，張氏實創之。詞體既因之而尊，開後人之門徑亦復不少。常州派之善於浙西派者以此。其説相承至今，而莫之能易，亦以此。學者入門，由此取徑，絶不至誤入歧趨。此最善之選本，宜先翫索者也。然於屯田、夢窗之佳處未能知之。序中且有不滿之語。其外孫董毅作《續詞選》，一守其家法，柳、吴各選數首，而仍非兩家特色所在，則仍不能知柳、吴也。又《續選》中，玉田獨多，至二十三首。則玉田之寄托，顯而易知。董氏初好玉田，旋亦厭之，見周濟

《詞辨序》，乃作於好玉田時耳。

一八　周濟詞辨

周濟於嘉慶間作《詞辨》十卷，今所存者前二卷。一卷起温庭筠，爲正，二卷起李後主，爲變。譚復堂謂爲解人難索，實則古文家陰柔與陽剛之説，而托體風騷，取義比興，猶是張惠言之法。道光十二年，撰《宋四家詞選》，以周、辛、王、吴四家領袖一代，犖犖餘子以方附庸。其言曰："問途碧山，歷夢窗、稼軒，以還清真之渾化。"則剛柔兼備，無所謂正變矣。蓋周氏友董毅而私淑張氏。張氏之説本無所謂剛柔正變，觀其所選可以概見，而周氏之造述，更有進於張氏者。《詞辨》所附之《論詞雜著》《宋四家詞選》之《叙》與論及眉評，皆指示作詞之法，并評論兩宋各家之得失，示人以入手之門及深造之道。清季王半塘爲一代宗匠，即有得於周氏之途徑者。其"非寄托不入，專寄托不出"二語，尤爲不二之法門。自周氏書出而張氏之學益顯，百餘年來詞徑之開闢，可謂周氏導之。至其能識屯田、夢窗，評論確當，則不僅彌張氏之缺憾，且開後此之風氣矣。四家所附各家，未必銖兩悉稱，然大體近是者爲多。至其糾彈姜、張，剟刺陳、史，芟夷盧、高，在舉世競尚南宋之時，實獨抒己見，義各有當。惟其評論白石，似有失當之處。所指爲俗濫、寒酸、補湊、敷衍、重復者，仍南宋末季之眼光，未必即白石之敗筆，且或合於北宋之拙樸。又謂白石"脱胎稼軒"，則愚尤不敢苟同。"野雲孤飛"、沖澹飄逸之致，决非稼軒所有；而稼軒蒼凉悲壯之音、權奇倜儻之氣，亦非白石所能，未可相附也。又其退蘇進辛，而目東坡爲"韶秀"，亦非真知東坡者。

一九　戈順卿宋七家詞選

戈順卿《宋七家詞選》，作於清道光間。其時比興説創於常州，戈氏爲"吴中七子"之一，雖仍衍浙西之緒，求南宋之雅音，然已知所謂騷雅遺意，且已知尊清真。特其論清真者仍不免隔靴搔癢，不如周濟謂之“集大成”爲有真知灼見爾。然戈氏之論夢窗，則已能知之，所謂“運意深遠，用筆幽邃，貌觀之雕繢滿眼，而實有靈氣存乎其間”，固與周濟之説如桴鼓之相應也。彼自謂欲求正軌，以合雅音，則惟周、史、姜、吴、周、王、張，允稱無憾。蓋於北宋雖未能深窺，而於南宋已得奥窔，故其言多中肯綮也。戈氏於詞，辨律審音均極精粹。故其所選無律不叶、韵不合者。然所選之詞，與他本不同之字多無根據，且有擅改之迹，杜文瀾曾言之，後人率以此相詆。然而“律不乖迕，韵不厖雜，句擇精工，篇取完善”，王敬之所以稱之者，確非過情之譽。則其爲世推重，非無故矣。

二〇　心日齋十六家詞録

《心日齋十六家詞録》，周之琦所選，時在道光二十三年。所録爲温庭筠、李煜、韋莊、李珣、孫光憲、晏幾道、秦觀、賀鑄、周邦彦、姜夔、史達祖、吴文英、王沂孫、蔣捷、張炎、張翥十六家，自言爲平生得力所自，故輯而録之。末各綴一絶句，皆能得其真詮。清真以降，不録令曲，而其旨則於賀鑄下發之。愚以爲宋人令曲每以慢詞做法爲之，即有合於令曲者，仍不能出五代之範圍而自闢蹊徑，周氏之論至當，惟未必無抑揚抗墜之音而已。對於夢窗，特加論斷，雖不能如周、戈之深粹，而所言頗中肯綮。且與戈氏不謀而合者，則取史、吴兩家也。殿以蜕岩，且元人衹此一家。而於蘇、辛一派均無所取，則仍浙西家法耳。此書衹家刻本，流傳不多，然所選頗精，足與戈《選》同資誦習。蓋限定家數之總集，衹戈《選》、周《録》。而周之異於戈者，則上起唐代，下迄於元，北宋增小晏、秦、賀，雖似不出温柔敦厚之範圍，而門户加寬，且已知崇北宋矣。

二一　宋六十一家詞選

《宋六十一家詞選》，馮煦就汲古刻《六十一家》選録者。成於光緒十三年，爲晚近傳誦之本。馮氏此選限於汲古已刻者，曾於《例言》中述之。其時汲古本除原刻外，衹汪氏振綺堂翻印本，而皆不易得也。至選録之旨趣，則《序》中有云："諸家所詣，短長、高下、周疏不盡同，而皆嶷然有以自見。"故務存諸家之本來面目，"别其尤者，寫爲一編"，而不以己意爲取舍。然擇詞尤雅，誹謔之作則所無也。諸家卷帙多寡不同，多者至一卷，少者或數首，不泛濫也。前冠《例言》，衹最後八條義屬發凡，爲選録校讎之事。餘皆評隲各家而論其長短、高下、周疏之實，蓋不啻六十一家之提要與六十一家之評論。與其所選之詞參互觀之，即可了然於何者當學，及如何學步，而仍非有宗派之見存，可謂能見其大者矣。

二二　宋詞三百首

民國十三年，《宋詞三百首》始問世。詞之總集，以此爲最後。結銜稱"上彊邨民"，即朱孝臧也。况周頤作序，謂於體格、神致求之，以渾成爲宗旨。此言也，在初學或未易解，强爲之説，亦非易事。唯彊邨在清光、宣之際，即致力東坡，晚年所造，且有神合。馮煦叙《東坡樂府》，指陳四端：一曰獨往獨來，一空羈勒，如列子禦風，如藐姑仙人，吸風飲露。二曰剛亦不茹，柔亦不吐，纏綿悱惻，空靈動蕩。三曰忠愛幽憂，時一流露，若有意若無意，若可知若不可知。四曰涉樂必笑，言哀已嘆，雖屬寓言，無慚大雅。蓋空靈變幻，不可捉摸，以東坡爲至極。朱氏所選，以此爲鵠，而於宋詞求之，有合者或相近者則入選。讀者試以馮氏之言，讀《宋詞三百首》，庶乎得其崖略。此固朱氏一家之言，然實前此選詞者所未有也。蓋詞之總集前此已多，朱氏有作，決不肯蹈襲故常，而以自身所致力者，示人以矩範，且見若干家中皆有類此之境界。或以爲在選政中實爲别墨，然不能不認爲超超元著，在宋、清各總集之外，獨開生面也。朱氏又有《詞莂》，選清詞十五家，各舉數首，其旨趣亦同。

二三　宋詞舉

距今二十五年至三十年以前，愚授詞北京，有《宋詞舉》之作。時方有宋十二家之擬議，此爲縮本。編法用逆溯，并以校記、考律、論詞三事，分段説明。詞僅五十三首，蓋用爲講貫之資，且與時間相配，非十二家詞選體製也。徐仲可見之，遽謂爲創作，深加贊許。卷端論選録之旨，茲録如次：

論南宋六家

選南宋詞者，戈順卿取史、姜、吴、周、王、張六家；周稚圭取姜、史、吴、王、蔣、張六家；周止庵則以辛、王、吴爲領袖。夫張炎之妥溜；王沂孫之沉鬱；吴文英極沉博絶麗之觀，擅潛氣内轉之妙；姜夔野雲孤飛，語淡意遠；辛弃疾氣魄雄大，意味深厚：皆於南宋自樹一幟，流風所被與之化者各若干人。然蔣捷身世之感同於王、張，雕琢之工導源吴氏，周密附庸於吴，尤爲世所同認。姑舍蔣、周而録張、王、吴、姜、辛，意實在此。至此五家者，相因相成，往往可見；然各有千古，不能相掩也。史達祖步趨清真，幾於笑顰悉合，雖非戛戛獨造，然南渡以降，專爲此種格調者實無其匹，故效戈、周之選，不敢過而廢之。初學爲詞者，先於張、王求雅正之音、意内言外之旨，然後以吴煉其氣意，以姜拓其胸襟，以辛健其筆力，而旁參之史，藉探清真之門徑，即可望北宋之堂室：猶是周止庵教人之法也。

論北宋六家

周邦彦集詞學之大成，前無古人，後無來者。凡兩宋之千門萬户，《清真》一集，幾擅其全，世間早有定論矣。然北宋之詞，周造其極，而先路之導，不止一家。蘇軾寓意高遠，運筆空靈，非粗非豪，别有天地。秦觀爲蘇門四子之一，而其爲詞則不與晁、黄同賡蘇調，妍雅婉約，卓然正宗。賀鑄洗煉之工，運化之妙，實周、吴所自出，小令一道，又爲百餘年結響。柳永高渾處、清勁處、沉雄處、體會入微處，皆非他人屐齒所到，且慢詞於宋，蔚爲大國，自有三變，格調始成。之四人者，皆爲周所取則，學者所應致力也。至於北宋小令，近承五季，慢詞蕃衍，其風始微。晏殊、歐陽修、張先，固雅負盛名，而砥柱中流，斷非幾道莫屬。由是以上稽李煜、馮延巳，而至於韋莊、温庭筠，薪盡火傳，淵源易溯。録此六家，實正軌所在，瓣香所承，不敢效犨戈、周，舉周邦彦以概其餘也。

此選限於兩宋，然唐五代所取則爲温、韋、李、馮四家，論小晏時已述及矣。至十二家之甄選，乃二十餘年前之見解，近來犨討所獲，略有變更。以史達祖附庸清真，有因無創；而北宋初期，關於令曲已開宋人之風氣，略變五代之面目者，則爲歐陽修，且《歐陽公近體樂府》，慢詞不少，其時慢詞雖未成熟，而其端亦由歐陽發之。爰擬南宋删史，北宋增歐陽，南宋五，北宋七，仍爲十二。雖因於前賢不之陳迹，略事增删，然一得之愚，似有討論之餘地。至十二家詞選之全，則擇其精粹而卓有特殊之表現者，期於不溢不漏。稿屢改而未定，蓋此事究未易言也。因論總集，而附及之。

二四　詞集九種

詞肇於唐，成於五代，盛於宋，衰於元，而南有樂笑之流風，北有東坡之餘響；亡於明，則祧兩宋而高談五代，競尚側艷，流爲淫哇；復興於清，或由張炎入，或由王沂孫入，或由吴文英入，或由姜夔入，各盡所長。其深造者柳、蘇、秦、周，庶幾相近。故治詞學者雖以唐、五代、宋爲矩矱，而宋實爲之主。别集既苦未備，而宗風流别又可於總集見之。起《花間》迄《三百首》，皆總集之犖犖者。初學爲詞，宜從張惠言《詞選》或周濟《宋四家詞選》入手，既約且精，毫無流弊，以奠其始基。再進一步，則《唐五代詞選》《宋六十一家詞選》爲必讀之書。而廣之以《詞綜》，參之以《七家》《十六家》《三百首》，既各補其所未備，如《七家》之草窗、碧山、玉田，《十六家》之方回、蜕岩。又可因取舍之不同而見其流别，如《三百首》之塗徑，《七家》《十六家》之傾向。由是而讀宋人四總集以及《花間》，再觀各名家專集，就其性之所近，專學一家，或兼采數家，互相補益。中心有主，取精用弘，泛覽以窮其變，互勘以求其是，而無窮之運用出焉。故提要鈎玄，惟在上述數種，其他備考而已。至於名家之别集，單行本、叢書本（如《知不足齋》《粤雅堂》等。）以及地方詞書（如《閩詞鈔》《山左人詞》《湖州詞録》等。），不勝枚舉。其别集之藪，善本、校本、孤本之叢，所謂彙刻詞集者，有下列九種：

《汲古閣六十家詞》毛晋刻。分六集，隨得隨刻，不依時代先後。不盡善本，校讎亦不精。然今存之彙刻詞，此爲最早。《彊邨叢書》出世以前，此亦最富。原刻及注刻外，上海有縮影本。

《名家詞集》侯文燦刻。衹十家，皆汲古閣未刊本。《粟香室叢書》有翻刻。

《四印齋所刻詞》王鵬運刻。惟《雙白詞》非善本，其餘大概善本，或孤本。且有影刊宋、元槧者，校讎亦精。附宋、元三十一家詞，亦皆孤本。原刻外，上海有縮影本。

《宋元名家詞》江標刻。僅十五家，中多孤本，無校語。

《彊邨叢書》朱孝臧刻。以有《雲謡集》者爲足本。收輯最富，且多不經見之本。凡有别本可校者，皆有校記，且於正文中定之。或兼叙版本源流。

《雙照樓所刻詞》吴昌綬刻。選定宋、元、明僅見之佳槧，行款、格式、字迹一依原書，頗存舊籍之真，故不加校語。

《涉園所刻詞》陶湘刻。原亦吴昌綬選定，爲《雙照樓》第二集。勝處與《雙照樓》同。

《校輯宋金元人詞》趙萬里輯刻。多係輯佚，且以各選本互校，間有一二孤本。鉛印甚精。

《全宋詞》唐圭璋輯刻。原皆選用善本，惟因付坊間排印，且時值倭亂，版式、校讎均未精。

《聲執》卷下終

附跋語

大著博大精深，尤邃於音韵之學。戈順卿以通古韵，其《詞林正韵》見重於時。當世詞流於倚聲外罕治他學，玆事絶久矣。驟於君書遇之，不勝詫嘆。讀竟敬識數語以志欽服。

壬辰二月夏敬觀

持論平允，可以息争。東平日所議，頗有與此暗合者，是非不悖於大雅君子，尤所竊喜也。

汪東謹識

審音定律，究委窮源，寔初學之津梁，聲家之軌範。執玩反復，嘆佩無斁。

甲午五月向迪宗謹識

病倩詞話

陳去病◎著

陳去病（1874～1933），字佩忍、巢南、伯儒，别字病倩，筆名有季子、南史氏等，號垂虹亭長。江蘇吴江同里人。近代詩人、社會活動家，南社創始人之一。著有《浩歌堂詩鈔》《明末遺民録》《五石脂》等，輯刊有《吴江縣志》《笠澤詞徵》《松陵文集》《杏廬文鈔》《百尺樓叢書》等。《病倩詞話》，1917年9月1日起刊於《民國日報》，署“陳巢南”“陳佩忍”。另，陳去病發表於《女子雜志》1915年第1卷第1期的《鏡臺詞話》（署“病倩雜著”）與《病倩詞話》“李清照詞論”則以下相同。朱崇才編《詞話叢編續編》收録該詞話。《陳去病全集》（上海古籍出版社，2009）所載《病倩詞話》多出二則，本書據以補入。

《病倩詞話》目録

病倩詞話

一 笠澤詞徵

往嘗搜輯鱸鄉遺著，得《松陵文集》八十卷，《詩徵》六十卷，咸以卷帙繁重，僅僅集稿，未暇秩理。祇《笠澤詞徵》，竭十餘年之力，分編二十四卷，亦弗敢示人也。柳子安如見之，敦促授梓，并以貲助。雅不欲孤其盛意，即畀之坊刻。不意未及竣板，而所獲益多，故刻成時竟得三十卷。可云富矣。兩年以來，奔走南北，幾無暇晷，乃偶一展卷，輒復有得。若宋之孫耕閒鋭，明之趙氏重道，平時求其詩文，亦所罕覯，矧在樂府。顧今所獲孫詞二首，一係〔魚歌子〕，一則與沈伯時相倡和者，良堪寶貴。惜伯時所作，僅見一序，爲缺陷耳。趙爲余里人，其詞六首，即分咏同川風景者，足爲富土增一掌故。尤奇者，雅宜山人王寵固以工詩文、擅書法，鳴於當時者也，乃亦得其和石田衡山諸賢詞一章，輒爲狂喜。閑時當爲續輯一卷，以附前刻之後，或庶幾無遺憾矣。（六年九月一日）

二 得朱敦儒樵歌

王半塘一生憾事，即在朱敦儒《樵歌》一帙，未之過目。余亦引以爲奇。平居輒便捃攟，頗獲逸簡，遂寫成一册，聊自娛悦。竊以爲原本之終不可睹矣。乃去歲，在杭州，於陳越流旅所得新刊巨頁，視之固赫然皆朱作，不禁狂喜。既而益自增嘆曰：古人

云，讀書不可不多，豈不然哉？（二日）

三　毛氏六十家宋詞

毛氏《六十家宋詞》，或附李漱玉、朱幽栖二人，成六十二家。余竊異之。謂宋以詞鳴，炳炳稱盛，雖年代久遠，而其專集亦斷不衹此。因力爲搜采，竟得百餘家，大抵取資於《西泠詞萃》、半塘輯本及各叢書。其間若碧山、玉田、草牕、夢牕諸作，頗經時賢校録，極爲精審。安得俸錢十萬，盡付雕鏤，則予願足矣。（三日）

四　陳小樹徵獻論詞圖題詞

余既撰《詞徵》，嘗倩歙人黄質繪《徵獻論詞圖》以紀一時之盛。其首爲余題詞者，則虞山龐芑庵也。其次爲吴瞿安，最後則陳小樹。詞皆精妙，龐、吴詞已傳誦，不復及。兹録小樹詞，調寄〔法曲獻仙音〕云："亭上虹垂，壺中天遠，舊日紅箭低度。響墮疏鐘，夢回芳草，鷄鳴漫天風雨。向百尺峥嶸處，蒼茫獨懷古。　展縑素。有華香、一般情思，遺緒渺，佳話柳塘倩補。（周勒山有《松陵絶妙詞》，沈柳塘有《古今詞話》，皆吴江人。）韵事勝填詞，問良工、誰憐心苦。短鬢婆娑，粤游吟、重續新譜。（吴江沈日霖有《粤游詞》，君亦載稿游嶺南。）待楓漁棹返，妙筆水村同賦。"語語親切，無一浮泛，洵可喜也。小樹又嘗見示〔浣溪沙〕一詞云："耻徹當筵定子謌。楊枝帶雨舞傞傞。夢回九九夜寒多。　僊骨錯疑丹藥换，孤弦痴盼素琴龢。羞紅强説醉顔酡。"其寄托處亦殊綿渺。（五日）

五　郭氏詞人

郭靈芬一代詞宗，舉世莫不知之。顧其所成就，實本之於庭訓。姚惜抱氏所謂郭海粟先生者，即其父也。海粟名灝，字少山。亦名諸生，與同里陸朗夫中丞交契。著有《深柳讀書堂詩稿》一卷，約百四五十首。係其所手寫未刻原稿，今藏其里陸樹棠所，惜未有詞。靈芬弟丹叔，詩學受之乃兄，亦不工詞。惟丹叔幼子少蓮名柟者，居嘉善，能填詞。余既録之《詞徵》矣。而樹棠語我，其家有《杏花書屋詩詞鈔》一卷，爲郭仁𧂐學洪所著，都百數十首，經柳古槎先生所删定者。亦蘆墟人，諸生，精醫，大抵其族人也。（七日）

六 黄小槎工詞

其後蘆墟有黄小槎名以正者，亦工詞，著有《吟紅館詩詞集》。生平恬淡自適，不慕榮利，以野鶴自號。詩分《春雨録》《白溪集》《雲水閑謳》《海南游草》《鶴歸吟》等五卷，其詩餘一卷附焉。（八日）

七 潘倬雲好填詞

近時有潘倬雲文漢亦好填詞，著有《疏香齋存稿》一卷。雖其人名氏不著，所作亦未見，顧要皆於靈芬有一瓣香者，則亦不必以其壤流而廢之。因與竹𧂐、小槎并記於此。（八日）

八 李清照詞論

詞肇於唐，盛於宋，衰於元明，而再振於清。然則清之詞，將仿佛乎宋之徒歟，亦未也。唐宋罙精聲律，其詞多可入簫管，而清賢俱謝不能。此古今優劣之比較，略可睹矣。往讀李易安論詞之作，輒用傾倒，兹特迻録如下，庶能得此中消息已。論云："樂府聲詩并著，最盛於唐。開元、天寶間，有李八郎者，能歌，擅天下。時新及第進士，開宴曲江，榜中一名士，先召李，使易服，隱名姓，衣冠故敝，精神慘沮，與同之宴所。曰：'表弟願與坐末。'衆皆不顧。既酒行樂作，歌者進。時曹元謙、念奴爲冠。歌罷，衆皆咨嗟稱賞。名士忽指李曰：'請表弟歌。'衆皆哂，或有怒者。及轉喉發聲歌一曲，衆皆泣下。羅拜曰：'此必李八郎也。'自後鄭衛之聲日熾，流靡之變日煩，亦有〔菩薩蠻〕〔春光好〕〔莎鷄子〕〔更漏子〕〔浣溪沙〕〔夢江南〕〔漁父〕等詞，不可遍舉也。

五代干戈，斯文道熄。獨江南李氏君臣尚文雅，故有‘小樓吹徹玉笙寒’‘吹皺一池春水’之詞，語雖奇甚，所謂亡國之音哀以思也。逮至本朝，禮樂文武大備，又涵養百餘年，始有柳屯田永者，變舊聲作新聲，出《樂章集》，大得聲稱於世。雖協音律，而詞語塵下。又有張子野、宋子京兄弟、沈唐、元絳、晁次膺輩繼出，雖時時有妙語，而破碎何足名家。至晏元獻、歐陽永叔、蘇子瞻，學際天人，作爲小歌詞，直如酌蠡水于大海，然皆句讀不葺之詩爾。又往往不協音律者，何耶。蓋詩文分平仄，而歌詞分五音，又分五聲，又分六律，又分清濁輕重。且如近世所謂〔聲聲慢〕〔雨中花〕〔喜遷鶯〕，既押平聲韵，又押入聲韵。〔玉樓春〕本押平聲韵，又押上去聲，又押入聲。其本押仄聲韵者，如押上聲則協，如押入聲則不可歌矣。王介甫、曾子固，文章似西漢，若作小歌詞，則人必絶倒，不可讀也。乃知詞别是一家，知之者少。後晏叔原、賀方回、秦少游、黄魯直出，始能知之。又晏苦無鋪叙，賀苦少典重，秦即專主情致，而少故實，譬如貧家美女，非不妍麗，而終乏富貴態。黄即尚故實，而多疵病，譬如良玉有瑕，價自减半也。”去病案：此篇於源流正變，推闡極致，其所課隲諸家，是非優劣，尤似老吏斷獄，輕重悉當，洵乎深得詞家三昧矣。沈東江謙嘗曰：“男中李後主，女中李易安，極是當行本色。”今日思之，斯言良信。（十五日）

九　詞中叠字

歐陽公〔蝶戀花〕《春暮》詞起句“庭院深深深幾許”，連叠三字，風調絶勝。易安居士酷愛之，遂用其語别成數闋，亦可謂風流好事矣。然余所最佩者莫若〔聲聲慢〕一闋，劈頭連用十四個叠字，豈非“大珠小珠落玉盤”乎？而煞尾更綴以“點點滴滴”四字，真所謂“回頭一笑百媚生”也。（十六日）

一〇 易安詞

毛稚黄嘗以易安“清露晨流，新桐初引”係《世説》全句，用得渾妙，因謂：詞貴開宕，不欲沾滯。忽悲忽喜，乍遠乍近，乃爲入妙。如李詞本閨怨，而結云“多少游春意”，“更看今日晴未”，忽爾開拓，不但不爲題束，并不爲本意所苦，直如行雲，舒捲自如，人不覺耳。斯言真能將妙處道得出來。然余更因是知易安此作，殆如《詞論》所云，有鋪叙，又典重，多故實，而兼情致者歟。(十六日)

一一 李易安醉花陰詞

李易安作〔醉花陰〕詞致趙明誠云：“薄霧濃雰愁永晝。瑞腦銷(一作嘵。)金獸。佳節又重陽，寶枕紗厨，半夜秋初透。　東籬把酒黄昏後。有暗香盈袖。莫道不銷魂，簾捲西風，人比黄花瘦。”明誠自愧弗如，乃忘寢食，三日夜得十五闋，雜易安作，以示陸德夫。德夫玩之再三，曰：“祗有‘莫道不銷魂’之句絶佳。”正易安作也。李復有〔如夢令〕云：“昨夜雨疏風驟。濃睡不消殘酒。試問捲簾人，却道海棠依舊。知否。知否。應是緑肥紅瘦。”極爲人所膾炙。明誠卒，易安祭之云：“白日正中，嘆龐翁之機捷；堅城自墮，憐杞婦之悲深。”文亦黯絶。或傳其再適張汝舟，此出怨家誣陷，不足信也。嘗考德甫之殁，漱玉年已四十餘，維時正值紹興南渡，倉皇奔走，艱苦迭嘗，讀《金石録後序》已略可睹。而曾謂其能從容再適乎。且既再適矣，而尚忍掇拾遺稿，與之作跋并闡述其生平行狀乎。是固不辯而知其誣也。蓋德甫雖暴卒，而其所寶藏猶多，漱玉以一嫠婦，提携轉側，安得不引人艷羡，而盗竊攘奪之事，斯接踵而至矣。及以玉壺興訟而仇隙益滋，此蜚語之所由相逼而來也？《金石録》一序，易安其亦有悔心歟。故曰有有必有無，有得必有失，乃理之常。楚人亡弓，楚人得之，又何足道。蓋所以爲好古之戒，至深且切。而再適之誣，亦大白矣。(十

七日）

一二　魏夫人詞

朱晦庵嘗以魏夫人詞與易安并論，謂爲本朝婦人之冠。魏夫人詞不多見，世亦罕知之。惟曾慥《樂府雅詞》載十首，均清絶韵絶，果不在易安下也。如〔好事近〕云："雨後晚寒輕，花外早鶯啼歇。愁聽隔溪殘漏，正一聲淒咽。　不堪西望去程賒，離腸萬回結。不似海棠陰下，按〔凉州〕時節。"〔阮郎歸〕云："夕陽樓外落花飛。晴空碧四垂。去帆回首已天涯。孤烟捲翠微。樓上客，鬢成絲。歸來未有期。斷魂不忍下危梯。桐陰月影移。"〔點絳脣〕云："波上清風，畫船明月人歸後。漸銷殘酒。獨自憑闌久。　聚散匆匆，此恨年年有。重回首。淡烟疏柳。隱隱蕪城漏。"清微咽抑，摇弄生姿。斷句如"三見柳綿飛，離人猶未歸"，融化龍標詩意，頗覺含渾。"冤盡春來金縷衣。憔悴有誰知"，亦是少婦本色。而余尤愛其〔減蘭〕兩闋："西樓明月。掩映梨花千樹雪。樓上人歸。愁聽孤城一雁飛。　玉人何處。又見江南春色暮。芳信難尋。去後桃花流水深。""落花飛絮。杳杳天涯人甚處。欲寄相思。春盡衡陽雁漸稀。　離腸泪眼。腸斷泪痕流不斷。明月西樓。一曲闌干一倍愁。"回環宛轉，如注而後，使置之《茗柯詞選》，不幾以《金荃》《陽春》目之耶？（十八日）

一三　朱淑真斷腸集

同時幽栖居士朱淑真，相傳爲文公姪女，以所適非偶，著《斷腸集》，時有怨語。或且以〔生查子〕詞病之，而不知爲歐九作，則其被誣也深矣。嘗觀其詩有與魏夫人飲宴唱和之作，所謂"飛雪滿群山"者是已。詞尤與漱玉齊名。如〔生查子〕："寒食不多時，幾日東風惡。無緒倦尋芳，閑却秋千索。　玉減翠裙處，病怯羅衣薄。不忍捲簾看，寂莫梨花落。""年年玉鏡臺，梅蕊宮妝困。今歲未還家，怕見江南信。　酒從别後疏，泪向愁中盡。

遥想楚雲深，人遠天涯近。”斷句如“欹枕背燈眠。月和殘夢圓”，“多謝月相憐。今宵不忍圓”，“十二闌干閑倚遍。愁來天不管”，“滿院落花簾不捲。斷腸芳草遠”，“亭亭伫立移時。判瘦損、無妨爲伊”，“把酒送春春不語。黄昏却下瀟瀟雨”，俱極清新俊逸，意態横生，一若聰明人不嫌作痴語，真所謂嬌憨絶世也。又其〔清平樂〕云：“嬌痴不怕人猜。和衣睡倒人懷。最是分携時候。歸來孏傍妝台。”〔柳梢青〕云：“個中風味誰知。睡乍起，烏雲任欹。嚼蕊挼英，淺顰輕笑，酒半醒時。”此尤豈門外漢所能道隻字耶？（十九日）

一四　葉瓊娘與夏端哥

余嘗謂明季詞人有兩大傷心事，俱足爲衰世之徵。不特興才子佳人之痛也。其人爲誰？即葉瓊娘與華亭夏端哥也。二子俱生華膚，俱當妙齡，秉夙慧，擅絶才，獲令譽，可謂極人生之至樂矣。廼一則以將嫁而殀，一則以仗義殉國，先後纔三四年。而藷落摧挫，至不可言，得非天下之奇慘耶？且年并十七，地盡汾湖，抑尤奇絶，故志之以備詞林掌故。

一五　吴中閨秀詞

當道咸間，吾里有袁希謝者，亡友成洛之曾祖姑也，亦字寄塵，工詩詞，與顧、董二母齊名，號“吴江三節婦”，刊有《素言集》一卷行世，顧係選稿非全豹也。余向交成洛，曾假得節婦手稿録一通，旋復失之。今秋因詞徵事，乃貽書成洛弟文田，重假以來，親爲校寫，總得詩詞各一卷，付之手民，猶去冬刊《懺慧詞》意也。其詞如《初秋》〔玉蝴蝶〕云：“一夜紗窗秋到，秋風秋雨，無限秋情。暗把新愁舊恨，鈎起紛縈。對殘花、空傷蝶夢，吟短句、聊和蛩鳴。聽聲聲搗衣，何處砧送凄清。　閑庭。井梧争墜，東籬無信，寂寞壺傾。簾捲蝦鬚，晚凉一味着羅輕。看斜暉、照殘衰柳，憐瘦影，伴盡孤燈。嘆人生，渾如夢幻，枉自心驚。”

又《月中遠眺》〔南柯子〕云："皎月懸如鏡，微雲淡似羅。恍將樓閣浸澄波，不羨揚州更好二分多。　顧影憐秋菊，臨風蹙翠娥。闌干斜倚待如何。思欲飛去伴嫦娥。"語多入細。餘如〔臨江仙〕《照影》云："卿如憐我瘦，我泪向卿拋。"〔阮郎歸〕《七夕》云："早知會後更凄其，何如未會時。"皆佳。閨秀能詞，吾邑自明以前絶無所聞，及沈宛君出，以詞隱之群從，適仲韶之佳婿，帷房静好，倡和彌工，所育且衆，又不手握隨珠，胸懷卞璞，由是一門之肉，父子兄弟、母女姐妹争諳音律，競造新聲。故登午夢之堂，讀汾湖十集，輒令人夢想神游，低徊不置也。而疏香閣主以妙令弱質，竟能掉鞅詞壇，姚聲藝苑，才慧出諸兄姊上，洵非凡骨也。惜天不假年，及婚而夭，優曇一現，直令千古傷也。讀《七夕》，調〔河傳〕曰："思量去年今夕時，凄其未期先慘離。"又〔浪淘沙〕云："花開花落負東君，賺取花開花又落，都是東君。"句雖佳，然不可謂非語懺也。顧余尤愛其《用淮海韵》〔千秋歲〕一調云："草邊花外，春意思將退。新夢斷，閑愁碎。慵嫌金葉釧，瘦減香羅帶。庭院悄，祇和鏡裏人相對。　過了鞦韆會，荷蓋將蓋。春不語，難留在。幾番花雨候，一霎東風改。斷腸也，每年賺取愁如海。"纏綿惻悵，情真事真，深得詞家三昧。

（以上由《陳去病全集》第3册補）

（本書參考采納朱崇才整理之《病倩詞話》的部分校勘成果）

竹雨緑窗詞話

碧　痕◎著

碧痕，生平不詳。《竹雨緑窗詞話》刊於《民权素》1915年第9、10、11、12、14、16期。朱崇才《詞話叢編續編》、屈興國《詞話叢編二編》、張璋《歷代詞話續編》均收録該詞話。

《竹雨緑窗詞話》目録

竹雨緑窗詞話

一　詞勢

詞稱詩餘，本文章之小道，三唐引緒，五代分支，宋起大晟樂府，人才一盛。周片玉輩，移宫换羽，按時興歌，於是詞家旗幟，五色紛飄矣。至金元則曲盛，而詞勢稍煞，亦文章之命運，樂府之變更。而明而清，詞亦追勝於前，然而規行矩步，不出宋人窠臼。

二　詞爲予生平所最好

詞爲予生平所最好，然以不學無文之故，不得其精微。自幼迄今，攻索殆疲，不敢言升堂入室，而已略見門户，故將平日所讀古今之詞，稍有心得者，漫筆記之，非敢與聲律家攀談也。

三　詞所忌者

詞所忌者爲酸腐，爲怪誕，爲粗莽，爲艱澀。宋人詞險麗穠密，讀之柔聲曼然，有餘音繞梁之趣。李漁謂有道學風、書本氣者，不可以爲詞，當是確論。

四　清真爲詞家神品

予幼讀美成詞，即喜其〔意難忘〕之“衣染鶯黄”，〔風流子〕之“楓林凋晚葉”數闋。是笑是泣，疑遠疑近，真是詞家神手。又讀〔玉團兒〕之“鉛華淡竚新裝束。好風韵，天然異俗。

彼此知名，雖然初見，情分先熟”。又〔少年游〕之“馬滑霜濃，不如休去，直是少人行”諸句，語淡而意濃。今人多學之者，然皆畫虎類狗，貽方家笑。毛稚黄謂清真爲詞家神品，如李杜之詩，可望而不可及，豈虚語哉。

五　今之詞家不數見

今之詩家多矣，而詞家不數見。予常於報紙雜志上偶見之，雖多清空綺麗之作，足供眼福，然不能跳出窠臼，掃清牙慧，作青山外之詞人者正多。推原其故，蓋詞之一道，自八股盛行，學者不講久矣。而今不絶如縷，尤屬文運未死，遑怪及他。

六　寫韵樓詩餘

《真相畫報》刊有《寫韵樓詩餘》一卷，都數百闋，爲南海吴荷屋先生女公子尚熹所著。尚熹字淥卿，工詩善畫，其詞尤纖麗。集中多寫景之作。予愛其《吟秋》四闋，亟録之。〔蝶戀花〕《秋聲》曰：“剪剪清風穿綉幕。綺檻閑聽，滿樹驚蕭索。幾聲寒蛩鳴四壁。巡檐鐵馬無休歇。　　鶴唳澄虚天一抹。瀝瀝霜沾，遥逗心如結。寶鴨香消燈欲滅。庭前送入梧桐月。”〔唐多令〕《秋影》云：“寒霧空蒙。明霞在遠峰。愛冰蟾、斜挂疏桐。瑟瑟西風催漏去，頻移向、畫簾中。　　小徑百花叢。花開爾伴儂。對清淡、却又無踪。翠袖添寒燈欲暗，還疑是、隔紗籠。”〔臨江仙〕《秋色》云：“萬里清輝新月皎，碧痕遥曳風斜。江涵雁字寄天涯。星河雲影静，何處著殘霞。　　點綴飛鴻天際外，一行秋水蒹葭。夜寒花影上窗紗。侵尋霜有信，庭樹正栖鴉。”〔行香子〕《秋心》云：“清夜溶溶。花影重重。乍聽來、四壁寒蛩。雲屏倦倚，愁緒偏濃。問翠眉邊，錦腸内，不言中。　　展轉幽懷，料峭芳踪。盡平分、一半絲桐。年華訊速，去雁來鴻。任金爐冷，銀缸淡，晚妝慵。”以上四闋，語語著眼，字字寫秋，真繪生手也。又〔漁歌子〕《咏漁人》云：“占取烟波曉露清。一竿斜裊小舟横。收網坐，帶簑行。緑水青山欸乃聲。”直與張志和争衡，誠易安後之一人矣。

七　春意胡可鬧

紅杏尚書，以一“鬧”字卓絶千古，而李笠翁痛詆之，謂春意胡可鬧乎？不知春到杏林，葉長花苞，次第争發，若紅若緑，若大若小，若先若後，實有争恐之意，胡不可謂之“意鬧”。笠翁此説，亦西河之詆“春江水暖鴨先知”，宋人之語“杜鵑聲裏斜陽暮”之類耳。

八　盧祖皋蒲江詞

“鶯嘴啄花紅溜。燕尾點波緑皺”，宋人甚稱爲偶句之佳者。予讀盧祖皋《蒲江詞》，“柳色津頭泫渌，桃花渡口啼紅”，又如“寒餘芍藥欄邊雨，香落荼蘼架底風”，視之秦七，則有勝矣。其集中予愛而常書者，爲〔倦尋芳〕一闋。詞意纖濃，風情旖旎，誠宋人中不可多得之作。其詞曰：“香泥壘燕，密葉巢鶯，春情寒淺。花徑風柔，著地舞裀紅軟。鬥草烟欺羅袂薄，鞦韆影落春游倦。醉歸來，記寶帳歌慵，錦屏香暖。　　別來惆悵，光陰容易，還又荼蘼，牡丹開遍。妒恨疏狂，那更柳花迎面。鴻羽難憑芳信短，長安猶近歸期遠。倚危樓，但鎮日、綉簾高捲。”

九　詞之句法字面須鍛煉

張玉田謂句法字面，必深加鍛煉，字字推敲。予見今之作者，多未於此上用工，蓋粉澤太甚，正氣有傷耳。嘗觀宋人多稱賀方回、吴夢窗工於煉字，予讀謝無逸《溪堂集》，如“黛淺眉痕沁”“紅添酒上潮”；又“紅梢舞袖縈腰柳，碧玉眉峰媚臉蓮”，又“杜鵑飛破草間烟，蛺蝶惹殘花底霧”，皆百煉而成，其較之“枝裊一痕雪在，葉底幾豆春濃”，則相去遠矣。

一〇　作詞原須本乎詩

詞爲詩之變體，作詞原須本乎詩。予觀五代之詞，鏤玉雕瓊，裁花剪翠，如嬌女子施朱粉，非不美艷，惜乎專工粉澤，有失正氣。

一一 李後主一斛珠詞

"綉床斜倚嬌無那。亂嚼紅絨，笑向檀郎唾"，此李後主〔一斛珠〕詞也。楊載春翻其意爲《春綉》詩曰："閑情正在停針處，笑嚼紅絨唾碧窗。"賀黄公謂彌子瑕竟效顰於南子，而笠翁乃謂綉床斜倚，嚼絨唾郎，爲淫嬌行爲，惟楊則含而不露，深得風人之旨。予不辯是非，亦曾翻其意作〔望江南〕《春綉》云："停針黹，晝永待如何。閑嚼彩絨無唾處，聊當紅豆誆鸚哥。含笑斂雙蛾。"自知狗尾續貂，不值識者一笑，嘗祕而不宣。前閱某雜志，竟有變吾頭尾三句爲二句七言，中二句完全偷去，合爲一絶。予知其人爲小偷家，乃一笑置之。

一二 逸山嫻詩工詞

黄梅縣有小蘭若曰大士閣，中住持者爲一尼，已近中年，尤有風韵。尼名逸山，不詳身世，嫻詩工詞，著有《緑天香雪樓詩草》四卷，《詩餘》一卷。甲寅春，太湖袁瞿園先生示其稿於予。予讀竟，悲感愴凉，殆塵闤之傷心人也。猶記其《春暖》〔西江月〕云："小苑夭桃欲墮，長橋暖絮輕抛。雙雙燕子教回巢。任向畫樓飛繞。　　檢點案頭舊卷，應憐世外逍遥。自知詩病自家調。不管人間煩惱。"讀其詞可以概其人矣。又如《咏春風》云，"笑問道傍楊柳意，何故低頭"，雅有風致，亦詞中之警句也。尼僧如此，不可多得。

一三 予尤喜集詞

予喜集詩，尤喜集詞，但不能聚稿，往往隨作隨失，不自檢點。記《春睡集古》二闋，頗爲朋際所稱許。其一曰："春睡重(潘雲赤)，夜寒濃(晏幾道)。鴛錦衾窩曉起慵(吴綺)。嬌鳥數聲啼好夢(陸鳳池)，落花流水忽西東(柳永)。"其二曰："春睡足(王世貞)，菉香消（成德）。烟外飛絲送百勞（柯昱）。落盡裂花春又了（梅堯臣），更聞簾外雨瀟瀟（顧敻）。”後見詩紟其人，作小詞集龔定盦之句甚多，讀之皆無笋痕，誠集句好手。予獨記其〔賣花聲〕一闋曰：“蘭槳昨同游。明月揚州。一身孤注擲温柔。安頓惜花心事處，看汝梳頭。　　縹緲此身休。一桁紅樓。被誰傳下小銀鈎。我自低眉思錦瑟，錦瑟生愁。”

一四　胡情俠詞

予友胡君情俠，别號倚紅痴蝶，皖南人，落落寡交游。流寓漢口，與予稱善。君於百無聊之時，輒於樽前花間消遣。初作詞，便以旖旎動人，語語入拍，其才蓋不可及也。然性豪放，不賴聚稿。其所作多弃於青帘紅袖間。昨檢書篋，得其賀予之〔夢揚州〕一闋曰：“最堪愁。困人天正是深秋。衰柳斜陽，襯出十里紅樓。許多事，無心緒，效尋芳、花月勾留。及時聽鶯戴酒，不教利鎖名鈎。　　説甚雨意雲稠。恐孽海情天，有願難酬。紅袖青衫，多是恨繞心頭。金風一霎金英老，嘆浮華、轉眼都休。凄凉處，風流歇後，一夢揚州。”其造語平常，獨見其一往情深，非泛泛者所可比擬。

一五　南唐詞家以小語致巧

南唐諸詞家，以小語致巧，而後主尤勝，哀感頑艷，誠可稱詞中之南面王。今人往往學其“羅衾不耐五更寒。夢裏不知身是客，一晌貪歡”等句法，動輒流入穢淫。予謂小語非李後主其人不能曲盡其妙。

一六　詞重纖巧而忌穢淫

詞重纖巧而忌穢淫。蓋一入穢淫，便失《關雎》之旨。黄山谷風流自賞，少年時於青帘紅袖間，喜作纖淫之句，後經法秀道人喝之，於是改其故智。其〔漁家傲〕數闋是其事也。學者可不戒乎?

一七 詞之所重者拍眼爲最

唐人唱詞，以齊樂樂句拍眼，一有不協聲律，便不能謌。蓋詞之所重者拍眼爲最。張玉田《詞源》論之甚詳，取之極嚴。學者讀之，殊難達其門徑，往往有望洋之嘆。楊升庵曰：作詞限語意，亦可通融。秦少游〔水龍吟〕前段歇拍云："落紅成陣飛鴛甃。"换頭落句云："念多情但有，當時皓月，照人依舊。"以詞意言，"但有當時皓月"作一句，"照人依舊"作一句；以拍眼言，則"但有當時"作一拍，"皓月照"作一拍，"人依舊"作一拍爲是。又如〔水龍吟〕首句六字，次句七字，而放翁"摩訶池上追游路"則是七字，下句"紅緑參差春晚"，則是六字。别如上句帶在下句，三句合著兩句者正多。然句雖不同，而字則不可增減，妙在歌者縱横取協爾云云。予謂斯言固足以開學者方便之法門，究竟有顛倒訛亂之弊。若詞家老手，縱横其句則可，初入門徑者，不若依樣葫蘆之爲愈。

一八 鄰家小女子歌詞

壬子春，予參戎幕，駐襄陽。公餘之暇，輒作東山之游。小坐鶯兒樓上，聞鄰家有嬌聲歌曰："無意弄金針。天氣困人，東風啼煞隔花鶯。學得海棠眠不得，倦眼斜瞋。"爾後聲音裊細，而笑語雜出，更不聞尾唱何詞，但察其聲音囀婉，是小女子口吻。予問鄰家何人，鶯兒答以初居於此，誰氏未知。予私謂此詞風情旖旎，直追五季，必欲察爲誰氏之作。次日，移軍南陽，行色匆匆，遂罷。

（以上《民權素》第九集）

一九 贈蘇妓小林黛玉詞

蘇妓小林黛玉，爲予友易雪泥君所眷。一時漢上人士，争以詩詞投贈。琳瑯畢集，五色繽紛。予不揣譾陋，譜得〔醉吟商小品〕贈之。其詞曰："却正是芳春時候，牡丹凝露。教人憐處。淺印蓮花步。畢竟韉卿重遇。怡紅須護。"社友黃矗聲君贈以〔白水令〕云："怕底鶯嗔燕妒。掩却深深綉户。欲别便依依，那得深情如許。　　凄凄楚楚。泣秋階風敲凉堵。勞煞可憐蟲，更闌絮語。"一唱三嘆，深得詞旨。然予最愛者，爲雪清女士之"當年一掬哭花泪，今朝灑向琵琶。惱恨無情公子，又來纏他"，淡淡數語，妙不可言。我輩皆謂驪珠爲彼獨得矣。

二〇　姑溪居士詞

宋時南渡諸家，多以《花間集》爲宗。晏氏父子，字字直逼《花間》，是以聲名洋溢。然予讀姑溪居士之〔南鄉子〕（夏日）諸闋，質之《花間集》中，不分濃淡，而〔卜算子〕"君住長江頭"一首，尤絶。毛晋稱爲"樂府俊語"，洵非過譽。其當年不列於南渡諸家者，不知何故。

二一　寒酸態者不可以爲詞

李漁謂，有道學風、書本氣者，不可以爲詞。余謂除道學風、書本氣而外，有寒酸態者，亦不可以爲詞。何則。詞以婉約爲宗，纖巧綺麗，必如風流自賞之人，然後始得其正，豪健沉雄則次之。如帶寒酸之氣，必腐澀質實，非詞矣。大若李杜爲詩家之宗，李能詞而杜不能，蓋二人一則豪情自放，一則悲感蒼凉，是以詞家有李無杜也。

二二　寧太一詞

長沙寧太一，文學巨子也。歷主各報筆政，富於國家思想。癸丑之役，被執於武昌，竟就害。海内人士皆挽惜之。予嘗愛讀其文。往者伊人未去，於海上《南社集》常見之。其詞亦富。顧太一爲稼軒一派，生平多撫時感事之作，絶不作小兒女喁喁口吻。磊落沉雄，一如其人。予記其〔浪淘沙〕詞曰："一腹貯千愁。長夜悠悠。自憐要妙美宜修。謡諑忽然來衆女，泪灑芳洲。　詩獄苦埋頭。時俗昏幽。男兒不虜便爲侯。鑄得鐵錐長七尺，願子同仇。”又〔河傳〕云：“今生怎了。正天兒不黑，夢兒難曉。倦倚篷窗，萬事暗傳懷抱。又微風，吹雨到。　家鄉望，孤鴻杳。一片歸情，訴與誰知道。魔障孽緣，總特地來纏繞。漸一庭，秋色老。”慷慨悲歌，英氣勃勃。至今讀之，尤凛凛有生氣。

二三　王雪清詞

王雪清女史，予表兄吴怡之婦也。嫻詩工詞，尤善於畫，惜乎以邯鄲才人，歸之田舍兒。銅臭薰天，俗氣凌人。女史於是有非偶之嘆。嘗有《咏蓮》詩云：“亭亭但得香長好，何必凌波要并頭。”於此可見一斑。其詞學小晏一派。《記閑情》云：“閑到花陰尋并蒂，試將柳帶結同心。”又“鄰院女兒不解愁，夕陽送過秋千影。”皆秀麗之致。其所著有《雪園詩詞草》一卷。予曾一見及之。紅顔命薄，年將風信而死，大可哀矣。予時往要其遺作，吴兄云：死時已隨其人葬於黄土壟中，以卒其生平所好。予聞之，無語長嘆而罷。

二四　碧雲哭女史滿宫花詞

族妹碧雲，雪清女史之至友。女史死後，大爲哀痛。子期死而知音無，蓋不得不痛也。其哭女史〔滿宫花〕詞曰：“日沉沉，風裊裊。惆悵垂楊啼鳥。多般才貌與風流，换得一堆芳草。　相見遲，離别早。一想一回傷悼。西窗針黹雪園詩，腸斷物存人渺。”一字一泪，令人傷神。予知女史於地下見之，必含笑曰，吾有此友，死無恨矣。

二五　小令作之大不容易

詞之小令，如詩之絶句，最貴緊束精密，數語而括盡題意，搜羅萬物。作之大不容易。張玉田謂：小令一字一句，間隔不得。末句須有有餘不盡之妙乃佳。此真實之語，學者不可不知也。汪森

〔十六字令〕曰："閑。獨對寒燈枕手眠。芭蕉雨，做弄是秋天。"寫秋思二字，不偏不倚，中間字字有神。他如"西塞山前白鷺飛"，"平林漠漠烟如織"，皆足以爲吾人法。予嘗讀小令，尤記對句之佳者，如"楊柳緑摇樓外雨，桃花紅點渡頭烟"，"户外緑楊春繫馬，床前紅燭夜呼盧"，"花底輕烟述蛺蝶，柳梢殘日帶歸鴉"，"戲剥瓜仁排梵字，閑將箋底印連環"等句，若絶句之佳者。如"如夢，如夢，殘月落花烟重"，"早是相思腸欲斷，忍教夢頻見"，"梨花飛盡不捲簾"，"黄昏却下瀟瀟雨"，"幾曲闌干萬里心"等句，自唐以來，佳者固多，在讀者自會耳。

二六　楊蘋香女士詞

鐵瓮楊蘋香女士，嫁吾鄉黄子瑜君，伉儷甚篤。君好游，東南西北，任意而往。女士屢作小詞，喻意以勸之。其〔卜算子〕曰："妾命薄如花，君意輕如絮。白白紅紅可煞人，都佔春天氣。
三月好風來，送得春歸去。絮向東南西北飛，花泪落紅雨。"詞句淡雅，立意沉痛，深得宋人之法。黄君見其詞，游興乃減。

二七　古人别情詞

黯然銷魂者，惟别而已矣。春草碧色，春水緑波，有情者無不傷情。古人别情詞甚多，大底既有真情，便不乏佳句。柳永云："多情自古傷離别。更那堪、冷落清秋節。今宵酒醒何處，楊柳岸、曉風殘月。"秦觀云："此去何時見也，襟袖上、空染啼痕。傷情處，高城望斷，燈火已黄昏。"辛弃疾曰："芳草不迷行客路，垂楊衹礙離人目。"吴棠禎曰："若看城頭山色，何如鏡裏眉灣。"皆一唱三嘆，曲盡〔陽關〕之妙。周美成善作情語淡語，如"馬滑霜濃，不如休去，直是少人行"，爲世所盛稱。語淡意濃，洵不愧詞壇主將。明時女冠王休微，有"休送。休送。今夜月寒珍重"，是美成一樣筆法。清顧貞觀，亦有"盡俄延也，衹一聲珍重。如夢。如夢。傳語曉寒休送"，此拾王氏牙慧，不及王氏多矣。予又記宋人有“樽前衹恐傷郎意，闍泪汪汪不敢垂”，又“不如飲待奴先醉，圖得不知郎去時”，意新語俊，亦别詞佳構。

二八 作詞須自標旗幟

作詞須自標旗幟，别立新意，使人讀之屬目，餘味裊裊，如翻成意成句，須食古而化，若徒拾其牙慧唾餘，爲有識者所譏矣。

（以上《民權素》第十集）

二九 作詞用詩之成句甚不易易

作詞用詩之成句甚不易易。蓋詩之造語，與詞不同，如用之不化，便見偷借痕迹，欲巧反拙，不如不用之爲愈。然予亦好爲之，如“書被催成墨未濃”，“衹寫相思意”，“閑敲棋子落燈花”，“細想郎輕薄”，“春夢初成雙蛺蝶”，“麝香微度綉芙蓉”，“夕陽西下晚雲濃”諸作，頗爲友儕所許。其實予非蓄意集古，隨意所之，不自知爲成句也。

三〇 張仲炘詞

張仲炘，號瞻園，湖北漢陽人，通聲律。閑居無事，好爲詞章，著有《瞻園詞》傳世。詞尚瘦健，學山谷一派，佳構頗多。予記其〔惜餘春慢〕《賦新緑》云：“一碧無情，千紅如掃，綉陌雕鞭誰驟。香浮竹簟，色膩蕉衫，團扇影邊人瘦。簾外流鶯尚啼，偷送年芳，問花知否。忍風前重憶，鬖鬖雙鬟，少年時候。　空换却、愁裹光陰，江離吟罷，亂撲離人襟袖。春波已渺，夏雨還生，衹有夕陽依舊。知道春歸甚時，依約嬋娟，黛痕長皺。但沉沉如夢，莓蕪深處，畫欄憑久。”一字一態，處處著寫新緑二字，不即不離，非寫生手不克臻此。

三一 晴川壁上有詞

甲寅春，予與校書花可可游晴川，見壁上有詞云：“老樹荒苔，緊伴著、千年怪石。重訪那、茅亭舊址，已非當日。黄葉戰風秋色冷，殘雲壓水斜陽碧。看回環、十二古欄杆，幾欹側。　失群鳥，聲淒惻。隔籬狗，狂吠客。試登高一望，誰憐陳迹。鶴影縱横薄寺晚，鐘聲摇動炊烟直。怕宵來、山鬼笑人窮，揶揄急。”下署“芭蕉”二字，不知何許人。可可極賞之，謂悲壯沉雄，是辛幼安後生也。予亦然其言。

三二　花可可自弄琵琶歌一曲

花可可自言吴氏，名嫣，蘇州人。流寓北京，家道中落，遂入北里。善音樂，知詩詞，胸中羅記甚富，尤善談吐。予自涉迹花叢，僅見其一人而已。自與予相見後，往往終夜清談，凡古今名作，能於當前悉誦。性豪放而能飲，尤嗜古迹，鄂之黄鶴樓、晴川閣、琴臺、洪山等名勝，皆邀予游之。其所作予不曾見，屢要之，答以一無能。一日，予竊翻其篋，有斷箋上書“一生心事兩眶泪，付與琵琶”之句，未竟，爲其所覺，奪去之，後不復得。曾聽其自弄琵琶歌一曲曰：“四弦胡索。這許多心事，盡憑伊托。嘆此世、曲折零離，似柳絮楊花，任風輕薄。何處家鄉，憑高望、一天雲漠。看烟絲縷縷，惆悵舊時芳草樓閣。　而今各自流落。料紅牆亞字，盡成瓦礫。我則回夢江南，向蘇小真娘，尚有愁莫。無奈無端，剩取孤身在鄂。小牕前、蕭蕭紅葉，西風又作。”音節愴凉，悱惻纏綿，詢之，曰：此我之身世也。予以此詞大約爲伊自作。相處月餘，伊即言歸，云有老母住滬之九畝地德潤里某號。予旋來滬，已人面桃花，或者仍至燕京矣。

三三　張炎父取締聲律最嚴

宋張炎父子以詞名。父斗南，取締聲律最嚴。蓋聲有五音四呼，音有輕清重濁之分，同一聲也，有協有不協者。如所作“撲定花心”，必易以“守定花心”始協，“鎖窗深”易“鎖窗幽”，又易“鎖窗明”始協之類。

三四　製詞須層次清楚

陳晋公曰，製詞貴於布置停匀，氣脉貫串。予以爲還須層次清楚，詞意婉回。如片玉之〔早梅芳〕《别情》一詞，兼布置、氣脉、層次、轉側之妙。其首云"花竹深，房櫳好。夜闃無人到"，寫其地也；又云"隔牕寒雨，向壁孤燈弄餘照"，寫其時，寫其景也；又云"泪多羅袖重，意密鶯聲小。正魂驚夢怯，門外已知曉"，此中有人呼之欲出，而離情别緒，傷心斷腸，一夜間事，盡此四句之中；其下半闋曰"去難留，話未了"，此二句承上；又云"早促登長道"，欲説難盡，去也難留，此一句則啓下；又曰"風披拂霧，露洗初陽射林表"，此寫登程時候，又進一層；"亂愁迷遠覽，苦語縈懷抱。慢回頭，更那堪歸路杳"，此三句一寫眼前，一寫心事，一寫將來之悠悠相思，不知所止，結住全篇，如閑雲野鶴，去無痕迹。此詞實足以爲後世學者法。

三五　美如詩詞不乏佳句

予兄美如，不善爲詩詞，然偶一拈筆，不乏佳句，其《春情》有句曰："并非甘誤花時候，爲怕春寒懶下樓。"又如"小樓獨坐無人共，花影參差已入簾"等句，實景語中之佳構也。

三六　郭魯泉有小晏之風調

同鄉郭魯泉，愛讀《樽前》《花間集》《花庵詞選》諸書，故所作多綺艷。予記其"窈窕好身材。惺忪立玉階。甚心情、斜托香腮。却又羞人簾半下，端露着、兩弓鞋"，直有小晏之風調。

三七　明初詞人

劉公勇以明初詞人擬詩之晚唐，非不欲勝前人，而中實枵然取給而已，於神味處全未夢見。予以是説未免過重。蓋明初得金元之餘炎，樂府中盛行南北曲，詞不大盛，是以作者多就於曲，至若顧孔昭、劉基、文徵明、陳道復諸人之作，豈皆取給於人乎？

三八　吴夢窗詞

張叔夏《詞源》論吴夢窗詞如“七寶樓臺，眩人眼目，拆碎下來，不成片段”，蓋以其太質實耳。予讀其“何處可成愁。離人心上秋。縱芭蕉、不雨也颼颼。都道晚凉天氣好，有明月、倦登樓。　年事夢中休。花空烟水流。燕辭歸、客尚淹留。垂柳不縈裙帶住，漫長是、繫行舟”一闋，實足與清真相埒，不落質實之譏。他如“渺空烟四遠”“宫粉雕痕”等句，亦屬咎有應得。

三九　沈伯時樂府指迷

沈伯時《樂府指迷》云：“作詞難於作詩。蓋音律欲其協，不協則成長短之詩；下字欲其雅，不雅則近乎纏令之體；用字不可露，露則直突而無深遠之味；發意不可太高，高則狂怪而失柔婉之意。”云云。予作詞謹守此語。

四〇　余明君春光好词

余明君，吾鄉先輩，作詩學玉溪冬郎，而詞則不善，然尤拘拘爲之，實無佳構。予祇愛其〔春光好〕《春綉》一闋，風韵翩翩，實出之聰明。其詞曰：“掩綉閣，垂簾櫳。畫芙蓉。無端捲去彩香絨，駡春風。　再覓金針無處，轉頭又惱小紅。斜欠腰支拋綉綫，已情慵。”

四一　碧玉妹自題讀書處

碧玉妹讀書處，額曰“緑蕉書舍”，其自題有“閑吟久，書聲送到夕陽邊。開門來翠嶂，簾捲好晴天。意悠然。這奇峰好景不論錢”之句，磊落不羈，風流自賞，已可概見。若紅樓深鎖，甘受人憐者，相去真有天壤之别矣。

四二　徐又陵詞

竟陵徐又陵，自號詞章大家，其詩如“雙懸玉腕擲春梭，錦字挑成奈爾何”諸句，爲世所稱，予究不知其妙在何處。竊謂首句爲王建之“玉腕不停羅袖捲”，次句爲杜甫之“誰家挑錦字”，“奈爾何”亦常人作詩之附屬品，何奇之有。又其詞有“淺草春衫騎騄駬，牆花錦簇聽鷓鴣”之句，亦以爲杰作。予謂“淺草”句由辛稼軒“歸騎春衫花滿路”，與詞“騎騄駬”“荷青雲”諸句臻合而成；至於“牆花錦簇”，亦不能對“淺草春衫”，“聽鷓鴣”亦常字也。如此拾人牙慧唾餘以邀虚名，予甚爲文字冤。

四三　南社集詞選門

上海南社，爲人才叢聚之處，詩詞文章，冠絶一時。出有《南社集》，集中分文選、詩選、詞選三門，詞欄多唱和應酬之作，慷慨悲歌，英氣勃然，毫無争穠鬥纖之氣，大是辛稼軒、蔣心餘一派筆法。

（以上《民權素》第十一集）

四四　詞用叠字險字

詞用叠字險字，甚不容易。吕渭老有“側寒斜雨”“西風不落”之句，又有“重重”“忡忡”之句，皆叠字險字之妙者。李清照之“尋尋覓覓，冷冷清清，凄凄慘慘戚戚”，陸放翁之“錯錯錯”“莫莫莫”，歐陽永叔之“庭院深深深幾許”等句，亦叠字之特出者。叠字險字，用來須有神情，否則寧可勿用。

四五　作詞與作詩等

作詞與作詩等。大底興之所至，真情流露，不自知爲佳句，若深入其境，盡知其中曲折，所出之語，必在意想以外，否則即多牽强扯雜，不存本色矣。龍洲道人〔天仙子〕《三十里别妾》云：

“宿酒醺醺渾易醉。回過頭來三十里。馬兒不住去如飛，牽一憩。坐一憩。斷送煞人山與水。　　是則青山終可喜。不道思情拚得未。雪迷村店酒旌斜，去則是。住則是。煩惱自家煩惱你。”此種詞，非身臨其景，不得如是之情致。

四六　咏梅詞中之佳句

“疏影横斜水清淺，暗香浮動月黄昏”，此千古咏梅詩中之佳句也，作詞者亦有咏梅，然佳句無多。予嘗讀之，惟姜白石〔暗香〕〔疏影〕二闋，頗稱絶唱，他如李邴之“向竹梢疏處，横三兩枝”，張錫懌之“疏影難描，月下闌干側”，周紫芝之“小池疏影弄寒沙。何是玉臺鸞鏡、對横斜”等句，皆佳作也。近人詞予不多見，或者見識不廣耳。

四七　吴子林之佳句

“旅况凄凉，杜鵑殘夜催歸急。到曉來、鷓鴣竹裏，道哥哥也行不得”，此鹿門吴子林君之佳句。人以其有“少年拚盡，須博得兩字功名”，貶其饒有寒酸氣，置而不齒，毋乃太過矣。

四八　洛中蔡南詞

洛中蔡南，著有《南膍詞》，其人本某之幕客，有驕傲之氣，人咸鄙之。予記其“黄昏人静。且垂簾、待他月上，好看花影”，實有陸放翁之幽韵，不可因人廢也。

四九　蕙芳旅館詞

甲寅春，旅行漢口，寓於蕙芳旅館。偶於鏡臺畔，拾得紙角，上有“愛看花影不曾眠，偏惹得、滿身花露。偶驚寒，羅衫透”，頗有風韵，不知誰氏所作。

五〇　程正伯酷相思詞

宋人謂程正伯與蘇子瞻同調，蓋譏其一是鐵喉銅板也。予讀其〔酷相思〕《惜别》云：“月挂霜林寒欲墜。正門外、催人起。奈離别、如今真個是。欲住也、留無計。欲去也、來無計。　馬上離情襟上泪。各自個供憔悴。問江路、梅花開也未。春到也、須頻寄。人到也、須頻寄。”此詞渾厚和雅，置之《片玉集》中，不分軒輊，何竟是東坡乎。

五一　趙介之詞以淡語勝

詞家作濃香之語易，作淡麗之語難。蓋因詞重纖巧，人多以香奩趨之。宋之詞家，奚衹千百，惟趙介之以淡語勝。其〔滿江紅〕云：“目斷碧雲無消息，試憑青翼飛南北。聽掀簾、疑是故人來，風敲竹。”又“霧濃烟遥山暗，雲淡天低去水長”等句，皆宋人所無者。

五二　倪夢吾善作艷語

倪夢吾君，善作艷語，如：“小雨初晴，輕寒如爾。梁間燕子話呢喃，是賀香巢營起。”又如：“無人知處，憑一瓣馨香，低拜新月。心事未曾説。衹四壁蟲聲，訴得凄切。”其艷態不減史邦卿矣。

五三　蔣捷賦聲聲慢詞

詞用一字韵者，惟蔣捷，其賦秋聲〔聲聲慢〕曰：“黄花深巷，紅葉低窗，凄凉一片秋聲。豆雨聲來，中間夾帶風聲。疏疏二十五點，麗譙門、不鎖更聲。故人遠，問誰摇玉佩，檐底鈴聲。　彩角聲吹月墮，漸連營馬動，四起笳聲。閃爍鄰燈，燈前尚有砧聲。知他訴愁到曉，碎噥噥、多少蛩聲。訴未了，把一半、分與雁聲。”此詞聲聲帶秋，聲聲不同，敵得歐陽子方一賦。如此作法，與辛稼軒之騷體，皆爲詞中别格。

五四　傲寒吟社

癸丑春，小住武昌，與劉菊坡、易雪泥、紀雷淵、鄭任厂諸子相唱和，并組織傲寒吟社。一時入社者六十餘人，頗稱極盛。其間詞家如菊坡以豪放稱，蝶魂以冶艷稱，蠹聲以健瘦稱，任厂以渾厚稱，雷淵以婉約稱。别如碧玉女史之纖語，雷清女士之情語，蘭如女士之雋語，梨玉女史之景語，五色繽紛，令人眩目，惜乎集未一年，而輪蹄東西，風流雲散，不復舊日之盛況矣。

五五　黎梨玉女士紅箋詞

黎梨玉女士，予之姨妹，慧中秀外，有咏絮之才。其所作甚富，集爲《紅餘草》。予記其約碧雲、雪清諸姊妹之《紅箋》詞曰：“芳草滿春意。黄鶯也、教人休睡。垂簾風静處，飛來了、絮與花，傷憔悴。　　誰也没人來，趁時候、商量春事。這紅箋遣得東風寄。好姊妹，邀春至。”其詞旨纖巧之極。

五六　邱維生搗練子詞

邱維生，江夏人，予讀其詞，而未見其人。其詞學晏氏，予曾録其〔搗練子〕二闋。其一曰：“輕傅粉，薄施朱。笑倩檀郎把筆濡。畫個彎兒新月様，爲儂權擲正工夫。”其二曰：“梳洗罷，眼頻覷。背向人前整綉襦。攬鏡憑肩嗔問道，海棠濃淡勝儂無。”裊裊婷婷，有《花間》遺風。

五七　鄭任厂詞

社友鄭任厂，通羊人，詩學樂天一派，而詞非所長，偶有興時，亦譜一二闋，咸多好句。予記其《春閨》有云：“剛望到花開如許。怎今朝、遍自來風雨。阿誰爲我收落紅，不教他、水流去。”此數語，亦得五代小語之法。

五八　作咏物詞尤難

作詞難，作詞而咏物尤難。史達祖之〔雙雙燕〕咏燕，姜堯章之〔暗香〕〔疏影〕咏梅，〔齊天樂〕咏蟋蟀，王沂孫之〔三姝媚〕

咏櫻桃，唐珏之〔摸魚兒〕咏蓴，周美成之〔蘭陵王〕咏柳，張雨之〔燕山亭〕咏楊梅，李天驥之〔摸魚兒〕咏燈花，劉改之〔沁園春〕咏足，洪瑹之〔月華清〕咏月，章謙亨之〔念奴嬌〕咏垂楊，皆深得物之神情，足以爲咏物者法。

五九　倪稻蓀巫山一段雲詞

仁和倪稻蓀，著有《雲林堂詞集》四卷，刊海上《時事新報》。予愛其〔巫山一段雲〕《咏守宫》云："小院猧兒吠，虚堂燕子眠。郎心果信妾心圓。一點在胸前。　的的空相守，蟲蟲生可憐。相思如豆復如烟。重認已經年。"

六〇　傅君劍放言十章

才人無聊之極，惟藉吟咏以喧其鬱，盡情吐出，始覺神怡，此所以詩詞非窮愁不能工也。傅君劍《放言》十章，無聊之作也，然立語極有見地，録之以鎮我之無聊。詞曰："把筆寫愁無限，及時行樂常稀。浮生衹合醉如泥。時事不消説起。　海上仙山縹緲，眼中夢境離奇。白衣蒼狗總堪疑。何物令公歡喜。"其二曰："座上東坡説鬼，佛前蘇晋逃禪。有時興到喜談天。又作荒唐鄒衍。　彭澤何須高隱，旌陽未必神仙。可人最是李青蓮。終日酒杯愁淺。"其三曰："一曲曉風殘月，數聲鐵板銅琶。興酣落筆走龍蛇。誰信曲高和寡。　世事水中撈月，人情霧裏看花。浮生一半寄紅牙。笑駡由他笑駡。"其四曰："千古大江東去，遼天孤鶴歸來。英雄竪子總蒿萊。算有青山尤在。　衹合銜杯樂聖，不然綉佛長齋。此心入世已成灰。那管桑田滄海。"其五曰："雁以失鳴見殺，木緣擁腫而夭。周將才與不才間。而後而今知免。　老子猶龍遠矣，仲尼若狗纍然。潛龍無悶狗堪憐。嘗得蒸豚一臠。"其六曰："萬樹梅花繞屋，千頭橘婢當山。一丘一壑任吾閑。休較誰長誰短。　蒲扇風堪却暑，穄皮火好消寒。柴門無事日常關。那識人間冷暖。"其七曰："西子扁舟范蠡，赤松兩屐張良。神龍潛尾利於藏。人世獨來獨往。　　蹈海仲連無取，踰垣幹木難量。羞他豎子説侯王。何事此公倜儻。”其八曰：“披髮酒邊高叫，昂頭天外閑游。奇情一縱意難留。自笑吾狂依舊。　　眼底東南雲氣，掌中西北神州。新亭涕泣請君收。消個夷吾終有。”其九曰：“倏忽早知地啞，靈均枉恨天聾。竅開難鑿問難通。偏又會將人弄。　　占讖告余以臆，豈爲大塊夢夢。人間亦有物相同。釋策謝之曰懂。”其十曰：“有酒莫辭頻醉，白駒過隙匆匆。少年轉瞬便成翁。真個浮生若夢。　　開口笑時能幾，勞吾形者無窮。盜丘羶舜可憐蟲。不值達人一哄。”

六一　詩詞亡於無人也

予甫出世，而詩詞已亡，非詩詞之亡也，亡於無人也。鄉教師則諄諄以經義教。十四五時，偶於先祖藏書樓中，翻取《全唐詩》《六十一家詞》等書閲之，愛不忍釋，然尤愛於詞。每課餘之暇，讀其愛者輒録之，常爲塾師斥爲無用之學。記有小詞解之曰：“文章事，底事性情真。《小雅》《國風》誰有用，三唐兩宋盡無珍。何必更留存。”又記有：“三唐樂府盡，兩宋更無詩。滄桑興替感，文章也關時。”初作大都如是。辛亥政變，前集散佚於軍中，一無存者，思之不禁嘆息。

六二　詞之足以感人

詞有教人讀之破顔、讀之傷心、讀之而慷慨激昂、讀之而悔懼懾縮者，此無他，性情使然耳。我之性情，發乎聲而見於詞，人孰無性情，讀有所觸，則形隨矣。詞之足以感人，是詞之功用，褻聲哀音，不可以入世，此其故也。

六三　才人游戲不可及

黄山谷有〔歸田樂引〕曰：“對景還銷受。被個人、把人調戲，我也心兒有。憶我又唤我，見我嗔我，天甚教我怎生受。

看我幸厮勾。又是尊前眉峰皺。是人驚怪，冤我忒撋就。拚了又舍了，一定是這回休了，及至相逢又依舊。"又："怨你又戀你。恨你惜你。畢教人怎生是。"連用"你""我""了"字，極有神氣。古香先生有《戲效子昂體》〔兩同心〕一闋曰："我正思卿，卿應憶我。我思卿、不肯忘卿，卿憶我、定然駡我。細思卿駡我何爲，都緣念我。　卿我捏教成土，無分卿我。我身兒、時有個卿，卿心兒、亦有個我。纔教卿也忘卿，我也忘我。"連用"卿""我"，一句一態，到底不落於綺。才人游戲，誠不可及。

六四　秋閨二首

予辛亥以前之作既失，而辛亥以後之作，又於癸丑爲人檢去，豈天爲我藏拙耶。偶見某壁間粘《大漢報》《楚些》一張，詞欄有余之《秋閨》二首，今録存於詞話中。〔鷓鴣天〕曰："菊老荷枯秋又殘。含愁無奈倚欄干。芭蕉泣雨凄凄滴，桐葉飄風惻惻寒。　思往事，恨悠然。一緘錦字倩誰傳。鄰家蘆管吹秋怨，同是心傷此夜天。"〔蝶戀花〕曰："露冷霜凄秋欲盡。落葉殘花，日日飛成陣。新恨悠悠連舊恨。相思不管愁人困。　憔悴慵施脂與粉。閑倚樓頭，又見斜陽隱。雁唳斷無消息近。萬山都爲傷秋殞。"詞不佳，留之以證文字將來之進境。

（以上《民權素》第十二集）

六五　趙子吾前輩少作玉樓春詞

偶於藏書樓檢先大人遺篋，斷簡殘編，多不全璧。有〔玉樓春〕四闋，筆致頗肖晏氏，惟字句欠煅練耳。其一："緑陰門巷牆東處。燕子呢喃春色露。鞦千影落百花驚，一笑薔薇羞不語。　穿針樓上尋閑趣。結挽丁香憑綉户。千絲萬縷結成工，却被小姑偷得去。"其二："芳情爛熳初如曙。小觸無端還薄怒。自從花下記相逢，偏惹紅榴牆角妒。　落花細雨分飛去。夢裏相尋無覓處。明知没分作神仙，鳳紙相思珍重付。"其三："連朝風日輕飛絮。不解人從愁裏度。也知無石補天工，錯把黃金心印鑄。　此情懺悔朝朝暮。紅泪化成相思樹。因緣轉願結來生，却怕來生還是誤。”其四：“采蓮記取南溪路。往事不堪回首顧。秋來聽得雨聲寒，葉底鴛鴦何處去。　采蓬人本溪南住。惆悵重來都似故。傷心衹怕剥蓮心，剥取蓮心同樣苦。”後聞宗璞卿公言，係趙子吾前輩少年作，事已隔六十年矣。

六六　梅子山題辭

庚戌春，讀書武昌。一日，渡江游梅子山，舟泛月湖，山下有石壁，相傳有曹阿瞞題字，然糊模不辨何語。舟子指告，就近視之，見有新題數行，其辭曰：“勸君莫墮新亭泪，生是男兒。要作男兒。寶劍而今是用時。　血原成泪泪尤血，既得機宜。要乘機宜。流泪何如流血奇。”慷慨悲歌，有“風蕭水寒”之遺響。惜姓名不傳，蓋亦有志之士之語也。

六七　黃花岡詩詞

黃花岡之血痕，千古傷心，亦千古欽仰慕拜者。凡知文士遇其處，無不致辭以吊，惜余所記不多。汪蘭皋先生有和子瞻韵〔大江東去〕二闋，可與七十二烈士并傳。其一云：“殲良胡酷，霎那成宿草，痛哉英物。風馬雲車來往處，燐火宵飛石壁。碧血殷山，青虹貫日，血骨皚皚雪。九京游想，鬼雄還是人杰。　回憶電掣雷轟，犂庭掃穴，叱吒喑嗚發。大纛高牙空眼底，拉朽摧枯齊滅。天妒奇功，問天不語，怒指衝冠髮。毋忘在莒，年年記取今月。”其二云：“英雄寧死，要山河還我，當年之物。一十二旬軍再起，取次成功赤壁。灑酒靈旗，椎牛銅像，白者衣冠雪。招魂來下，故人多少豪杰。　滿眼流水華輪，游龍駿馬，意氣風雲發。整頓乾坤餘子在，往事空譚興滅。化鶴歸來，尉佗城畔，山縷青於髮。傷心憑吊，珠江獨酹明月。”社友吴鱶子有《過黃花岡》詩曰：“二十年來我，不聞黃花岡。今日重過此，英雄骨已芳。”家兄粹生有古風曰："黄花岡上英雄血，黄花岡下英雄骨。骨埋香土血化花，千年萬載名不滅。可憐北向杜鵑啼，不哭英雄哭殘孽。我來一拜徒傷心，岡花尤喜近芳烈。"漢民亦有"七十二英雄，葬骨黄花岡。黄花開燦爛，英雄骨亦芳"之句。是皆爲英雄盡情一哭者，有人於此，斯爲人矣。

六八　上元詩詞

"玉漏銀壺且莫催，鐵門金鎖徹明開。誰家見月能閑坐，何處聞燈不看來。"此崔液《上元》之詩，景龍中與蘇味道、郭利貞之詩，并稱絶唱。余謂不及王維之"游人多晝日，明月讓燈光"簡徹有味。周邦彦《片玉詞》有〔解語花〕《上元》曰："風銷絳蠟，露浥紅蓮，燈市光相射。桂華流瓦。纖雲散，耿耿素娥欲下。衣裳淡雅。看楚女、纖腰一把。簫鼓喧，人影参差，滿路飄香麝。

因念都城放夜。望千門如晝，嘻笑游冶。鈿車羅帕。相逢處，自有暗塵隨馬。年光是也。唯衹見、舊情衰謝。清漏移，飛蓋歸來，從舞休歌罷。"亦元宵佳唱也。山陰諸貞壯有和韵一首，神韵不減美成。詞曰："衢喧遠屐，樓擁華燈，聲影交相射。雨絲濕瓦。春風暖，并坐玉梅花下。兒啼雅雅。看雙髻、漸堪盈把。纈結佩囊，知欲將雛，近已屏穠麝。　今有上元一夜。問家鄉風俗，删盡浮冶。粢糖盛杷。更分與，腰鼓泥人竹馬。狂夫倦也。須記取、燭龍不謝。簫管中，回憶兒時，索抱呼郎罷。"又毛澤民之"花市東風捲笑聲。柳溪人影亂於雲。梅花何處暗香聞。　露濕翠雲裘上月，燭摇紅錦帳前春。瑶台有路漸無塵"，又晁沖之之"千門燈火，九衢風月"，及"艷妝初試，把朱簾半揭。嬌波溜人，手撚玉梅低説。相逢長是上元時節"，皆雅有風致。前清趙維烈有〔早梅芳〕韵《元宵》曰："月當城，霜融瓦。令節交元夜。滿街燈市，海上鼇山正初駕。香塵雲路起，火樹星珠挂。看珠簾半捲，紅袖飄蘭麝。　響鈿車，遲寶馬。是好風流也。遺簪墮珥，一餉嬉游爲貪耍。踏歌聲飄緲，把盞人閑暇。笑黄柑，不到蓬門下。"

此詞亦足以追配古人，爲元宵生色，若朱淑真之“月上柳梢頭。人約黄昏後”，直藉元宵佳會，赴其幽期密約。《四庫全書》指爲六一之作，或謂歐陽才高望重，未必以筆墨勸淫也。是節〔解語花〕兩闋中，疑互有錯誤。超注。

六九　北妓吴嫣琵琶歌一詞

北妓吴嫣，余於漢口見之，其室中四壁皆古人手筆，陳列亦多古物，更有種種樂器，雅緻絶倫。其人亦清秀，如翩翩濁世之佳公子。善歌，凡京調、秦腔、崑曲，皆能追配老伶工。一日，聽其理琵琶歌一詞曰：“四弦胡索。這許多心事，盡憑伊托。嘆往事、曲折零離，似柳絮楊花，任風飄泊。何處家鄉，憑高望、一天雲漠。看烟絲縷縷，惆悵舊時，剮艷樓閣。　　而今阿儂流落。料紅牆亞字，盡成瓦礫。昨夜回夢江南，問蘇小真娘，尚有愁莫。鐵馬丁東，夢醒也、人居天角。小牕前、蕭蕭葉響，秋風又作。”婉轉凄凉，音至哀痛，歌罷至於泣下。至琵琶彈來，嘈嘈切切，弦外有聲。與之談音樂，頗精奥有理。問歌之作者，笑不答。詢家事，曰：“盡在歌中，傷心歷史，談不得也。”越數日，告余曰：“母病矣，當歸。”余以一詞送之，今亡矣。考其所歌之譜，似〔玉連環〕。

（以上《民權素》第十四集）

七〇　余禮誠作小詞翩然有致

吾鄉余禮誠先生，鄉教師也，性迂謹，咸稱之爲道學先生。作小詞，則翩然有致，然好用典，終不免詩書氣。其最可人者爲：“誰家女，窗下巧裁紅。閼綉鴛鴦雙翼起，無端飛去彩絲絨。拾得駡東風。”又：“晴窗下，無語轉雙瞳。抛茸停針呼阿母，花枝宜紫是宜紅。兒綉莫成工。”二詞小語致巧，頗有五代遺致，非迂謹人所能，意者天性一時之轉化歟。或有言“閼綉”二字板滯無稽者，非也。段成式詩：“愁機懶織同心苣，閼綉先描連理枝。”二字并非杜撰。且“閼”字實足以起結句之“駡”字，何常板滯。

他如〔生查子〕《咏團扇》曰："團團明月光，製就齊紈素。蟬翼引清風，班女堪題句。"則是試帖咏法，酸腐不堪，不僅迂謹有書本氣已也。

七一　吊紅拂墓詞

紅拂墓在湖南醴陵縣，過者多題以吊之。予友李子泠公有題〔滿庭芳〕一首，今僅記其"青眼誰能似也，憑一顧認取情真。而今望杜鵑啼處，黄土是佳人"。毗陵陳蜕庵先生有〔金縷曲〕一闋，曰："可是當壚侶。又無端、紅塵同擿，華堂一顧。舊約三生都不省，萬古情魂一縷。更莫怨、當朝楊素。堂上將軍原負腹，是名花、便合遭風雨。相逢晚，亦天數。　天涯何處埋香土。想如今渌橋無恙，但爲卿故。錦瑟年華愁裏過，那更沖冠起舞。問今日扶餘誰主。紅袖青衫飄泊久，便相逢、衹勸公毋渡。誓同穴，願逢怒。"今則渌水風景，半已圻墟。李子泠公曾建議修葺，乃和者無人，遂罷。久恐亡矣。

七二　陳蜕庵臨江仙詞

陳蜕庵先生一身事迹，汪蘭臯傳之甚詳，讀者未有不傷心而泪下也。先生詩詞，皆足傳誦，惜予見之不多。《南社詩文集》載〔臨江仙〕《遺春》詞七首，别有寓意，不僅遺春已也。其詞練字雋句，嫵媚有骨，非徒飾脂粉者可比。今録之以存其人。詞曰："枉自月圓人壽，梅花開與誰看。分明消息漏春寒。客來遲問訊，燈燼倚欄杆。　休記瑶臺青鳥語，須知錦帳難瞞。醒時惆悵夢時歡。同衾人不覺，何況隔邯鄲。"其二曰："從此纔知薄幸，那禁别著情愁。對花祝謝謝休留。吴鈎腰小嘯，横斷愛河流。　還怕横波攔不住，向西長住溪頭。今生他世兩休休。長吟酬踽踏，傖舞傲温柔。"其三曰："真個消魂何必，似曾相識都非。醒時尚夢夢休題。三生拚碎石，七夕莫停機。　我有回腸腸有泪，年來漸漸霏微。更無閑暇爲人揮。要尋曾漬處，除是舊時衣。"其四曰：

“杜牧揚州遲到，臨邛海上空尋。鶼鶼鰈鰈隔升沉。不爲飛與躍，那許説情深。　　記得當年多少事，傷心已到如今。不曾留事衹留心。眼前無一物，休教更沉吟。”其五曰：“低唱党家錦帳，横彈馬上琵琶。風流原是屬豪華。情天無美景，著處便争差。　　還有傷心傷過我，千年恨史難查。夕陽行過玉鈎斜。死生空艷説，盡是雨中花。”其六曰：“拋却已經拋却，思量盡自思量。情絲剪短不添長。夜闌聞嘆息，休教夢荒唐。　　記取坡仙曾道破，鳥聲烟景匆忙。朝雲抔土付斜陽。道傍誰氏墓，樹上有鴛鴦。”其七曰：“仔細推尋世法，千年萬里榛蕪。脚踪蜿曲盡隨趨。分明人宛在，惆悵又何如。　　健者亡情明達悔，情生情滅情虚。君看充棟汗牛書。一從施卓死，宋玉亦登徒。”余細味此詞，哀感頑艷，纏綿悱惻，大約遣二妾時作。其然乎，其不然乎。或者病此詞典重，不足爲法，然則杜撰者是耶？典不畏重，但須食古而化乃佳耳。

（以上《民權素》第十六集）

（本書參考采納朱崇才整理之《竹雨緑窗詞話》的部分校勘成果）

紅藕花館詞話

劉哲廬◎著

劉哲廬，名錦江，字哲廬。浙江紹興人。陳衍弟子，南社社員。著有《紅藕花館詞話》《文學常識》等。《紅藕花館詞話》刊於1916年《小説新報》第二卷第1、4、5期。本書據此輯録。傳宇斌輯録該詞話發表于《詞學》（二十七輯）（華東師範大學出版社，2012）。

《紅藕花館詞話》目録

紅藕花館詞話

一　柴虎臣論詞

柴虎臣論詞云：旨取温柔，詞歸蘊藉，暱而閨帷，勿浸而巷曲；浸而巷曲，勿墮而村鄙。又云：語境則“咸陽古道”“汴水長流”；語事則“赤壁周郎”“江州司馬”；語景則“岸草平沙”“曉風殘月”；語情則“紅雨飛愁”“黄花比瘦”。毛稚黄謂其雅暢足爲填詞者軌範。余亦曰：詞要清空，不必質實，清空則古雅峭拔，質實則凝澀晦昧。咏物之詞，用事不如用意，取形不如取神，不知此不足與言詞也。

二　梁任公游臺灣蝶戀花詞

詞之工絶處，乃不在韵與艷。蓋韵，小乘也；艷，下駟也。韵則近於佻薄；艷則流於褻媟。今人率以是二者言詞，未免失之淺矣。故先哲偶爲詩餘，必先洗粉澤，後除琱繢。靈氣勃發，古色黯然，而以情興經緯其間。梁任公游臺灣有感春之作，調寄〔蝶戀花〕，詞凡五首，余最愛其四、五兩首，雖豪宕震激而不失於粗，纏綿輕婉而不入於靡。其四云：“依約年時携手處，謝却梨花，一夜廉纖雨。雨底蜀魂啼不住，無聊衹勸人歸去。　　綿地漫天花作絮。饒得歸來、狼藉春誰主。解惜相思能幾度，輕軀願化相思樹。”其五云：“莫愁江潭摇落久，似説年來，此恨人人有。欲駐朱顔宜倩酒，鏡中争與花俱瘦。　　雨横風狂今夕又，前夜啼痕，還耐思量否。愁絶流紅潮斷後，情懷無計同禁受。”其第四首，以臺人多有欲脱籍歸故國者。第五首則當英俄邊境正劇時，故能於豪爽中著一二精緻語，綿婉中著一二激厲語也。操縱自如，尤見錯綜。

三　任公浣溪沙詞

任公又有〔浣溪沙〕《咏臺灣歸舟晚望》云：“老地荒天閟古哀。海門日落浪崔嵬。憑舷切莫首重回。　費汨山河和夢遠，雕年風瑟挾愁來。不成抛却又徘徊。”余常謂僻調宜渾脱，乃近自然；常調宜生新，斯能振動。任公此詞雖清雅沉著，然不及感春之作之超絶也。

四　易實甫大江東去詞

易實甫名順鼎，别署哭盦，幼爲神童，長擅吟咏，凡有所作，輒傳遍人口。其爲詩也，行神如空，行氣如虹，足爲李白第二，通州張峰石《一蛩室詩話》中已備言之。然實甫不僅能詩也，間嘗譜詩餘，亦復迥異凡響，其江南舟中所作〔大江東去〕云：“英雄往矣，對江山贏得亂愁千斛。今古夢痕銷不盡，付與敗蕉殘鹿。醉裏征誅，愁邊歌舞，畫就興亡局。欲書遺恨，南山可惜無竹。
應念茂苑風花，臺城烟草，蕭瑟空雲木。曾倚舵樓閑眺望，惟見暮帆沙鷺。貍志祠荒，雀飛橋冷，凄斷前朝曲。無情最是，秦淮一片寒緑。”余常謂凡寫迷離之况者，衹須述景如“小窗斜日到芭蕉”“半牀斜月疏鐘後”，不言愁而愁自見，實甫此詞庶乎近之。

五　哭庵賀新凉詞

哭庵又有〔賀新凉〕詞，其小序云：“泊舟江南，天已向暝，雲影黏樹，濤聲嚙沙，廢苑荒城，模糊莫辨，惟有亂蛙代漏，愁月照人而已。觸緒蒼凉，率成此解。”“憔悴江南客，問六代繁華，去後竟無消息。一片孤城斜照裏，剩有青山半壁。聽打岸寒潮正急。龍虎銷殘鶯燕老，便英雄兒女皆陳迹。聊付與，江南笛。桃花暗抱脂痕泣。經幾度移根换葉，嫩紅猶濕。廿四橋邊眉樣月，曾照瓊娘夜立。更不管玉簫聲寂。流盡舊家簾幕影，恨秦淮總是無情碧。摇畫舫，到烟夕。”與李後主重光作〔烏夜啼〕一詞，同爲凄惋。後主之詞曰：“無言獨上西樓，月如鈎。寂寞梧桐深院鎖清秋。剪不斷、理還亂，是離愁。别是一般滋味在心頭。”所謂其音哀以思也。諸如此類，均可爲詞人規模。

六　衡陽一雁詞多怨鬱凄艷之句

衡陽一雁，隱其姓名，自謂不解聲韵而愛填詞。然其詞多怨鬱凄艷之句，誠能蓋古排今，便自命爲詞人者，對之愧然。余每讀其詞，輒愛不忍釋。一雁雖曰未學，吾必謂之學矣。余最愛其〔蝶戀花〕小詞云：“人人都道相思苦，儂不相思也没相思侣。苦到孤懷無定所，看來還是相思愈。　天若憐儂天應許。儂願相思可有相思女。倘得相思恩賜與，相思到死無他語。”自謂此係理想的相思語，推陳出新，此意從未經人道過，深合余詞宜生新、斯能振動一語。如孤雲淡月，如倩女離魂，如春花將墮，餘香襲人。韵而不佻，艷而不褻，洵不能與常人一例語也。

七　以詞爲詩餘非通論

古詩之於樂府，律詩之於詞，分鑣并轡，非有後先。有謂詩降而爲詞，以詞爲詩之餘者，非通論也。詞盛於唐人，而六代已濫觴。梁武帝有《江南弄》，陳後主有《玉樹後庭花》，隋煬帝有《夜飲朝眠曲》，均與詩迥有辨别，安得謂詞即詩之餘耶？

八　字面是詞中起眼處

詞有三法：章法、句法、字法。有此三長，方可稱詞。句法中有字面，蓋詞中有生硬字用不得，須是深加鍛煉，字字推敲響亮，歌誦妥溜，方爲本色語。如賀方回、吴夢窗皆精於煉字者，多從李長吉、温庭筠詩中取法來。字面亦詞中之起眼處，不可不留意也。至句法、章法更無論矣。

九　白樂天詞

白樂天詞云："花非花，霧非霧，半夜來，天明去。來如春夢不多時，去似朝雲無覓處。"此蓋長慶長短句也。而後人則名之爲詞。楊升庵謂此係樂天自度之曲，因情生文，雖《高唐》《洛神》之賦，奇麗不及也。歙縣吴東園效其韵體曰："烟非烟，霧非霧，逐月來，隨雲去。天寒歲暮總須愁，别有朝陽栖鳳處。"聲韵諧婉，心細如絲，於今人中固爲不可多得矣，然方之古人，未免有點金成鐵之憾。

一〇　龔定庵瓊臺第一層詞

龔定庵詞有〔瓊臺第一層〕一闋，咏某王孫事。按武才人色冠後庭，裕陵得之，會教坊獻新聲，因爲製詞，號曰〔瓊臺第一層〕。定庵此詞，艷冶而不流於穢褻，其詞云："無分同生，偏共死、天長恨教長。風灾不到，明月難曉，曇誓天旁。偶然淪謫處，感俊語、小玉聰狂。人間世，便居然願作，薄命鴛鴦。　　幽香。蘭言半枕，歡期抵過八千場。今生已矣，玉釵釁卸，翠釧肌凉。賴紅巾入夢，夢説别有仙鄉。渺何方。向瓊樓翠宇，萬古携將。"刻細頗似晚唐。

一一　樊山千秋歲引詞

樊山有〔千秋歲引〕四闋，與太白之"暝色入高樓，有人樓上愁"同一趣旨。今録四之三，以公諸世，其二云："叮嚀明鏡，莫教紅顏老。人壽月圓花更好。紅蘭即是相思草。青禽即是相思鳥。玉珰投，團扇寄，難爲報。　　願金鴨一雙含瑞腦。願紫燕一雙栖玳瑁。願擲黄金買年少。桃花面對桃花笑。蛾眉月寫蛾眉照。萬祝告，千祝告，相逢早。"其三《贈輕輕》云："緑波南浦，一段銷魂賦。怕見江南合歡樹，梨花影似娉婷女。娉婷泪似梨花雨。曲欄干，深院宇，愁來路。　妾自傍、鴛鴦湖畔住。郎自向鳳凰山畔去。試問銀河幾時渡。有情總被無情負。負情總被多情誤。欲往愬，休往愬，天憐汝。”其四《代輕輕答》云：“蓬山青鳥，枉寄相思字。勞燕東西等閑事。儂情深似桃花水，郎情薄似桃花紙。白頭吟，秋扇賦，休相擬。　了不羡朱翁他日貴。更不望連波今日悔。身似井桐别秋蒂，玉環領略夫妻味。雙文通達夫妻例。笑不是，啼不是，誰爲計。”余竊謂是詞輕而不浮，淺而不露，美而不褻，動而不流。字外盤旋，句中含吐，詞之能事盡矣。

一二　詞之難於小令

詞之難於小令，如詩之難於絶句，不過十數句耳，而一句一字都閑不得。末尾最宜留意，有有餘不盡之意乃佳。當以《花間集》中韋莊、温庭筠爲則，至若陳簡齋“杏花疏影裏，吹笛到天明”，真是自然而然之句，學詞者允宜法之。又吕洞賓之“明月斜，秋風冷，今夜故人來不來，教人立盡梧桐影”之句，亦甚雅緻。

（以上《小説新報》1916 年第一期）

一三　詞有四難

詞有四難，一曰用意，二曰鑄詞，三曰設色，四曰命篇。宋人歡愉愁苦之致，動於中而不能抑者，類發於詩餘，故其所造獨臻絶境，工穩無可比擬。四難云者，蓋以沉摯之思而出之必淺近，使讀之者驟遇之如在耳目之前，久誦之而得雋永之趣，則用意難也。以儇利之詞而製之必工煉，使篇無累句，句無累字，圓潤明密，言如貫珠，則鑄詞難也。其爲體也纖弱，明珠翠羽，猶嫌其重，何况龍鸞？必有鮮新之姿，而不藉粉澤，則設色難也。其爲境也婉媚，雖以警露取妍，實貴含蓄不盡，時在徘徊唱嘆之際，則命篇難也。宋人專事之，篇什既富，觸景皆會，雖高談大雅，而亦覺其可廢也。

一四　吴石華桐花閣詞

詞忌陳腐，尤忌深晦；忌率易，尤忌牽澀。曲亦如之，下曲之歌，殊不馴雅，文士争奇炫博，益非當行。大都詞欲藻，意欲纖，用事欲典，然塗附堆砌則不可，意太刻細尤不可，用典偏僻更不可。必也豐腴綿密，流利清圓，令歌者不噎於喉，聽者大快於耳，方爲上乘。詞中句法對待，更當有一定之式，須如孫吴用兵，諸葛布陣，紀律整嚴，一步不可亂動，斯可稱詞。倘可漫爲，則人人皆能之，不足貴矣。試觀《西厢》全傳，意態横生，行雲流水，却又嚴肅整齊，絲毫不亂，故人争稱羡之。吴石華《桐花閣詞》，郭頻伽先生以爲跌宕而婉，綺麗而不縟，有少游之神韵，而運以梅溪、竹山之清真者也。〔黄金縷〕云："柳絲細膩烟如織。病過花朝，又是逢寒食。多少春懷拋不得。都來壓損眉峰窄。　　可憐生抱傷心癖。一味多愁，祇恐非長策。葬罷落花無氣力。小闌干外斜陽碧。"〔减蘭〕《過秦淮》云："春衫乍换。幾日江頭風力軟。眉月三分。又聽簫聲過白門。　　紅樓十里。柳絮濛濛飛不起。莫問南朝。燕子桃花舊板橋。"均可誦。

一五　江城梅花引一調最難措手

詞中〔江城梅花引〕一調，最難措手。長句轉接處易俚，一病也；短句重叠處易滑，二病也；兩段結處易澀，三病也；措語類曲，四病也。康伯可"娟娟霜月"，千秋絶唱，罕有嗣音。郭頻伽一闋云："一重方定一重紗。采蓮花。采菱花。愛住吴船，生小號吴娃。牆内紅樓牆外水，有明月，鴛鴦宿那家。　　那家，那家在天涯。雨又斜。雲又遮。聽也聽不到一曲琵琶。漸漸西風，秋柳不藏鴉。欲倩西風吹夢去，還祇恐、夢魂中，太遠些。"音節和緩，情景迷離，真合作也。

一六　樂府語有近詞者

白樂天《花非花》詩，唐人〔醉公子〕詞，長孫無忌《新曲》，楊太真《阿那曲》，自是詞格，餘若〔水調歌頭〕諸名，實爲樂府，然其語有近詞者，則亦可以詞名之。如隋帝《望江南》、徐陵〔長相思〕，初亦何嘗是詞，而句調可填，即爲填詞。由是推之，則梁武帝《江南弄》諸樂以及鮑照《梅花落》、陶宏景《寒夜怨》、徐勉《迎客》《送客》、王筠《楚妃吟》、梁簡文《春情》、隋煬《夜飲朝眠曲》，皆謂之古調，何不可哉？

一七　宋徽宗尤工長短句

宋徽宗天才甚高，詩文而外，尤工長短句。嘗作〔探春令〕云："簾旌微動，峭寒天氣，龍池冰泮。杏花笑吐香猶淺。又還是春將半。　清歌妙舞從頭按。等芳時開宴。記去年，對著東風，曾許不負鶯花願。"又有〔聒龍謠〕〔臨江仙〕〔燕山亭〕等篇，皆清麗凄惋。〔燕山亭〕者，徽宗北轅後賦杏花者也，哀情哽咽，仿佛南唐李後主，令人不忍多聽，詞曰："裁剪冰綃，輕叠數重，冷淡胭脂匀注。新樣靚妝，艷溢香融，羞殺蕊珠宫女。易得凋零，更多少、無情風雨。愁苦。問院落凄凉，幾番春暮？　憑寄離恨重重，這雙燕何曾，會人言語？天遥地遠，萬水千山，知他故宫何處？怎不思量？除夢裏有時曾去。無據。和夢也，有時不做。"

一八　詞與詩不同

詞與詩不同，然人僅知其不同，而不知其所以不同也。詞之句語有兩字、三字、四字，至七八字者，惟叠實字，讀之且不通，况付雪兒乎？合用虚字呼唤一字，如"正""但""仍""况"之類，兩字如"莫是""又還"之類，三字如"更能消""最無端"之類，却要用之得其所。漁洋山人曰："'無可奈何花落去，似曾相識燕歸來'，定非香奩詩；'良辰美景奈何天，賞心樂事誰家院’，定非草堂詞。”斯即詞曲之分界也。

一九　詞之語句

詞之語句太寬則容易，太工則苦澀，如起頭八字相對，中間八字相對，却須用工著一字眼，與詩眼相同，如八字既工，下句便合少寬，庶不窒澀。約莫太寬易，又著一句工致者便精粹，此詞中之關鍵也。詞中用事最難，要緊著題，融化不澀，如東坡〔永遇樂〕云：“燕子樓空，佳人何在，空鎖樓中燕”，用張建封事。白石〔疏影〕云：“猶記深宮舊事，那人正睡裏，飛近蛾緑”，用壽陽事。又云“昭君不慣胡沙遠，但憶江南江北。想佩環，月下歸來，化作此花幽獨”，用少陵詩。此皆用事不爲所使。寫景之工者如尹鶚“盡日醉尋春，歸來月滿身”，李重光“酒惡時拈花蕊嗅”，李易安“獨抱濃愁無好夢，夜闌猶剪燈花弄”，劉潛夫“貪與蕭郎眉語，不知舞錯伊州”，皆入神之句。

二〇　詞以少游易安爲宗

詞以少游、易安爲宗。秦少游〔踏莎行〕云：“霧失樓臺，月迷津渡。桃源望斷無尋處。可堪孤館閉春寒，杜鵑聲裏斜陽暮。

驛寄梅花，魚傳尺素。砌成此恨無重數。郴江幸自繞郴山，爲誰流下瀟湘去。”東坡絶愛尾兩句，自書於扇曰：“少游已矣，萬身莫贖。”《詞苑》謂不如“杜鵑聲裏斜陽暮”尤堪斷腸。然少游爲詞，極須沉吟，鏟盡浮詞，直抒本色，此其所以爲宗也。李易安作重陽〔醉花陰〕詞寄其夫趙明誠云：“薄霧濃雰愁永晝。瑞腦噴金獸。佳節又重陽。玉枕紗厨，半夜驚初透。　　東籬把酒黄昏後，有暗香盈袖。莫道不銷魂？簾捲西風，人似黄花瘦。”《瑯環記》記是詞，謂當時明誠自愧不如，乃忘寢食三日夜，得十五闋，雜以易安作，以示陸德夫。德夫玩之再三曰：“衹有‘莫道不銷魂’三句爲最佳”，正易安之作也。易安又有春晚〔如夢令〕云：“昨夜雨疏風驟，濃睡不消殘酒。試問捲簾人，却道海棠依舊。知否，知否？應是緑肥紅瘦。”前輩競稱易安“緑肥紅瘦”一語爲佳作，花庵詞客頗稱易安《壺中天》詞“寵柳嬌花”句突過“緑肥紅瘦”一語，然昔人未有能道者。

（以上《小説新報》1916 年第四期）

二一 朱行中漁家傲詞

賀黄公謂蘇子瞻有“銅喉鐵板”之譏，然〔浣溪沙〕春歸詞云：“彩索身輕常起燕，紅窗睡重不聞鶯。”如此風調，令十七八女郎歌之，豈在“曉風殘月”之下？余謂此實不足以覘，才子固無所不能也。如烏程朱行中與東坡同遭貶謫，人但知其能文，而行中亦善與？如其所作〔漁家傲〕云：“小雨纖纖風細細，萬家楊柳青烟裹。戀樹濕花飛不起。愁無際，和春付與東流水。　九十春光能有幾。金龜解盡留無計。寄語東陽沽酒市，拚一醉，而今樂事他年淚。”讀其詞，想見其人，不愧爲東坡黨也。

二二 世言東坡不能歌

世言東坡不能歌，故其所作樂府多不協律，是則非然。晁以道謂紹聖初，與東坡别於汴上，東坡酒酣自歌《陽關曲》，然則公不能歌之言僞也。但賦性豪放，不惜剪裁以就聲律耳。試取東坡諸詞歌之，曲終覺天風海雨逼人，蓋詞至東坡已一洗前人綺羅香澤之態，使人登高望遠，舉首浩歌，超乎塵埃之外，於是《花間》爲皂隸，柳氏爲輿臺矣。或謂子瞻之詞如“與誰同坐，明月清風我”“明月幾時有，把酒問青天”，快語也；“大江東去浪淘盡，千古風流人物”，壯語也；“杏花疏影裏，吹笛到天明”，爽語也；“彩索身輕常起燕，紅窗睡重不聞鶯”，綺語也；然則博如東坡，雖爽快、雄壯、旖旎之語尚能兼之，誰謂東坡不能歌耶？

二三 詞有與古詩同義者

詞有與古詩同義者，如“瀟瀟雨歇”，易水之歌也；“聞是天涯”，麥蕲之詩也；“又是羊車過也”，團扇之辭也；“夜夜岳陽樓中”，日出當心之志也；“已失了春風一半”，鰥居之諷也；“瓊樓玉宇”，《天問》之遺也。詞有與古詩同妙者，如“問甚時，同賦三十六陂秋色”，即灞岸之興也；“關河冷落，殘照當樓”，即敕勒之歌也；“危樓雲雨上，其下水扶天”，即明月積雪之句也；“燕子樓空，佳人何在，空鎖樓中燕”，即平生少年之篇也。

二四　詞名多取詩句之佳者

詞名多取詩句之佳者，如〔夏雲峰〕則取“夏雲多奇峰”句，〔黄鶯兒〕則取“打起黄鶯兒”句是也，獨〔酹江月〕〔大江東去〕則因東坡〔念奴嬌〕詞内有“大江東去”“一尊還酹江月”二句，遂易是名。夫以詞中句而反易詞名，則詞亦偉也。今人不知詞者動詆〔大江東去〕，彼亦知其詞如是偉耶？

二五　一葉落陽臺夢皆後唐莊宗所製

〔一葉落〕〔陽臺夢〕，皆後唐莊宗所製，〔一葉落〕云：“一葉落，褰朱箔，此時景物正蕭索。畫樓月影寒，西風吹羅幕。吹羅幕，往事思量著。”〔陽臺夢〕云：“薄羅衫子金泥鳳，困纖腰、怯銖衣重。笑迎移步小蘭叢，彈金翹翠鳳。　嬌多情脉脉，羞把同心撚弄。楚天雲雨却相和，又入陽臺夢。”舊本有改“金泥鳳”“鳳”字爲“縫”字者。

二六　填詞必溯六朝

填詞必溯六朝者，亦昔人探河窮源之意，如梁武帝《江南弄》云：“衆花雜色滿上林。舒芳耀彩垂輕陰。連年躞蹀舞春心。舞春心。臨歲腴。中人望，獨踟躕。”梁僧法雲《三洲歌》一解云：“三洲斷江口，水從窈窕河旁流。啼將别共來，長相思。”三解云：“三洲斷江口，水從窈窕河旁流。歡將樂共來，長相思。”梁臣徐勉《迎客曲》云：“絲管列，舞曲陳，含羞未奏待佳賓。羅絲管，陳舞席，斂袖嘿脣迎上客。”《送客曲》云：“袖繽紛，聲委咽，歌曲未終高駕别。爵無算，景已流，空紆長袖客不留。”隋煬帝《夜飲朝眠曲》云：“憶睡時，待來剛不來。卸妝仍索伴，解佩更相催。博山思結夢，沉水未成灰。憶起時，投籤初報曉。被惹香薰殘，枕隱金釵裊。笑動上林中，除却司晨鳥。”王叡《迎神歌》云：“蓪草頭花柳葉裙。蒲葵樹下舞蠻雲。引領望江遥滴泪，白蘋風起水生紋。”《送神歌》云：“棖棖山響答琵琶。酒濕青沙肉飼鴉。樹葉無聲神去後，紙錢飛出木棉花。”此六代風華靡麗之語，後來詞家之所本也。(未完。)[1]

（以上《小説新報》1916 年第五期）

① 原稿後注“未完”。

雙鳳閣詞話

朱鴛雛◎著

朱鴛雛（1894～1921），名璽，字爾玉，號孽兒，别號銀簫舊主，松江（今屬上海市）人。南社著名詩人。原是松江孤兒院的孤兒，後來被南社名宿楊了公收養爲義子，後經楊了公、姚鵷雛介紹入南社，詩名頗盛。1917 年南社曾經因爲唐宋詩争而引發一場嚴重的内訌，柳亞子以南社主任名義將站在宋詩派一邊的朱鴛雛强行驅逐出社。後朱氏潦倒貧病而終。朱鴛雛與姚鵷雛、聞野鶴齊名，號“雲中三杰”，又與姚鵷雛并稱“松江二雛”。朱氏著有《朱鴛雛遺著》《鳳子詞》《紅蠶繭集》《銀簫集》《簾外桃花記》《二雛餘墨》（與姚鵷雛合刊）等。《雙鳳閣詞話》及《續稿》載於《二雛餘墨》（1918 年小説叢報社出版）。《雙鳳閣詞話》原發表於 1916 年《申報·自由談》，從 5 月 12 日至 8 月 9 日分 16 期連載。經過比對，《申報》本《雙鳳閣詞話》原有 30 則較《二雛餘墨》本多出 1 則。據《雙鳳閣詞話·續稿》自序，可知《續稿》作於 1918 年。朱鴛雛有研治詞學的“宏願”，《雙鳳閣詞話》在理論批評和文獻輯録兩方面皆有可取之處。詞話中許多論述頗爲精彩。作爲南社人，朱氏記載了當時南社成員之間的交往，對於研究南社的詞學活動具有重要的史料價值。同時朱氏注意搜集松江鄉邦文獻，具有存人存詞之價值，可補《全清詞》等文獻之闕。由朱氏《雙鳳閣詞話》可窺南社詞學之一斑。今據《二雛餘墨》本加以標點整理，參校以《申報》本。楊傳慶、和希林《輯校民國詞話三十種》收録該詞話。

《雙鳳閣詞話》目録

雙鳳閣詞話

一　姚鵷雛詞

甲寅夏日，消暑于松江城南之幾園。疏簾清簟間，稍稍學爲填詞。唐宋以來，莫不涉獵，不欲以門户之見，害其所好。姚師鵷雛謂同社無錫王蒓農（蘊章），持論亦如是。嘗見其覆鵷師箋云："夢窗詞，弟亦嫌其過費氣力，清空如玉田，豪雄如稼軒，渾脱如清真，得其一節，無慚作者。而某公等必欲揚此抑彼，殊近偏激。"懷此有年，得公爲證心期，欣快何如也。箋尾附二詞：〔貂裘換酒〕《題鈍艮紅薇感舊記》云："脱帽悲歌起。數平生一簫一劍，更無知己。不是揚州狂杜牧，十載鬢星星矣。忍更説墜歡重理。駿馬美人都去也，莽乾坤合爲多情死。負此者，有如水。
狂言忍發君須記。遍相思靈均香草，澧蘭沅芷。結客他年公事了，還我傾城名士。更碌碌嗤他餘子。痛哭山中閑日月，肯如今短盡英雄氣。浮大白，拚沉醉。"〔太常引〕《題亞子分湖舊隱圖》云："五湖歸記太無聊。魂也不禁消。何處木蘭橈。看畫裏烟波路遥。
松陵十四，碧城十二，吹瘦小紅簫。酒醒又今宵，有自琢新詞最嬌。"直合辛、周爲一手矣。

（以上又見《申報》1926年5月12日）

二　集詞句爲聯語

集詞句爲聯語，頗見風致。集玉田、梅溪云："石磴拂松陰，幾曲闌干，古木迷鴉峰六六；烟光摇緑瓦，一屏新綉，芙蓉孔雀夜温温。”集稼軒、草窗云：“雲洞插天開，欲往何從，一百八盤狹路；湘屏展翠叠，臨流更好，幾千萬縷垂楊。”集晋卿、永叔云：“海棠開後，燕子來時，黄昏庭院；紅粉牆頭，秋千影裹，臨水人家。”集稼軒云：“素壁寫歸來，畫舫行齋，細雨斜風時候；瑶琴纔聽澈，鈞天廣樂，高山流水知音。”集清真云：“錦幄初温，葡萄架上春藤秀；闌干四繞，蒼蘚松階秋意濃。”集草窗云：“蓮葉共分題，貯月杯寬，笑拍闌干呼范蠡；篔屏掩雙扇，避風臺淺，旋移芳檻引流鶯。”集梅溪云：“竹杖敲苔，倚窗小梅覓句；簾波浸笋，閉門明月關心。”集夢窗云：“數曲闌干，人事回廊縹緲；一奩越鏡，仙山小隊登臨。”皆自然而渾脱者也。

三　咏物之作以王中仙爲上

咏物之作，以王中仙爲上，其詞旨凄咽，寄托遥深，不足以禁體限之。近見有綺庵者，〔沁園春〕《賦藕絲》云：“一舸摇紅，三十六陂，人來采香。看碧搓柳綫，撩將桂棹，翠牽荇帶，攔斷銀塘。輕擘冰綃，徐舒玉腕，委霧凝霜細較量。閑無事，把金針七孔，争補荷裳。　　飄烟曳雨情傷。算抽出相思寸寸長。衹青錢貫了，同心結小，明珠穿得，續命絲長。織倩湘妃，繅憑漢女，新試羅衫學淡妝。好緑雲深處，繫住鴛鴦。”未知是同社虞山龐蘗子（樹柏）所作否？

（以上又見《申報》1916年5月15日）

四　西堂詞茜婉可誦

《西堂詞》，署雲間莊永祚天申著，茜婉可誦。〔憶秦娥〕云：“雕闌畔。落紅似醉閑庭院。閑庭院。芹香翠徑，和氣輕扇。
畫梁雙燕聲如剪。惜春歸去添離怨。添離怨。朱門深處，綉床人倦。”斷句如：〔賣花聲〕云：“樓外長條親折贈，却又青青。”〔减蘭〕云：“倦眠還開，不寐如何有夢來。”尚有〔漁家傲〕《閨詞》十二首。附錢芳標、范武功和作，不能盡録。

五　半舫詞神似玉局

《半舫詞》，署汪價著。天然散人云：“汪價號三儂，嘉定人，有《三儂嘯旨》。”《半舫詞》神似玉局。〔雨中花〕《閨思》云：“春起懶將殘髻束。向鏡面照了還覆。却裙帶輕拈，鞋尖漫點，斜倚闌干曲。　風色微熏花氣欝。已作（去）就一天新緑。看燕子雙雙，鶯兒對對，衹有人兒獨。”〔點絳脣〕《初夏》云：“風色初熏，竹香細細抽新翠。疏簾影裏，小燕窺人睡。　閑處偷行，領得花滋味。初時喜，歸時心悸，以後長如醉。”〔臨江仙〕《霅晝溪》云：“廿載前頭溪上宿，山光水色花香。今番重到白鷗鄉。扁舟獨放，野鳥語淒涼。　碧竹紫藤都化去，當年歌吹興亡。漫登危閣斷人腸。遠峰横處，依舊有斜陽。”斷句如：〔西江月〕云：“手搓澀眼倦還眠，好夢重尋一遍。但憑柳悴與花孱。知道曉妝深淺。”馮夢華謂蘇詞有四難：獨往獨來，一空羈靮，一也；含剛吐柔，發其絶詣，二也；忠愛之誠，深以寄托，三也；笑樂哀傷，皆中其節，四也。所以振北宋之緒，挽秦、柳之風，與稼軒各樹一幟，不域於世。世第以豪放目之，非知蘇辛者也。余謂三儂之詞，能知蘇、辛者也。

六　施子野詞

施子野亦雲間人，是李笠翁一流，著有本曲多種。曾于同邑費龍丁（硯）許見之，間《花影詞》□卷，與天然散人所録，稍有出入。〔浣溪沙〕云：“半是花聲半雨聲。夜分淅瀝打疏櫺。薄衾單枕一人聽。　密約不明渾夢境，佳期多半待來生。淒涼情況是孤燈。”〔憶秦娥〕云：“闌干曲，竹浸一池春水緑。春水緑。消閑棋子，破愁雙陸。　花逋酒負何時贖。多情反被情拘束。情拘束。不堪重見，燕飛華屋。”觀此，風情固不薄也。

（以上又見《申報》1916年6月3日）

七　秋屏詞

《秋屏詞》，署碧海逸伶著。〔菩薩蠻〕云：“酡顔緑髮稱才子，十年不合長如此。柳色黯雕輪，門前春水深。　　羞將愁拍促，細按凉州曲。風起赤闌橋，低頭魂欲銷。”“春游慣説江南好，春光復向江南老。何惜馬蹄遥，東風烏鵲橋。　　愁多容易醉，强拾佳人翠。滿院碧桐花，鈎簾日已斜。”“鶯歌欲静芳塵歇，垂楊滿院花飛雪。蕩子不歸家，空羞雙雀釵。　　江南音信斷，望斷江南岸。青草咽斜陽，羅衣黯淡香。”〔浣溪沙〕云：“放浪青山久不歸。姑蘇台下鷓鴣飛。古堤疏柳淡烟微。　　欲問興亡徒草草，五湖西去又斜暉。一番新恨畫羅衣。”斷句如：〔菩薩蠻〕云：“江晚日初低，猿啼知妾啼。”〔江南好〕云：“酒旗風急杏花殘，人醉影闌珊。”〔臨江仙〕云：“夕陽無際，山色亂流中。荻花吹動，江月小如錢。”“才子”諸闋，絶似韋莊留蜀之作。於言語文字之外，見其傷心。至詞氣之跌宕風流，讀之蕩氣。暗香水殿，舊國之思，殆自隱於伶邪。嗟嗟！江南花落，老去龜年，安得起天然散人問之，知其爲誰某邪！

八　四香樓詞

《四香樓詞》，署范武功著。〔臨江仙〕《金陵》云：“曾繫扁舟桃葉渡，雙柑斗酒頻携。青山無數夕陽西。畫樓深院，細雨杏花飛。　　千古江流流不盡，後湖草冷烟低。客窗何事最凄其。六朝宫樹，夜夜子規啼。”斷句如：〔玉蝴蝶〕云：“怎消除五更香夢，空斷送一段春天。”原稿爲燒痕所廢，未窺全豹。然亦俊才也。與周冰持、莊天申多唱和，又有《茸城紀事詞》，當是雲間人。

九　周樨廉詞

《□□詞》，署周樨廉著。〔沁園春〕句云：“望空蒙花徑，夢來夢去，參差柳影，疑短疑長。”爲索茗白龍潭蕭九娘家作，亦吾松韵事也。

一〇　張頸頑詞

《□□詞》，署張頸頑著。〔減蘭〕云："愁來何處，遠在門前烏桕樹。近在眉頭，最有眉頭耐得愁。　菱花似月，照出花容紅一撚。無泪沾襟，秋在眉頭愁煞人。"似《憶雲》。

（以上又見《申報》1916年6月4日）

一一　望雲詞

《望雲詞》，□□□著。〔望江南〕云："山萬叠，石壁插天關。絶巘雲排孤塔秀，大江烟雨萬松寒。一雁拾蘆還。"〔更漏子〕云："玉參差，金□□。牆外曾聞一笑。纔轉眼，急回身。緑楊影裏人。　金燼短。犀簟軟。人和影兒都遠。捱夜夜，數更更。今生睡不成。"〔水龍吟〕《楊花》云："空中似有還無，白楊一片飛花墜。輕于蕩子，短於閨夢，澹於春思。黏著葳蕤，穿將麗霙，雙環半臂。想漢宫張緒，靈和殿側，懶更三眠三起。　一望盤渦沙嘴，似江天殘雲密綴。曉烟籠破，曉星逼冷，曉風揉碎。桂闕含秋，銀塘抹粉，銅鋪浸水。願隨花飄傍，那人衾枕，偷沾鉛泪。"〔清平樂〕云："柳風梅雪，綉幕雲驅月。花氣撲簾香影折，睡暖一雙蝴蝶。　斂眉獨倚金扉，輕寒吹上銖衣。滿池星紅小緑，鳳尖怕蹴香泥。"斷句如：〔如夢令〕云："輕薄。輕薄。人被柳絲兜著。"〔薄幸〕云："溪心寒月，爲流急纔圓便缺。"諸詞哀感頑艷，亦松卿、端已之遺。至於深思寄意，其亦勝國遺臣乎？

一二　空瞳子詞

《空瞳子詞》，不署名。〔鷓鴣天〕句云："鳳靴細按新檀板，隔個窗兒分外明。"新意。

一三　谷水詞徵

天然散人所録如是，都吾松軼詞。書賈語余得自一李姓家，然無實據可考。邇來索居無事，與同邑吴遇春（光明）約爲選政。遇春之《谷水詩徵》，自清嘉慶始。余之《谷水詞徵》，依《松風餘韵》《松江詩鈔》爲例，搜采之難，其終乃不可知。世方多故，余等獨作風月閑人想，亦復自笑。余答遇春詩所謂："世亂還宜論詩格，自教刻意到宫商。"正有不能已者。安得多如天然散人者，饗余深也。

（以上又見《申報》1916年6月5日）

一四　耐歌詞

《耐歌詞》，李笠翁著。董石甫《三岡識略》謂其淫蕩不檢，工媚時世，至欲屏於上夫以外。余友同邑張破浪（社浩）則特愛其詞，以爲哀感頑艷，皆從性情中來。深非石甫之説，以質于余。余意天下初無美惡，在人人之眼光爲變動耳。姑録其詞，如：〔一剪梅〕《廣陵》云："此番再過玉人樓。唤汝回頭。切莫回頭。"〔點絳唇〕《用情》云："怕有人聽，一半留將住。"〔虞美人〕《代柬》云："當時作俑豈無人，那得綉針十斛刺伊心。"意思固精微深刻者也。

一五　沁園春咏艷二十首寫本

〔沁園春〕《咏艷》二十首寫本，幀尾有"慶雲"篆印，字體婉弱，類出閨人之手。其中劉改之四首見於《草堂詞》，外有范纘《美人齒》云："雙鳳帷中，嫣然微笑，半露朱櫻。向翠簾弄筆，澹浸墨瀋，綉窗擘綫，濕膩紅星。香沁歌珠，脂黏暖玉，怕見枝頭梅子青。沉吟久，更巡檐鴉噪，低叩聲聲。　相看恰是芳齡。每閑喂鸚哥剥紫菱。喜含嬌剔罷，春纖甲軟，幽歡嚙處，錦被痕輕。甘液流芳。清泉初漱，細嚼花須吐畫欞。雕軒下，等檀郎不到，切恨無情。"原注：見《四香樓詞》。當是范武功作。錢葆芬《美人唾》云："羅袖花輕，點點仍留，鏤金舊箱。記鏡前斑管，欲拈先潤，簾前弱綫，已斷猶香。窗紙偷穿，書緘密啓，沾著些些濕不妨。妝台倦，愛越梅青小，齒軟津凉。　有時吹罷笙簧落。幾顆隨風小夜光。更玉魚含後，脂痕隱映，錦衾嚙處，檀郎顛狂。不枉如飴，真堪消渴，莫作薔薇曉露嘗。藍橋路，算華池除却，那覓瓊漿。”原著見《湘瑟詞》，目署申浦漁郎。錢立山《美人腕》云：“碧藕華池，雪向銀盆，皎然素鮮。想雲和斜抱，清輝乍映，霓裳罷按，紅袖輕纏。約鬢微拳，洗妝全露，帶出些兒齒印。偏嬌憨處，似不任鸞綉，故倚郎肩。　有時鏤枕欹眠。襯蝤領鴉鬢相近邊。愛無多弱骨，恰勝金釧。有餘豐膩，渾惹芳煎。搗素何柔，臨書絶勁，不繫朱絲亦可憐。多應是，向洛波深處，采得芝玄。”目署溉湄老人。尚有一峰墨堂數首，未能悉録。不知其出於何本也。或於是類側艷之什，譏爲纖細，然當春沉晝長，就白梨花底唱之，真覺鬢角衣波，呼之欲出也。

一六　失名憶江南詞

失名〔憶江南〕二十首，附黏前幀之後。其詞艷怨沉幽，逼近皇甫。録其三、十一、十六、十九云：“江南好，梅雨掩重門。不是麝臍浮小鬢，果然獺髓没雙痕。絮語酒微温。　瀟瀟響，近共聽黄昏。心似芭蕉長有泪，手無芍藥已消魂。則怕是離樽。”“江南好，麥信一番寒。碧茗焙香松葉路，銀鰣翻雪楝花灘。怊悵又春殘。　梅梢雨，千子緑新幹。幽夢蝶驚虚畫枕，小詞蠅細滿烏闌。和泪寄伊看。”“江南好，别是一家春。彈去金丸花滿地，坐來青翰月隨身。風淺露華新。　江南事，是處可傷神。心似明珠常不定，人如照鏡未曾真。一載夢頻頻。”“江南夜，最是五更長。昨日事如天上遠，前生人在夢中忙。切莫負春光。　江南恨，難向酒杯忘。殘雨數聲敲玉枕，飛花一點逗紅窗。宿燕已雙雙。”後跋似鄉先輩郭友松（福衡）墨迹。跋云：閲宋輳文集内載〔憶江南〕第十九首下半闋，“宿燕”句易爲“切莫負時光”，則知此全篇，係是人所作無疑矣。按輳文名征輿，號直方，華亭人。

（以上又見《申報》1916年6月11、12日）

一七　幗篋詞

《幗篋詞》，華亭閨秀何琢齋著。〔淘浪沙〕《擬易安》云："樓外雨濛濛。狼藉芙蓉。澹烟籠樹遠連空。目斷天涯書不至，縹緲征鴻。　　獨自下簾櫳。無限離衷。傷心怕聽晚來風。見説重陽將近也，情思偏慵。"〔點絳唇〕《嘲燕》云："解得高飛，傍人偏是依門户。有何相訴。終日喃喃語。　　費盡經營，秋到還歸去。無意緒。問家何處。不肯經年住。"斷句如：〔踏莎行〕《春旅》云："杜鵑苦説不如歸，欲歸畢竟歸何處。"〔醉花陰〕《病起》云："休近小闌干，悵望空庭，不見黄花瘦。"諸詞澹寫輕描，不落粉奩舊調，其在幽栖、漱玉間乎？

（以上又見《申報》1916年6月16日）

一八　緑窗詞

《緑窗詞》，□□閨秀韓寒簣著。〔賣花聲〕《春感》云："垂柳拂檐前。燕子呢喃。花明鶯媚艷陽天。有限韶光無限恨，辜負春妍。　　對鏡怯連娟。縞素凄然。亦知妖冶不堪纏。遠岫正宜山澹澹，村樹籠烟。""縞素"云云，殆鸞飄鳳泊之人乎。然而咏絮才工，自非凡近也。

一九　鸝吹詞

《鸝吹詞》，松陵閨秀沈宛君著。〔憶王孫〕云："銀鐙花謝酒初醒。夢去愁來月半明。玉漏沉沉夜色清。翠生生。芳草能消幾許情。"〔浣溪沙〕云："楓葉無愁緑正肥。多情空自繞漚磯。今宵千里斷腸時。　　一棹青山人正遠，半床紅豆雨初飛。别離無奈思依依。"余謂女子之詞，類多弱於氣格，而清輕婉約，别有意味可尋。觀於《鸝吹詞》而益信矣。按宛君爲葉天寥室，午夢風流，猶在分湖烟水間也。

二〇 愁言詞

《愁言詞》，宛君長女葉昭齊著。〔點絳唇〕云："往事堪傷，舊游緑遍池塘上。閑愁千丈。暗逐庭蕪長。　自古多情，偏惹多惆悵。人凄愴。寒宵淡月，一片凄涼況。"又有"東風無計，吹破春愁"之句，置之《飲水詞》中，當不能復辨。才地玲瓏，洵不可及已。乃妹瑶期《返生香詞》，知者已多，不録。

（以上又見《申報》1916年6月17日）

二一 自度曲更難

度曲已難，自度曲更難，乃知姜石帚〔暗香〕〔疏影〕諸闋，非撊然妄作可比。曲隸於律，律隸於聲，聲隸於何宫何調，各有絶旨。古者以宫、商、角、徵、羽、變宫、變徵之七聲乘十二律，得八十四調。後人以宫、商、羽、角之四聲乘十二律，得四十八調。蓋去徵聲與二變而不用，則四十八調已非古律，明矣。隋唐以來，相次沿革，逮乎趙宋，發爲詩餘，分隸四十八調。調不拘於短長，有屬黄鐘宫者，有屬黄鐘商者，皆不相出入。今則僅以小令、中調、長調分爲班部，聲律微渺，不可以迹求矣。蘇長公《赤壁懷古》〔念奴嬌〕調有云："千古風流人物，人道是三國周郎赤壁。""捲作千堆雪，雄姿俊發，一樽還酹江月。"鮮于伯機是調云："雙劍千年初合，放出群龍頭角。""極目春潮闊，年年多病如削。"張于湖是調云："更無一點風色，著我扁舟一葉。""妙處難與君説，穩泛滄浪空闊。""萬象爲賓客，不知今夕何夕。"是一入聲而通物月屑錫覺樂曷合陌職葉緝十三韵者，可見宋人詞本無韵，任意取押之説，所由來也。自沈去矜創爲詞韵，毛稚黄刻之，（見《西河詞話》。）雖有功於詞學，而反失古意。假如上下平三十韵中，惟十一尤獨用，若東冬江陽魚虞佳灰支微齊寒珊先蕭肴豪覃鹽鹹皆是通用，雖不知詞者亦能立辨。以獨用之外無嫌韵、通韵之外，更無犯韵，雖不分爲獨爲通，而其爲獨爲通者自了也。

二二　寄父念奴嬌詞

去秋與了公寄父共治石帚，浸淫其間，自有真味可尋。項憶雲所謂“不爲無益之事，何以遣有涯之生”，豈不然乎？余無狀，不足造述。寄父則矜持少作，而集其詞，諸闋音節句法，幽情密意，合符古人。如〔念奴嬌〕一首云：“松江烟浦，問經年底事，琵琶解語。恨入四弦人欲老，别有傷心無數。金谷人歸，翠尊共款，心事還將與。梅邊吹笛，冷香飛上詩句。　江國暗柳蕭蕭，無人與問，惆悵誰能賦。書寄嶺南封不到，一點芳心休訴。玉笛無聲，朱門深閉，夢逐金鞍去。故人知否，爲君聽盡秋雨。”不特驅使前輩，天衣無縫。而含意深思，别有懷抱，寄父固自謂得意者。

（以上又見《申報》1916年6月19日）

二三　詞名之起原可考者

詞名之起原可考者，如〔蝶戀花〕之梁元帝“翻階蛺蝶戀花情”，〔滿庭芳〕取吴融“滿庭芳草易黄昏”，〔夏雲峰〕取“夏雲多奇峰”，〔黄鶯兒〕取“打起黄鶯兒”，〔點絳唇〕取江淹“明珠點絳唇”，〔鷓鴣天〕取鄭嵎“家在鷓鴣天”，〔惜餘春〕取李白賦語，〔浣溪沙〕取少陵詩意，〔青玉案〕取《四愁詩》語，〔踏莎行〕取韓翃詩語，〔西江月〕取衛萬詩語，〔菩薩蠻〕西域婦髻也，〔蘇幕遮〕西域婦帽也，〔尉遲杯〕取尉遲恭飲酒大杯也，〔蘭陵王〕以其入陣取勇也，〔生查子〕即張博望乘槎事也，〔瀟湘逢故人〕柳惲句也，〔巫山一段雲〕即巫峽事也。此皆楊用修升庵《詞品》考證之語，而都元敬、沈天羽、胡元瑞諸人，于詞調起原，尤多論例。

二四　春痕詞若干首

三年來學詞于姚先生之門，得《春痕詞》若干首。側艷之作，止以導淫悠繆之辭，或將損性。山谷綺語，法秀所呵，良用自疚。

然而人天影事，有不忍相忘者，草稿既燼，第留其序。序曰：平生役於世故，而塵役勞勞，稟賦不實，而孕愁漠漠，宜乎局促兩間，莫知其所。沉吟章句，莫極其情矣。爾乃心靈蘭蕙之温馨，神思裙裾之曼妙，若有人焉。在我之旁，如花之濃，如玉之瓏。若怡其生，若澤其夢。高情無滓，慶壒奇愁，亦破鴻蒙。殊呻窈吟，知所托焉。幽情麗想，莫不逮焉。

（以上又見《申報》1916年7月12日）

二五　詞調之創紹詩樂之遺

詞調之創，用紹詩樂之遺。於四始之中，大旨近於比興。聲有抑揚緩促，則句有長短。曲終奏雅，懲一勸百，亦承古賦之遺風。感人之深，疾於影響。則詞者，合詩樂教而自成一體者也。余嘗讀劉申叔氏之書矣，謂詩篇三百，按其音律，多與後世長短句相符，如《召南·殷其雷》篇云："殷其雷，在南山之陽。"此三五言調也。《小雅·魚麗》篇云："魚麗於罶，鱨鯊。"此二四言調也。《齊風·還》篇云："遭我乎猺之間兮，并驅從兩肩兮。"此六七言調也。《召南·江有汜》篇云："不我以，不我以。"此叠句韵也。《豳風·東山》篇云："我來自東，零雨其蒙。鸛鳴於垤，婦勤於室。"此换韵調也。《召南·行露》篇云："厭浥行露"，其第二章云："誰謂雀無角。"此换頭調也。大抵緩促相宜，短長互用，於後世倚聲之法，已啓其先。足證詞曲之源，實爲古詩之别派。至於六朝樂章盡廢，故詞曲之體，亦始於六朝。梁武帝之《江南弄》、沈約之《六憶詩》，實爲詞曲之濫觴。唐人樂府，多采五七言絶句。如〔紇那曲〕〔長相思〕，皆五言絶句之變調也。〔柳枝〕〔竹枝〕〔清平調〕〔小秦王〕〔陽關曲〕〔八拍蠻〕〔浪淘沙〕，皆七言絶句之變調也。〔阿那曲〕〔鷄叫子〕，則又仄韵之七言絶句也。〔瑞鷓鴣〕者，則七言律詩也。《款殘紅》者，則五言古詩也。此亦詞調爲詩餘之證。特古人詩調多近於詞，而後世詞調，轉出於詩。蓋古代詩多入樂，與詞相同，而後世之詞，則又詩之按律者也。

（以上又見《申報》1916年7月20日）

二六　詞本長短句

自有言語文字以來，音學凡四變矣。《毛詩》三百五篇，古音賴存。魏晋而下，詞賦日繁，沈約作四聲之譜，於是今音行而古音亡，爲音學之一變。迨至東京，古音愈乖，當時所用之譜，按班張以下諸人之賦，曹劉以下諸人之詩，所用之音，撰爲定例，於是今音變而古音愈亡，爲音學之再變。下及唐代，僧守温創三十六字母圖，以紊古音，於是梵音盛而古音難復，爲音學之三變。宋理宗末年，平水劉安，并二百六韵爲一百七韵。元初黄公紹，因之作《古今韵會》，於是宋韵行而唐韵亡，而古音更無論矣，爲音學之四變。江永言漢雖近古，時有古音，而踳駁舛謬者，亦不少。其故有數端，一則方音之流變；一則臨文不細檢；一則讀古不審，沿古而反致誤；一則韵學不精，雜用流於野鄙；一則恃才負氣，不妨自我作古。觀江氏之言，亦可知古音之湮没，由來漸矣。陸紹明《言音》一書，發凡道古，言之較詳。至於詞韵如何者，余謂詞本長短句，發軔于唐，張大于宋，是則短調屬唐，長調屬宋。古音本難相論，能隸于古樂府爲上著。不則短調用唐音，長調用宋音，亦原本之微意也。南北雜曲，則無論矣。

（以上又見《申報》1916年7月19日）

二七　詞律之密無過宋人

詞律之密無過宋人。能按律即能入樂，唐人已昌其風。若李太白、温飛卿輩，其詞曲皆被管弦，以故精於詞律。太白所造〔清平調〕，玄宗調笛倚歌，李龜年亦執板高唱，且謂平生得意之歌，無出於此。（見《松窗録》。）飛卿工於鼓琴吹笛（見《北夢瑣言》。），所作詞曲，當時歌筵競唱（見《雲溪友議》。），宰相令狐綯，因宣宗愛唱〔菩薩蠻〕，令飛卿撰進，而宣宗君臣，迭相唱和。（見《北夢瑣言》。）

則太白、飛卿，精於詞律，彰彰明矣。蓋詞者古樂之派別，古之詞人必先通音律，默契其深，然後按律以填詞。故所作之詞，咸可播之於歌咏。後世之人，按譜填詞，人云亦云，而音律之深，茫然未解。則所謂詞者，徒以供騷人墨士寄托之用耳，而詞之外遂別有謂曲，元人雜劇實其濫觴，去古樂遠矣。

二八　宋人之詞各自成家

宋人之詞各自成家。少游之詞，寄慨身世，一往情深，而怨悱不亂，悄乎小雅之遺。向子諲《酒邊詞》、劉克莊《後村詞》，眷戀舊君，傷時念亂，例以古詩，亦子建、少陵之亞。此儒家之詞也。劍南之詞，屏除纖艷，清真絶俗，遠峭沉鬱，而出以平淡之詞，例以古詩，亦元亮、右丞之匹。此道家之詞也。耆卿詞曲，密處能疏，奡處能平，狀難狀之狀，達難達之情，例以古詩，間符康樂，此名家之詞也。東坡之詞，慨當以慷，間鄰豪放；（如〔滿庭芳〕〔大江東去〕〔江城子〕是。）龍川之詞，感憤淋漓，（如〔六州歌頭〕〔木蘭花慢〕〔浣溪沙〕是。）眷懷君國；稼軒之詞，才思橫溢，悲壯蒼凉；（如〔遇永樂〕是。）例之古詩，遠法太沖，近師太白，此縱横家之詞也。（見《論文雜記》。）觀此古之詞人，莫不自辟塗轍，所作之詞，各不相類。豈若後世詞人之依草附木，取古人一家之詞，以自矜效法哉？即使盡心效法，亦當辨別其家數。歸其一旨，不則東拉西雜，復成何理。嘗論近時詞人，多喜蘇辛詞曲之豪縱，競相效法，浮囂粗獷，不復成詞。此則不善學蘇辛之失，非蘇辛之失也。

（以上又見《申報》1916 年 7 月 25 日）

二九　詞品

元人涵虚子所爲《詞品》云：馬東籬如朝陽鳴鳳，張小山如瑶天笙鶴，白仁甫如鵬摶九霄，李壽卿如洞天春曉，喬夢符如神鼇鼓浪，費唐臣如三峽波濤，宫大用如西風雕鶚，王實甫如花間美人，張鳴善如彩鳳刷羽，關漢卿如瓊筵醉客，鄭德輝如九天珠玉，白無咎如太華孤峰，以上十二人爲首等。貫酸齋如天馬脱羈，鄧玉賓如幽谷芳蘭，滕玉霄如碧漢閑雲，鮮于去矜如奎璧騰輝，商政叔如朝霞散彩，范子安如竹裏鳴泉，徐甜齋如桂林秋月，楊淡齋如碧海珊瑚，李致遠如玉匣昆吾，鄭廷玉如佩玉鳴鑾，劉廷信如摩雲老鶻，吴西遥如空谷流泉，秦竹村如孤雲野鶴，馬九臯如松陰鳴鶴，石子章如蓬萊瑶草，蓋西村如清風爽籟，朱廷玉如百草争芳，庾吉甫如奇峰散綺，楊立齋如風烟花柳，楊西庵如花柳芳妍，胡紫山如秋潭孤月，張雲莊如玉樹臨風，元遺山如窮崖孤松，高文秀如金盤牡丹，阿魯威如鶴唳青霄，吕止庵如晴霞結綺，荆幹臣如珠簾鸚鵡，薩天錫如天風環佩，薛昂夫如雲窗翠竹，顧均澤如雪中喬木，周德清如玉笛横秋，不忽麻如閑雲出岫，杜善夫如鳳池春色，鍾繼先如騰空寶氣，王仲文如劍氣騰空，李文蔚如雪壓蒼松，楊顯之如瑶台夜月，顧仲清如雕鶚沖霄，趙文寶如藍田美玉，趙明遠如太華晴雲，李子中如清廟朱瑟，李叔進如壯士舞劍，吴昌齡如庭草交翠，武漢臣如遠山叠翠，李宜夫如梅邊月影，馬昂夫如秋蘭獨茂，梁進之如花裏啼鶯，紀君祥如雪裏梅花，于伯淵如翠柳黄鸝，王廷秀如月印寒潭，姚守如秋月揚輝，金志甫如西山爽氣，沈和甫如翠屏孔雀，睢景臣如鳳管秋聲，周仲彬如平原孤隼，吴仁卿如山間明月，秦簡夫如峭壁孤松，石君寶如羅浮梅雪，趙公輔如空山清嘯，孫仲章如秋風鐵笛，岳伯川如雲林樵響，趙子祥如馬嘶芳草，李好古如孤松挂月，陳存甫如湘江雪竹，鮑吉甫如老蛟泣珠，戴善甫如荷花映水，張時起如雁陣驚寒，趙天錫如秋水芙渠，尚仲賢如山花獻笑，王伯成如紅鴛戲波。以上七十七人次之。又有董解元、盧疏齋、鮮于伯機、馮海粟、趙子昂、班彦功、王元鼎、董君瑞、查德卿、姚牧庵、高拭、史敬先、施君美、汪澤民輩，凡百五人，不著題評。抑又其次也。虞道園、張伯雨、楊鐵崖輩，俱不得與，可謂嚴矣。

（以上又見《申報》1916年8月9日）

雙鳳閣詞話·續稿

丙辰歲撰《詞話》一卷，輟筆至今，垂兩年餘矣。嗜痂諸君，時復見訊，輒以無暇答之，殊自赧也。兩年中，填詞僅十餘闋，而搜采之心，未嘗少泯。恒蹀躞舊書攤間，省酒資以求之。復於故家箱簏中，隨時乞讓，親友知其如是，有以零星相饋者，匪不珍而藏之。故私家著述，已積七百餘種，而詞集居其次半。鄉先輩所作，尤加研别，遲我數年，當纂成《松江詞徵》數十卷。我友吴君遇春亦允爲臂助也。二月十一日，嘿坐家下，風聲雨聲，扇於門外，悄然几屏，不可自聊，乃搜索故書，續爲《詞話》。

一　擬纂清詞綜

余有宏願，纂《松江詞徵》外，擬纂遜清一代之詞，爲《清詞綜》。清人填詞之學，著色出奇，軼過前代。欲彙爲大觀，殊匪易易。以余初步邯鄲，止望洋興嘆而已。往年撰《清詞人録》一卷，得七十餘家，均可備《清詞綜》甄别者。《録》中兼及詞人軼事，略如徐電發之《詞苑叢談》，特繁瑣耳。兹姑録姓氏、履歷、著作如左：吴偉業字駿公，號梅村，太倉人，崇禎四年進士，清官國子監祭酒，有《梅村詞》二卷；吴兆騫字漢槎，吴江人，順治十年舉人，有《秋笳詞》一卷；王士禛字貽上，號阮亭，新城人，順治十八年進士，官至刑部尚書，追謚文簡，有《衍波詞》一卷；孔尚任字季重，號東塘，曲阜人，聖裔，官户部郎中；曹貞吉字升六，安丘人，順治十七年舉人，官禮部員外郎，有《珂雪詞》二卷；沈謙；顧貞觀字華峰，號梁汾，無錫人，康熙五年舉人，官國史院典籍，有《彈指詞》三卷；性德原名成德，字蓉若，滿州正白旗人，康熙十二年進士，官侍衛，有《飲水詞》一卷；朱彝尊字錫鬯，號竹垞，秀水人，召試博學鴻詞，授檢討，有《江湖載酒集》三卷；陳維崧字其年，宜興人，康熙八年以諸生召試博學鴻詞，授檢討，有《迦陵集》三十卷；厲鶚字太鴻，泉唐人，康熙五十八年舉人，乾隆元年薦舉博學鴻詞，有《樊榭山房詞》二卷，又《續集》二卷；王時翔字抱翼，號小山，太倉人，以諸生薦舉，官至成都府知府，有《香濤集》一卷、《紺寒集》一卷、《青綃樂府》一卷、《初禪綺語》一卷、《旗亭夢囈》一卷；黃景仁字仲則，武進人，貢生，議叙州判，未仕，卒，有《竹眠詞》二卷；惲敬字子居，武進人，有《蒹塘詞》二卷；吴翌鳳字伊仲，吴縣人，諸生，有《曼香詞》一卷；郭麐字祥伯，號頻伽，吴江人，諸生，有《蘅夢詞》二卷；楊夔字伯夔，□□人，有《過雲精舍詞》□卷；左輔字仲甫，陽湖人，官至巡撫，有《念宛齋詞》□卷；張惠言字皋文，陽湖人，有《茗柯詞》二卷；張琦字翰風，陽湖人，惠言弟，有《立山詞》□卷；董佑誠字方立，長洲人，有《蘭石詞》二卷；劉逢禄字申受，□□人，有《禮部集》□卷；張景祁字韵梅，仁和人，有《新蘅詞》四卷；周濟字保緒，宜興人，有《止庵詞》二卷；王士進字逸雲，□□人，有《聽雨詞》□卷；承齡字子久，□□人，有《冰蠶詞》□卷；潘德興字彦輔，□□人，有《養一齋詞》□卷；周之琦字稚珪，□□人，有《金梁夢月詞》□卷；項鴻祚字蓮生，仁和人，有《憶雲詞》三卷；龔自珍更名鞏祚，又名易簡，字璱人，號定盦，仁和人，官禮部主事，有《無著詞》《懷人館詞》《影事詞》《小奢摩館詞》《庚子雅詞》各一卷；吴葆晋字信人，固始人，有《半舸舫館填詞》二卷；孫鼎臣字子餘，善化人，有《蒼莨館詞》《湘弦詞》各一卷；邊浴禮字袖石，□□人，有《空青館詞》一卷；陳澧字蘭甫，番禺人；許宗衡字海秋，上元人，有《玉井山館詩餘》□卷；蔣士銓字心餘，□□人，有《銅弦詞》□卷；王錫振字少鶴，□□人，有《茂陵秋雨詞》一卷；何兆瀛字青耜，□□人，有《心庵詞》二卷；劉履芬字彦清，江山人，有《漚夢詞》一卷；薛時雨字慰農，全椒人，有《藤香館詞》四卷；蔣春霖字鹿潭，長洲人，有《水雲樓詞》四卷；丁至和字保庵，□□人，有《萍踪詞》二卷；馮焯字子明，□□人，有《道華堂詞》一卷；顧翰字蒹塘，□□人，有《拜石山房詞》□卷；許增；端木埰字子疇，江寧人，同治三年優貢生，特用到閣，官典籍；葉英華字蓬裳，南海人，有《花影吹笙詞》三卷；王闓運字壬秋，湘潭人，有《湘綺樓詞》二卷；莊棫字中白，□□人，有《蒿庵詞》□卷；譚獻字仲修，仁和人，有《復堂詞》二卷；勒方錡；蔣敦復字劍人，寶山人，有《芬陀利室詞》四卷；盛昱字伯熙，宗室，官至國子監祭酒。王鵬運字幼霞，自號半塘老人，又號半塘僧鶩，臨桂人，官禮部給事中，有《袖墨集》《蟲秋集》《味梨集》《鶩翁集》《蜩知集》《校夢龕集》《庚子秋詞》《春蟄吟》等□卷；鄭文焯字叔問，滿洲人，有《瘦碧詞》《冷紅詞》《比竹餘音》等四卷；張祖同字雨珊，長沙人，有《湘雨樓詞》一卷；杜貴墀字仲丹，巴陵人，有《桐花閣詞》二卷；（與梅州吴石華亦名《桐花閣詞》不同。）文廷式字道希，萍鄉人，官至翰林院侍讀學士；黄遵憲字公度，嘉應人，有《人境廬詞》二卷；王仁堪字可莊，閩縣人，甲戌一甲一名進士，官至蘇州府知府；何維樸字詩孫，道州人；況周頤字夔笙，臨桂人，有《第一生修梅花館詞》六卷；朱祖謀字古微，號漚尹，歸安人，官至禮部侍讀，有《彊邨詞》四卷，又《前集》《别集》各一卷；潘博字若海，南海人；曾習經字剛甫，揭陽人，官度支部參議，有《瓔珞詞》□卷；麥孟華字孺博，順德人；馮煦字夢華，金壇人，有《蒙香室詞》二卷；樊增祥字雲門，恩施人，有《樊山詞》□卷；李岳瑞字孟符，咸陽人；夏敬觀字盥人，新建人，有《吷盦詞》四卷；桂赤字伯華，香山人；關鍈字秋芙，□□人，有《夢影樓詞》一卷。

二　蕉心詞

毗陵周騰虎字韜甫，隨父宦陝，見知于林文忠公。時宗滌樓（稷辰）侍御，有聲諫垣，疏論海内英特，以湘陰左宗棠與韜甫名同上，朝旨徵召入，因事不果。後遇湘鄉曾公於皖，哀其數奇，特疏復薦於朝，以疏通致遠、識趣宏深堪任封疆將帥之選入告。旨未下，至滬瀆病死，時論惜之。而嘉善金安清所爲傳謂左宗棠後積功至閩浙總督封恪靖伯，當并薦時，猶一公車也。言外若有餘憾焉。韜甫爲人伉爽，常思立身報國，與呫嗶小儒，自有分别。然德清戴子高（望）評其詩，謂指陳利病，感切時務，雅近杜陵。《餐芍華館詩》八卷，其孫荄所刊，附《蕉心詞》一卷，僅十許首。纖麗之作，不能工致，而有二首，如蔣鹿潭，傷離念亂，同其時也。〔南浦〕《九江琵琶亭故址》云："危亭漸側，乍憑闌日落九江邊。不盡大江東注，高浪蹴吴天。詞客愁魂何處，問波濤可解惜詩篇。剩寒蘆斷岸，碎磚零甃，蕭瑟積荒烟。　水面琵琶尚在，聽琤琤細語漏漁船。當日江州泪盡，我慣天涯漂泊。盡教人彈徹十三弦。看前溪月上，長吟驚起白鷗眠。"其一不録。

三　樂志簃詞

婁縣沈約齋先生（祥龍），號樂志叟，爲劉融齋（熙載）先生高足。桐廬袁爽秋太常（昶）在蕪湖道任，羅致幕下。先生少年遭亂，晚歲里居寡出，著作不絶，誨人亦不倦。所著詩文而外，有《樂志簃詞》一卷，又有《論詞隨筆》二卷，盛道蘇辛，所詣在是焉。〔一萼紅〕《江干放歌》云："大江頭，正凉風浩蕩，捲起萬重秋。帆去帆來，潮生潮落，都教攙入牢愁。便獨倚斜陽望遠，把詩心分付水邊鷗。舊日閑情，少年殘夢，回首悠悠。　客裏青衫憔悴，問家園消息，斷雁蘆洲。雲影蒼茫，林容蕭瑟，今朝休上高樓。空覽遍江山好景，更何人同入醉鄉游。剩有元龍豪氣，且看吴鈎。"〔湘春夜月〕《登北固山石帆樓》云："亂峰中，夕陽紅滿層樓。樓外滚滚寒濤，淘盡古今愁。倚醉登高望遠，看凉風吹動，一帶蘆洲。更水光映處，輕帆歷亂，多少歸舟。　梁朝舊寺，孫家片石，猶伴清秋。吊古蒼茫，空剩有青山無語，碧水長流。英雄事業，算向來都付閑鷗。憑檻久，正江聲幾派，雲痕萬叠，飛上簾鈎。”以視韜甫，懷抱類似，而雄闊過之。先生之哲孫晋之，爲余至交，數宿樂志簃中。俯仰琅玕，鬚眉猶可仿佛。恨余生晚，已不及見之矣。嘗題其《遺集》云：“五茸城下數家門，短句長謡似後村。儉歲屬文緣世故，殘年作健與詩喧。幕游聊惜平生意，縑素能收地下魂。絶學至今憐池約，蠹魚無數爲翁存。”晋之好學，家聲以是不墮，而先生慰矣。

四 鶴緣詞

《鶴緣詞》一卷，陽湖吕庭芷（耀斗，號定子。）撰。譚仲修爲之序，譚云：定子卓犖，志學純至，少有匡濟之器。通籍盛年，文章侍從。會寰宇兵起，憂危夙抱，不欲旅進循資，濫廁通顯，爲壯士所匿笑，於是游於四方。覽山海之夷險，擴常變之籌策。惟時封域重臣，壁壘元戎，敬禮相接，諮詢機要。君劍佩奮發，胸有甲兵，然亦用而不盡用，坦然處之。而慷慨之氣，終欲爲康乂民物，償其夙志。出入軍中，逡巡有年，晋階監司。方簡授永定河道，未蒞官而逝。又云：定子填詞婉麗，樂府之餘，而通於比興，可諷咏也。《遺集》傳之其人（謂門人陳養原。），君之志行遭遇，必有瑋異而嗟惜之者。所謂以少勝者亦在是。《鶴緣詞》僅二三十首，〔浣溪沙〕云：“罥户蛛羅鏤鈿塵。紅牆深處近流鶯。絲絲夢雨玉簫聲。柳絮競飛連日焕，桃華嬌助一分晴。畫簾燕子過清明。”〔少年游〕云：“笙歌深巷，月華勝水，到處少人行。青漆門邊，丁香似雪，低照粉牆陰。　共君側帽天街畔，風露近三更。歸夢相邀，青山影裏，吹笛柳冥冥。”〔洞仙歌〕云：“翠霞缺處，有柳嬌花困。青玉重門鎖芳訊，更虚亭晝掩，冷露絲絲，流水裏，依約棋聲人影。

仙源真不遠，猿鶴將迎。也學秦人笑相問。待醉眠花下，一晌雲深。被雲外暖笙吹醒，恁窣地東風妒緗桃，又添得人間，素塵一寸。”〔百字令〕《觀荷》云：“平堤廿四，暫偷閑存訪，菰烟蔣雨。秋近水纔幾日，凉得晚荷如許。露暈疏紅，風摇亂碧，花氣愔愔午。葛衫人影，鷺鷥來共秋語。　休問環佩當年，畫船吹笛，寂寞横塘路。一星冷香圍作暝，簾幕悄無人住。斫藕論錢，拗蓮作饌，狼藉憑誰訴。瘦魂飛盡，夕陽衰柳知否。”數詞即復堂老人所謂婉麗可諷咏者，蓋學《山中白雲》，而微涉綺薄。陳養廉（豪）則謂鳳鸞之瑞，未沖霄漢，乃僅以片羽與鶴爲緣。推求立言本末，導源六義，反復循誦，非一時一境可盡已。

五　比玉詞

《比玉樓遺稿》四卷，山陽黄天河（振均）撰。門人滇南楊文鼎刊其稿，謂天河在咸同間，志存經世，生平服膺亭林之學，頗冀見諸施行，而困於儒官。《遺稿》第三卷爲《比玉詞》，〔水調歌頭〕《秋夜過柳衣園舊址》云：“老樹作人立，半晌恰無言。應是怕人愁聽，不敢説從前。剩有一輪明月，照著一灣流水，終夜守空園。千古幻塵耳，相念莫凄然。　　静思想，未來事，已過緣。都是無因自造，消息不由天。料得當時歌舞，已分將來零落，留博後人憐。搔首獨歸去，孤棹冷蒼烟。”作解脱語，不致煩嫌。天河有《天壺七墨》及傳奇數種行世，尚有《談兵録》四卷。序存《遺稿》中，自謂於治亂之機，頗有裁取。然此書已否刊行，不可考矣。

六　鴻雪偶鈔附詞

出王家營而北，迤邐乎徐沛之間，渲漾乎齊魯之野，未覺泰岱之高，惟見黄水之急。燕京日近，華頂雲飛，亦極天下之壯觀矣。游迹所同，旅懷非一。征夫多感，勞者能歌，亦人情耳。吴縣倪朗山（世珍），善游歷，舟極于黄淮，車窮于宣大。踪迹所至，輒寫録題壁之什，積廿載，成《鴻雪偶鈔》四卷，附詞一卷。如吴縣曹紫荃（毓英）〔更漏子〕《庚申北上至王家營道梗回南》云：“五更風，千里月，戍鼓暗催車發。荒驛裏，斷橋邊。酒醒鄉夢寒。　　馱驢背，警人語，撤面亂沙如雨。烽火逼，角聲殘。天涯行路難。”皖桐方士遴〔山花子〕《臨城驛》云：“水驛山程事遠游，夢回孤館數更籌。儂是年年爲客慣，不知愁。　對酒更無人似玉，捲簾惟見月如鈎。多少離情多少感，夜燈收。”鏡西〔卜算子〕《富莊驛》云：“又是夕陽邊，愁煞濛濛樹。樹外寒山山外雲，雲外鴻飛處。　回首幾長亭，數了還重數。今日晨星昨夜霜，切莫明朝雨。”海寧羊辛楣（復禮）〔大江東去〕《秋日南歸，宿楊村驛》云：“亂鴉殘照，看長亭烟柳，絲絲憔悴。回首帝城天際渺，又把離情句起。花下摣琴，酒邊碎筑，都是窮途泪。凄凉無限，此身漂轉如寄。　笑我去住無端，一騎匆匆，此日纔歸耳。白草黄塵吹道遠，猶是天涯行旅。孤雁隨人，老蟾招手，南望家千里。殘更夢醒，故山低颭吹翠。”前調《月夜十刹海觀荷索雲門寄龕同作》云：“凉蟾飛白，看緑荷萬柄，風來香滿。隱約雲横瓊島碧，半是廣寒宫殿。柳外星高，桐間露濕，想像天邊遠。妝樓千尺，土花綉嚙蟬鈿。　當年避暑離宫，鬧紅深處，四面紗窗茜。水佩風裳無恙在，不信繁華都换。鴛宿花寒，鷺依人瘦，遥盼銀河斷。晶簾如水，幾聲玉笛凄戀。”夫大小雅，多雍容揄揚之什，而亦不少行旅勞役之歌。十五國風，則盡勞人、思婦、游子、羈臣、戍卒、征夫所托諷。諸詞工力不同，而遺意同也。蓋柳往雪來，騑飛駱驟，積思一日，觸物萬狀，不期吊夢數離，凝感作咏，而不能已已。

七　馮氏江城子詞

蕭山毛又生（奇齡），即世稱西河先生者。過馬州時，有當壚者馮二名弦，夜聞其歌，倩其同行者導意，又生辭曰：“吾不幸遭厄，吹篪渡江，彼傭不知音，豈誤以我爲少年游耶?”次日遂行。後十年見《名媛詞緯》中有馮氏〔江城子〕二闋，是讀又生新詞所作。其詞曰：“緑陰何處曉啼鶯。弄新聲，最關情。一夜寒花，吹落滿江城。讀得斷碑黄絹字，人已渡，暮潮横。”又曰：“蘭陵江上晚花飛。冷烟微，著人衣。無數新詞，最恨是桃枝。待得蘭陵新酒熟，桃葉好，送君遲。”又生著於《詩話》，謂誦之殊自凄惋，聞其詞倩桐鄉鍾王子代作者。然又有〔武陵春〕《春晚》、〔虞美人〕《賦得落紅滿地》二詞，亦甚佳。想皆不出其手，而其意則有不可已者。前人所傳《子夜》《莫愁》諸詞，想皆似此耳。

八　女子詞

前編曾著録女子詞數十首，兹續有所獲，最録於後。宋盧氏女，天聖中父爲縣令，隨父從漢川歸，〔蝶戀花〕《題泥溪驛壁》云："蜀道青天烟霧翳，帝里繁華，迢遞何時至。回望錦川揮粉泪，鳳釵斜鞸烏雲膩。　經帶雙垂金縷細，玉佩珠璫，露滴寒如水。從此鸞妝添遠意，畫眉學得遥山翠。"語甚韶秀，是才美者。延安夫人，蘇丞相子容之妹，〔更漏子〕云："小闌干，深院宇。依舊當時别處。朱户鎖，玉樓空。一簾霜日紅。　弄珠江，何處是。望斷碧雲無際。凝泪眼，出重城，隔溪羌笛聲。"極寫傷亂之象，而"朱户"三句，故宫寂寞，如在畫中。魏夫人，丞相曾子宣室，朱晦翁嘆爲本朝婦人之能文者，〔菩薩蠻〕云："溪山掩映斜陽裏，樓臺影動鴛鴦起。隔岸兩三家，出牆紅杏花。　緑楊堤下路，早晚溪邊去。三見柳綿飛，離人猶未歸。"〔好事近〕云："雨後曉寒輕，花外早鶯啼歇。愁聽隔溪殘漏，正一聲凄咽。不堪西望去程賒，離腸萬回結。不似海棠花下，按凉州時節。"〔擊裙腰〕云："燈花耿耿漏遲遲，人别後，夜凉時。西風瀟灑夢初回。誰念我，就單枕，斂雙眉。　錦屏綉幌與秋期，腸欲斷，泪偷垂。月明還到小窗西。我恨你，我憶你，你争知。"三詞歇拍處，均以動宕出之。深情一往，詞筆疏秀，無拖遝之病，是從能文得來。美奴，陸藻侍兒，〔卜算子〕云："送我出東門，乍别長安道。兩岸垂楊鎖暮烟，正是秋光老。　一曲古陽關，莫惜金尊倒。君向瀟湘我向秦，魚雁何時到。"疏爽不佻，古音可接。慕容岩卿妻某氏，〔浣溪沙〕云："滿目江山憶舊游。汀花汀草弄春柔。長亭艤住木蘭舟。　好夢易隨流水去，芳心猶逐曉雲流。行人莫上望京樓。"姑蘇雍熙寺月夜，有客聞婦人歌此詞，傳聞于時。

岩卿驚曰：此亡妻昔時作也。詢之，乃其妻殯處。詞雖不工，而聲情鮮爽。此婦鬼而韵者也。王清惠，宋昭儀入元爲女道士，號沖華，〔滿江紅〕《題驛壁》云："太液芙蓉，渾不似舊時顔色。曾記得承恩雨露，玉樓金闕。名播蘭簪妃后裏，暈潮蓮臉君王側。忽一朝鼙鼓揭天來，繁華歇。　龍虎散，風雲滅。千古恨，憑誰説。對河山百二，泪沾襟血。驛館夜驚塵土夢，宫車曉碾關山月。願嫦娥相顧肯從容，隨圓缺。"詞氣懇摯，以深婉爲悲凉，筆極名貴。文信國讀至"隨圓缺"句，曰："夫人于此少商量矣。"針砭之意深哉！《東園友聞》云：此詞或傳爲昭儀下宫人張璚英作。説亦不可没也。金德淑，亦宋宫人，入元歸章丘李生，〔望江南〕云："春睡起，積雪滿燕山。萬里長城横縞帶，六街燈火已闌珊。人在玉樓間。"語甚高逸。

九　嬰嬰宛宛之流

嬰嬰宛宛之流，往往以姓氏不著，與玉顔同盡，而片語傳流，足致珍惜。蜀妓某〔市橋柳〕云："欲寄意，渾無所有。折盡市橋官柳。看君著上春衫，又相將放船楚江口。　後會不知何日又。是男兒休要鎮長相守。苟富貴，無相忘，若相忘，有如此酒。"戴石屏妻〔碎花箋〕云："惜多才，憐薄命，無計可留汝。揉碎花箋，仍寫斷腸句。道傍楊柳依依，千絲萬縷，抵不住一分情緒。　捉月盟言，不是夢中語。後回君若重來，不相忘處，把杯酒澆奴墳上土。"〔市橋柳〕與〔碎花箋〕均自度腔，雖不入律，而音節凄惻如聞，出諸粉臆中，字字是泪。二詞俱道送行，一存厚望，一判長辭。搗麝拗蓮，亦極慘酷矣。

褒香簃詞話

龐樹柏◎著

龐樹柏（1884～1916），字檗子，號芑庵，別號龍禪居士。江蘇常熟人。同盟會會員，南社發起人之一。曾與黄人等組織“三千劍氣文社”。主講於聖約翰大學。工詩文，擅詞曲，其詞深得朱孝臧讚賞，爲之點定詞集。著有《龍禪室詩》《玉琤琮館詞》，二者合刊爲《龐檗子遺集》。《褒香簃詞話》輯自《褒香簃詩詞叢話》，爲龐氏遺著，連載於1916年10月9日、10月10日、10月12日、10月13日、10月16日、10月18日、10月19日、10月31日《民國日報》。楊傳慶、和希林《輯校民國詞話三十種》收録該詞話。

《褭香簃詞話》目録

裒香簃詞話

一 馬湘蘭舊藏硯臺

馬湘蘭舊藏一硯臺，背刻女象，上有“咸淳辛亥阿翠”六字，右旁小字數行，爲湘蘭所題詩，云：“緑玉宋洮河，池殘歷劫多。佳人留硯背，疑妾舊秋波。”其下跋曰：“己丑三月，得此硯，墨池魚損去之。背像眉目似妾，而右頰亦有一痣，妾前身耶？阿翠疑蘇翠。果爾，當祝髮空門，願來生不再入此孽海。守真記。”按據翠樂籍，工墨竹分隸，咸淳辛亥，宋度宗七年，己丑，明神宗萬曆十七年也。今是硯爲沈石友所得，石友題三絶句云：“片石歷四朝，兩美合一影。想見畫長眉，露滴玉蟾冷。”“洗汲緑珠井，貯擬黄金屋。若問我前身，爲疑王伯穀。”“刻畫入精微，脂香泛墨池。漢家麟閣上，圖象幾人知。”征余題，乃賦〔點絳唇〕一解應之，詞曰：“片石摩挲，烟花小劫曾經歷。翠漂香濕。猶似秋波泣。　　應悔痴情，空自前身識。休追憶。馬頭月色。隱約行間墨。”（王伯穀與馬姬書二十七日發秦淮，殘月在馬首，思君尚未離巫峽也。）

（以上 1916 年 10 月 9 日）

二 漚尹師彊邨詞

己酉閏二月，謁漚尹師於吴門聽楓園，甫接顔範，備承獎誘，并出所刻《夢窗四稿》《半塘詞定稿》及自著《彊邨詞》三種見貽。嗣以拙稿就正，師則繩檢不少。貸余今日所得稍知倚聲途徑者，皆師之力也。師於庚子拳亂，幾遭不測，繼而視學嶺表，力求解組，歸隱吴下，空山歲寒，獨致力於倚聲之學。王半塘謂六百年來真得夢窗之髓者，師一人而已。所著詞已刊者有四卷，近年之作，益趨高敻，如《送伯弢還武陵》調寄〔祭天神〕云："望楚天長短黄昏雨。斷行人、戍鼓聲中啼雁苦。悲秋佩，萎衰蘭，夢醒吴鐙語。背西風一卧，迢迢滄江暮。莫漫觸、蛟龍卧。　更凄絶、斜日新亭路。山河異，風景是，舉目成今古。問何堪、滄桑危涕，兵火浮家，庾信生平，竟寫江南賦。"此詞乃作於辛亥國變之時，伯弢，陳大令鋭也。又《秋晚過樵風别墅，分殘菊一叢，歸以夢窗譜寫之》，調寄〔暗香疏影〕云："露黄一擷。向故人帽底，翻窺飛雪。病起重陽，簾捲西風晚寒結。愁味傷秋更苦，惜縹壺、家泉冰潔。記冷香、呼取餘杯，清事隔籬説。　休道柴桑路遠，小城正歲晚，人事凄絶。獨坐遺芳，便有東風，不改漂摇柯葉。枝頭甘抱枯香死，有霜後、伶俜孤蝶。願此花、從此休開，占斷義熙烟月。"蓋當南京政府成立，有故舊欲以圖書館館長一席勸駕者，師一笑謝之，下半闋云云殆即因此而發也。又〔浪淘沙慢〕云："暝寒送，繁霜覆水，暗雨啼葉。檐鐸敲愁乍急，帷燈顫影旋滅。剪不斷、連環春緒迭，是當日、鸞帶親結。問故徑、蘼蕪夢何許，前塵竟抛撇。　凄切。錦書寄遠終輟，念玉幾金床西風夜。縹緲胡雁咽。嗟攬斷羅裾，寧信長别。恨腸寸折。明鏡前，掇取中心如月。　却鏟連峰平於垤。黄塵擁，巨川頓竭。怒雷起、元冬還夏雪。更千歲、倚杵天摧，厚地坼，深盟會與纏綿絶。"蕩氣回腸，字字拗折，即以詞論，恐亦非夢窗所能及乎？

（以上 1916 年 10 月 10 日）

三　况夔笙詞

臨桂有兩詞家，半塘老人外，况夔笙先生周儀也，著有《第一生修梅花館詞》。近者避地滬上，與漚尹師以詞相切磋，根據宋元，守律益嚴，所咏櫻花多至十六闋，即名其居曰餐櫻廡，其詞月《餐櫻詞》，漚尹爲鍥而傳之。〔戚氏〕咏櫻花第十五云：“倚珍叢，落日搔首海雲東。錦織鸞情，粉含蛾笑，總愁儂。玲瓏。占春工。酥搓蕊破一重重。緑華舊日吟賞，駐馬何似少從容。閬苑環佩，瓊林冠冕，後塵五等花封。算神州載得，西指槎遠，何處相逢。　說與俊約仙蓬。江樹玉秀，綺綰岸雙通。餐英侶，飯抄霞起，餅擘脂融。吊驚鴻。畫舸泪雨，繁花燭轉，記省番風。殢鶯浪蝶，島日町烟，眼底著意妍濃。　舜水祠環繞，憑香艷絶，映帶貞松。怪底星幡未改，付花狂、絮舞暗塵中。劇憐畫省翹冠，翠娥鬜鬢，春好人知重。甚醉鄉、容易韶華送。風雨横，多少殘紅。剩倦吟、暮色簾櫳。又芳節，茜雪照春空。作（去聲）神山夢，瓊枝在手，俯瞰魚龍。”橅寫物態，叙述羈情，可謂曲妙矣。又有句云“滄州金粉泪”，五字尤頑艷，得未曾有。漚尹師《題餐櫻詞》，調寄〔還京樂〕云：“倦懷抱，閱盡斜陽，稍覓微波語。任墜香迷燕，亂紅踏馬，緘情無據。問絳都花事，傷春泪潑閑風雨。并萬感，吟夜醉曉，蠻芳成譜。　舊銷魂處。傍珍叢千繞，而今漲筆狂塵，弦外調苦。沉吟又拍欄杆，蕩雲愁、海思如許。坐滄洲，還賺得天涯，文章羈旅。半篋秋蕭瑟，蘭成身世重賦。”蓋同此身世，各有懷抱，相喻於微而已。

（以上 1916 年 10 月 12 日）

四　伯弢詞别樹一幟

伯弢丈於庚辛以後極意填詞，所作辭旨凄麗，而賦音朗拔，蓋於近世詞家如半塘、彊邨外，别樹一幟者也，有《扁舟沖雪至下關，入城歲晏，江南寒寂可想，效夢窗體》，調寄〔瑞龍吟〕云：“秣陵岸。遥想凍樹髡烟，磊沙鋪練。推篷一帶平潮，暮鴉四起，荒城半掩。　步帷濺。因念上街泥雨，怒蹄沖汗。誰知瑟縮氈裘，短轅坐我，清吟自遣。　來去江淮何事，鬢絲催老，年光飄轉。爲說昔時梁園，歌舞都换。英辭妙墨，眼底鄒枚賤。還孤憶、弓衣綉句，羊醪清宴。抵死風吹面，萬山動影，空花歷亂。笛裏天涯遠。愁絮裏、江南何時吹散。挂檐素月，窺人游倦。”《春初，步至莫愁湖，憩勝棋樓，慨然吟望》，調寄〔高陽臺〕云：“寒水籠烟，荒橋繫碕，女牆遮却紅塵。未到花時，湖邊已有游人。青楊淺覆東西岸，步畫闌都是回文。恨沉沉闌外高樓，樓外黄昏。　江南自昔無愁地，甚年來吟眺，但有傷春。絶艷驚才，輸他若個名存。魚天一片，前朝影唤，翠娃收拾垂綸。恁淹留，誤了歸期，自倒空尊。”《題鶴道人沽上詞卷》，調寄〔綺寮怨〕云：“對雨當風殘夜，早凉吹上衣。暗舞榭、數點狂香，征塵裏、怕見花飛。當年旗亭畫壁，黄河唱、麗日春送淒。念醉中、玉笛羌條，關山遠、怨曲當寄誰。　悵望去天一涯，昆明舊事，何堪再夢銅犀。露泫雲淒，有蟬泪、灑高枝。滄江故人都老，且漫譜、冷紅詞。悲君自悲。相思待盡處、蠶又絲。”又嘗見其《詞話》三卷，所論無不精，嘗自謂天分太低，筆太直，徒能爲作詩之法，作詞則未能。未免過詘謙也。

（以上 1916 年 10 月 13 日）

五　半塘詞

《半塘詞》爲臨桂王佑遐鵬運所著，漚尹師謂君詞道源碧山，復歷稼軒、夢窗，以還清真之渾化，非過譽也。擬《花間》，調寄〔楊柳枝〕云：“賦裏長楊舊有名。即看眉樣亦傾城。春風軟入朝元閣，莫更思量作雨聲。”其二云：“飛絮空濛鎖畫樓。年年寒食聽離留。争信龍池三二月，片風絲雨欲驚秋。”又夔笙自廣陵游鄂。賦詞寄懷却和，調寄〔徵招〕云：“幾年落拓揚州夢，樊川倦游情味。一笛落梅風，又吟篷孤倚。江山仍畫裏。衹無那暮天愁翳。白帢飄零，紅簫岑寂，暗銷英氣。　迢遞。楚天長，懷人處、扁舟舊時曾繫。黄鶴倘歸來，問飛仙醒未。行歌休吊禰。怕塵涴素襟殘泪。斷雲碧、醉拂欄干，正夜空如水。”又題《校夢龕圖》，有序，序曰：“往與漚尹同校夢窗詞成，即擬作圖紀之。今年冬，見王綦畫軸，秋林茆屋，二人清坐，若有所思。笑謂漚尹曰，是吾《校夢龕圖》也，不可無詞。因拈此調。圖作於萬曆丁西，乃能爲三百年後人傳神寫意，筆墨通靈，誠未易常情測哉。光緒庚子十月記。”其詞調寄〔虞美人〕云：“檀欒金碧樓臺好。誰打霜花稿。半生心賞不相違，難得劫灰紅處畫圖開。　清愁閑對欄干起。自惜丹鉛意。疏林老屋短檠邊，便是等閑秋色盡堪憐。”嘗於沈太侔所輯《今詞綜》中見半塘〔玉漏遲〕一闋《題蔣鹿潭〈水雲樓詞〉》，爲刊本所遺，今補録於此，詞云：“玉簫沉舊譜。鼓鼙聲裏，暗愁如訴。濁酒孤吟，諳盡天涯風露。除是楊花燕子，更誰解飄零念汝。江上路。傷心消得，蕪城一賦。　凄凉蕙些蘭騷，嘆哀樂無端，如相告語。烟月陳隋，金粉工愁爾許。休怨城笳戍角，算聽到，無聲更苦。慵覓句。疏燈夜窗紅嫵。”

（以上1916年10月16日）

六　春音詞社

乙卯春日，予偕倦鶴、尊農結春音詞社於海上，請朱漚尹師長之，一時入社者，予三人外，有杭縣徐珂仲可、通州白中磊曾然、烏程周夢坡慶雲、丹徒葉紅漁玉森、長洲吴瞿安梅、吴江葉小鳳葉、華亭姚鵷雛錫鈞。余第二次當社，即以河東君妝鏡爲題，調限〔眉嫵〕，計得九卷，并録於此。漚尹云：“認文回蟠鳳，影落驚鴻，秋水半泓曉。篆取相憐意，菱花瘦，娉婷妝瑛巾帽。秀眉倦掃，傍澗東、紅豆枝小。懺情是，一片滄桑影，帶風絮微裊。　誰料，玉臺人老。剩故山蘼冷，銅暈孤照。稠髮拋殘後，諸天泪、春來腸斷花貌。絳雲恨繞，費廱簌、紅翠多少。記親見圓姿，和月滿、替娟笑。”仲可云：“是朱顔儒士，白髮尚書，曾此照雙影。拂拭苔花膩，滄桑幻，銅駝留伴塵鏡。點妝未竟，有舊愁烟月重省。（柳詩有“向來烟月是愁端”。）最堪憶，黛色宜深淺，錦峰鬪眉靚。　鈿盒，脂匳相并。想絳雲校史，巾帽慵整。一片圓冰小，芙蓉舫，回欒當日同證。緑音夜永，更漫尋、紅豆村徑。看注語回環，還認取、紛痕凝。”中磊云：“甚藏春雲掩，蕩夕潮乾，青眼倦窺柳。（牧翁贈詩“風前柳欲窺青眼”。）映水芙蓉艷，消魂夜，新妝人爲詩瘦。絳雲去後，膩翠冶銀待重綉。試描取，一片蘼蕪影，料紅泪凝久。　唐殿，銅傾知否。怎照殘歌舞，還照巾帽袖。棋劫鐙唇語，(牧翁詩“日暮銀燈算刦棋”。)沉吟，算東風多少，紅豆凍花鳳守。待畫眉，間了呵手。但金背摩挲，娥月冷、恨依舊。”瞿安云：“算冰落千點，雨葉雙波，消損舊眉嫵。照取春紅豆，琴河夢，菱花猶記前度。翠鸞自舞，絆柳枝連愛成縷。笑眠起，一樣臨池裏，作(去)如報觀否。　分付，評量妝譜。怎澗東人老，巾帽非故。零落蘼蕪怨，清霜後，朱樓誰問仙姥。鬢華細數。剩絳雲，奩艷空補。又魂斷滄桑，圓月影、怕回顧。”紅漁云：“悵桃花啼泪，錦樹蘸琴，淮水故凄紅。紅豆莊何在，蛾眉死，菱綮千古冰炯。絳雲燼冷，便翠奩，微帶烟暈。算修到，星曆霜絲并，艷簾下風韵。　撞碎，金甌誰省。剩一規明月依舊，清回不盡。蘼蕪怨，新妝罷，當時青鬢休映。麝箋泪隱。似美人，鵑血猶沁。笑擎掌犀杯，巾帽影、那堪整。”夢坡云：“認窗窺朱鳥，帳舞青鸞，留得鋒雲影。艷想垂虹避，芙蓉坊，當時飛燕人并。樓畫夢醒，對一規秋水寒瑩。種紅豆，不負相思久，捲簾照春暝。　巾帽，傷心重整。笑總持垂老(卧子以江總諷牧翁。)，猶幻仙境。菱角花開夜，唐宫樣，何年磨洗金炯。(容成侯金炯以善磨鏡名。)翠蕪怨永，怕聽來鵲語凄哽。嘆詩語催成，釵約渺，玉臺冷。”尊農云：“算香□籢史，影落蛾池，鸞紙麝塵擣。記膩催妝句，芙蓉坊，圓姿春艷雙笑。鋒雲燼了，瘦翠菱，還認鴻爪。漫回首，弱映臨風柳，問眉樣誰好。　羞照。當年巾帽。想暈潮紅膩，彈泪多少。南國鉛華謝蘼蕪，畫紅心，凄斷花貌。鈿釵舊稿，傍綺窗，星候朱鳥。香春換唐宫，留色相，守蟾悄。”倦鶴云：“記祠龍江上，化誰人間，宫史鑄天寶。(原係唐鏡。)未洗銅仙恨，嬋娟瘦，蘼蕪春艷重照。膩塵麝擣，伴研匳，沉水香裊。賦情在，玉夜芙蓉舫，問詩句誰好。　朱鳥。窗窺春曉。怕鬢霜新染，慵整巾帽。吹落圓蟾影，牽愁處，瓊樓仙佩聲渺。翠菱又老，暈泪痕，村豆紅小。但牋研銀光，殘拓寫，黛眉稿。”拙作云：“算華年空數，粉刦難消，留此翠鸞影。漫把丹黄廢（柳詩“香奩累月廢丹黄”。），蘼蕪怨，啼妝曾見珠瑩。舊緣暗省，伴夜釭相照肩并。（柳詩“銀釭一夕爲君圓”。）又秋水一棹芙蓉裹，愛眉様填靚。 垂老，尚書多病。盡鈿釵同在，巾帽休整。勛業頻看否，南朝事，歌殘瓊樹誰聽。絳灰易冷，看柳星，天上猶炯。記詩語回環，花月好，忍重咏。”

（以上1916年10月18日、10月19日）

七 太清西林春

太清西林春，姓顧氏，蘇州人，才色雙絶，爲清貝勒奕繪之側室。貝勒自號太素道人，其元配妙華夫人歿，太清寵專房。貝勒著有《明善堂集》，所作詞名《西山樵唱》，太清著有《天游閣集》，所作詞名《東海漁歌》，閨房唱和之樂比之爲錢尚書與柳夫人也。如皋冒鶴亭廣生有《記太清遺事》六首，録其詩并自注於此，以資考證焉。詩云：“如此佳人信莫愁，出身嫁得富平侯。九年占盡專房寵（妙華夫人以道光庚寅七月逝。），四十文君倘白頭。（太清與道人同生於嘉慶己亥，《明善堂詩》編至戊戌，則太清之寡恰四十齊頭矣。）”“一夜瑶臺起朔風，雕殘金鎖泪珠紅。秦生晚遇潘生死，（秦、潘皆醫也。）腸斷天家鄭小同。（太清於道光甲午正月五日生子，因與己同日，故名載同。是年十二月，以痘殤。）”“寫經親禮玉皇前（太清曾集《玉皇心印經》，爲五言詩四首。）。偷剪黄絁便學仙。（太清有道裝小象，道士黄雲谷所畫。）不畫雙成伴王母，石榴可惜早生天。”（石榴，太清侍婢名，早卒。）“信是長安俊物多，紅禪詞句不搜羅。淮南别有登仙犬，一唱雙鬟奈若何。（雙鬟，太清所蓄犬也。雙鬟病，太清拈一字與之，拈得福字，衆皆曰：‘吉’。太清曰：‘不祥也’。是‘示一口田’耳。道人有〔金縷曲〕云‘示一口田埋薄命’，即用本事。）”“貂裘門下列衣冠，（“彩服庭前兒女，貂裘門下衣冠”，太清春燈詞也。）詞到歡娱好最難。忽忽不知春料峭，水精簾外有天寒。”“太平湖畔太平街（邸西爲太平湖，邸東爲太平街，見道人《上夕侍宴》詩注。），南谷春深葬夜來。（南谷，大房山東，道人與太清葬處。）人是傾城姓傾國，丁香花發一低徊。”

（以上1916年10月31日）

近詞叢話

徐　珂◎著

徐珂（1869～1928），字仲可，浙江杭縣人。晚清民初重要的詞人、詞學研究專家，著有《清代詞學概論》《詞講義》《詞曲概論講義》等。曾師從譚獻、況周頤等詞學名家，是譚獻的衣鉢弟子，在詞學理論的闡發及詞學文獻的整理上有較高的成就。唐圭璋先生曾從徐珂的《清稗類鈔》中輯出部分論詞文字，編成《近詞叢話》，共19則，收録於《詞話叢編》。葛渭君又將《清稗類鈔》中剩餘的論詞文字輯録出來，編成《補近詞叢話》，共86則，收録於《詞話叢編補編》。

《近詞叢話》目録

近詞叢話

一　太清西林春工詞

太清西林春，姓顧氏，蘇州人。才色雙絶，爲貝勒奕繪之側福晋，有《天游閣集》。所作詞名《東海漁歌》，兹録其三闋焉。《慈溪記游》調寄〔浪淘沙〕云："花木自成蹊。春與人宜。清流荇蕩參差。小鳥避人栖不定，撲亂楊枝。　歸騎踏香泥。山影沉西。鴛鴦銜破碧烟飛。三十六雙花樣好，同浴清溪。"《山行》調寄〔南柯子〕云："絺綌生凉意，肩輿緩緩游。連林梨棗綴枝頭。幾處背陰籬落挂牽牛。　遠岫雲初斂，斜陽雨乍收。牧踪樵徑細尋求。昨夜驟添溪水繞村流。"《春夜》調寄〔早春怨〕云："楊柳風斜。黄昏人静，睡穩栖鴉。短燭燒殘，長更坐盡，小篆添些。　紅樓不閉窗紗。被一縷春痕暗遮。淡淡輕烟，溶溶院落，月在梨花。"太清嘗與貝勒雪中并轡游西山，作内家妝束，披紅斗篷，於馬上撥鐵琵琶，手潔白如玉，見者咸謂爲王嬙重生也。

或曰，龔定庵嘗通殷勤於太清，事爲貝勒所知，大怒，立逼太清歸，而索龔于客邸，將殺之，龔孑身逃以免。然其事未可盡信。如皋冒廣生有《記太清遺事》六首，録之以資考證。詩云："如此佳人信莫愁，出身嫁得富平侯。九年占盡專房寵（妙華夫人以道光庚寅七月逝。），四十文君倘白頭。（太清與貝勒同生於嘉慶己亥，《明善堂詩》編至戊戌，則太清之寡恰四十齊頭矣。）""一夜瑶臺起朔風，雕殘金鎖泪珠紅。秦生晚遇潘生死，（秦、潘皆醫也。）腸斷天家鄭小同。（太清于道光甲午正月五日生子，因與己同日，故名載同。是年十二月，以痘殤。）”“寫經親禮玉皇前（太清曾集《玉皇心印經》爲五言詩四首。），偷剪黄絁便學仙。（太清有道裝小象，道士黄雲谷所畫。）不畫雙成伴王母，石榴可惜早生天。（石榴，太清侍婢名，早卒。）”“信是長安俊物多，紅禪詞句不搜羅。淮南别有登仙犬，一唱雙鬟奈若何。”（雙鬟，太清所蓄犬也。雙鬟病，太清拈一字與之，拈得福字，衆皆曰吉，太清曰：“不祥也。是示一口田耳。”道人有〔金縷曲〕云“示一口田埋薄命”，即用本事。）“貂裘門下列衣冠（“緑服庭前兒女，貂裘門下衣冠”，太清《春燈詞》也。），詞到嘆娱好最難。忽忽不知春料峭，水精簾外有天寒。”“太平湖畔太平街（邸西爲太平湖，邸東爲太平街，見貝勒《上夕侍宴詩》注。），南谷春深葬夜來。（南谷，大房山東，貝勒與太清葬處。），人是傾城姓傾國，丁香花發一低徊。”

二　程蕙英工詩詞

陽湖程蕙英茝儔，著有《北窗吟稿》。家貧，爲女塾師，曾作《鳳雙飛》彈詞，才氣横溢，紙貴一時。所爲詩，純乎閲世之言，非尋常閨秀所能。其《自題〈鳳雙飛〉後寄楊香畹》云：“半生心迹向誰論，願借霜毫説與君。未必笑啼皆中節，敢言怒罵亦成文。驚天事業三秋夢，動地悲歡一片雲。開卷但供知己玩，任教俗輩耳無聞。”

三　鄭太夫人工詩詞

錢塘鄭太夫人名蘭孫，字娱清，爲仁和徐若洲司馬鴻謨之婦，花農侍郎琪之母。工詩詞，閨中賡唱之暇，嘗以課子。自道光丙申至咸豐壬子，删存詩詞八百餘首，分爲兩集，一曰《都梁香閣》，一曰《蓮因室》，中以隨宦江北時所作者爲多。方粤寇之初陷揚州也，從其姑孫太夫人倉卒出城，服物皆不復顧。惟奉先世畫像及高宗賜文穆公本詩墨迹，并司馬爲太夫人所書詩詞手册以行。其後恭親王奕訢題詩于侍郎所刊太夫人之詩詞集，有二句云：“漫將趙管圖書擬，忠孝遺徽此幀中。”即指在也。太夫人吟咏餘晷，喜諷梵經。其在如皋時，居東岳禪院旁，嘗以十四晝夜禮《妙法蓮華經》七部。故其所作時有禪悟，與司馬所著之《檜蔔花館詩》并稱于時。

四　毗陵莊氏閨秀工詩詞

毗陵多閨秀，世家大族，彤管貽芬，若莊氏、若惲氏、若左氏、若張氏、若楊氏，固皆以工詩詞著稱於世者也。今以莊氏言之，則有回生之婦沈恭人及次女静芬、季女蕢孫，儀生之婦卓媛字縈素，柱之婦錢太夫人，定嘉之婦荆安人及長女德芬。存與之次女暎之，季女玉芝。培因之長女環玦，高騆之婦李孺人，蓉讓之長女玉珍及次女，逢原之女芬秀，闢和之女盤珠，文和之長女如珠，雋甲之婦汪孺人，鈞之次女素馨，炘之次女婉娴，述之婦夏孺人，映垣之季女若韞，翊昆之婦楊孺人，自康熙以迄同治，凡得二十二人，皆以詩詞名于時，而盤珠尤著。

五　石門徐氏一門工詩詞

石門徐迓陶太守寶謙，工詩文辭，一門風雅，論語溪門望者，當首推之。太守嘗與其婦蔡氏唱和于月到樓，女孫畹貞、蕙貞、自華、蘊華，咸侍側，分韵賦詩，里巷傳爲盛事。自華、蘊華尤著稱于時。自華字寄塵，有《懺慧詞》。蘊華字小淑，侯官林亮奇文學景行之室也，有詩詞刊入《南社集》。

六　國朝詞學名家

明崇禎之季，詩餘盛行，人沿竟陵一派。入國朝，合肥龔鼎孳、真定梁清標皆負盛名，而太倉吴偉業尤爲之冠，其詞學屯田、淮海，高者直逼東坡，王士禛以爲明黄門陳子龍之勁敵。自餘若錢塘吴農祥，嘉興王翃、周篔，亦有名于時。其後繼起者，有前七家、後七家，前十家、後十家之目。前七家者，華亭宋征輿、錢芳標，無錫顧貞觀，新城王士禛，錢塘沈豐垣，海鹽彭孫遹，滿洲性德也。征輿字轅文，其詞不減馮、韋。芳標字葆馚，原出義山，神味絶似淮海。貞觀字華峰，號梁汾，考聲選調，吐華振響，浸浸乎薄蘇、辛而駕周、秦。士禎字貽上，號阮亭，别號漁洋山人，尤工小令，逼近南唐二主。豐垣字遹聲，其詞柔麗，源出於秦淮海、賀方回。孫遹字羨門，多唐調，士禎撰《倚聲集》，推爲近今詞人第一，嘗稱其“吹氣若蘭”，“每當十郎，輒自愧傖父”。性德原名成德，字容若，其品格在晏叔原、賀方回間。更益以華亭李雯、錢塘沈謙、宜興陳維崧三家，遂爲十家。雯字舒章，語多哀艷，逼近温、韋。謙字去矜，步武蘇、辛，而以五代、北宋爲歸。維崧字其年，鬱青霞之奇氣，譜烏絲之新制，實大聲宏，激昂善變者也。

同時與其年齊名者，爲秀水朱彝尊。彝尊字錫鬯，號竹垞，當時《朱陳村詞》流遍宇内，傳入禁中。彝尊又别出新意，集唐人詩成數十闋，名《蕃錦集》，殊有妙思，士禎見之，以爲殆鬼工也。然彝尊詞一宗姜、張，其弟子李良年、李符輔佐之，而其傳彌廣。康乾之際，言詞者幾莫不以朱、陳爲範圍。惟朱才多，不免于碎，陳氣盛，不免於率，故其末派有俳巧奮末之病。錢塘厲鶚、吴縣過春山，近朱者也。興化鄭燮、鉛山蔣士銓，近陳者也。太倉王時翔、王策諸人，獨軼出朱、陳兩家之外，以晏、歐爲宗。時翔字抱翼，其詞凄惋動人。策字漢舒，意味深長，亦自名家。至宜興史承謙、荆溪任曾貽，自出杼軸，獨抒性靈，于宋人吸其神髓，不沾沾襲其面貌，一語之工，令人尋味無窮，而又不失體裁之正則，亦詞家之作手也。

乾嘉之際，作詞者約分浙西、常州二派。浙西派始于厲鶚，常州派始于武進張惠言。鶚詞宗彝尊，而數用新事，世多未見，故重其富。後生效之，每以捃摭爲工，後遂浸淫而及于大江南北，然鈔撮堆砌，音節頓挫之妙未免蕩然。惠言乃起而振之，與其弟琦選唐、宋詞四十四家百六十首，爲《詞選》一書，闡意内言外之旨，推文微事著之原，比傅景物，張皇幽渺，約千編爲一簡，蹙萬里於徑寸，誠爲樂府之揭橥、詞林之津逮。故所撰作，亦觸類修鬯，悉臻正軌。其友人惲敬、錢寄重、丁履恒、陸繼輅、左輔、李兆洛、黄景仁、鄭善長輩，亦皆不愧一時作家。其學于惠言而有得者，則歙縣金應珹、金式玉也。其以惠言之甥而傳其學者，則武進董士錫也。荆溪周濟友于士錫，嘗謂詞非寄托不入，專寄托不出。其所立論，實足推明張氏之説而廣大之。所著《味雋齋詞》及《止齋詞》，堪與惠言之《茗柯詞》把臂入林。蓋自濟而後，常州詞派之基礎益以鞏固，潘德輿雖著論非之，莫能相掩也。

後七家者，張惠言、周濟、龔自珍、項鴻祚、許宗衡、蔣春霖、蔣敦復也。惠言字臯文；濟字保緒，號止庵；自珍字定庵；鴻祚字蓮生；宗衡字海秋；春霖字鹿潭；敦復字劍人。七家中蓮生、海秋、鹿潭之作，大都幽艷哀斷，而鹿潭尤婉約深至，流别甚正，家數頗大，人推爲倚聲家老杜。合以張琦、姚燮、王拯三家，是爲後十家，世多稱之。

其效常州派者，光緒朝有丹徒莊棫、仁和譚獻、金壇馮煦諸家。棫字中白，獻字仲修，煦字夢華。

光宣間之倚聲大家，則推臨桂王鵬運、况周頤，歸安朱祖謀、漢軍鄭文焯。鵬運字幼霞，周頤字夔笙，祖謀字古微，文焯字叔問。

七　朱陳村詞

宜興陳其年檢討維崧，少清臞，冠而於思，鬚浸淫及顴準，儕輩號爲陳髯。性好雅游，以文章巨麗爲海内推重。相與蹴角壇坫者，吴江吴漢槎、雲間彭古晋也。吴梅村有"江左三鳳皇"之目。其年未達時，嘗自中州入都，與朱竹垞合刻所著曰《朱陳村詞》，流傳入禁中，曾蒙聖祖賜問褒賞。

八　王井叔好填詞

王井叔客揚州數年，文采富艷，傾動時流。好填詞，所著名《月底修簫譜》，倚聲家傳誦之。未幾，構疾遽卒，年猶未及三十也。彌留時，與其婦曹夫人相訣，約三年即見，至期，曹夫人果亦香消玉殞矣。

九　紅豆樹館詞

麟見亭河帥，曾以游歷所至，分繪爲圖，名曰《鴻雪因緣》，自爲之記，并囑吴門戈寶士明經各附一詞於後。長洲陶鳬薌宗伯則舉生平境遇，自繫以詞，寓編年紀事於協律中，皆爲詞家創格，《紅豆樹館詞》五、六兩卷是也。其記嘉慶癸酉，林清遣其黨陳爽、陳文魁，潛結太監閻進喜等，突入大内滋事，〔百字令〕云："刀光如雪，鎮驚魂一霎，頭顱依舊。秘館校書剛日午，猝遇跳梁小醜。義膽同拚，兇鋒正鋭，血濺門争守。狼奔豕突，半空霹靂驚走。　更遣飛騎訛傳，款關諜報，匪黨還交構。往事思量成噩夢，差幸餘生虎口。浄掃欃槍，肅清輦轂，功大誰稱首。神槍無敵，當今神武天授。"

一〇　吴蘋香女史詞

吴蘋香女史初好讀詞曲，後乃自作，亦復駸駸入古。錢唐梁應來題其《速變男兒圖》有句云"南朝幕府黄崇嘏，北宋詞宗李易安"，非虚譽也。著有《花簾詞》一卷，逼真漱玉遺音。其〔祝英台近〕《咏影》云："曲欄低，深院鎖。人晚倦梳裹。恨海茫茫，已覺此身墮。那堪多事青燈，黄昏纔到，又添上影兒一個。　最無那，縱然著意憐卿，卿不解憐我。怎又書窗，依依伴行坐。算來驅去應難，避時尚易，索掩却綉幃推卧。"〔河傳〕云："春睡。剛起。自兜鞋。立近東風，費猜。綉簾欲鈎人不來。徘徊。海棠開未開。

料得曉寒如此重。烟雨凍。一定留春夢。甚繁華。故遲些。輸他。碧桃容易花。"〔如夢令〕《燕子》云："燕子未隨春去。飛入綉簾深處。軟語話多時，莫是要和儂住。延佇。延佇。含笑回他不去。"女史父夫皆業賈，無一讀書者，而獨工倚聲，真夙世書仙也。

一一　徐紫仙女士填小詞以自遣

仁和徐紫仙女士雲芝，爲若洲司馬鴻謨娱清太夫人蘭孫之女，花農侍郎琪之姊，好倚聲，即以咸豐戊午、辛酉兩次刲股療母疾著稱于時者也。咸豐初，隨宦揚州，適有粤寇之擾，紫仙乃與侍郎同侍太夫人避居如皋。雖晨炊暮爨，紫仙亦兼任之，然稍暇必填小詞以自遣。多雋句，可與侍郎之《玉可詞》《落葉詞》并傳。癸亥，適袁子才之從曾孫蔚文上舍，倡隨甚得。及太夫人卒，以思慕成疾，遂至不起，時同治癸亥也。所著爲《秀瓊詞》，恭忠親王奕訢題詞以譽之，有“裁雲縫月，驪珠一一陽春調”等句。

一二　復堂詞宗旨

同光間有詞學大家，前乎王幼霞給諫、况夔笙太守、朱古微侍郎、鄭叔問中翰，爲海内所宗仰者，譚復堂大令是也。大令既舉於鄉，一爲校官，旋筮仕於皖，以經術師吏治。簿書餘暇，輒招要朋舊，爲文酒之宴集。吮毫伸紙，搭拍應副，若不越乎流連光景之情文者，讀其詞者則云幼眇而沉鬱，義隱而指遠，腷臆而若有不可於明言。蓋斯人胸中别有事在，而官止於令，犖然不能行其志，爲可太息也。

大令所著《復堂詞》，在《半厂叢書》中。又選順康至同光人詞爲《篋中詞》。更取周濟《詞辨》，爲徐珂評泊之。其跋曰：“及門徐仲可中翰，録《詞辨》索予評泊以示榘範。予固心知周氏之意，而持論小異。大抵周氏所謂變，亦予所謂正也，而折衷柔厚則同云云。”觀此，可以知《復堂詞》宗旨之所在矣。

一三　王幼霞詞

朱古微少時隨宦汴梁，王幼霞以省其兄之爲河南糧道者至，遂相遇。古微乃納交於幼霞，相得也。已而從幼霞學爲詞，因益親。光緒庚子之變，八國聯軍入京城，居人或驚散，古微與劉伯崇殿撰福姚就幼霞以居。三人者，痛世運之陵夷，患氣之非一日致，則發憤叫呼，相對太息。既不得他往，乃約爲詞課，拈題刻燭，于喁唱酬，日爲之無間，一闋成，賞奇攻瑕，不隱不阿，談諧間作，心神灑然，若忘其在顛沛兀䑔中，而自以爲友朋文字之至樂也。

幼霞天性和易，而多憂戚，若别有不堪者。既任京秩久，而入諫垣，抗疏言事，直聲震内外，然卒以不得志去位，光緒甲辰客死蘇州。其遇厄窮，其才未竟厥施，故鬱伊無聊之概，一於詞陶寫之。其詞導源碧山，復歷稼軒、夢窗，以還清真之渾化，與周濟之説固契若針芥也。

一四　况夔笙自述其填詞之所歷

况夔笙爲倚聲大家，著有《第一生修梅華館詞》，與王幼霞、朱古微相友善。其官秩亞於幼霞、古微，而聲望實與相埒。嘗自述其填詞之所歷曰："余自同治壬申、癸酉間即學填詞，所作多性靈語，有今日萬不能道者，而尖艷之譏，在所不免。光緒己丑，薄游京師，與半塘共晨夕。半塘詞夙尚體格，于余詞多所規誡。又以所刻宋、元人詞屬爲校讎，余自是得窺詞學門徑。所謂重拙大，所謂自然從追琢中出，積心領神會之，而體格爲之一變。半塘亟獎藉之，而其它無責焉。夫聲律與體格并重也，余詞僅能平側無誤，或某調某句有一定之四聲，昔人名作皆然，則亦謹守弗失而已，未能一聲一字，剖析無遺，如方千里之和清真也。如是者二十餘年，繼與漚尹以詞相切磨。漚尹守律綦嚴，余亦恍然嚮者之失，齗齗不敢自放，乃悉根據宋、元舊譜，四聲相依，一字不易，其得力于漚尹與得力於半塘同。人不可無良師友，不信然歟？大雅不作，同調甚稀，如吾半塘，如我漚尹，寧可多得。半塘長已矣，于吾漚尹，雖小别亦依黯。吾漚尹有同情焉，豈過情哉，豈過情哉！"半塘即幼霞也，漚尹即古微也。

一五　况夔笙與程子大以詞相切劘

光緒庚寅、辛卯間，况夔笙居京師，常集王幼霞之四印齋，唱酬無虚日。夔笙於詞不輕作，恒以一字之工、一聲之合，痛自刻繩，而因以繩幼霞。幼霞性雖懶，顧樂甚不爲疲也。己亥，夔笙客武昌，則與程子大以詞相切劘。幼霞聞之而言曰："子大詞清麗綿至，取徑白石、夢窗、清真，而直入温、韋。得夔笙微尚專詣以附益之，宜其相得益彰矣。"

一六　朱古微述學詞經歷

朱古微爲倚聲大家，著稱于光宣間，其所著爲《彊邨詞》。嘗視學廣東，未滿任，即解組歸。嘗曰："予素不解倚聲，歲丙申，重至京師，王幼霞給事時舉詞社，强邀同作。王喜獎借後進，於予則繩檢不少貸。微叩之，則曰：'君于兩宋塗徑固未深涉，亦幸不睹明以後詞耳。'貽予《四印齋所刻詞》十許家，復約校《夢窗四稿》，時時語以源流正變之故。旁皇求索，爲之且三寒暑，則又曰：'可以視今人詞矣。'示以梁汾、珂雪、樊榭、稚圭、憶雲、鹿潭諸作。會庚子之變，依王以居者彌歲，相對咄咄，倚兹事度日，意似稍稍有所領受，而王則翩然投劾去。辛丑秋，遇王於滬上，出示所爲詞九集，將都爲《半塘定稿》，且堅以互相訂正爲約。予强作解事，于王之閎指高韵，無能舉似萬一。王則敦促録副去，許任删削。復書至，未浹月，而王已歸道山矣。自維劣下，靡所成就，即此趦趄小言，度不能復有進益，而人琴俱逝，賞音闃然，感嘆疇昔，惟有腹痛。"既刊王之《半塘定稿》，復用其指，薙存拙詞若干首，以付剞氏。

一七　鄭叔問尤長倚聲

鄭叔問爲蘭坡中丞之子，以承平少年，羈滯吴下數十年。負時望，宏博精敏，著書滿家，出其緒余，尤長倚聲，才力雄獨。進復古音，追撢兩宋，精辨七始，同時詞流如易實甫、王夢湘，未之或先也。德清俞曲園太史樾嘗曰："入叔問之室，輒見其左琴右書，一鶴翔舞其間，超然有人外之致，宜其詞之工也。"

一八　張沚蒓填詞尤有心得

錢塘張沚蒓，名上龢，家世通門，領聞劭學，冠絶流輩。久官畿輔，吏事精敏，不廢歗歌。于填詞一道，尤有心得。光緒丁酉、戊戌間，吴昌綬客津沽，奉手承教，酬和極歡，傳箋之使，頓轡以待。時津門已多南曲中人，烟墨脂黛，取給醉夢，太守不怒而笑，頗賙其乏，〔滿庭芳〕詞所謂“花間流鶯”，皆事實也。公子孟劬太守爾田，與吴常過從，問群書流别，以古學相切劘，陪游群紀之間，引爲至樂。比謝事還，卜居蘇州，與鄭叔問、朱古微婆娑尊俎間，商榷舊藝，倚聲益富。識者皆謂沚薌寢饋宋賢，造語下字，分刌節奏，悉合規度。可傳者逾數百篇，乃矜慎芟訂，僅録《吴漚烟語》一卷。

一九　言琴吾鷗影詞

古人填詞，好用熟調。如草窗諸老，熟於一調，必屢填之，以和其手腕，此長調也。小山於小令，亦填一調至十數，蓋亦避生就熟，易於著筆耳。常熟言琴吾大令家駒，治詞學至五十年之久，所著《鷗影詞》六卷，幾於無調不備。且每有所作，輒從事弦管，以求諧律。嘗謂詞之爲道，承詩之盛，開曲之先，不深音韵、不窮律吕者，率爾操觚，恒至傷斫。始宋、元以逮今，海内勝流無不嗜此者，以能審音也。琴吾有子仲遠總戎敦源，亦以文學政治名于時。

康居詞話

徐　珂◎著

《康居詞話》輯自徐珂筆記集《康居筆記彙函》[民國十二年（1923）鉛印本]，此《彙函》共收徐珂筆記十三種，有《呻餘放言》《聞見日抄》等。今輯録其中關於晚清民國詞學之材料，名之《康居詞話》。

《康居詞話》目録

康居詞話

一　填詞有重拙大之三要

况夔笙言：填詞有重、拙、大之三要。珂謂近今凡百之事，亦有三字可以括之：曰大，曰快，曰短。(《呻餘放言》)

二　有澀意乃能有澀筆

不盡之言，欲吐輒茹，非必對於外人而然，家庭之間亦有之。此可以悟填詞之法。蓋有澀意，乃能有澀筆也。(《呻餘放言》)

三　張景祁新蘅詞

錢塘張韵梅大令丈景祁長於倚聲，著有《新蘅詞》，集中頗多在臺灣時之作，蓋曾官淡水縣令也，今録如下，以與臺嶠賢士大夫共讀之。〔采桑子〕題云："秋晚臺江夜歸，對月聞歌。"詞云："江村最是深秋好，寒荻飛花。紅樹栖鴉。脱却朝衫把酒賒。

清歌隔岸黄昏近，酒醒天涯。柔櫓咿啞。知是漁家是笛家。"〔更漏子〕題云："將赴臺北，遲輪舶不至，久客榕垣，賦此遣悶。"詞云："捲詩勝，收畫幕。傢俱并無琴鶴。思破浪，便乘槎。海天何處家。　　銀鱸粲。金菊綻。不道勾留歲晚。風日好，挂帆無。秋江聞鷓鴣。"〔滿江紅〕題云："癸未十月，附輪舶，赴淡水任，行抵白犬山，霧霧四寒，東北風大作，艤舟旬日，不得發，乃禱於天后，乞一夕西風，直抵臺北。當以平韵〔滿江紅〕詞爲神弦曲，維白石道人故事，頃刻詞成。向晚，旗脚頓轉，黑夜渡洋。日午，已抵基隆矣。”詞云：“彌漫滄溟，望天半、靈旗未來。擬一夕、焱輪蹴浪，十日徘徊。鱗甲千盤迷島嶼，佩環八寶隱樓臺。祝瓊妃、助我片帆風，針路開。　　虯駕出，雲氣排。龍涎爇，篆香灰。仗神燈導引，直指蓬萊。驅鱷文章留絶域，釣鼇身子借仙才。向中流、擊楫奮雄心，鼉鼓催。(時法人有事越南，海防甚亟。)”〔瑞鶴仙〕題云：“海國餞春，兼感時事，黯然言愁。”詞云：“緑蕪渾似綉。漸海國春深，疏簾清晝。芳菲盡消瘦。任餘寒在水，暮笳吹皺。新愁勝酒。却付與、吴姬笑口。黯沉沉、草色天涯，遮斷夕陽亭堠。　　回首。金狨繫馬，紫曲調鶯，冶情如舊。郊原望久。青旗影，暗垂柳。問東風底事，未醒花夢，又是蟬前燕後。盡重尋、世外桃源，亂紅在否。”〔南鄉子〕題云：“臺北氣候殊常，暴風時起，陰雨連綿，絶少暄妍景象。郡城初建，烟户寂寥，彌望緑野青疇。三春電謝，花事闃然，索居寡歡，不覺鄉思之横集也。”詞云：“瘴雨鎖簾櫳。盡日狂吹舶趠風。送得春來春又去，匆匆。不見蠻花委地紅。　　悔逐海鷗踪。似度天邊月半弓。窮島盤螺青不斷，濛濛。并作鄉愁萬叠濃。”〔望海潮〕題云：“基隆爲全臺鎖鑰，春初海警狎至，上游撥重兵堵守。突有法蘭兵輪一艘，入口游弈，傳是越南奔北之師，意存窺伺。越三日，始揚帆去。我軍亦不之詰也。”詞云：“插天翠壁，排山雪浪，雄關險扼東溟。沙嶼布棋，飆輪測綫，龍驤萬斛難經。笳鼓正連營。聽回潮夜半，添助軍聲。尚有樓船，鬣帆影裏矗危旌。　　追思燕頷勛名。問誰投健筆，更請長纓。警鶴唳空，狂魚舞月，邊愁暗入春城。玉帳坐談兵。有獲花壓酒，引劍風生。甚日炎洲洗甲，滄海濁波傾。”〔水調歌頭〕題云：“登東門城樓望海，感賦。”詞云：“壺嶠竟何在，緑浪繞珠宫。春風來自天上，先到大瀛東。天似穹廬四面，人似微塵幾點，萬象付虚空。出世狎鷗鳥，放眼小鴻濛。　　鞭走石，槎犯斗，渺難窮。千山忽動，鱗甲蹙蕩海雲紅。要唤馮夷起舞，更斫靈鼉建鼓，碧鏡净磨銅。倚劍一長嘯，變滅任魚龍。”前調，題云：“再申前意，爲籌海者進一解。”詞云：“積氣轉黄滇，大地一浮漚。不知包絡多少，赤縣與神州。本是蛟龍窟宅，誤認金銀宫闕，争戰幾時休。安得斷鼇足，截住萬方流。　　桑田影，桴木燭，總虚舟。盲風怪雨，無際出没使人愁。縱有將軍横海，便帥戈船下瀨，域外問誰收。何處覓珊樹，莫把釣竿投。”〔臺城路〕題云：“薄暮由艋舺乘小輪船赴滬尾，夜宿山店。”詞云：“海門雙峽浮螺起，飛輪浪花驚濺。估舶連雲，漁罾曬日，卅里波程如箭。潮平汊淺。指燈火沿流，夜深猶見。寂寞魚龍，此中樓閣萬千變。　　山前茅屋似艇，解鞍聊寄宿，桑下誰戀。曲巷瓊簫，荒臺畫角，客裏悲嘆難遣。風塵倦眼。總輸與沙洲，早春歸雁。酒醒孤吟，一星寒穗剪。”〔滿庭芳〕題云：“林氏板橋别墅，臺樹幽邃，水木明瑟，珍禽異卉，駢列其中，亦海國名園也。仲夏停驂小憩，主人時甫京卿留飲花下，塵襟頓滌，用少游韵，以寫其勝。”詞云：“竹粉飄香，蓮衣滴露，曉簾初捲新晴。小橋飛蓋，緑樹罥殘英。鍾鼎山林自樂，行吟處、水曲沙平。藤陰下，何須翠袖，玉篁坐調筝。　　幽情鷗鷺識，雲移畫障，波浣塵纓。有鳥歌花舞，高占仙瀛。試向習池醉也，風吹帽、短鬢堪驚。歸來晚，昏鴉斷柳，烟雨鎖青城。”〔酹江月〕題云：“法夷既據基隆，擅設海禁。初冬，余自新竹舊港内渡，遇敵艘巡邏者駛及之，幾爲所困。暴風陡作，去帆如馬，始免於難。中夜抵福清之觀音澳，止宿茅舍，感賦。”詞云：“樓船望斷，嘆浮天萬里，盡成鯨窟。别有仙槎凌浩渺，遥指神山弭節。瓊島生塵，珠崖割土，此恨何時雪。龍愁鼉憤，夜潮猶助嗚咽。　　回憶鳴鏑飛空，猋輪逐浪，脱險真奇絶。十幅布帆無恙在，把酒狂呼明月。海鳥忘機，溪雲共宿，時事今休説。驚沙如雨，任他窗紙敲裂。”〔秋霽〕題云：“基隆秋感。”詞云：“盤島浮螺，痛萬里胡塵，海上吹落。鎖甲烟銷，大旗雲掩，燕巢自驚危幕。乍聞唳鶴。健兒罷唱從軍樂。念衛霍。誰是漢家壯麟閣。　　遥望故壘，毳帳凌霜，月華當天，空想横槊。捲西風、寒鴉陣黑，青林凋盡怎栖托。歸計未成情味惡。最斷魂處，惟見莽莽神州，暮

山銜照，數聲哀角。”（《仲可筆記》）

四　宋元詞類抄

癸亥（中華民國十二年）春夏之交，陳藥叉以事客滬，將歸矣，其友馮春航沮之，謂可留滬鬻書，乃止。即舍於春航家。九月以積食致疾，誤於醫，成秋瘟。時春航客南通，聞其病劇，來視之，則舌已木僵，幾不成語。春航行之又明日，爲十月念一日，殁矣。藥叉體故弱，自墮地以逮中年，悉恃藥以活。其從妹愁非言其家世少高壽，非若婦人之壽躋耄耋已。并出伯瓠《致藥叉書》見示。伯瓠名夔，年五十三，爲藥叉之同懷長兄，著有《慮尊詔》，且蓄志輯《宋元詞類抄》久矣。所録令、慢、近、引，可五六百闋。將校字之多寡之數，聲之平仄之差，於《詞律》《詞綜》之誤，一一是正之。書中斤斤，以精氣日鑠，去死不遠，將倍道兼程，冀生前一睹其成，否則弟當續之，死亦瞑目爲言。并囑藥叉假《四印齋所刻詞》於予以備校勘，而藥叉固未嘗以告，且先伯瓠而死。伯瓠爲學，冥心希古，遺弃一切，我嘗聞之藥叉也。（《天蘇閣筆談》）

五　笠澤翁跋花間集

笠澤翁跋《花間集》云：“《花間集》皆唐末五代時人作。方斯時，天下岌岌，生民救死不暇，士大夫乃流宕如此，可嘆也哉，或者出於無聊故耶?”珂誦之而深有感矣。今之天下岌岌，甚於唐末五代，而詞學衰熄，所謂士大夫者，束書不觀，惟聲色之是務而已，噫！（《天蘇閣筆談》）

六　寒夜作徵招詞

久不填詞，寒夜有作，調寄〔徵招〕，詞云：“柝聲迢遞砧聲遠，虛堂酒醒平延佇。雪意便垂垂，奈凉蟾窺户。回春看草樹。祇遥夕、哀鴻盈路。影顫帷燈，警傳譙角，尚餘歌舞（鄰有伎樂）。

宫漏聽當年（光緒己亥即乞假出都。），滄波夢、依稀鳳城尊俎。冷徹

玉壺冰，證冬心如許。聳肩吟自苦。更嗚咽、黄昏潮語。寒歲又，甚處尋盟，問綺梅開否。”（《天蘇閣筆談》）

七 况夔笙玉京謡詞

次女新華殁於甲寅（中華民國三年），至癸亥十周矣。陳愁非女士方歸自新加坡，止於滬，眷念同學，哀其賫志早世也。四月六日，與周養浩女士爲營齋奠於净土庵（在寶山路存仁里。），可感也。愁非并出示新華《秋感》詩，有其從兄藥叉所題詩跋，予夙未見之，蓋在愛國女校文科時所作。胡君復評以“氣息好，骨力好”六字。《秋感》詩云：“白雲繞蒼山，秋風起寒林。萬象皆歸盡，四海殺氣深。何以慰我愁，清歌與素琴。”藥叉詩云：“人間欲賤簪花格，世上更無白雪詩。如此清才向黄土，人情何已葬西施。”跋（庚申夏五月六日）云：“己未（中華民國八年）夏歸自滬上，發行篋得此紙於書帙，蓋女士以贈愁非者。今復出睹，忽忽有感，因題二十八字。女士書學《張黑女志》，頗得其結構。詩專習選體，與時媛絶異。以己未秋九月葬西湖，蓋距其卒已六年有半矣。”夏劍丞有《題新華書畫册子》詩云：“老友閨中譽且憐，還因題畫溯當年（歲己酉，吾婦曾爲新華繪《歲寒瓶供圖》。）。墨痕八幅馨香在，絶嘆人生遜紙堅。”况夔笙前輩嘗評其畫云：“冰雪聰明，流露楮墨之表，於石谷麓臺勝處，庶幾具體。”并題一詞，調寄〔玉京謡〕，云：“玉映傷心稿，鳳羽清聲，夢裏仙雲幻（用徐陵母夢五色雲化爲鳳事。）。故紙依然，韶年容易凄晼。乍洗净、金粉鉛華，澹絶處、山容都换。瑶源遠。湘蘋染墨，昭華擒管（徐湘蘋、徐昭華皆工畫。）。　茸窗舊掃烟嵐韵，致雲林，更楷模北苑。陳迹經年，蟫奩分貯絲繭。黯贈瓊、風雨蕭齋，帶孺子、泣珠塵潛。簾不捲。秋在畫圖香篆。”此調爲吴夢窗自度曲，夷則商犯無射宫腔。今四聲悉依夢窗，一字不易。前輩嘗自言爲詞二十八歲以後，格調一變，得力於王半唐。比歲守律綦嚴，得力於朱漚尹也。（《天蘇閣筆談》）

八　五周先生集

鶴亭又言：嘗聞之傅節子觀察以禮矣。其言曰："季況既丞汀州，即以前挪蕤客之金付予，使還蕤客。予語季況云：'彼已以《行路難》之詩詈若，若可不還。然其詈眗叔，又何也。'"文之爲汴中著戴，自其曾祖、祖父，皆以科名仕宦世其家。文之有同懷弟七人。文之最長，有《蟄室詩録》；三爲復之太守悦修，有《訒庵遺稿》。五爲沐人，有《傳忠堂學古文》；七爲眗叔，有《鷗堂剩稿》《東鷗草堂詞》；八爲季貺，即鶴亭之外大父，有《窳櫎詩質》。鶴亭彙刻之爲《五周先生集》，并附《外家紀聞》於後。珂嘗閲之，而知文之尊人爲介堂直牧岱齡，亦能詞。其斷句云："緑上眉梢紅上靨，酒上心時。"又云："一角紅闌燕子飛。"又云："酒濃人淡，秋老花新。"皆可誦。(《聞見日抄》)

九　花農兄未刊詩詞

宣統辛亥以還，花農兄詩詞未刊，檢篋得七律二首，〔百字令〕一詞，皆乙丑作，録此備忘。詩題爲《振飛賢阮文戰冠軍喜賦二律》，詩云："改玉方嗟國步移，不圖喬木發新枝。七年風雨梯航外，萬里波濤戰伐時。滄海生還知祖德(侄留學歐美七年，值戰事初起，安然回國。)，名場特出露英姿。捷音知博雙親喜，頃刻天南一電馳。""牛耳吞來氣萬千，爲知先務著先鞭。史公貨殖非無傳，闕里桴乘別有天。右職欣聞同歲擢(上年正月二兒驤補陸軍部步兵上尉，虎侯侄於十月亦補是官。)，老夫喜見爾曹賢。臨江文敬先芬溯，都在當時極盛年(明初先克敬公不仕，四傳至龍山公以正德辛巳官禮部郎中，授江西臨江府知府。清初翼鄰公不仕，子文敬公以翰林官至吏部尚書，孫文穆公以翰林官至東閣大學士，次孫静庵公以翰林官陝西巡撫、宗人府府丞，曾孫潤亭公以翰林官禮部侍郎，驂兩公以翰林官福建鹽法道，是以吾家有父子叔侄兄弟翰林匾額。)。"詞題爲："枕上聞雨聲，夢中得賦新漲一闋，醒而記之。"詞云："澄潭一碧，是離人多少，啼痕成此。東去江流千尺雪，平地銀山浮起。摇漾湖光，瀠洄溪色，難剪還難理。浣來花片，亂紅無數霞綺。　　偶然灑向芳田，化爲春雨，緑到垂楊裏。欲濕羅衣還不見，冷露聲無堪比。煎出茶香，釀來酒暈，凝澈沐壺底。挽將天上，銀河鐵甲同洗。”(《聞見日抄》)

一〇　集辛稼軒詞爲聯

丙寅秋，朱劍芝重建江湖一覽閣，屬題楹帖，乃集辛稼軒詞爲聯。聯云：“松岡避暑，千載襟期，烟火幾家村，碧雲將暮；小閣横空，一時登覽，江湖有歸雁，明月相隨。”下聯有“江湖一覽閣”五字，劍芝所屬也。(《聞見日抄》)

一一　陳匪石選南北宋十二家之詞

江寧陳匪石倦鶴秘書世宜，官京師時，嘗於中國大學、華北大學教生徒填詞，選南北宋十二家之詞以授之，不立宗派。南宋六：玉田、碧山、夢窗、白石、梅溪、稼軒；北宋亦六：美成、少游、東坡、方回、耆卿、小山。詞旁注句讀四聲，然不拘守紅友《詞律》。詞後各有三段：一校勘各本之字句異同；二論本闋之律；三論本闋之境意筆。十二家詞之前，則有《釋詩餘説》《律論》《韵論》《選本》四種。聞尚欲選唐五代之四家，則温庭筠、李後主、馮延巳、韋莊。(《聞見日抄》)

一二　匪石之論學詞

匪石之論學詞也，謂：“必先南宋，後北宋，而終之以五代與唐。”其論選南宋六家之意，則曰：“選南宋詞者，戈順卿取史、姜、吴、周、王、張六家；周稚圭取姜、史、吴、王、蔣、張六家；周止庵則以辛、王、吴爲領袖。夫張炎之妥溜；王沂孫之沉鬱；吴文英極沉博絶麗之觀，擅潛氣内轉之妙；姜夔野雲孤飛、語淡意遠；辛弃疾氣魄雄大、意味深厚：皆於南宋自樹一幟。流風所被，與之化者，各若干人。然蔣捷身世之感，同於王、張；雕琢之工，導源吴氏。周密附庸於吴，尤爲世所同認。姑舍周、蔣而録張、王、吴、姜、辛，意實在此。至此五家者，踪迹有疏密，時代有後先，相因相成，往往可見，然各有千古，不能相掩也。史達祖之詞，步趨清真，幾於笑顰悉合，雖非戛戛獨造，而南渡以降，專爲此種格調者，實無其匹，故效戈、周之選，不敢過而廢之。學詞者先於張求雅正，繼於王求蘊蓄，然後以吴煉其意氣，以姜拓其胸襟，以辛健其筆力，而旁參之史，藉知學清真之門徑，即可望北宋之堂室，猶周止庵教人之法也。”其論選北宋六家之意，則曰：“周邦彦集詞學之大成，前無古人，後無來者。此固早有定論矣。然北宋之調，周造其極，而先路之導，不止一家。蘇軾寓意高遠，運筆高遠，非粗非豪，别有天地。秦觀爲蘇門四子之一，而其爲詞，則不與晁、黄同賡蘇調，妍雅婉約，卓然正宗。賀鑄洗煉之功，運化之妙，實周、吴所自出。小令一道，又爲百餘年結響。柳永雖久被蜚語，而高渾處、精勁處、沉雄處、體會入微處輒非他人屐齒所到。且慢詞於宋蔚爲大國，自有三變，格調始成之。四人者，皆爲周所取則，亦學者所應致力也。至於北宋小令，近承五季，慢詞蕃衍，其風始微。晏殊、歐陽修、張先，固雅負盛名，而砥柱中流，斷非幾道莫屬。由是以上稽李煜、馮延巳，而至於韋莊、温庭筠，薪盡火傳，淵源易溯。録此六家，亦正軌所在，瓣香所承。故不敢效顰戈、周，舉周邦彦以概其餘也。”其選本曰《宋詞引》。倦鶴欲使學者知此十二家之家數，以漸讀其全集，導以先路，引之以升堂入室也。每一詞之下，附以解説，詳述作法家數，及用意用筆之方，運典遣詞之概，造境行氣之要。期於一讀是編，即知其然，而并知其所以然也。(《聞見日抄》)

一三　莊中白詞

詞有貌似花間者，况夔笙謂爲墮入莊中白之鎮江派，上追五代，中無一物，與性情何涉？然中白之詞，托興幽微，辭條豐蔚，語語温厚，實未可輕詆也。(《聞見日抄》)

一四　金蓉鏡論詞

秀水金甸丞觀察蓉鏡，嘗於丁卯仲冬與珂論譚復堂師所評之周止庵《詞辨》，其言曰：復堂論詞有深詣。其於王半塘何如，吾不知；以較況夔笙，必過之。《詞辨》評語，著眼在用筆用墨，神味不論。陽湖派專論用意，一掃綺密，亦如陳伯玉之於初唐，非不振起衰緒，而唐五代之風息矣。然此派自東坡開之，境界漸闊。自是以後，稼軒、龍洲以暨玉田、須溪，皆言家國之故，遺山、圭塘、二段，滔滔不返矣，亦如詩之有蘇、黄。求其疏密得中，前莫如清真，後莫如夢窗。今講求“大”字、“重”字，所以救纖細之失，而“麗”“密”二字，亦不可忘，但不涉曲耳。又以師之於《詞辨》卷二，謂周氏以此卷爲變，截斷衆流，解人不易索也。乃曰：吾以爲晏、歐以上皆正，蘇、黄以後皆變。此時代關繫，感觸不同，摛詞自異。士生今日，自不能爲《卷阿》之矢音，亦其勢也。甸丞又嘗謂李秋錦論詞，須兼夢窗之密、玉田之疏，語已透骨。予終嫌夢窗情淺，不若草窗之疏密相間，情文并至。又謂白石、履齋，皆夢窗之師承，但學其妍練而忘却本意，何耶？清真、梅溪，圓匀合度，最爲杰出。（《聞見日抄》）

一五　清詞之卓然可傳者

清詞之卓然可傳，不至磨滅者，約計之，爲納蘭性德、朱彝尊、厲鶚、項鴻祚、蔣春霖、譚獻、王鵬運、鄭文焯、況周頤、朱祖謀十人。朱，字古微，嘗有“選清詞十四家”之説，蓋於納、朱、厲、項、蔣、譚、王、鄭之外，益以毛奇齡、陳維崧、曹貞吉、顧貞觀、張惠言、周之琦。況，字夔笙，嘗欲選刊宋人之詞爲《宋詞十四家》，未屬草，物故。惜哉！（《聞見日抄》）

一六　國朝詞綜續編

黄燮清纂《國朝詞綜續編》，蓋踵王昶《國朝詞綜》而成之。

有補人而無補詞，得五百八十六家，凡二十有四卷。卷一載荆搢（號盟石，丹陽人，有《盟石齋集》《寄醉詩餘》。）詞二闋，一爲〔搗練子〕《花月詞》用秦少游韵，一爲〔念奴嬌〕《過洞庭》。然〔念奴嬌〕實爲宋人張于湖作之膾炙人口者，乃竟貿焉羼入，豈得諉之於抄胥手民之疏忽耶！俞小甫師謂著書之難，古人且然，况今人耶？（《聞見日抄》）

一七　胡適之新纂詞選

改革之難，拘於習慣也。珂也魯，以一生役役於文字，流覽書籍，雖不能一目十行，尚未過耗晷刻。胡適之比以新纂《詞選》見貽，其文字之排列，旁行斜上，以未習外國文字者之眼光閱之，時復停頓。所選唐、五代、宋之詞三百五十一闋，凡六編，分三日始盡閱之。（《聞見日抄》）

一八　俞小甫詞

方珂十六歲時，偶拈〔摸魚兒〕調，填以呈鐵嶺宗嘯吾司馬丈山。時丈已卸余姚榷務，需次杭州。爲吴縣俞小甫通守丈廷瑛所見，填〔摸魚兒〕見寄。未幾，兩丈皆納之門下。今兩師之墓木，皆久拱矣。誦俞師詞，爲之泫然。詞題云："昨在尊齋見徐君〔摸魚兒〕詞而愛之，因亦拈此一調，以表傾慕之意。"詞云："話高齋、夕陽閉坐，朵雲天外飛到。衍波箋紙桃花色，密綴珍珠字小。誰解道，道春思，厭厭不耐春寒峭。傷春未了。又極目天涯，東風無賴，緑遍舊芳草。　　傳家學，争説玉臺序好。翩翩况正年少。翠床一樣才人筆，那得生花獨早。詞絶妙，愛雛鳳，聲清秦柳堪同調。令儂傾倒。祇翹首麟山，相思不見，綺語試顰效。"（《聞見日抄》）

一九　清平樂題桐院填詞圖

番禺潘珏卿學博丈，爲蘭史征君之封翁，所著《梧桐庭院詞》，見《粤東詞鈔》。有《桐院填詞圖》，爲陳古樵所繪，陳朗山題詞其端。粤人以二陳合之蘭甫，稱“三陳先生”。圖經兵燹，佚去久矣。歲乙丑，汪憬吾物色得之，以還蘭史。十月十四日，蘭史招集剪淞閣，屬題，珂爲題〔清平樂〕云：“丹青無恙。騷客今長往。按譜桐陰琴答響。想見承平幽賞。　剪淞閣上填詞。蓀荃也托微辭。看取一庭烟翠，春風茁秀孫枝（謂文孫楚材、楚琦、楚安）。”（《聞見日抄》）

二〇　陳倦鶴詞

歲丁卯之春，京師有聊園詞社，入社者十二人。珂所知者，譚篆青、洪澤丞、壽石公，所識者陳倦鶴、邵次公、邵伯絅、金錢孫同年，嘗以清詞人京城故居命題，同人分咏之。朱竹垞“古藤書屋”也，納蘭容若“渌水亭”也，顧太清“春紅雨軒”也，厲樊榭“柏葉亭”也，承子久“小雅堂”也，周稚圭“雙柏堂”也，許海秋“我園”也，王半塘“四印軒”也。社中之江寧人惟倦鶴，適得“我園”題。海秋亦江寧人，咸同間粤寇圍江寧城，十三年丁卯春，江寧亦有戰事，倦鶴慨念故鄉，以〔絳都春〕咏之，詞云：“飛花泪濺。正雲裹鳳城，輕陰催晚。老屋數椽，垂柳千絲餘寒戀。穿簾來去雙雙燕（海秋有《來燕》《去燕》二詞。）。設前度、薰風薇館。白頭吟侶，憑高望損，故園心眼。　一片。烟蕪似織，夢中路、又是江南愁滿。皂帽未歸，杯酒誰家啼鶯换。天風海水宫商變（用海秋自題填詞圖句。）。漫悄悵、曲終人遠。夜深華表重來，露零鶴怨。”珂謂“夜深華表”云云，倦鶴自謂爲海秋之後身矣。（《聞見日抄》）

二一　黄澤生題詩詞

湘之士大夫將兵者，咸同間至多，流風餘韵，及於光宣。宣統辛亥，珂游長沙，識黄澤生、廖笏棠，皆儒而知兵者。時澤生統巡防營，受事三日，而武昌革命軍起，長沙新軍應之，被執，脅之降，不屈，殺之於小吴門。澤生名忠浩，黔陽優貢。少好經世學，喜言兵，主講沅州書院。當道先後延理戎事，會廣西陸亞發據柳州，遂以候補道改授右江鎮總兵，尋署四川提督，旋乞歸。笏棠名縉，拔貢。治兵統某軍，嘗爲珂題詩於《湘樓聽雨圖》，題詞於《純飛館填詞圖》。詩云："山風送急雨，萬木翻作浪。小樓若扁舟，兀摇浪花上。中有被髮人，隱几踞方丈。風雷等一噫，嗒焉齊萬象。借問子胡然，攖寧神彌旺。"詞（自度曲）云："洞庭沽酒，看盡了、南條山色。正佛火蒲團，浪浪夜雨，别館孤吟倦客。似我逢春情興懶，除花外、玉簫知得。恁飛絮年年，鷓鴣亂舞，争與禪心相識。　　堪惜。何郎老去，許多詞筆。便付與旗亭，猶堪换醉，衹有雙鬟難覓。夢裏湘波，匣中錦字，回首春燈歷歷。歸去也，還愁室裏曼殊，要看秋髮。"（《聞見日抄》）

二二　彭羨門悔其少作

董東亭潮《東皋雜抄》：彭羨門晚年自悔其少作，厚價購其所爲《延露詞》，隨得隨毁。與《北夢鎖言》載晋和凝事相類。（《聞見日抄》）

二三　夏玉延以能詞稱

郭頻伽之女夫夏玉延，以能詞稱。玉延，名寶晋。翁婿皆工倚聲，冰清玉潤，與宋之辛稼軒、陳汝玉可比美也。汝玉，名成父，寧德人。稼軒持憲節來閩，聞其才名，羅致賓席，妻以女。有和稼軒詞《默齋集》，藏於家，見《萬姓統譜》。（《聞見日抄》）

二四　程子大詞

甲子元春，程子大丈刻《定巢詞集》，爲《十發居士全集》之第五。《定巢詞集》，以《言愁集》《蠻語詞》《横覽詞》《石巢詞》《鹿川詞》《集句詞》《連句詞》七種合成之，都十卷，綜三百八十闋。其《蠻語詞》有起句"漸飄盡湘櫳烟雨"之〔長亭怨慢〕，牌下有“舊作爲人竄入文道希集今重訂”十三字，并世刻集，非後人爲之定文者，乃有此奇矣。《横覽詞》有〔木蘭花慢〕《題徐仲可〈純飛館填詞圖〉送歸武林》，詞云：“築湖西勝處，山比瘦、水生肥。盡篘檻藏雲，鷺窠明雪，小塢深篠。相思。玉梅春淺，怕烟闌、畫砌已都移。貪熨紅簫拍暖，慵將白練裙題。　烏衣。嚼曲似卿，稀純想，墜慵飛。要聖解從心，仙爲搔背，佛衹低眉。催歸詰朝渡海，向龍堂、喚個鯉魚騎。盼煞西泠畫漿，小眉人憑蘭磯。”又有〔清平樂〕題爲：“南漢鑿西湖以通藥洲”。藥洲，即今廣州學署之喻園。花農學使於池旁築亭，額曰“補蓮”。仲可爲圖屬賦，詞云：“鬧紅涼意。緑曲闌干底。消盡藥洲天子氣。配個蓮花君子。　梅花轡弟堪誇。算來何似徐家。怪底湖名西子，也隨人到天涯。”《鹿川詞》有〔高陽臺〕《贈仲可用夔笙韵》詞云：“放酒酬鶯，馱香信馬，襟歡尚憶芳時。坐瞑簾櫳，一詞商遣燈知。暖尊回照江湖夢，更何人、掌上腰肢。怪蘭荃，不共春嬌，却話年遲。　晦瀟廿載飄萍侶，記湘弦警夜，鄉語何其。眨眼斜陽，玉窗誰弄參差。墜巢勞燕驚相訊，道浮生、不是無涯。喚吴船，訪柳湖西，莫任東吹。（予將往游西湖。）”〔掃花游〕《黄浦灘夕游和仲可韵》詞云：“鈿車過雨，乍柳外鶯梭，海塵吹瞑。墜歡耐病。怯餘寒半臂，纈鬆斜領。倦勒章臺，莫認髡前鬟影。背芳鏡。似蝶瘦夢回，花瓣愁凝。　波嶼車共恁。甚弱絮柔絲，裊春還定。暮江路迥。算十年載酒，未妨鷗性。那是旗亭，畫出斜陽淡靚。彼歸聽。度寒山，隔雲鐘冷。”〔玉京謡〕《寄題仲可亡女新華畫幀和夔笙韵》詞云：“避世嬋娟子，小住吴根，一度桑塵幻。瘞恨年徂，娥碑芬卷凄惋。仿北體、書撥釵痕，畫没骨、筆花驚换。湘櫳遠。生香更寄，晶奩斑管。　編摩老子羈懷硯。北樓偏、愴舊閨藝苑。擎掌誰憐，珠抛尋向蛾繭。賦别魂、才替江淹，泪墨共、寒淞流潛。圖莫捲。拚賸幾行愁篆。”况夔笙前輩云：“清真詞是兩宋關鍵。子大勝處，酷似清真，是不爲南北宋所囿者。”允哉是言。（《聞見日抄》）

二五　徐積餘一門風雅

南陵徐積餘觀察乃昌，一門風雅，閨中人悉有詞集。其聘室德清許德蘊，字懷玉，爲周生曾孫女，有《綉餘自好吟》。副室江都趙春燕，字拂翠，有《記紅詞》。又其第二女婉，字怡怡，小字雲仙，有《紉蘭詞》，且善書畫，年二十未字卒。第六女華，字苕苕，小字茗仙，有《香芸詞》，且工畫蝶，年十六未字卒。（《聞見日抄》）

二六　張慶青詞

《小檀欒室閨秀詞》，積餘輯刊，皆清代閨秀詞之專集，彙而刊之。其《閨秀詞抄補遺》及《續補遺》四卷，則非專集。入選若干闋，不次年代，大抵隨見隨選。卷三録張慶青詞，謂爲金壇人，則録之於董曉滄《東皋雜抄》者。《雜抄》云：慶青，金壇田家婦，工詩詞，不假師授，然不以村愚怨其匹。鹽賈某百計謀之，終不可得。以艷語投之者絶不答，以禮自守，勝於張紅橋、姚日華多矣。詞調曰《孤鴻》，詞云：“碧盡遥天。但暮霞散綺，碎剪紅鮮。聽時愁近，望時怕遠。孤鴻一個，去向誰邊。素霜已冷蘆花渚，更休猜、鷗鷺相憐。暗自眠。鳳凰縱好，寧是姻緣。　淒凉勸你無言。趁一河半水，且度流年。稻粱初盡，網羅正苦，夢魂易驚，幾處寒烟。斷腸可是嬋娟意，寸心裏、多少纏綿。夜來閑。倦飛□□，誤宿平田。”此與史梧岡《西青散記》之所載相同，惟“一河”之“河”，《散記》作“沙”，“夜來”之“來”，《散記》作“未”。黄燮清《國朝詞綜續編》，譚復堂師《篋中詞》，皆甄録此詞，皆作“賀雙卿”，不作“張慶青”。“慶”讀作“羌”，則慶青之音近“雙卿”，或即此沿誤。然賀、張二字之音，固截然不同也。賀雙卿，字秋碧，丹陽人，世爲農，色殊麗，嫁金沙綃山周某，亦農家子。周貧而陋，姑復悍戾，雙卿力疾作苦，孝敬彌摯。其《雪壓軒詩詞集》，世無傳本。《篋中詞》所録，詞牌作〔黄花慢〕《咏孤雁》，“一河”之“河”亦作“沙”，“夜來閑”之“來”亦作“未”，而末句爲“便倦宿平田”與董曉滄所抄略異。師評之曰：“清空一氣如拭。”又曰：“忠厚之旨，出於風雅。”（《聞見日抄》）

二七　熙春閣詞

《熙春閣詞》，山陽顧伯彤女士翊徽著。伯彤爲泗縣楊瑟君觀察毓瓚之元配。徐積餘觀察乃昌嘗輯入《閨秀詞補遺》，全稿僅十二闋，未刊。乙丑九月，瑟君示珂，珂以視馮君木廣文开。君木與朱彊邨侍郎祖謀、況夔笙前輩周頤同觀之。夔笙論詞，最尚重、拙、大三字，謂伯彤詞莊雅不佻，往往有重、拙二字消息。乃甄録〔瑞鶴仙〕《對月》、〔青玉案〕《游愚園》、〔浣溪沙〕《九日登韓臺》及《病中》四詞入《餐櫻廡隨筆》。彊邨則謂：“屏除纖佻，不類閨中手筆，誠近日閨秀詞中不易得之才也。”（《聞見日抄》）

二八　楊瑟君探芳信詞

楊瑟君觀察毓瓚，嘗於戊午春作〔探芳信〕一詞，題曰《落花》，有本事也。梁衆異、黄秋岳皆知之，争慰以詩。既見瑟君詞，乃爲之往探芳信，未幾，而其人復歸於瑟君。其詞云：“對殘蕊。嘆舞蝶猶殷，餘香未已。鳳且無栖處，休憐到簾史。繫驄深巷調箏夜，月冷欺羅綺。易相逢、咫尺城南，别長於死。　新恨寫蠻紙。念舊曲弦危，那堪重理。自遣春歸，春夢又疑是。緑陰早晚將離約，覓醉從今始。恐他年、更見驚鴻照水。”（《聞見日抄》）

二九　剗襪

清俞正燮《癸巳存稿》《書〈舊唐書·輿服志〉後》條：唐人〔醉公子〕詞云：“門外猧兒吠，疑是蕭郎至。剗襪下香階，冤家今夜醉。”李後主〔菩薩蠻〕云：“花明月暗籠香霧。今宵好向郎邊去。剗襪步香階。手提金縷鞋。”蘇軾〔減字木蘭花〕云：

“兩足如霜挽紵衣。”又云：“蓮步輕飛。”秦觀〔河傳〕云：“記那回，小曲欄干西畔。鬢雲松，羅襪剗。”李清照〔點絳唇〕云：“見客入來，襪剗金釵溜。和羞走，倚門回首，却把青梅嗅。”以手提鞋語證之，則剗襪是大脚不履，僅有襪耳。剗，如騎剗馬之剗。《草堂續集》《詞品》俱載無名氏〔玉樓春〕云：“夜深著緉小鞋兒，靠那個屏風立地。”王沂孫《錦堂秋》云：“早是弓鞋鴛小，翠鬢蟬輕。”王觀〔慶清朝慢〕云：“結伴踏青去好，平頭鞋子小雙鴛。”又云：“不道吴綾綉襪，香泥斜沁幾行斑。”以平頭鞋小語證之，則小鞋是淺幫、窄底、方頭，與圓頭、高底禮鞋別，婦女便履也，均爲不裹足之證。《花間集》載蜀毛熙震〔浣溪沙〕云：“碧玉冠輕裊鳳釵，捧心無語步香階。緩移弓底綉羅鞋。”宋鄭文妻孫氏〔憶秦娥〕云：“花深深，一鈎羅襪行花陰。”所謂鞋弓襪一鈎者，如今靸鞋包底，尖向上弓曲，故鞋弓，言弓底，謂底如弓，誚向上，襪亦似鈎矣。宋時實多裹脚，如蘇軾〔訴衷情〕、劉過〔沁園春〕，其纖小可見。若此數詞，則俱不裹足也。珂按：曰“弓鞋鴛小”，曰“緩移弓底”，曰“一鈎羅襪”，必指纏足者而言。(《知足語》)

三〇　况夔笙念奴嬌詞

况夔笙前輩周頤所撰《眉廬叢話》(附《東方雜志》中。)行世，有周笙頤咏天足之〔念奴嬌〕詞，笙頤二字下，注“夔”字。蓋“笙頤”之名也，或疑爲前輩之化名。且并予所撰《可言》中之金奇中而亦疑爲予，可笑也。〔念奴嬌〕云：“踏花行遍，任匆匆不愁，春徑苔滑。六寸圓膚天然秀，穩稱身材玉立。襪不生塵，版還參玉，二妙兼香潔。平頭軟綉，鳳翹無此寧帖。　花外來上秋千，那須推送，曳起湘裙褶。試仿鞋杯傳綺席，小户料應愁絶。第一銷魂，温存鴛被，底柔如無骨。同偕識好，向郎乞(作平)借吟舄。”又有吴縣某閨秀〔醉春風〕詞，爲咏婦女之放足者。云：“頻换紅幫樣。低展湘裙浪。鄰娃偷覷短和長。放放放。檀郎雅謔，戲書尖字，道儂真相。　　步步嬌無恙。何必蓮鈎昉。登登響屧畫樓西，上上上。年時記得，扶教（平）小玉，畫欄長傍。”（《知足語》，又見《仲可筆記》。）

三一　梁任公集宋詞爲楹帖

七月既望，梁任公同年集宋詞爲楹帖，書以寄贈，句云：“春已堪憐（玉田〔高陽臺〕），更能消幾番風雨（稼軒〔摸魚兒〕）；樹猶如此（龍洲〔水龍吟〕），最可惜一片江山（白石〔八歸〕）。”集句如自己出，而傷心人之别有懷抱，於此見之。通人固無所不能哉！越二旬（八月五日）而淞滬戰事起，風聲鶴唳中，吟諷一過，爲之黯然。又有一聯寄吾子新六云：“滿身花影倩人扶（小山〔虞美人〕），我欲醉眠芳草（東坡〔西江月〕）；幾日行雲何處去（六一〔蝶戀花〕），除非問取黄鸝（山谷〔清平樂〕）。”蓋亦集宋詞而手書之者。（《范園客話》）

天問廬詞話

成舍我◎著

成舍我（1898～1991），原名成勛，後易爲成平，舍我爲其筆名。湖南湘鄉人，曾任《民國日報》副刊編輯。《天問廬詞話》连载於《民国日报》1917年4月1日至4月9日“文壇藝藪”專欄，署名“舍我”。朱崇才編《詞話叢編續編》收録該詞話。

《天問廬詞話》目録

天問廬詞話

一　作詩詞話不易出色

詩話汗牛充棟，詞話則頗罕覯。近惟徐電發之《詞苑叢談》，頗膾炙人口。蓋其中有“紀事”一欄，凡宋至清初著名之詞，無不搜其本事，足資考證。故倚聲家頗稱道之也。至其論詞辯聲，則亦無足觀矣。作詩詞易，作詩詞話難。非詩詞話難，所難者，不易出色耳。蓋此種著作，須學識、經驗兼而有之。選擇稍濫，則招人嗤鄙，倘再評論失當，即見笑方家，遺人口實。此不可不審慎出之也。（六年四月一日）

二　另作詞話一種

予十五歲始學詩，十六歲始學詞，距今不過二三年，若言學識經驗，則幼稚達於極點。曩作之《尺蠖軒詩話》，已惴惴然，懼其出乖弄醜，不意湖海朋輩不以爲陋，更紛以著作録示，且囑予另作詞話一種。予自維鄙僿，然朋輩雅意，未可拂也。謹以所知，筆之于此，尚冀諸大方家有以教我。（一日）

三　予論詞頗宗宛鄰

予論詞頗宗宛鄰，以其能抉出詞之奧旨，使讀者能恍然大悟，不復以小道視詞，且知詞之爲物，出於中正，非僅止于游冶贈答也。（一日）

四　張惠言以經師而爲詞宗

張惠言以經師而爲詞宗，殊足駭異。蓋有詞以來，人皆目爲導淫之具，治經者恒詆毀之不遺餘力，惠言獨能矯此種俗鄙之習慣，已足見其非凡矣。（一日）

五　宛鄰詞選可爲學詞者敲門磚

宛鄰《書屋叢書》中，有《詞選》二卷，爲臯文先生所手定。臯文自叙其端，其叙甚佳，可爲學者敲門磚也："叙曰：詞者，蓋出於唐之詩人，采樂府之音，以制新律，因繫其詞，故曰詞。傳曰：意内而言外謂之詞。其緣情造端，興於微言，以相感動。極命風謡里巷男女哀樂，以道賢人君子幽約怨悱不能自言之情，低徊要眇以喻其致。蓋詩之比興，變風之義，騷人之歌，則近之矣。然以其文小，其聲哀，放者爲之，或跌蕩靡麗，雜以昌狂俳優。然要其至者，莫不惻隱盱愉，感物而發。觸類條鬯，各有所歸，非苟爲雕琢曼辭而已。自唐之詞人李白爲首，其後韋應物、王建、韓翃、白居易、劉禹錫、皇甫松、司空圖、韓偓，并有述造，而温庭筠最高，其言深美閎約。五代之際，孟氏、李氏君臣爲謔，競作新調，詞之雜流，由此起矣，至其工者，往往絶倫。亦如齊梁五言，依托魏晋，近古然也。宋之詞家，號爲極盛，然張先、蘇軾、秦觀、周邦彦、辛弃疾、姜夔、王沂孫、張炎，淵淵乎文有其質焉。其蕩而不反，傲而不理，枝而不物。柳永、黄庭堅、劉過、吴文英之倫亦各引一端，以取重于當世。而前數子者，又不免有一時放浪通脱之言出於其間。後進彌以馳逐，不務原其指意，破析乖剌，壞亂而不可紀。故自宋之亡而正聲絶，元之末而規矩隳。以至如今，四百餘年，作者十數，諒其所是，互有繁變，皆可謂安蔽乖方，迷不知門户者也。今第録此篇，都爲二卷。義有幽隱，并爲指發。幾以塞其下流，導其淵源，無使風雅之士，懲於鄙俗之音，不敢與詩賦之流同類而風誦之也。"（按：惠言先生爲陽湖派巨子，陽湖學者，多治公羊及讖緯之

學，故先生之文，能瑰麗若是也。）（二日）

六　皋文先生論詞爲詞之正宗

皋文先生之論詞也，實爲詞之正宗。惟先生所録《詞選》，自唐迄宋，僅止於一百一十六首，未免過嚴，且遺耆卿弗録，此亦矯枉過正之弊也。《續詞選》爲先生外孫董子遠所録，雖足補先生之失，然偏重南宋，未免與先生論詞之旨稍有牴牾。甚矣，其難也。（三日）

七　皋文選詞之旨

皋文選詞之旨，不外“莊雅醇麗”四字。其遺耆卿者，以耆卿之詞過於輕佻耳。然予以爲柳詞雖多淫冶之處，而〔雨霖鈴〕及〔八聲甘州〕二闋，旖旎纏綿，要自不可没也。（三日）

八　詩詞曲之變

詩至唐而變爲詞，詞至元而變爲曲。元以後之詞家，頗不多覯，雖有二三作者，然其去宋遠矣。有清一代，惟竹垞、樊榭、復堂三人可以追踪前賢，而工力不足以副之，故不能恢廓堂皇，與姜張媲美。他若容若之《飲水詞》，哀感頑艷，説者謂容若乃後主前身，語雖無稽，然容若實後主同調也。（三日）

九　金應珪言爲詞三蔽

金應珪曰：“近世爲詞，厥有三蔽：義非宋玉而獨賦蓬髪，諫謝淳于而唯陳履舄。揣摩牀笫，污穢中冓，是謂淫詞。其蔽一也。猛起奮末，分言析字，詼嘲則俳優之末流，叫嘯則市儈之盛氣，此猶巴人振喉以和〔陽春〕，黽蜮怒嗌以調疏越，是謂鄙詞。其蔽二也。規模物類，依托歌舞，哀樂不衷其性，慮嘆無與乎情，連章累篇，義不出乎花鳥，感物指事，理不外乎應酬。雖既雅而不艷，斯有句而無章，是謂游詞。其蔽三也。”（三日）

一〇　今日詞蔽愈甚

應珪爲皋文及門弟子，頗憤當時作詞者不能衷於矩矱，故陳“三蔽”語，蓋有感而發，非無謂也。予以爲時至今日，其蔽愈甚，所謂淫、鄙、游三者，幾無一不犯此病，斯可哀矣。（五日）

一一　仲修之詞較皋文爲高

譚仲修《篋中詞》祖述皋文，惟選擇稍濫，不及皋文之精刻，而持論則與皋文同，足以後先輝映。譚工小學，乃以其餘緒治詞，亦與皋文之以經師治詞相似。以予觀之，仲修之詞，較皋文爲高。皋文〔水調〕“東風無一事”“妝出萬重花”諸闋，仲修許爲“詞中聖手”，此實過譽。皋文此詞，蓋摹仿東坡“明月幾時有”一闋而來，雖佳，然尚不足稱聖也。至仲修自填之詞，則師法白雲，殊能得其神味。予幼時見其《登安慶大觀亭》〔渡江雲〕詞，即深爲景仰。若“釣機我亦垂綸手”“看斷雲飛過荒潯”之類，置諸《白雲集》中，當不能辨其真僞。此等處非皋文所能做到。蓋皋文工力遜譚遠矣。譚之譽張，特所以標榜同志耳。（五日）

一二　仲修主澀之論由經驗而來

三六橋先生曾學詞於仲修，故其知仲修最詳。嘗謂予曰：仲修不多填詞，綜其生平，不過百餘闋。每填一闋，必易稿數十次，每有歷數月之久，尚未脱稿者。予聞此言，益信仲修主澀之論，實由經驗而來也。（五日）

一三　仲修論詞主澀

仲修論詞主澀，足爲特識。近世之詞，多流於滑。藥滑之法，惟一澀字，庶幾能除其病根。大抵師法北宋者，易染此症。若從夢窗、白石、清真等入手，便決無此失矣。（九日）

一四　夢窗專以棘練見長

近數十年，作者多趨重夢窗，蓋因仲修有澀字之論。澀即棘練之簡稱，而夢窗則專以棘練見長者也。如“黄蜂頻撲秋千索，有當時纖手香凝”，“斷紅若到西湖底，攪翠瀾，總是愁魚”等句，皆想入非非，非率爾操觚者所能做到。惟棘練太甚，則難免牽强不通，學者所當慎也。（九日）

一五　予初學詞

予初學詞，有“風定庭紅葉織愁”之句。或譽曰：“此可以抗手夢窗也。”予笑曰：“夢窗恐無此笨句，要惟笨人有之耳。”（九日）

（本書參考采納朱崇才整理之《天問廬詞話》的部分校勘成果）

悃簃詞話

閩野鶴◎著

聞野鶴（1901～1985），名宥，字在宥，又字子威，號野鶴，江蘇婁縣（上海松江）人。南社和創造社社員。1920 年前後，一度任職於《民國日報》，與錢病鶴共事，時稱“雙鶴”。後入商務印書館編輯部工作，經常爲各報副刊撰文。曾任中山大學、燕京大學、山東大學、雲南大學、西南聯合大學等校教授，華西大學文學院教授兼博物館館長，四川大學中國文學系教授兼歷史博物館館長，西南民族學院教授。主要著作有《野鶴零墨》《四川漢代畫像選集》《古銅鼓圖録》《聞宥論文集》等。《悃簃詞話》連載於 1917 年 9 月 25 日至 1918 年 4 月 26 日《民国日报》。朱崇才編《詞話叢編續編》收録該詞話。

《惆簃詞話》目録

悃簃詞話

一　碧山花外詞

碧山《花外》詞，運思既細，選詞尤麗，與夢窗微有不同。以碧山思鋭，夢窗氣厚也。余最愛其《春水》《水仙》兩闋。而〔齊天樂〕之《咏蟬》，尤見稱於後。“一襟遺恨宫魂斷，年年翠陰庭樹”，如此作，起石帚亦不多得也。世每舉之與玉田并稱，實則玉田庸俗，僅能以規橅見長耳。（民國六年九月廿五日）

二　玉藤仙館詞存

《玉藤仙館詞存》一卷，爲余石莊著。詞致平庸無足取。惟〔鷓鴣天〕一闋，差具豐甚。録之：“曲曲欄干漠漠簾。春寒料峭晚來添。欲温花夢先燒燭，怕寫春詞且膩箋。　風似剪，月如弦。光陰又近楝花天。遥憐疏柳紅橋畔，吟瘦東風雪一船。”（廿五日）

三　東坡斂才琢句

東坡“彩索身輕常趁燕”“紅牕睡重不聞鶯”二語，論者輒謂丰華韶秀，不似公作。余謂不然。坡公高才絶世，曠視千古，其不協律處，正其不屑拘拘於聲律，非遂不知律也。偶然斂才琢句，則“彩索”語成矣。楚傖詩本壯闊，好作河朔健兒語，乃近日亦有“春晝緑楊呼犢岸，秋風紅蓼打魚船”之句。雖曰微薄，殊見神

致。與曩作亦不能同也。（廿七日）

四　填詞圖譜誤處

《填詞圖譜》，紅友誚爲板腐，余謂拘泥固是，然初學亦有不能不遵者。特每附一詞，輒將其題目删去，則是一大恨事。以既無標題，則讀者自無從得詞中真意矣。（此弊《詞律》亦然。）紅友雖能論人，然《詞律》一書，誤處亦復不尠。梁晋竹《兩般秋雨盦》中言之特詳。縱紅友復起，亦無以自伸也。（廿七日）

五　龔羽玿詞稿

龔羽玿詞稿，有孝拱手抄本，與曹籀刊本不同。如〔菩薩蠻〕上闋末兩句一云，"秋思正沉吟。沉陰幾許深"，孝拱本則爲"員鏡午妝遲。鮫綃濯罷時"。〔點絳唇〕之"羅衣冷。香階紅陣"，孝拱本則爲"吴綿冷。簾旌紅陣"。〔醉太平〕之"天邊一曲瑶琴。是鸞心鳳心"，孝拱本則爲"小名合换青琴。會弦中訴心"。皆較原本爲勝。而〔浣溪沙〕末句"紅闌干外夜闌珊"，易爲"春宵原是女郎天"，尤超越萬倍。説者謂凡爲曹籀本不同處，即孝拱所竄易也。孝拱號半倫，疏狂自喜，視定盦若無物，宜此父真宜有此子也。王紫詮有《半倫傳》，叙次甚詳，兹不録。（廿九日）

六　庚子秋詞

《庚子秋詞》二卷，爲半塘、漚尹、忍盦三公旅京之作，而復莽和作坿焉。錦句雲章，不能盡録，率摘數章如右。漚尹〔鷓鴣天〕云："吟鬢飄蕭泪袖乾。沉蓬江海得歸難。却從九陌游輪路，細憶雙溪短柱船。　田水外，野香邊。行杯一笑鬓蒼顔。亂鴉飛盡柴門閉，守著斜陽尚滿山。"半塘〔上行杯〕云："侵階落葉秋陰重。鄰笛驚隨清梵送。門巷依然。賭酒盟詩憶往年。　回腹斷盡身猶在。翻羡騎鯨人大快。鶴響天高華表。魂傷莫漫招。"（廿九日）

七　劉公勇之論詞

劉公勇之論詞曰："詞亦有初盛中晚，不以代也。牛嶠、和凝、張泌、歐陽炯、韓偓、鹿虔扆輩，不離唐絶句，如唐之初，未脱隋調也，然皆小令耳。至宋則極盛，周、張、柳、康，蔚然大家。至姜白石、史邦卿則如明初，比晚唐非不欲勝前人，而中實枵然矣。"此語與張皋文之論詞相表裏，皆尊北宋而抑南宋者也。其詆白石，尤徵卓識。（三十日）

八　龐檗子善倚聲

南社亡友龐檗子善倚聲，遺有《玉琤瑽館》一卷，歸安朱漚尹先生爲之點定。集中佳章絡繹，如〔瑞龍吟〕云："淞波路。猶有瞑翠籠烟，晚香黏樹。傷春殘客重來，畫廊繞遍，尋詩甚處。

共延佇。輸與傍人秋燕，久栖堂户。花前待説相思，倚橋忍記，新亭對語。　　多少滄桑餘影，鳳愁徽冷，鸞愁匳舞。空費幾回哀吟，人事非故。�星醉墨，今補題襟句。還應念、靈峰舊夢，吴皋幽步。料理疏狂去。休教酒醒，翻牽恨緒。青鬢驚霜縷。無奈又催歸，車塵吹雨。俊游自惜，一般萍絮。"（三十日）

九　龐檗子詞清秀可人

又〔暗香〕《贈梅畹華》云："畫裙雪色。又傍花怨度，東風殘笛。且唤緑華，欲試梅妝手親摘。無意調脂弄粉，重收入、何郎吟筆。漫忘却、玉樹歌終，清泪濕蘭席。　　南國。嘆寂寂。有兩點翠眉，舊愁深積。細弦似泣。還□飄零爲誰憶。何日芳樽共倚，望漠漠、江雲凝碧。便一棹、隨去了，此生未得。"又〔疏影〕前題云："啼珠泣玉。恨半生慣自，空抱香宿。别樣才情，銀□調箏，微風乍過幽竹。吹醒一片京華夢，早遠隔、高樓西北。盡夜來、月澹花疏，伴得素心人獨。　　回首前塵影事，酒底可認否，消透衫緑。不願重提，薇帳雲屏，衹稱天寒蘿屋。樊川老去風情

减，尚萬古、歌將愁曲。算最難、蘭菊同時，合寫軟絹斜幅。”諸闋咸清秀可人。餘稱是者，多不能悉録。(十月一日)

一〇 詞之寫景寫情

某公言：“昔人之詞多寫情，今人之詞多寫景。要必情景交作，詞致始緊。”僕意此未可一概論也。有寫景而其情寓焉，有寫情而其景寓焉。若定拘執，則詞之生趣减矣。又言：“北宋之詞，有詞而後有題，南宋之詞，有題而後有詞。先有詞，則中實而調易高；先有題，則中空而句易複。於此即可判南北之上下矣。”（十月一日）

一一 詞境須情文交至

賀黄公曰：“詞家須使人如身履其地，親見其人，方爲蓬山頂上。”斯言果然。然此境須情文交至，渾脱無痕，有空山無人、水流花開之致，方稱其言。若一味刻劃，或過事清淺，亦徒見其小家數耳，不足以語此也。如王碧山〔綺羅香〕云：“屋角疏星，庭陰暗水，猶記藏鴉新樹。試折梨花，行人小闌深處。聽粉片、簌簌飄階，有人在、夜窗無語。”則真可謂纖塵不染，情景如繪者也。(二日)

一二 竹軒頗近夢窗

里人竹軒耽於韵之學。今春，余蟄居里中，渠時以詩詞見質。雖不能盡工，然亦可謂篤學自信者。一昨復有數詞見質，則渾厚匝至，頗近夢窗，非復吴下阿蒙矣。録其〔清平樂〕如右：“瓊簫綺語。淺醉回鸞舞。百樹春桃争媚嫵。依約眉痕遞與。　絳枝照老春宵。隔墻蓮漏迢迢。又是華轞歸去，鏡池瀉盡香潮。”雖不能全篇精緻，然亦不易得也。(二日、三日)

一三 檗子鶯啼序一調

〔鶯啼序〕一調，在詞體中爲最長，歷來詞家工者絶尠。惟夢窗一闋最得名。良以脉絡太繁，收拾不易，又如千鈞之鼎，舉之者非具大力，必絶臏也。近人填此者，大都填塞詞藻，了無真意。檗子《玉琤瑽館》中有一闋獨清整，雖未能語語精緻，然已不易得矣。録如下："斜陽淡黄似舊，向鶯欄燕户。去年事、吹破瓊簫，可惜容易春暮。棹歌去、吴波自緑，銷魂望斷金閶樹。待愁絲，輕繫東風，數點飛絮。　　回首前塵，酒醒夢冷，早看花過霧。更何意、刻翠題紅，泪痕空染豪素。恁飄零、揚州杜牧，怕吟鬢、微添霜縷。縱相逢，休話滄桑，且尋漚鷺。　　荒臺廢苑，到處鵑啼，有誰伴綣旅。嘆滿眼、剩香零粉，料理無計，换了凄凉，半溪烟雨。瀕犀侶散，凌波人杳，芳心先逐鴟夷逝，趁漁燈、爲唤蘭舟渡。清游已晚，依稀屧步麋踪，轉瞬一様焦土。　　繁華故國，最惹相思，漫訪蘿覓苧。算衹是、吴春難賦，負盡流光，幾度徘徊，罷歌休舞。茫茫對此，憑高懷遠，青鳥澆取千古恨，莫華年、閑數哀弦柱。何時携笛重來，一曲家山，尚能唱否。"題爲《刦後過吴閶感賦》。（三日）

一四　白石、夢窗詞

自樂笑翁有"姜白石如野雲孤飛"一語，於是論詞者競尊石帚，而夢窗則竟折抑矣。要知"清空""質實"云者，不徒以面目判也。石帚天分孤高，洞曉聲律，其學自宜邁人。所謂清空者，猶不過其面目耳。若夢窗則作詞渾厚，遣辭周密，若天孫錦裳，異光曜目，無絲縷俗韵，特學者每以藴意深邃爲憾，於是有以凝滯誚之者矣。要之皆非本也。且所謂"金碧樓臺，拆散下來，不成片段"者，此語尤未能適當。詞如人體然，完好無恙，則神采奕奕，使從而支解焉，則臭腐隨之矣。以其臭腐，遂亦謂人體不善耶。試以姜白石之野雲拆之，亦未審其果成何片段也。嗟乎，惟其不能成片段，益足見構造之者之苦心。且樓臺自樓臺，亦正無煩於拆散。而樂笑翁乃以此抑夢窗，真冤煞矣。（四日）

一五　香銷酒醒詞

《香銷酒醒詞》爲趙秋舲。僕著微時酷喜誦之，以其如白香山詩，老嫗都解，語語精圓，琅琅上口也。直至今日，始覺爲其所悞，弃之不敢復誦矣。趙小具聰明，淺人宜喜道之。如“夢也全無，夢也全無謂”，“得酒偏難，得酒偏難醉”，非鈍根人所能道也。詞末附詞餘一卷，亦新穎可喜。蓋曲固不嫌其剽薄也。最得名者爲《對月有感》一套，其末云：“自古歡每散，由來美必收。我初三看你口兒鬬，十三覷你妝兒就，廿三見你龐兒瘦，都在今宵前後。何況人生，怎不西風敗柳。”措語馨艷，讀之尤淒婉動人。趙氏殆小有才，未聞君子之大道者也。（四日）

一六　邵次公鶯啼序一闋

昨録龐檗子〔鶯啼序〕一闋，頗賞其深穩有序。頃得邵次公一闋亦工，并録之以饜同嗜：“瀟湘一江恨水，似柔腸宛轉。暮帆繞、十里蘼蕪，碧雲心緒誰管。玉闌外、緗桃瘦損，春陰漠漠鵑啼遍。把殘魂，分付鸞牋，泪痕紅泫。　　刻骨難忘，那番影事，記江淹浦畔。聽簫語、於邑蘆中，翠樓人正凝盼。盡天涯、鸞漂鳳泊，尚消得、燈前相見。托微波，來慰滄桑，怎禁淒惋。　　三生璧月，百感瓊漿，算逢伊未晚。喜此際、懊儂歌罷，唱到憐子，便化梁塵，也都情緒。靈犀漫阻，明珠休贈，斑騅猶繫垂楊樹，酒杯深、可奈因緣淺。斜陽荏苒，長亭切莫回頭，怕他畫簾還捲。　　蠶絲欲盡，馬角偏遲，又歲華暗换。試重問、星辰昨夜，風雨中宵，豈是尋常，斷恩零怨。銀蕤鎖夢，頳鱗沉信，文園頭白吟更苦，料蓬山、咫尺和天遠。思量且自温存，萬一人間，解海枯石爛。”題爲“題鈍根紅薇感舊記”。（四日）

一七　吴瞿安鶯啼序詞

連日録〔鶯啼序〕多闋，咸深穩有致。頃又得吴瞿安一詞，藻思縝密，華采動人，誠合作也。録如下："冰奩膩紅乍展，盡游仙路窘。畫堤柳、晴雪緋烟，冷落湖墅幽韵。暮寒早、銖衣瘦怯，迦陵了了臛禪分。殢瑶思，輕點瓊糜，粲鈎珠印。　　碧淡簾波，翠掩鏡語，又都梁悄憤。露桃小、花入秦臺，個儂誰遞芳問。數嫣踪、梨魂斷續，暗潮澀、春無憑準。拜長恩，删薙愁騷，補裁歡論。　　呵笙燕暖，倚笛鶯傭，紫鵑正睡穩。曲徑外、緑苔如綉，鬬草人懶，漱石岩空，武陵栖隱。秋鮫濮泪，文犀留怨，琴絲孤負臨邛客，護江蘺、采擷靈均恨。紗帷鎖夕，梅英尚覆宮黄，記得那日顰曬。　　芙蓉巷陌，杜若汀洲，嘆剩金墜粉。鬢影改、娟痕星碎，慧業雲荒，冶事迷離，俊懷消損。回心院杳，同心詩幻，銀牀凉簟曾款夢，算鳩樓、門隔屏山僅。天風扶上華鬘，醉約嫦娥，照伊艷藴。"題爲《春老倦游，冶愁删盡，沈君緩成見示西湖困雨詞，余方羈游，感此凄音，不自知其悲戾也，次韵答之》。（六日）

一八　近世詞人

近世詞人，文雲起如空山俠士，劍光曄曄。譚仲修如宦家閨秀，步履矜持。王鶩翁如海國珊瑚，不假磨琢。朱彊邨如郭熙作畫，五日一水，十日一石。樊身雲如長安少年，流動有致。易實甫如關西大漢，時慮粗鄙，然其放浪之作，則又如思光危膝，不可無一，不可有二。（七日）

一九　宋代詞人

寇萊公如春日園林，蔚然深秀。蘇東坡如深山劍客，不嫻俗禮。秦少游如花間麗色，却扇一笑，百媚横生。黄山谷如村女媚客，簡直乏致。歐陽公如豪家子弟，儀態大方。張子野如春花百樹，淺深互見。周美成如周公制禮，大體略備。王荆公如蠻夷入貢，不諳禮數。辛稼軒如草野人入掌樞密，動輒粗戾。蔣竹山如蓬門麗質，清秀有餘。柳耆卿如通天老狐，醉即露尾。康與之如春場笙歌，繁樂聒耳。史梅溪如剪彩成花，細而近纖。姜白石如江介澄波，悠然一往。吴夢窗如天孫雲錦，一絲一縷，盡發奇光，俗子庸夫，見之却步。李易安如中人舉鼎，時虞絶臏。王碧山如天家姬侍，神采幽馨，迥非凡艶。周公謹如辭樹紅英，難免浮浪。朱淑貞如碧窗鸜鵒，略解語言。陸放翁如野僧説法，清而無味。張玉田如中郎雕謝，典型尚存。餘則自鄶以外，可無譏已。（以上諸家，不過略拾一二，若求其備，請俟異日。且匆率撰成，年代或不免顛亂，所願讀者諒焉。）（七日、八日）

二〇　我庵最嗜龔定盦詞

我庵最嗜龔定盦詞，浸淫成癖。去歲春，爲某塾蒙師，束修綦薄，他鄉聞之，願以厚金相邀。我庵以其地遠不願也。遂以書報之。書僅二語，曰："緑珠不愛珊瑚樹，情願故侯家。"見者失笑。（十日）

二一　周介存論詞雜著

周介存《詞辨》共十卷，焚於火，故流傳者僅得二卷。其耑附《論詞雜著》一卷，有極可采者。如論東坡云："人讀東坡詞，賞其粗豪，我獨賞其娟妙。"又云："中仙最多故國之感，天分甚高。"又云："白石詞前小序，與詞相同，嚼蠟無味。"又云："李清照詞在閨秀中爲最勝，究苦無骨。"諸語咸不刊定論也。（十日）

二二　詞須麗而有則

淮海〔滿庭芳〕詞有"銷魂。當此際，香囊暗解，羅帶輕分"數語，坡公遂誚其學柳七作詞。余謂，少游此數語誠失之俚，然尚非柳七比。彼"密約偷期，把燈撲滅"，"巫山雲雨，好夢驚散"云云，寧不尤下劣萬倍哉？要之麗辭綺語，非不可爲，特須麗而有則，艶在乎骨，片語玲瓏，春韵悠婉，方足付之紅兒，傳爲韵事。若纖小惡俗，粗鄙若村嫗，況之盲詞猶且不逮，若而人者，直詞苑之罪人，才場之巨蠹耳，乃猶靦顔自命，高談放論，寧復知世間有羞耻事耶。昔清初彭羨門自刊《延露詞》，晚年悔其浮艷，乃懸價購回，百錢一册，隨得隨焚。彭之詞雖不足稱，然其人則猶非侊撻不知耻者。今詞之媟俗倍於《延露》，而炎炎放言，直亦籠蓋千古，其顔面之厚，雖由基之箭，有不能射破者矣，况逐臭之夫，張皇相從，鴟言日張，惡札載道，古雅淪喪，我寧能知其底相耶？書竟，爲之一嘆。（十三日）

二三　清諸家詞

清諸家詞，龔芝麓如初日芙蓉，姱容秀發。王阮亭如青春少婦，媌婭多致。朱秀水如樂師奏曲，聲聲入叩。彭羨門如北里新妹，時嫌浮艷。成容若如孤山哀曲，遺響酸鼻，又如駿馬走古坂，時虞傷足。尤西堂如天半明星，流動自如。厲樊榭如孤山鳴琴，都非凡響，又如幽泉漱石，泠泠高韵。郭頻伽如倚馬速稿，時傷草率。吴縠人如大家閨秀，步履端莊。袁蘭邨如何郎傅粉，太嫌姣艷，却非本色。（十四日）

二四　惜餘致力於詞

惜餘在里，與余交最密，嘗一夕數過，篝燈研讀，直至夜午。前歲，余來滬上，踪迹始稍稍疏。然江天鴻雁，間日置郵，其密仍無以加也。惜餘能爲詩，清健有宋人遺致。近更致力於詞。刻來滬瀆，以近作數闋見示，則沉鬱杳致，頗似白石，不易得也。如云："暝色入窗寒，越椺酸更酸。"又云："鴉影浮江，蘆花一簇臨風裊。幾聲秋鳥。度過楓林杪。"咸清玅有畫意。餘不能憶矣。（二十日）

二五　近日詞人大别爲二

近日詞人大别爲二。歸安朱漚尹先生以絶代騷才，葩藻艷發，奇絲采縷，發爲異光。織辭之密，實宗君特。多能之士，競相效承。華飾豐腴，迥非寒枯儉腸者所能效步矣。至於大鶴山人鄭叔問，則以清眇之思，發幽雋之語，疏風綺竹，厥景似之。《冷紅》一集，興象幽高，而弦誦之風，卒遜彊邨。其源雖出白石，然知者實尠。良以淺學之流，本不足語，而高蹈之士，又矜多才，於是姜派衰矣。（廿二日）

二六　吴癯盦薄幸一詞

偶讀社刻，得吴癯盦〔薄幸〕一詞甚工，爲録如左："殑香人影。早一夜、天風夢冷。記醉踏、梁溪明月，秋入玉臺冰净。算玳梁、修到雙栖，紅絲枉續頻伽命。便泣露盟鵑，啼烟誄蝶，不耐梧桐秋警。　問畫閣、臨妝處，猶泪雨、黛痕凄迸。碧城夫容暮，人間天上，珮環消息西風等。指靈鴛鏡。縱蓬山替證，芳因已是蘼魂醒。歡踪似水，偏怪文園薄幸。"詞縟而不滯，曲怨而不激，合構也。（廿二日）

二七　探春一詞録示竹軒

竹軒在旅邸，足不涉歌簫臺台，目不睨紛華靡艷，偶至游戲場，則攢眉立燈謎之側。同人咸笑爲書迂。竹軒雖自承，然猶以爲不逮吾也。昨得〔探春〕一詞，録以示竹軒。竹軒謂酷似夢窗，因出數詞相示，則咸精妙，非吾擾擾塵土者所能有也。爲題一絶云："霜天鶺語入冰弦，便説尋歡已黯然。還記年前清事否，畫船團扇麗人天。"末句借霞川《花隱》成作。（廿二日）

二八　詞有三要

詞有三要，略同於詩：其一命意。百尺之樓，基於壤土，繁英之發，榮於一芽，故其意須具。不則辭勝於情，失之也虚。辭情俱短，失之也俗。其二立局。背水之陣，克奏功勛，破釜之師，一掃寇旅，其爲局勝也。若宋襄仁義，不傷二毛，又或壽陵學步，傍徨無歸，則失矣。雖有瑶想，曷藉以彰哉。其三選辭。山鬼芰裳，映幽千古，海人鮫服，眩稱一世，其爲貌勝也。若繁采之製，靡而不

華，入時之妝，媚而不古，則失矣。甚至矛盾縹緗雜之一室，林泉廊廟坐以連牀，斯下者耳，余無能稱焉。（廿三日）

二九　詩語詞語

“細雨魚兒出，微風燕子斜”，是詩語。“落花人獨立，微雨燕雙飛”，便是詞語。其間相去雖似毫釐，實乃千里。（廿四日）

三〇　張祖望埮天詞序

張祖望《埮天詞序》，語頗可采。節録如下曰：“詞有艷語、雋語、奇語、豪語、苦語、痴語、没要緊語，如巧手運斤，毫無痕迹，方爲妙手。古詞中如‘秦娥夢斷秦樓月’‘小樓吹徹玉笙寒’‘香老春無價’，‘償盡迷樓花債’，艷語也。‘對桐陰滿庭清晝’‘任老却蘆花，秋風不管’‘祇有夢來去，不怕江攔住’，雋語也。‘試問琵琶，胡沙外、怎生風色’‘河星瀲艷春雲熱’‘月輪桂老’‘撐破珠胎’‘柳鎖鶯魂’，奇語也。‘捲起千堆雪’‘任天河水瀉，流乾銀汁’‘易水蕭蕭風冷，滿座衣冠如雪’，豪語也！‘泪花落枕紅綿冷’‘黄昏却下瀟瀟雨’‘楊柳梢頭，能有春多少’‘斷送一生憔悴，能消幾個黄昏’‘斷魂千里，夜夜岳陽樓’，苦語也。‘海棠開後，望到如今’‘惟有樓前流水，應念我、終日凝眸’‘蟋蟀哥哥，倘後夜暗風凄雨，再休來小窗悲訴’，痴語也。‘這次第，怎一愁字了得’‘怕無人料理黄花，等閑過了’‘一寸相思千萬緒，人間没個安排處’，没要緊語也。”（廿四日）

三一　宋人詩詞

毛稚黄曰：“宋人詞才若天縱之，詩才若天絀之。作詞多綿婉，作詩便硬。作詞多藴藉，作詩便露。作詞頗能用虚，作詩便實。作詞頗能盡變，作詩便板。”余謂此盲人談燭之論也。宋人詩豈無綿婉者。北宋有淮海、宛陵諸人（宛陵外貌似枯，然音均極和。）。南渡以還，則石湖、放翁，尤爲世人所能道。矧宋人詞，亦非無硬者。稼軒、東坡、改之，鐵板銅琵，江東高唱，亦遂謂綿婉乎。作詩便露便實，此言誠然，至謂便板，則大妄矣。北宋若山谷、東坡，南宋若誠齋、放翁，體格咸具變化之能，稱之曰板，徒知其不自知耳。且宋詩之佳者，正在露在實，浮詞勿尚也，華飾勿尚也，誑言竊語勿尚也。清神獨斂，外發爲辭，則字字躍出，無一虚設矣。以是言實，正實之佳處，以是言露，正露之佳處。偶與客談及，故略辨若此。持視朋好，一笑而已。（廿五日）

三二　瞿安君詞

瞿安君詞，前已録其〔薄幸〕一闋，近續得數闋，亦勝。如〔轆轤金井〕《和清夢》云："晚涼庭院，落花多、滿地散香飄麝。一剪風來，恰穠妝纔卸。何郎俊雅。盡笑隱、綉簾低亞。玉笛回波，柔情絮絮，夢痕休寫。　　花間么蟾纔下。記當年乍見，珊骨盈把。替畫蛾眉，趁天街游冶。緑房多暇。共幾許、春朝秋夜。苦憶而今，聽楓園裏，舊時亭榭。"又〔西子妝慢〕《步慕先韵》云："犀劍夜光，鴿鈴花暖，浪説高丘無女。點襟紅泪不成冰，算雙栖、玳梁辛苦。嫦娥負汝。怎第一、良宵虚度。數佳期，剩有零星夢，冶衷何許。　　門前路。咫尺銀河，肯放黄姑渡。小名休向别人呼，要堤防、隔籠鸚鵡。屏山枕處。恰年紀、盈盈三五。碎秋心，蕩作情絲萬縷。"皆佳構也。（廿五日）

三三　仁盦論詞

四日不讀靈運詩，覺胸次鬱塞，百事寓目，都無當意。友人仁盦遠道相遇，共談詞理，拊掌大快，誠洗却庾塵十丈也。仁盦論詞，悉衷茗柯，宗尚北宋而掊擊石帚，尤與余暗合。周介存《詞辨》，其論亦與茗柯相上下，稱王中仙爲天分甚高。余固夙崇中仙，以爲突過夢窗。蓋夢窗時失之滯，而中仙則天仙玉袂，海國瓊妝，迥非凡艷可比。仁庵頗韙此言。且謂玉田最庸下，世人以善效清真目之，皆耳食也。此外則竹山時失之巧，淮海時失之弱，公謹

藻密，恨無氣格。數語咸我所欲言而不能言者。(廿七日)

三四　補録庚子秋詞

前録《庚子秋詞》，猝書數闋，恨有未盡，茲特補録數闋如右。漚尹〔菊花新〕云："粲夜缸花明古巷。聰馬連錢驕錦障。一笑試春衫，翻舊綉、天吴花樣。　十年身世牽塵網。夢初衣、故山凝望。黄蘗染絲，無須料理、畫羅秋桁。"〔睿恩新〕云："歸鴻心事比雲冷。殘泪與、逝波俱凝。盡霜楓、强弄春紅，一葉葉、暗雕心影。　夢里若耶如鏡。秋水淬、劍花霜瑩。待明朝、歸事猿公，更手種、菱絲萬頃。"〔憶漢月〕云："輸了緑窗錢簸。花外鈿箏催破。别春滋味不成啼，歸對玉匳羞坐。[①]　金墉梔子，夜風剪剪，一釵凄朵。管弦新學唱〔伊州〕，休道側商聲錯。"〔錦帳春〕云："山字屏圍，水沉烟裊。理舊恨、都無分曉。柳三眠，花一笑，趁簪紅欹帽。蝶沉蜂悄。　緇鬢秋多，楚腰春少。總無那、芳時懷抱。酒波深，香夢老。拚酹花千繞。要花知道。"〔玉樹後庭花〕《用安陸均》云："鏡臺春重新妝鬥。燕昏鶯晝。隨花野步歸來，驀挈舩香斗。　鈿塵催落東風舊。蕩春殘酒。换巢鸞鳳心情，爲鄰簫所後。"其二云："歌雲如夢羞輕覺。綺筵臨曉。紅牙拍碎年年，妒玉簫聲妙。　春窗花底窺朱鳥。淡妝愈好。畫成生色羅裙，甚輸他芳草。"〔鬥鵪回〕云："梅邊尊俎，長記横枝剪。驛路遥，愁瀰淺。望極黄昏，犯寒人不見。　蒼鬢素靨依然，何事翠禽聲换。月上遲，苔生遍。夢覓疏香，夜深羌笛亂。"其二云："鶯飆吹幕，推枕瓊瑰滿。玉鏡窺，雙蛾淺。諱説相思，帶羅寬一半。　江郎恨極天涯，重見怕逢春晚。尺素書，香羅薦。解得連環，半牀弦索亂。"〔摘紅英〕云："關雲黑。邊沙白。金仙一去無消息。誰家唱。箏弦響。敕勒聲聲，月斜氈帳。　狂踪迹。無人識。行歌帶索長安陌。高樓上。憑欄望。阜雕没處，飛

① "歸對"句原脱，據《庚子秋詞》補。

狐上黨。”〔茶瓶兒〕：“十載輕衫塵涴。逗鄉心、玉梅疏朵。花魂誰與招清些。便料理、五湖單舸。　雪窗月明愁卧。夢東風、灞橋深鏁。熏籠煨夜焙殘火。尚暖得、數椒紅破。”〔蹋莎行〕云：“照水單衫，飄香小扇。晚涼愁倚闌干遍。泠漚三兩不歸來，鏡心一夕紅衣變。　經醉湖山，傷高心眼。秋來畫取蕪城怨。謝堂倦容總魂銷，無人泪濕西飛燕。”〔武陵春〕云：“花裹行歌燈下醉，春至會婆娑。走馬燕支何處坡。年少五陵多。　莫笑秋來雙鬢改，風味近頭陀。酒冷香銷一任他。清泪在銅駝。”鶩翁〔賀聖朝〕云：“紅綃私語傳新燕。話心期誰見。桃陰春徑又成溪，隔笑春人面。　落英隨水，輕塵漾麴，比閑愁深淺。手持環珮問東風，漫後期還繾。”〔鶯聲繞紅樓〕云：“消息青禽問有無。纏綿意、裙帶親書。是誰垂泪解還珠。愁入合懽襦。　花影迷鸞鏡，秋風冷、夢遠平蕪。金蓮隨步底須扶。暗塵上氍毹。”〔踏莎行〕云：“彩扇初閑，疏碪催斷。雲山北向征人遠。驚塵莫漫要飄風，岫眉好試新妝面。　夢境迷離，心期千萬。絲絲縷縷愁難剪。不辭舞袖爲君垂，瑣窗雲霧知深淺。”忍盦〔紅羅襖〕云：“桃李無顔色，風雨妒花朝。怪簾底鶯聲，纔蘇曉夢，柳邊燕語，却戀香條。　爲春瘦、微損春嬌。盈盈泪雨休抛。莫更鬥纖腰。説往事、禁得幾魂消。”〔滴滴金〕云：“零香剩粉都抛却。暗塵封、舊妝閣。花外重諧錦牋約。伴春人離索。　斜陽一綫紅闌角。畫屏深、舞袖薄。衹怕霜寒雁聲落。把睡情驚覺。”〔惜春郎〕云：“海棠偷展春消息。趁舞扇歌席。東風醉倚，夕陽紅透，風韵猶昔。

錦字零星誰省得。有斷夢相憶。費夜來、染盡燕支，憔悴舊時顔色。”諸作咸典麗可誦。詞共二卷，咸小令，都五百闋。王、朱諸公避庚子拳亂時作也。憂傷之思，假於綺辭，危切之音，出以婉約，蓋深得《國風》之遺焉。（廿七、廿八、廿九日）

三五　朱淑貞李元膺詞

朱淑貞〔卜算子〕云：“去年元夜時，花市燈初晝。月上柳梢頭，人約黃昏後。　今年元夜時，花市燈依舊。不見去年人，泪濕春衫袖。”李元膺〔茶瓶兒〕云：“去年相逢深院宇。海棠下、曾歌金縷。歌罷花如雨。翠羅衫上，點點紅無數。　今歲重尋攜手處。空物是、人非春暮。回首青門路。亂英飛絮，相逐東風去。”兩詞作法相同，然朱詞言簡而意深，李詞則落尋常窠臼矣。(廿九日)

三六　彊邨先生詞

鵷雛嘗謂：“彊邨先生詞與散原詩，皆有挽瀾移岳之神力。”僕嘗以爲知言。先生詞筆力横絶處，誠能推倒一時豪杰，拓開萬古心胸。雖源出夢窗而纖詞不滯，賦格高曠，蓋直欲突過之矣。〔金明池〕云：“裂帛通波，褰裳唤侶，望極瑶池路近。塵不到、冰匳未展，露微泫粉靨未褪。是何年、錦幄牽絲，占畫裏、三十六陂芳訊。看倚蓋亭亭，鴛鴦無數，未許凌波人問。　拗抑西風絲寸寸。漫覓醉仙漿，碧筒深引。霓裳舞、今宵叠遍，槃泪影、明朝吹盡。盡相思、太液秋容，但墜粉空房，石鱗沉恨。怕玉井峰頭，月昏姻波，翠被餘香愁損。”(十一月一日)

三七　詞須實

夔笙稱：“詞須實，實則易佳。”此語誠然。蓋實則意真，意真則辭易好也。昔人稱北宋人有詞而後有題，南宋人有題而後有詞，亦即此意。至於今日，則俗陋之子争以風流自命，於是矯揉造作，謌爲歌離吊影之詞，春怨秋愁之什，實則所爲伊人者，皆一篇虚話也。意既若是，詞復安得而佳。(一日)

三八　李後主詞

嘗謂李後主詞不可無一，不可有二。以其氣爽而不粗，語俊而不纖，皆無意爲詞而詞自勝也。後人效之者衆，然皆邯鄲學步，匍匐而歸，以逼肖稱者，僅一成容若。雖盲從之子，比附傳説，争

爲後主後身，然細按其詞，則僅能清楚而已，外强中乾，貎腴神索，其與後主終不能得萬一也。（一日）

三九 楊升庵僻誕不經

楊升庵學甚淵博，然僻誕不經。王元美稱爲失之耳目之前，求之天地之外，誠篤論也。如《詩話》中言："杜工部《麗人行》'頭上何所有'，下又有'足下何所有'，二句句既不類，且詭稱得之宋刻，實誑世耳。"又升庵《詞品》云："李後主〔擣練子〕二闋，嘗見一舊本，俱係〔鷓鴣天〕。其'雲鬟亂'一闋，前段云'節候雖佳景漸闌。吴綾已暖越羅寒。朱扉日莫隨風掩，一樹藤花獨自看。''深院静'前段云：'塘水初澄似玉容。所思還在别離中。誰知九月初三夜，露似珍珠月似弓。'"近人况夔笙駁之，謂〔擣練子〕平側與〔鷓鴣天〕後半不同。升庵大儒，填詞小道，何必自欺欺人。余謂其調之同否姑勿論，即此八句，分明是宋元絶句，與李後主詞截不相類。曹鄴詩曰："難將一人手，掩盡天下目。"敢爲升庵誦之。（一日）

四〇 東溪草堂詞選序

樊山有《東溪草堂詞選》，其有刻本否，不可得知。僕嘗見其一序，論次古今，頗具理識。如駁張茗柯《詞選》云：張氏不薄蘇、辛而係夢窗於黄、柳之次，論其甄藻，豈可謂平。又醕雅如清真，清峭如白石，其所甄録，不過數闋，梅溪、玉田，僅嘗一臠，顧於希真《樵歌》，亟登五首，論其去取，豈可謂公。（以上皆《叙》中語。）皆的語也。又云：邦卿昵於韓氏，清議所羞，要其纂組麗密，宫羽緡斐，不以人廢，斯之謂歟？君特以醲粹之姿，發瑶環之想，萬花其采，五鯖合臠。七寶樓臺之喻，殆樂笑翁之過言乎。數語皆我所欲言者。又云：聲音感人，回腸蕩氣，以李重光爲君；演繹和暢，麗而有則，以周美成爲極。清勁有骨，淡雅居宗，以姜堯章爲最。至於長短皆宜，高下應節，亦終無過於美成者。他若子瞻天才，瓊絶一世，稼軒嗣響，號曰蘇辛，第縱筆一往，無復紆曲之致、眇要之音，其勝者珠劍同光，而失者泥沙并下，等諸變徵，殆匪正聲。諸語咸精論。第譽堯章，則殊非僕所敢附和也。（六日）

四一　詞體有四

郭復翁《靈芬館詞話》云："詞之爲體，大略有四：風華流美，渾然天成，如美人臨妝，却扇一顧，《花間》諸人是也。晏元獻、歐陽永叔諸人繼之。施朱傅粉，學步習容，如宮女題紅，含情幽艷，秦、周、賀、晁諸人是也。柳七則靡曼近俗矣。姜張諸子一洗華靡，獨標清綺，如瘦石孤花，清笙幽磬，入其境者，疑有仙靈，聞其聲者，人人自遠。夢窗、竹屋，或揚或沿，皆有新雋。詞之能事，備矣。至東坡以横絶一代之才，凌厲一世之氣，間作綺聲，意若不屑，雄詞高唱，别爲一宗。辛、劉則粗豪太甚矣。其餘么弦孤韵，時亦可喜。溯其派别，不出四者。"（以上皆《詞話》語。）僕意秦、周、賀、晁諸人與元獻、永叔别爲一派，其説恐未能立。且以夢窗綴於姜、張之下，尤未能平。（六日）

四二　駿公顯而失之粗

曩讀《靈芬館詩話》，見其極口詆駿公詞，頗疑未當。頃得讀一過，乃始知其不謬。駿公詞大抵顯而失之粗，艷而失之俗。至於〔千秋歲〕〔江城子〕諸闋，則直是打油釘鉸也。又如〔臨江仙〕《逢舊》上闋"偷解砑羅裙"五字，未免太媟。而下闋之"薄幸蕭郎憔悴甚"云云，尤膚俗不耐。〔南鄉子〕之"新浴皓腕約金環"云云，亦全似近人稗官中語。初不意清初諸家，乃至於此。卷首〔望江南〕諸闋，張排過甚，麗而無均，亦不足道。末闋〔賀新郎〕"萬事催華髮"云云，即世所盛稱之悔艾詞也。"沉吟不斷，草間偷活"云云，意雖可取，論詞則未有當。（七日）

四三　富貴二字致之也難

易安居士之論淮海曰："秦詞專主情致，而少故實，譬如貧家美女，雖極妍麗豐逸，而終乏富貴態。"（以上李語。）鶴按：李語雖是，此亦不過責備賢者之詞。若懵者不察，一味獺祭，若近人吴某所作，則滿紙無聊語，滿紙討厭語，寧尚成爲詞耶？故知"富貴"二字，言之也易，而致之也難。寧爲寒酸，毋爲富貴，斯可矣。（七日）

四四　董毅續詞選

董毅《續詞選》，共一百二十有二闋，其中玉田爲多，其他名公，闕者匪尠。此其所以不逮《宛鄰》也。南宋詞家最盛，而最劣下者爲玉田，祇知步武前人，無一語精警，足以悦心怵目。歷來每以碧山與之并稱，老子與韓非同傳，未免不倫。矧董君獨嗜蕭艾，不知有蘭蕙耶？余於此不能無微辭矣。（八日）

四五　卞玉京

駿公《詩話》云："女道士卞玉京，字雲裝，白門人也。善畫蘭，能詩。好作小詩。書法逼真《黄庭》。琴亦妙得指法。余有《聽女道士彈琴歌》及〔西江月〕〔醉春風〕等詞。"（以上駿公《詩話》。）野鶴按：槑邨詞稿中，〔西江月〕共有三闋。其一《靈岩聽法》，其二《咏别》，其三《咏雪塑僧伽像》。以意度之，當以《聽法》爲近。然詞甚庸。"君王舞榭，般若經臺"云云，皆常語也。〔醉春風〕則共二闋，皆甚艷媟。以詞度之，則槑邨之與玉京，實非東澗一序所能解嘲也。兩詞録下。其一云："門外青驄騎。山外斜陽樹。蕭郎何事苦思歸，去。去。去。燕子無情，落花多恨，一天憔悴。　私語牽衣泪。醉眼偎人覷。今宵微雨怯春愁，住。住。住。笑整鸞衾，重添香獸，剔離還未。"其二云："眼底桃花媚。羅襪鈎人處。四肢紅玉軟無言，醉。醉。醉。小閣回廊，玉壺茶暖，水沉香細。　重整蘭膏膩。偷解羅襦繫。知心侍女下簾鈎，睡。睡。睡。皓腕頻移，雲鬟低擁，羞眸斜睇。"豈《詩話》中所指者，果此數詞耶，抑别有佚詞耶。（八日）

四六　周公謹蘋洲漁笛譜

苦雨無俚，讀周公謹《蘋洲漁笛譜》，覺其細膩俊穎，夢窗外，别有機杼。惜有時織畫太力，未免失之小耳。周介存稱爲“新巧”，甚是。近人李越縵、樊雲門，皆此派也。（八日）

四七　麐楥詞

《麐楥詞》一卷，儀徵劉新甫遺著。新甫與彊邨、半塘爲詞友。卷首有江都於齊慶一序，稱其人所遭，自幼而壯，鮮當意者。則亦傷心人也。其詞初極穠華，後則日趨平淡。雖格律較整，然俊語艷發，似少作工也。録其〔天香〕《咏鹿港香》云：“碧唾探驪，珠塵擣麝，龍湖玉琖輕碾。束素身纖，縷絲心細，没骨笑同花顫。蘭燈静炷，看搯斷、檀痕深淺。微度屏山録曲，氤氲水雲初展。　靈岩翠槎未返。撫觀音、指葱親撚。海嶠舊盟勾引，斷魂重斷。么鳳人間去遠。剩一寸、心灰瘦如綫。暗憶南天，璚鈎慢捲。”又〔尾犯〕《庚子閏中秋》云：“碎剪玉京秋，千里去槎，還未休息。抱襆人來，費工夫修得。霓裳冷、瓊妃罷舞，露盤傾、銅仙更拭。試探懷袖，幾度泪乾，終照舊痕迹。　宫槐地上落，暗塵鎖、日暮凝碧。兔老蟾孀，縱歸時難識。桂子熟、重開重謝，恨銀漢、期寬路窄。最高寒處，綺樹未眠私憐惜。”均有真意。（八日）

四八　深情人作詞

霜紅龕之論詩曰：“情性配以氣，盛衰唯其時。”余謂作詞亦然。深情人作詞，不鈎勒而自厚，不玄索而自深。則情性之至也。情性而附以氣，則驅彼萬有，靡然不可。然一旦氣衰，則詞亦將隨之而竭。古人集中，往往有前後若出二手者，則盛衰之不同也。譚復堂論詞，遵尚宛鄰，其所選《篋中詞》，極謹。周介存《詞辨》亦曾手批一過，其語皆相表裏。平生詞亦不多。余於《復堂集》中，得誦一過，格皆謹密，詞不虚泛，誠可爲北宋之嗣響。兹偶於案頭得〔角招〕《咏荷花》一詞，録如右："近來瘦。還如蘸水拕烟，漸老堤柳。欲尋雲際岫。蕩槳采菱，多刺傷手。悲秋病久。看褪盡、紅衣蓬畝。昨日柔香縹緲，有三十六鴛鴦，向花前低首。

空有。抱香滿袖。江南信息，争唱新詞秀。翠盤珠乍溜。細雨微波，重來時候。登樓念舊。嘆絲鬢、消磨尊酒。莫遣簫聲更奏。怕雙泪，濕青衫、人歸後。"（九日）

四九　曹君直有數詞頗勝

吴郡曹君直，有數詞頗勝。如〔絳都春〕《題天寒倚竹士女》云："清陰那畔。認林下靚妝，單衫團扇。獨憑畫欄，嬌怯還憐纖腰軟。青鸞篴尾晴光轉。尚明滅、碎金黄滲。怕他持作，錯刀贈我，惹芳心亂。　不見。牽蘿歲月，又容易過了，年年凄斷。薄命露桃，能幾東風朱顔换。春光衹分蓬門賤。怎知道、梨花秋苑。有人金屋望恩，玉階寫怨。"又〔江南春〕，題云："予自乙酉過秦淮，賦咏屢矣。歲晚重來，殊有夢窗清華池館之感。"詞云："長揖鍾山，蒼顔似爾，重逢如舊相識。吟鞭影裏，墮六朝、烟翠猶濕。春夢休追憶。無人見、少年綺陌。忍剪取、莫愁軟浪，桃葉回波，温存照我今昔。　青溪畔，紅板側。甚别不多時，便疏游迹。三霜那久，爲撇了、花朝燈夕。塵思沾胸臆。争餐得、白門秀色。何况眼前，金粉成塵，還消斷絲零笛。"〔緑蓋舞風輕〕云："月没早凉初，促上雕軿，芳期恐輕悮。行入池臺，曲波人影緑，照見微步。扇曳宫羅，曉風動、紅衣齊舞。翠匳鋪、玉瀉昆明，妝靚如故。　無語。暗憶先朝，小苑鳳城南，點綴韋杜。冷落而今，埜塘開、檀暈粉烟脂露。一杼霞裳，問雲錫、天機誰顧。走盤珠，猶墮打荷飛雨。"均詞藻古密，且有深致。（十日）

五〇　漚尹詞

漚尹〔尉遲杯〕云："危闌憑。看一點南去飄鴻影。秋聲萬葉霜乾，天角雲陰籠暝。孤衾夜擁。殘燭颭、參差客愁醒。又争知、痛哭蒼烟，野風獨樹吹定。　　應念北斗京華，空腸斷、妖星戰氣猶凝。心死寒灰都無着，將恨與、衰笳亂迸。何時送、雲帆海角，更偎倚、天涯泣斷梗。問何時、杜曲吞聲，紫荆吹老山徑。”此首層層緊逼。又〔念奴嬌〕云：“樵風溪館，有吴漚分席，閑緣瀟灑。滅燭自携月影，來理茶瓜情話。笛罷鴻歸，簾開螢入，一扇風無價。疏星出没，薄羅雲意如畫。　　知是天上秋期，紅墻碧漢，隱隱飆輪駕。巧拙不關吾輩事，贏得清凉今夜。針縷閑情，幣花綺夢，老去慵描寫。高梧摇露，遠空仙羽來下。”題爲“月下過叔問吴小城東墅，乃七夕也。歸來始覺之”。此首尤極風趣。略録一二，以見豹斑。(十二日)

五一　鄭叔問四西畫册

鄭叔問有“四西”畫册。其一《西泠問月》，叔問自題云：“庚辰秋宴湖上，佳留彌月，苦雨。一夕夜晴，月陰清美，挐櫂忘反，賦得此詩，吾友龔藹老圖余游迹，詩以題之。”(以上爲題。) 詩甚長，不録。其二《西崦載雪》，叔問自題〔看花回〕一闋云：“翠禽嘑過春半，夢地吹雪。并櫂故人不見，問客裏江梅，能幾攀折。題雲舊句，重覓倉庢和恨裂。聽倦篴、勸老花魂，斷魂猶自替花説。　　休暗賦、清波小闋。酒醒後、怨紅歌咽。空有東風染鬢，奈步影歸來，又是輕别。分明袖得前夜，虎山橋山月。怕飛香、作寒食，夢也成愁絶。”又跋云：“此曲爲大簇商之大石調。殺聲宜用大吕，惟美成歌之無前均之病。余以戊子始春，看梅鄧尉，載雪而歸，敂弦歌此。其音清異，惜無解音笛師，爲之定拍也。”其三《西樓聞雁》，叔問自題〔八聲甘州〕一闋云：“唤吟邊、瘦月替珠燈，扶魂上西樓。嘆芳時俊侣，尊前掇送，墜夢難收。又是黄花勸客，須插少年頭。明月光風陣，緑減汀洲。　　篴外亂峰無語，甚秋腸寸裂，還聽吹秋。想湖亭多宴，歌泪迸波流。自消凝、斷襟零珮，剩水雲、冷畫兩三鷗。休重問、小簾香處，殘葉題愁。”又跋云：“吴城西偏，舊有西楼，古歌舞場也。今爲湖南賓燕之所。丁亥秋九日，經此昇眺，有傷深情。同社各製新情記事，地書舊名，示存古意也。”其四《西園調鶴》，叔問自題〔瑞鶴仙〕云：“我詩仙也未。换玉作壺天，一聲清唳。梅窗峭雲閉。伴琴西吟瘦，踏華游戲。籠鵝漫擬。却勝數、山陰故事。念孤栖、竹外香寒，夢老石芝無地。　淒異。華亭靈蜕，落碣秋銘，素雲曾瘞。愁邊唤起。南飛曲，笛重倚。奈飄零爪雪，舊時城郭，到處巢痕侣寄。問庭前、何路沖宵，倦翎自理。”又跋云：“余僦蘇州汪氏壺園，居有年矣。以園在城西，故名。園中舊豢華亭鶴，丁亥之歲，感秋而蜕，瘞於麗娃祠右。是冬，大雪中，彭孝廉頡林乞題其先世仁簡先生《志矩齋圖》，詩成，以白鶴見報。放之林下，水石俱仙。客來别鳴，聞笛則舞。馴知人語，獨與余親。壽以斯詞，庶徵元素之異。”又題〔掃花游〕云：“小梅悄緑，悵夢老江春，野雲無侣。鎩風倦羽。更新詩比似，瘦來幾許。苦旁羊公，那慣逢人作舞。便飛去。笑尺鷃在天，何意同舉。　心事渾漫與。任石瀾苔荒，舊巢誰主。歲寒自語。怕吴橋斷雪，爪痕都古。海角塵樊，衹合高問賺汝。冷唫譜。緲洪厓、待招仙步。”又跋云：“余以詩易鶴，吴士艷稱之。因復置酒花下，招同社賦之。余先製茲闋，聊當喤引爾。”數詞咸清穎。〔八聲甘州〕尤哀楚。譬之霜宵唳雁，清響酸鼻。而〔看花回〕之“勸老花魂，斷魂猶自替花説”，〔掃花游〕之“歲寒自語。怕吴橋斷雪，爪痕都古”云云，咸警語也。（十三日、十五日）

五二　作詞諸病

嘗謂古人作詞之先，胸中已有真確意緒，關山之感，時序之思，乃至咏物酢酬，亦的然有見。是故一下筆則語語真實，按之有骨，節節緊湊，而不見其迫，聲律之辨，不足以縛之。夫然，故精光湛然，再三玩誦，彌有真味。若近人作詞，則恒下均與上均斷，是氣短也。下句與上句斷，是意失也。下半與上半斷，是節疏也。質言之，則真意不足，而空設間架也。又或故爲乖巧，虚作幻語，以能新異，是愈見其語疏也。故事獺祭，以爲凝重，是愈見其才短也。上述諸病，患者益多，即南宋諸家，亦不能免，於近人乎何尤。（十六日）

五三　鐵三鶯啼序

前録〔鶯啼序〕多闋，頃又見鐵三君《秋思用夢牕咏荷韵》一章，亟録之："凉蟾乍升樹杪，晃空庭似水。塞垣冷、倦客思家，背燈羞看花蕊。畫欄外、秋聲漸急，蕭蕭露井青桐墜。又栖鴉，中夜驚啼，動人離思。　　孤鶴南來，粲然素羽，正香飄桂子。步階砌、閑立花陰，唳天遥送音至。羡仙禽、蹁躚健翮，任萬里、飛騰彈指。悟心觀身相無憑，頓添禪意。　　羊城象郡，上接瀟湘，問幾人獨寐。嗟路阻、舊情難遣，静想當日，卧擁牛衣，對傾鉛泪。瓠瓜星暗，鞄薢藥費、三春霖雨東南積，念姬姜、異地蕉萃。西風太惡，還憐稚子號寒，并入亂愁叢裏。　　百年過半，萬事無成，倘儷青匹翠。試矯首、神州四顧，海水群飛，怕是蓬萊，暗塵揚起。幽憂訴與，金波鳷鵲，紅墻還隔銀漢影，望天涯、莫更危樓倚。纏綿待寫新詞，太息無端，付之片紙。"詞雖稍替，然清整有法。（二十日）

五四　詞境有四

詞境有四。其一，如新桐始葉，嫩翠若滴。柳梢月上，娟娟欲波。天機靈活，生意澹宕。□無絲毫迹象可尋。東坡所謂"空山無人，水流花開"者也。此境惟飛卿、正中、小山諸公具之。其二，如巨室閨襜，範律嚴肅。入其閾者，微聞幽馨。仙幃縹緲，檀屏掩映。弦聲微作，不可端倪。此境惟少游、美成諸公具之。其三，如深山俠士，瓌抱恢奇。酒酣起舞，劍芒騰躍。撫髀一嘯，林木悉靡。咤雲擲月，不可一世。此境惟東坡、稼軒諸公具之。其四，如霓羽仙人，神光姚冶。雲房露闕，瞬息萬變。龍綃之帶，鳳羽之裳，織華組綺，迥非凡手。此境惟夢窗、草窗諸公具之。上下

千古，不出四者。自餘曹鄶不復成邦，可無譏已。(廿一日)

五五　鳳子惜紅衣詞

頃得鳳子書，并附〔惜紅衣〕詞一闋，絶佳，録如下：“倦羽求枝，長楓醉日。對吟孤力。晏起忘言，一樽破螺碧。紗巾岸角，還幸免、污塵爲客。奇寂。殘客幾時，好鳶肩休息。　清游故陌。聞説寒英，頳容自凄藉。相望不是上國。是天北。又是小屏回處，不慣袪袍尋歷。請拂弦高咏，愁入香閨無色。”題曰：“入冬約碎琴日課小詞，先用姜韵發其幽趣。”碎琴亦吾邑俊士，能詩，絶似袁太常。詞則與鳳子相仿佛。皆出入二窗者也。(廿四日)

五六　朱古微彊邨詞

朱古微刻《彊邨詞》，以王半塘一書爲弁，微特有别於酬酢之文，且見其膺服之重。書中言：“昨況夔笙渡江見訪，出大集，共讀之，以目空一世之況舍人，讀至《梅州送春》《人境樓話舊》諸作，亦復降心低首已。吾不能不畏之矣。夔笙素不滿某某，嘗與吾兩人異趣。至公作則且以獨步江東相推，非過譽也。”又云：“公詞，庚辛之際，是一大界限。自辛丑夏與公别後，詞境日趨於渾，氣息亦益静，而格調之高簡，詞境之矜莊，不惟他人不能及，即視彊邨已亥以前詞，亦頗有天機人事之别。”又云：“自世之人知學夢窗，知尊夢窗，皆所謂‘但學蘭亭面’者。六百年來，得真髓者，非公更有誰耶？夔笙喜自詫，讀大集，竟浩然曰：此道作者固難，知之者，并世能有幾人。”書中并言刻集之體例分次，彊邨悉從之。故按語有云：“余素不解倚聲，歲丙申，重至京師，半塘翁詞社，强邀同作。翁喜奬借後進，於余則繩檢不少貸。微叩之，則曰：‘君於兩宋途徑，固未深涉，亦幸不睹明以後詞耳。’貽余《四印齋所刻詞》十許家，復約校《夢窗四稿》，時時語以原流正變之故。旁皇求索爲之，且三寒暑。則又曰：‘可以視今人詞矣。’”統觀兩人所記，相知有在交情外者。故論詞，半塘自是不逮彊邨，

然知彊邨者，要推半塘爲真。若以夔笙者，雖趨異途，猶能傾倒。所爲知己知彼者，此也。（廿六日）

五七　作詞須情境如繪

曩謂作詞須情境如繪，姚光焕發，方爲至極。語本賀黄公。然此正偶能之。苟擁鼻苦求，以蘄其至，則吾敢其斷必無獲也。日昨有客造予，謂近人若某君，所作詞幾首首情景如繪，而詞話又力詆之，此曷以故。野鶴告之曰："此即雅鄭之判也。情，有疋情，有俗情；境，有疋境，有俗境。惟其人俗，故所造之詞亦俗。此天定之理，無可奪也。彊邨先生一代詞家，然求其能合斯語者，集中亦僅有數闋。如〔南鄉子〕云：'雲磴滑，霧花晞。西樵山上揀茶歸。山下行人偏借問。朦朧應。半晌臉潮紅不定。'比之清境雲飛，古采艷發。每讀一過，輒覺此身在西樵山畔也。"（廿七日）

五八　詞之情體氣道

詞有怨而不哀，如蕩媍哭親，泪雨千點，而鄰里不動，以其情非真也。又有穠而不媚，如村女明妝，異脂瓊粉，而生意不屬，以其體不高也。又有弱而不雄，如孺子辨論，聲聲入理，而聞者不快，以其氣不盛也。又有奇而不妙，如牛鬼蛇神，怪雲繚繞，而見者不適，以其道不正也。（十二月一日）

五九　孫平叔泰雲堂詞集

偶於鐵兒處得見孫平叔《泰雲堂詞集》，深秀可喜。如〔齊天樂〕云："壓肩紅影春愁重，成圍蝶蜂隨定。旙畫星寒，鈴敲雨碎，栽趁泥融三徑。幾番風信。早踏遍閑園，尋來野町。歸却銀衫，滿身香氣露華凝。　　簫聲深巷唤賣，又攤錢乞與，花譜重訂。得燕銜將，和鸞吹折，零落數枝宫錦。陰晴未準。更惜軟憂寒，芳心擔盡。恰稱詩銜，署司香小隱。"題爲《題賈雲裝背花圖》。又前調《咏金銀花》云："翠藤分占酴醿架，絲鬟半窺簾隙。

釵股春鬟，釘頭碎蕚，照眼叢叢黄白。還丹有術。看幾日凡鉛，煉成金色。夜氣吹香，石門小隱料能識。　　靈苗最宜消暑，問農經紀否，《本草》曾釋。魚玉津凉，蟬膏乳嫩，輸與清風兩腋。春纖小橘。向石鼎蒸雲，露珠狼籍。小盞澆詩，冷芬傾一滴。”（十六日）

六〇　鄭大鶴西河詞

鄭大鶴〔西河〕詞《題隋董美人墓志》云：“仁壽第。風流剩有殘記。瑶華玉匣瘞花銘，故宫艷事。晚雲鬟髻遠山眉，真人空想天際。　　賦多麗，歌舞地。蜀王少小才綺。千琴枉製斷腸絲，別鸞自理。粉塵半鏡隔傾城，吹花秋夜孤起。　　冷香冉冉墜夢裏。玉鍚斜、空掩幽翠。片石都無苔字。算開皇舊邸、餘芳傳此。還念沉嬌豐碑泪。”此詞沉鬱盡致，三節骨肉峻整，首末相照，尤如常山蛇，節節活動也。按《董美人墓志》作於開皇十七年，蜀王楊秀自製以悼其後宫人者。文辭悱麗，書亦超逸，蜀王又嘗自製千面琴，其篤雅若此。古殿沉哀，流馨千載，是安得不起後人贊嘆耶。彊邨亦有詞，前已録。（廿九日）

六一　大鶴詞有風麗自喜者

大鶴詞又有風麗自喜者。如〔憶舊游〕云：“正梅風轉溽，麥浪吹凉，晴泛吴橈。未了尋幽興，賦枇杷晚翠，一擲金抛。五湖料理三畝，多事誤青袍。悵聽水鐙前，看山枕底，夢境苕苕。　　蕭條。舊蘭若，問烟雨樓臺，誰换南朝。剩有倉黄壁，壓頗黎萬頃，斷劫難消。凄其五日情事，淺醉虎山橋。嘆滿地滄波，漁舟夜笛何處招。”題爲《己亥五日浮家西崦，信宿石壁精舍，見湖濡漁家垂鐙叠鼓，饒有節物，感時賦此》。（廿九日）

六二　東坡詞有振衣孤往之概

馮夢華《叙東坡樂府》，末曰：“東坡涉樂必笑，言愁已嘆。暗香水殿，時軫故國之思；缺月疏桐，空吊幽人之影。”斯言蓋未能盡信。東坡詞不䌓律，往往有振衣孤往之概。大江東去，把酒問天，不道聊復道之耳。至於明月窺人，淡玉繩轉，則點竄孟昶舊稿也。惟嬉笑雜作，是其長耳。（七年一月十七日）

六三　詞家通病

無病呻吟，詞家通病。大抵南宋以後漸多。《山鬼》《陽阿》，非出逐客；《哀時》《秋興》，身非杜陵。浮詞既多，枵響雜出矣。（十七日）

六四　嚴藕漁秋水詞

嚴藕漁《秋水詞》，當時爭稱之。張漁川謂：小長蘆而外，斷推秋水。樊榭《論詞絶句》云："閑情何礙寫雲藍，澹處翻濃我未諳。獨有藕漁工小令，不教賀老占江南。"可見推引之重。僕乍讀一過，覺浮詞滿紙，未見是處。雖源出南唐，然終不脱宋末習氣也。率録數闋如右。如〔雙調望江南〕云："春欲盡，昨夜畫樓東。暗緑撲簾銀杏雨，昏黄扶袖玉蘭風。人在小窗中。　小枕泪，衹是背人紅。諱病鏡知眉成削，關心書被墨纖濃。歸夢鎮相逢。"〔浣溪沙〕云："梅粉園林曉夜凉。不堪終日倚樓窗。落花風外更斜陽。　剩識唾花休捲袖，不成心字始憐香。十三弦上怨瀟湘。"〔減字木蘭花〕云："廣庭人去。閣泪晴秋無一語。重認行踪。一片薔薇糁徑紅。　伴伊雙燕。分我三春花底雁。翻怕書來。又報愁蛾病不開。"（二十五日）

六五　戈載宋七家之選

清代戈載有宋七家之選，一周美成，二史梅溪，三姜石帚，四吴夢窗，五周草窗，六王聖與，七張叔夏。綜其得失，可得而稱焉。美成蓋代詞才，律細而不枯，意深而不刻。灝灝落落，百世之所宗也。梅溪能巧，上者故自清新，下者輒流浮俗。白石清響，爲世所稱，然音律故嫻，意象未備，雖幽邈自喜，要其去美成遠矣。

夢窗刻意苦搜，鏤冰煮雪，一字一句，古麗照人。樊身雲所謂“五花共采，萬鯖合臠”者也。後者學之，輒傷碎亂。夢窗獨能寓鬱厚於藻采之中，是蓋上人一等者。草窗細敏，麗而有則，然古雅之致盡矣。聖與尤穠艷綿麗盡致，特稍遜夢窗耳。至於玉田，下駟才也，妄欲隨逐其後，吾無稱焉。（二十八日）

六六　湘綺老人長調數闋

湘綺老人文宗漢晋，詩非五言不作。希風抗古，有足多者。生平治公羊學尤邃，諸經亦有箋述。肫然儒也。詞不多作，近從某刻見其長調數闋，甚工。如〔齊天樂〕《天津聞蟬》云：“緑槐涼雨高樓净，淒淒嫩聲還咽。楚夢無憑，蜀魂乍返，不記甚時相别。寒吹玉葉。是早日聽伊，弄音清切。得意初來，一庭花影送長笛。

如今素秋又换，便孤吟到夜，空伴啼蟀。南國芳華，夕陽弦索，打叠羅衣收歇。西風漫曳。斗驚起離心，玉壺冰熱。細算流光，唤人愁第一。”此闋格高而語整，置之美成集中，不能辨也。又〔轆轤金井〕《廢園尋春，見櫻桃花》云：“玉窗長别，分今生、不見泪痕彈粉。春夢潜窺，驀相逢傍晚。亭亭細問。背人處、倩妝誰認。朝雨香殘，斜門烟瑣，費他思忖。　　當時上林芳訊。見玉妃侵曉，撩亂雙鬢。妒殺夭桃，占東風不穩。如今瘦損。悔前度、挂心提恨。又欲成陰，一時判與，早鶯銜盡。”此闋層層進逼，結尤警絶。又〔長亭怨〕《沙市晴望》云：“正雲外、層陰乍霽，又引天際，送春餘困。半老江湖，怨晴悲雨，後期準。沙頭風色，從來是、催離恨。五渚任興亡，忘不了、薦花啼粉。　　春晚。但看流水去，誰管佳人遠近。征帆似笋，指吴蜀、浪高濤憤。恁渺渺、萬里烟波，楚宫外、柳綿吹盡。便跨海樓船，不抵鴟夷人穩。”此闋下半，稍嫌闊，然定有所托。又〔倦尋芳〕《湖曲待風》云：“小舟困懶，曲溆彎環，細雨風剪。春去霄寒，漫道柳絲烟暖。前浦燕口看似熟，暮雲鳩語如相唤。但朝朝，被新潮賺去，隨風吹轉。

料别後、紅窗暗坐，計日量程，早過巫巘。肯夢相尋，夢定比人行遠。自是無心隨去棹，争知有恨銷年箭。怕忽忽，做桃源，迷仙劉阮。”中二對甚强，甚似美成，非功淺者所能强求也。（二月五日、六日）

六七　吴漚烟語

《吴漚烟語》一卷，泉塘張沚蒓著。沚蒓工詞，多與漚尹、叔問輩酬和。沉鬱俊整，視二子亦殊不弱也。如〔臺城路〕《游元墓聖恩寺》云：“滿身松影尋秋路，飛來白雲蕭寺。佛火龕深，鴉林社集，參到木樨香未。壞苔布地。有黄眼支郎，相看憔悴。渺渺湖波，斷紅危碧一樓寄。　　滄桑無限往事。古鐘留拓本，殘蝕文字。壁句籠紗，甌香試茗，勝領蕨蔬風味。樵歌四起。指簾外斜帆，亂峰淒異。鈴語催歸，冷飆天外墜。”上半甚勝“渺渺”兩語，直有江天無盡之致。又〔望江南〕云：“妝樓記，綺夢費追尋。香草難瞞蝴蝶嘴，亂山啼殺鷓鴣心。何況舊羅襟。”“亂山”句甚曲，頗似老杜“紅豆啄餘鸚鵡粟，碧梧栖老鳳凰枝”句法。“何況”一語，接尤廉悍有力。又《咏螢》〔齊天樂〕云：“渡頭明滅飛青火，驚疑劫餘塵土。寶扇恩疏，銅舖影濕，呼出秋魂如許。雷塘暮雨。嘆化碧千年，玉鈎何處。滿院繁星，一枝銀燭泪痕聚。　　天涯芳草似舊，采香人去遠，零落仙露。竹徑斜穿，湘簾巧入，窺見宫妝幾度。長門夢阻。怕熠熠陰輝，亂君懷素。莫待西風，暗蛩還替語。”上半結句警絶。（二十八日）

六八　漚尹近作

漚尹〔水龍吟〕《挽麥孺博》云：“峨如千尺崩松，破空雷雨飛無地。京華游狹，山林栖遁，斯人憔悴。一瞑隨塵，九州來日，了非吾事。正蒼黄急劫，椎杵撒手，渾不解，茫茫意。　　也識彭殤一例。愴前塵、飇輪彈指。長城并馬，滄溟擊楫，窮秋萬里。歸卧荒江，中宵破夢，滿懷清泪。更《大招》秋賦，《湘纍》魂反，甚人間世。”又〔還京樂〕《贈龐檗子》云：“斷魂事，説與殘箋，倦墨結惆悵。念鬢羞塵鏡，泪灰蠟炬，吹簫誰唱。記影娥池水，長條帶月和烟蕩。倩素手，扶醉喚取，柔波雙槳。　佇高樓望。剩狂花歧路，飛鶯未惜，聲聲芳草又長。東風换緑林亭，暗梨雲、贈夢來往。費銷凝、是急雨弦聲，明霞珮響。怨色西闌月，窺人昨夜薇帳。”二闋均爲漚尹近作。〔水龍吟〕如怒馬銜風，有高唱江東之致，却又不流於放恣。〔還京樂〕則柔曼盡致，沉摯處又不脱廉悍本色。其妙處誠有不可言傳者。（三月二日）

六九　徐幹臣二郎神

徐幹臣〔二郎神〕詞云：“悶來彈鵲，又攪碎、一簾花影。謾試著春衫，還思纖手，薰徹金虬燼冷。動是愁端如何向，更怪得、新來多病。嗟舊日沈腰，而今潘鬢，怎堪臨鏡。　重省。别時泪滴，羅襟猶凝。料爲我厭厭，日高慵起，長托春酲未醒。雁足不來，馬蹄難駐，門掩一亭芳景。空佇立，盡日闌干倚遍，晝長人静。”此闋見宋人筆記，徐以此乞於李孝壽，得還其侍婢。延津之劍，離而復合。今審玩其詞，情思固真，然亦無以大過人，不圖竟遂初志。今之人嗟風病月，嫣恨萬狀，而不獲償者，視此何如也。（十日）

七〇　王阮亭衍波詞

王阮亭《衍波詞》，當時有盛名，今誦者絶尠然。“郎似桐花”二語，猶在人口。僕意此二語太褻，法鐵面見之，必且呵斥，以言工，亦未也。吴石華《桐花閣詞》〔黄金縷〕《寄内》云：“瘦盡桐花，苦憶桐花鳳”，此則剽襲漁洋，更無意味。人亦有稱之者，可笑。（四月二日）

七一　鐵沙奚生白囊燕子吟

鐵沙奚生白囊有《燕子吟》行世，昨復携示《燕子吟績刻九種》，謂不日將付殺青矣。檢讀全稿，多可誦者。亟録數闋如右。〔賣花聲〕云：“悄掩茜紗。驚起樓鴉。冰盤宵鏤緑沉瓜。休向碧闌干畔倚，露濕桐花。　　一桁綉簾遮。水榭誰家。銀河清淺玉繩斜。聽得隔窗人小語，今夜涼些。”〔蝶戀花〕云：“翠幕深沉寒似水。情思昏昏，領略愁滋味。一縷花魂扶不起。綠章乞得春陰未。　　暗裏偷彈紅燭泪。半晌無言，悄立湘簾底。嫩碧柳絲長蹗地。粉墻月上銅環閉。”輕盈風麗，寫小兒女如畫。（二日）

七二　黄季剛詞氣整意渾

黄季剛文辭樸茂，希抗古哲，詞亦氣整意渾，一洗脂粉。如前刊〔賀新郎〕〔解語花〕數闋，宛然美成嗣響也。頃復從報端得數闋，亟録之。〔浣溪沙〕《元日和夢窗游承天韵》云：“金碧檀欒映好春。憑高不受九衢塵。陽臺終日有行雲。　　勝地獨游空有恨，芳辰陪飲更無人。静聽簫鼓送黄昏。”又〔浣溪沙〕云：“春到人間愁與俱。殘梅謝了柳黄初。詩懷今昔不相如。　　羸病不禁三日醉，亂離難得一家娱。浮名嬾計總區區。”“寥落新春白袷衣。在家沉醉出忘歸。感時傷命兩俱非。　　金勒不來花正發，玉璫難寄雁仍飛。輕將雙泪灑斜暉。”“士女熙春足勝游。羸軀到處見春羞。强因山色一登樓。　　芳草自然堪下泪，萱花何事可忘憂。此情分付醉時謳。”“海思雲悲亦易平。匡牀夜夜待鐘鳴。鏡中容色未妨更。　　遠信不從蒼雁索，殘書難與白魚争。預愁明日酒瓶傾。”諸詞外質而中華，一字一眼，均異凡手，并世能之者有幾人耶。（三日）

七三　郭頻伽詞品

郭頻伽《詞品》十二章，賡表聖《詩品》而爲之者。描寫極致，古艷斐然。今誦之者衆矣。以詞道較隘，故僅得其半。後楊伯夔有續作十二章，語亦幽雋可喜，世無知者。爰縏如右：其一輕逸云：悠悠長林，濛濛曉暉。天風徐來，一葉獨飛。望之彌遠，識之自微。疑蝶入夢，如花墮衣。幽弦再終，白雲逾稀。千里飄忽，鶴翅不肥。其二綿邈云：秋水樓臺，淡不可畫。載逢幽人，載歌其下。明星未稀，美此良夜。惝恍從之，夢與烟偕。荷香沉浮，若出雲罅。油油太虚，一碧俱化。其三獨造云：萬山攢攢，回風蕩寒。决背千仞，飲雲聞湍。龍之不馴，虹之無端。畸士羽衣，露言雷喧。洞庭隱鱗，蒼梧逸猿。元氣紛變，創斯奇觀。其四淒緊云：送君長往，懷君思深。白石欲墮，池臺氣陰。百年寸晷，徘徊短吟。松篁幽語，獨客泛琴。聆彼七弦，瀟湘雨音。落花辭枝，淒入燕心。其五微婉云：之子曉行，細路香送。時聞春聲，百舌含哢。林花初開，鬖鬖欲動。美人何許，短琴潛弄。明月無言，泠泠如諷。捲簾緑陰，微雨思夢。其六閑雅云：疏雨未歇，輕寒獨知。茶烟晝青，煮藤一枝。秋老茅屋，檐蟲挂絲。葉丹苔碧，酒眠悟詩。飲真抱和，仙人與期。其曰偶然，薄言可思。其七高寒云：俯視苔石，行歌長松。千葉萬吹，凜然噓冬。返風乘虚，餐烟太蒙。矯矯獨往，落落希踪。夜開元關，蕩聞天鐘。光滿眉宇，與斗相逢。其八澄淡云：空波鄰天，鳴簪叩舷。鷺鷥立雨，浪花一肩。采采白蘋，江南曉烟。覓鏡照春，逢潭寫蓮。漁舟還往，相忘歲年。佳語無心，得之自然。其九疏俊云：卓卓野鶴，超超出群。田家敗籬，幽蘭逾芬。意必求遠，酒不在醇。玉山上行，疏花角巾。短笛快弄，長嘯入雲。軒軒霞舉，鬚眉勝人。其十孤瘦云：悵焉獨邁，憀兮隱憂。悟出系表，天地可求。亭亭危峰，倒影碧流。空山沍寒，老梅古愁。昧之無腴，挹之寡儔。遥指木末，一僧一樓。其十一精煉云：如莫耶劍，如百煉剛。金石在中，匪日永藏。鉥心掐胃，韜神斂光。水爲澄流，星無散芒。離離九疑，鬱然深蒼。萬弃一取，駏驉錦囊。其十二靈活云：天孫弄梭，腕無蹔停。麻姑擲米，走珠跳星。荷露入握，菊香到瓶。如泉過山，如屋建瓴。虚籟集響，流雲幻形。四無人語，佛閣風鈴。十二章無一弱句，可謂一時瑜亮已。（十四日）

七四　戈順卿選宋七家詞

戈順卿選《宋七家詞》，自言酷嗜夢窗，故所選獨多。僕心善其言。然其所自作者，未獲見也。去歲，從友人許得《翠薇花館詞》，計三十九卷，讀未盡而燬於火。玉杯羽化，悵焉久之。頃檢黄韵甫《國朝詞綜續編》，復得十數闋，亟録其工者，實吾詞話。〔山亭宴〕云：“半山已覺山無路。遍林坳、冷楓紅舞。螺黛遠含颦，翠屏繞、明霞千縷。西風捲葉送秋聲，帶松壑、流泉飛去。古寺白雲深，聽緩緩、疏鐘度。　冶春畫出濃眉嫵。記閑游、鈿車如霧。秋意淡林巒，便冷落、歌朋嘯侣。把杯一笑問山靈，誰似我、孤吟愁句。倚樹映酡顔，又雁外、斜陽暮。”自注：“末句從《安陵集》作六字。”其題首小序，亦輕蒨，并録之：“秋晚游天平山，憩白雲寺外，作停車小讌。千山圍翠，一林染紅。境得清迥，復得寒艷點綴，景色頓異。憶春時游騎如雪，軟塵撲面，至此更無有過而問者。豈結習使然，抑高曠之致，能領之者鮮乎。半醉高歌，當有山靈起舞耳。”又〔蘭陵王〕《和周清真》云：“畫橋直。明鏡波紋縐碧。輕烟繞，歌榭舞樓，一派迷離黯春色。春風遍故國。吹老闗津怨客。長堤畔，千縷翠條，時見流鶯度金尺。　萍踪半陳迹。記側帽題襟，香靄瑶席。天涯今又逢寒食。嘆携手人遠，俊游難再，飛花飛絮散舊席。送潮過江北。　悲惻。亂愁積。對孤館殘燈，無限凄寂。青禽望斷情何極。乍倚枕尋夢，怕聞鄰笛。那堪窗外，更細雨，夜半滴。”又〔南浦〕《咏春水和張玉田韵》云：“緑意染東風，泮冰澌、十里横塘晴曉。新漲起三篙，烟痕淡、垂柳絲輕掃。紅橋路轉，淺沙低護鴛鴦小。洗净麫塵奩鏡啓，倒浸碧雲芳草。　桃花曲浣浮香，記纖纖細鞠，湔裙過了。重聽亂鶯啼，無人處、幾片落紅吹到。波流杳渺。粉痕流去天涯悄。蘭舫歸遲斜照晚，一派暗愁多少。”又〔浣溪沙〕云：“寶獸香殘裊夢魂。差池燕蹴落紅新。飄梭院宇寂無人。　柳絮輕沾雙袖泪，梨花深掩一箏塵。如何消遣可憐春。”諸章咸窈窕寸心，凄靡滿紙者。〔南浦〕一闋尤神似。幽渺之思，他人所不能望。〔浣溪沙〕一闋稍庸，然極深静。同時某君有“燕飛亂了一箏塵”之語，大致仿仿，然無其幽蒨也。順卿又有《詞林正韵》一編，極聲律之得失，近日填詞者多宗之。黄韵甫亦言：“翠薇館音均格律，毫忽必謹，誠近百年一詞家也。”感而録之，以示同好。（廿五、廿六日）

（本書參考采納朱崇才整理之《怬簃詞話》的部分校勘成果）

詞　論

聞野鶴◎著

《詞論》，原名《讀書雜記・詞論之部》，刊於《禮拜花》1921年第1期，由原稿所記"丁巳舊著"，可知著於1917年。

《詞論》目録

詞 論

一 古今詞學概分兩宗

古今詞學概分兩宗，而皆以太白爲祖。其一如〔菩薩蠻〕之“暝色入高樓，有人樓上愁”，花間諸子，皆學此種，降而至永叔、淮海、小山，支别漸繁，而後來之梅溪、夢窗、草窗等屬焉。其一如〔憶秦娥〕之“西風殘照，漢家陵闕”，堂廡廣大，李重光頗近之，降而至東坡、稼軒、改之，則專以犇放爲能矣。唯美成、白石，互有出入。

二 詞至美成

詞至美成，可謂一大段落。

三 小山永叔似建安七子

小山、永叔，在文中似建安七子，僕最愛之。

四 南北宋之别

北宋水流花開，南宋剪彩爲花，遂有天機、人事之别。

五 詞中虚字

詞中虚字，初學似可以湊長補短，隨意出入，實則虚字亦不盡無干繫，此中最有分際。如“暗”字，端己之“柳暗魏王堤”，少游之“無奈歸心，暗隨流水到天涯”，自是神妙。白石之“暗憶江南江北”，已極無聊。公謹之“短歌永瓊壺暗缺”，則敷衍可厭。

六　詞家好剽古人尤甚

詩家好剽古人，詞則尤甚。李重光“離恨却如春草，更行更遠還生”，六一竊之爲“春愁漸遠漸無窮，迢迢不斷如春水”，少游竊之爲“倚危亭，恨如芳草，萋萋剗盡還生”，咸相距不遠離此者正多。若正中之“雙燕歸來畫閣中”，永叔竊之爲“雙燕歸來細雨中”，則似直録矣。

七　屯田詞胎太白

屯田之“霜風凄緊，關河冷落，殘照當樓”，胎太白之“西風殘照，漢家陵闕”，特境界較狹，氣象較凄。

八　稼軒頗多壯語

稼軒頗多壯語，最工者爲“易水蕭蕭西風冷，滿座衣冠如雪”，別有悲慨界激之致。次則“千騎弓刀，揮霍遮前後”，十分壯杰。若“氣吞萬里如虎”，則便有獷氣。故知工在境界，決決不能落痕迹中。（“氣”字、“吞”字均痕迹也。）

九　飛卿詞

皋文曰“飛卿深美閎約”，介存稱之。近人王國維曰四字唯正中克當。劉融齋謂“飛卿精艷絶人”，差近之。

一〇　稼軒詞與定盦詩相似

稼軒詞與定盦詩相似，不能學。

一一　蘇辛詞

詞致悲壯，辛勝於蘇；氣格超妙，蘇勝於辛。

一二　少游詞

少游之“柳下桃溪，亂分春色到人家”，疑自唐人“春色滿園關不住”竊來。

一三　虚字一字移不得

虚字一字移不得，則脉絡必緊，層次必齊。

一四　白石不能當一深字

介存曰“白石詩法入詞”，此語大確。白石清遠高妙，第不能當一“深”字。

一五　臯文改東坡詞

東坡《楊花》“似花還似非花，也無人惜從教墜”，臯文改爲“盡飄零盡了，誰人解當花看”，似後來居上。大抵竊者詞意尖露易於見賞。若緘藴工失，斷斷不及。

一六　夢窗與清照詞

夢窗之“黄蜂頻撲秋千索，有當時纖手香凝”痴極，與清照之“唯有樓前流水，應念我終日凝眸”相似，都不正當。

一七　梅魂論詞

梅魂曰：“近人詞轉折脉絡，完全呈露，一看便了。”

一八　中仙詞

“秦官”“漢苑”“玉殿”“金堂”，中仙多用此種字，所謂有故國之思也。近人填塞滿紙，便覺可厭。

一九　北宋南宋詞

北宋人拙直處，今人萬萬不能及。南宋則但有巧密，祇須心思，可以踵至。

二〇　學夢窗者

學夢窗者，往往覺通身熱汗。

二一　白石詞

白石〔長亭怨慢〕“韋郎去也，怎忘得玉環吩咐。第一是早早歸來，怕紅萼無人爲主”，怊悵宛轉，窮極情致。然此等處似開後來“香消酒醒”等纖惡一派，近人周星譽畇叔，亦是此種。

二二　黄人論夢窗詞

黄人謂“夢窗於空際轉身”，此語僕至今不解。

二三　梅溪詞

梅溪《雙雙燕》，描寫盡致，終恨太小。

二四　詩語詞語

“細雨魚兒出，微風燕子斜”，詩語也；“落花人獨立，微雨燕雙飛”，便是詞語。此未可以言傳也。

二五　君特、玉田詞

君特〔風入松〕“聽風聽雨過清明”、玉田〔甘州〕“玉關踏雪事清游”音響甚佳，白石不能有此。

二六　白石用字多詩眼

介存言“白石用詩法”，余謂白石用字亦多詩眼。

二七　詞有關國家大局者

詞有關國家大局者，屯田之“三秋桂子，十里荷花”是也。

有關一生遭際者，東坡之“瓊樓玉宇，高處不勝寒”是也。

二八　美成好翻詩意成詞

人言“美成好翻詩意成詞”，僕意不第僅翻其意而已，如東坡《東府雨中别子由》詩“庭下梧桐樹，三年三見汝”云云，美成〔花犯〕之“粉牆低梅花照眼，依然舊風味”，一吹一唱，無不盡合。

二九　南渡稍具典型者

人言“南渡復稍具典型者爲白石”。僕曰“稼軒爲近”。

三〇　吊古望遠詞

詞旨悲壯，氣象淒厲，大半是吊古、望遠文章。須知古人遠景都無繫屬，衹争吊者、望者是何等人物，便具何等氣象。稼軒之“吴鈎看了，闌干拍遍，無人會，登臨意”以及“目斷秋霄落雁，醉來時響空弦”，自然鬱勃，若“斜陽草樹，尋常巷陌，人道寄奴曾住”，則平平矣。

三一　後主詞備諸氣象

後主詞備諸氣象，“子規啼月小樓西”，極幽艷之致。“春殿嬪娥魚貫列”，極皇麗之致。“黄昏人倚閑”，極惘悵之致。“夢裏不知身是客”，極哀痛之致。“人生長恨水長東”，極昂闊之致。若“離恨却如春草，更行更遠還生”以及”一江春水向東流”，尚是下乘。

三二　白石學美成

美成〔滿庭芳〕“年年如社燕”云云，白石似學此種。

三三　玉田詞

玉田最是清徹，然渾孄不如片玉，雋秀不如白石，恐是天分不高，抑亦時代爲之也。

三四　馮夢華論少游詞

介存謂“少游多庸格”，恐未是。馮夢華謂“爲古之傷心人”“淡語皆有味，淺語皆有致”，則得之矣。

三五　玉田論詞

玉田《詞源》，最右白石，至謂效《片玉》易失軟媚，恐是一家之言。

三六　耆卿詞

求詞於北宋，耆卿終不能廢，人謂其“淫冶”，介存謂其“森秀”，恐猶是表面之談。大抵寄思太廣，落筆太易，則是大累。

三七　詞中美成大似詩中工部

詞中美成，大似詩中工部，雖爲開來之聖，而繼往之功便不足。介存曰“美成沉著拗怒”，“拗怒”固亦詩中一大境界也。

習静齋詞話

方廷楷◎著

方廷楷，字瘦坡，安徽太平仙源人（今黄山市）。光緒二十五年（1899）、二十七年（1901）兩入縣試。曾加入南社，與柳亞子、馮春航、胡寄塵、陳夢坡等唱和交往。著有《香痕奩影録》《習静齋詩話》《習静齋詞話》《論詩絶句百首》等。《習静齋詞話》，刊於《小説海》1917年三卷五號、三卷六號，署名“仙源瘦坡山人輯”。楊傳慶、和希林《輯校民國詞話三十種》收録該詞話。

《習静齋詞話》目録

習静齋詞話

《習静齋詩話》中間有詩餘之選，吾友武進惲鐵樵見之，以爲詞入《詩話》，雖前人偶有之，然嫌與《詞話》駢枝，似可删去。所論極當，爰從其説，盡數汰下，寫於别紙。約可一卷，不忍弃去，强名之曰《習静齋詞話》云。

一　江順詒尤工倚聲

近代詞學，自朱竹垞倡之，厲樊榭和之。樂章之盛，幾欲抗手兩宋，希踪五代。《紅鹽詞序》云："詞雖小技，昔之巨公通儒，往往爲之。蓋有詩所難者，委曲倚之於聲，其詞愈微，而其旨益遠。善爲詞者，假閨房兒女子之言，通之離騷變雅之義，此尤不得志於時者所寄情焉耳。"旌德江秋珊先生順詒，宏才績學，尤工倚聲，有《明鏡詞》二卷。其友仁和譚仲修序之曰："秋珊抱才不遇，憔悴婉篤，而無由見用於世。於是玲瓏其聲，有所不敢放。屈曲其旨，有所不敢章。爲長短言數卷，退然不欲附於著作之林，而無靡曼奮末之病，杳杳乎山水之趣，花草之色。"其激賞如是。余謂聲至於不敢放，旨至於不敢章，是亦《離騷》《小雅》之意，而出之勞人思婦之口乎。願世之爲詞者，同臻斯境也。〔高陽臺〕云："絮影膠空，花魂依夢，春風那許長留。一面天涯，奈何竟付東流。人間俊眼知何限，怎垂青翻在青樓。慘離魂，今日殘春，昨日中秋。　青衫久被淄塵涴，况半生潦倒，萬事都休。捲簾人瘦，好分一半新愁。美人一霎成黄土，問白楊何處荒丘。料輪他，蘇小錢塘，過客來游。”〔高陽臺〕《用夢窗韵》云：“瘦影淩風，幽香媚雪，無人獨倚江灣。翠羽飄零，難留金玉雙環。閑愁萬種黄昏近，趁晚妝都上眉山。更誰看，玉骨支離，珠泪闌干。　冰肌底作長生藥，恁深盟嚙臂，淺爇香瘢。青衫人老，偏憐翠袖單寒。柔腸百結渾難解，怕猿啼莫近溪邊。最關心，水幾時回，月幾時圓。”〔惜餘春慢〕《春寒》云：“翠抹湘雲，紅黏絲雨，一種春寒難遣。鴛衾怯薄，翠袖愁單，那更峭風似剪。多少閑情舊愁，冷冷清清，纏綿不斷。况天涯行客，惺忪冷夢，夜深誰暖。　最惱亂弱蕊嬌花，芳時忍俊，直恁東皇不管。雙鈎擱玉，小押閑銀，鎮日綉簾怕捲。誰奏春陰緑章，有限韶光，看來忒賤。任鶯嬌燕澀，獨倚熏籠，冷凝泪眼。”①〔蝶戀花〕云：“空望碧雲愁日暮。半角紅樓，消盡痴魂處。一寸芳心深掩護。分明月照相思路。　心期硬把良宵誤。夢裏瞢騰，醒也無憑據。舊案崔娘誰解悟。聰明枉説鴛鴦賦。”〔金縷曲〕《水仙花》云：“冷守東皇令。笑群芳香閉梁園，色枯陶徑。不借東風春煦力，寒破嫩芽齊迸。更葉葉青排翠并。選石安根泥盡浣，女兒身出世原清净。塵莫污，護明鏡。

海天舊事宜重省。憶一曲瑶琴罷弄，誰憐孤影。縹緲迎來舟一葉，粉色波光相映。襯玉佩湘環齊整。比似冬山酣睡了，倩南檐曬得螺鬟醒。冰不凍，素心冷。”〔虞美人〕《用花簾詞韵》云：“燕歸早趁珠簾捲。斜試春風剪。緑窗珍重晚來風。綉幕深深透入夕陽紅。　無端賺得春人病。一晌疏簾鏡。間來無計遣眉頭。生來嬌小偏説不知愁。”〔唐多令〕云：“冷菊傲清霜。三秋桂子香。恁匆匆前度劉郎。翠袖空將修竹倚，憔悴煞，杜秋娘。　春夢爲誰長。春歸燕子忙。訊春風十載凄凉。殘稿零星曾讀遍，重記取，斷人腸。”〔渡江雲〕云：“春深人未起，綉帷雙燕，軟語正遲遲。昨宵枝上雨，虧了花幡，不許峭風吹。多情芳草，想如今緑遍天涯。

---

① “直恁東皇不管。雙鈎擱玉，小押閑銀，鎮日綉簾怕捲。誰奏春陰緑章，有限韶光”，原闕，據上海圖書館所藏清同治十一年（1872）江順詒《願爲明鏡室詞稿》補。

空記得茶烟輕揚，兩鬢易成絲。　　相思。鴛鴦解綉，鸚鵡難傳，有萬千心事。枉費了深深粉黛，淡淡胭脂。晴絲不入閑庭院，倩紅簫莫唱新詞。春在眼金樽且醉芳時。”〔浣溪沙〕云：“楊柳當門青倒垂。一雙蝴蝶向人飛。封侯夫婿幾時歸。　　西子湖邊尋舊夢，東風陌上寄相思。一腔春意没人知。”〔醜奴兒〕云：“畫堂簾子朝來捲，苦恨斜陽。没個商量。燕子催歸又一雙。　　可憐私語無人處，不是西厢。不是東牆。小犬金鈴也要防。”

二　崔弁山詞

吾鄉崔弁山先生，爲湯敦甫入室弟子。一時名流，如潘芸閣、徐少鶴、張吉甫、胡玉樵、華榕軒、陶鹿崖、杜晴川，皆與交好。平生喜著述，尤工長短言。其言情處，極婉約有致，如詩家之袁隨園。録其《旅愁》，調寄〔滿江紅〕云：“我别無愁，衹春日他鄉作客。俾家園許多佳景，概同抛擲。轉眼便驚三月暮，回頭總恨千山隔。聽聲聲盡是子規啼，朝連夕。　　一片片，梅似拭。一點點，桃欲滴。更柳枝可折，柳絲堪織。鴛枕頻縈蝴蝶夢，魚箋莫奮麒麟筆。正徘徊獨對夕陽中，誰横笛。”《答友人問近況》，調寄〔一剪梅〕云：“閑居何事老吾身。琴裏三分。書裏三分。有時病作忽惛惛，日映疏欞，夜撲寒檠。　　阿儂老婦是良姻。喜也相親。怒也相親。一身傲骨犯時瞋。欲有人欣。那有人欣。”《咏懷》，調寄〔樂天洞〕云：“一帶林泉，四面雲烟。此中之樂樂由天。貧來倒瓮，興至攤箋。不求人，不求佛，不求仙。　　我賦歸來，二十餘年。每離寢蓐便窺園。風中嘯傲，月下盤旋。對竹亭亭，花簇簇，鳥翩翩。”

三　玉梅尤精倚聲

吾友玉梅，詩才放逸，尤精倚聲。嘗見其與淵一論填詞，須求協律。協律須論五音，不考五音，則不能協律。不能協律，則不能歌。不能歌，不得謂之詞也，吴夢窗所謂長短之詩耳。昔張玉田賦

〔瑞鶴仙〕句云："粉蝶兒撲定花心不去"，"撲"字歌之不協，改"守"字乃協。蓋清濁之分，輕重之節，不可亂也。觀此可知梅公深於此道矣。

四　劉申叔詞

儀征劉申叔，爲恭甫先生猶子。先生三世治經，爲海内所稱榮。申叔長承庭誨，遂通左氏書，著《讀左札記》，論者嘉其克紹先業。嘗痛祖國舊學淪亡，偕順德鄧枚子、黄晦聞諸子，創國學保存會於海上，收拾遺聞，刊售《國粹學報》，發明儒術，甚盛事也。申叔詩、古文、詞，皆有師法，詞尤才思洋溢，健麗絶倫，洵足起此道之衰。《讀南宋雜事詩》，調寄〔掃花游〕云："殘山剩水，聽鳥唤東風，鵑傳南渡。繁華暗數。惜珠簾錦幕，美人遲暮。剩有華堂，蟋蟀芳園杜宇。傷心處。將無限閑愁，訴與鸚鵡。
西湖堤畔路。剩渺渺寒波，蕭蕭秋雨。暮潮來去。送樓臺歌管，夕陽簫鼓。芳草凄迷，夢斷蘇堤烟樹。無情緒。酒醒時江山非故。"《徐州懷古》調寄〔一萼紅〕云："過彭城。看山川如此，我輩又登臨。繫馬臺空，斬蛇劍杳，霸業都付銷沉。試重向黄樓縱目，指東南半壁控淮陰。衰草平蕪，大河南北，天險誰憑。　千劫興亡彈指，剩碭山雲起，泗水波深。宋國雄都，楚王宫闕，千秋故壘誰尋。溯當日中原逐鹿，笑項劉何事啓紛争。空嘆英雄不作，竪子成名。"《登開封城》，調寄〔賣花聲〕云："莽大河流。空際悠悠。天涯回首又登樓。百二河山今寂寞，已缺金甌。　宫闕汴京留。王氣全收。浮雲縹緲使人愁。又是夕陽西下去，望斷神洲。"《元宵望月》，調寄〔壺中天慢〕云："滿身花影，看蟾光如許，盈虧幾易。難得南樓同醉月，不負天涯今昔。鼙鼓蕭條，悲笳嗚咽，遼海音書急。扶風歌罷，元龍豪氣猶昔。　堪嘆好夢烟銷，年華水逝，俯仰悲陳迹。千里相思無寄處，惹我青衫泪濕。雲海沉沉，金波脉脉，終古横空碧。夜烏驚起，一聲何處長笛。"《無題》，調寄〔菩薩蠻〕云："一樹梨花深院隔。游絲飛去無踪迹。金瑣闥門開。

傳書青鳥來。　　簾櫳殘月曉。夢斷青樓道。曉色緑楊枝。流鶯對語時。”

五　康秀書詞

南匯康秀書，以詩名世，而詞亦秀曼無前。《習静齋詩話》中曾載其詩，兹更得其詞數闋，亟録之，以餉世之同嗜者。《垂釣》調寄〔江南春〕云：“風細細。日遲遲。一堤芳草緑，數點柳花飛。江村晝永閑無事，且把漁竿坐釣磯。”《春暮》，調寄〔風蝶令〕云：“稚竹摇新緑，雛鶯學弄機。池塘春暮落紅稀。衹有紛紛彩蝶作團飛。　　晚景堪圖畫，垂楊籠釣磯。鯉魚風起夕陽微。數點楊花飛上釣人衣。”《冶游》，調寄〔踏莎行〕云：“隴麥垂須，春光欲暮。桃花零落飛紅雨。隔溪一帶種垂楊，緑陰深處藏朱户。　略彴斜通，分明有路。徜徉緩步且尋去。數聲幽鳥最關情，聲聲似欲留人住。”《七夕》，調寄〔鷓鴣天〕韵：“乞巧深閨笑語柔。横空銀漢影悠悠。數聲衣杵鳴村巷，一片笙歌起畫樓。　　凉似水，月如鈎。鵲橋辛苦駕河洲。穿針有個眉峰鎖，憶得蕭郎尚遠游。”又〔拋球樂〕句云：“無端杜宇催春去，紅了薔薇緑了蕉。”〔搗練子〕云：“兩岸黄鸝啼忽住，一聲欵乃見漁郎。”皆絶妙好詞也。

六　毛承基踏青詞

或述錢塘毛華孫承基《踏青詞》兩闋。〔賣花聲〕云：“烟際草痕迷。緑遍蘇堤。踏青深怕路高低。和向郎君低語道，扶過橋西。　　風試剪刀齊。恰試春衣。緑陰陰處聽鶯啼。悔把鳳頭鞋子换，涴了香泥。”〔臨江仙〕云：“一帶柳陰如畫裏，尋芳到處勾留。東風未免忒風流。吹開裙百褶，露出玉雙鈎。　　行盡沙堤芳草軟，夕陽紅上枝頭。小姑生性太貪游。長途行不得，唤渡趁歸舟。”二詞清麗芊綿，不減温李。

（以上1917年《小説海》第3卷第5號）

七　柳亞子與姚鵷雛詞

連日得柳亞子、姚鵷雛詞數十闋，鵷雛長於寫艷，亞子工於言愁；鵷雛秾麗似夢窗，亞子俊逸似稼軒。余於鵷雛愛其小令，亞子取其長調。亞子〔金縷曲〕《巢南就醫魏塘，迂道過此，余小病初痊，冒雨往舟中訪之。復招穎若傾談，竟日而別，詞以紀事》云："小病愁難療。忽報導先生來也，甚風吹到。倒著衣冠迎户外，羸得兒童争笑。算此意旁人難告。小艇垂楊低處泊，有明窗净几添詩料。令我憶，浮家好。　深談款款何曾了。依舊是元龍湖海，容顔未老。商略枌榆文獻業，此事解人漸少。剩滿地鴉鳴蟬噪。一客東陽來瘦沉，好共君清話瀾翻倒。奈别後，忘昏曉。"〔高陽臺〕《楚傖泛舟分湖，尋午夢堂遺址不得，作〈分堤吊夢圖〉以寄慨，爲題此解》云："午夢堂空，疏香閣壞，芳踪一片模糊。衰草斜陽，凉風摇動菰蘆。深閨曾煮蕉窗夢，到而今夢也都無。最傷心，鏡裏波光，依舊分湖。　披圖遥憶當年事，記一門風雅，玉佩瓊琚。一現曇華，無端零落三珠。孤臣况又披緇去，莽中原哭遍榛蕪。剩伊人，吊古徘徊，感慨窮途。"〔金縷曲〕《楚傖入粤，道出春江，邂逅卧子，開尊鬥酒，樂可知矣。書來索詞，填此奉寄》云："百尺樓頭客。最傾心雲間卧子，東南人杰。歇浦遨游誰把臂，狂殺東江葉葉。這相見何須相識。箝口莫談天下事，祇高歌痛飲乾坤窄。稽阮放，荆高俠。　酒家壚畔花争發。笑人間淺斟低唱，都非英物。龍吸鯨吞無算爵，旗鼓中原大敵。似巨鹿昆陽赤壁。笑問玉山頹也未，好商量死葬陶家側。算此樂，最難得。"〔蝶戀花〕《寒夜憶内》云："小别居然愁寂寞。一日三秋，况是三旬約。風雨淒清樓一角。惱人祇怨天公惡。　因甚心情容易錯。見也尋常，去便思量著。睡鴨香銷寒夢覺。半床綉被渾閑却。"鵷雛〔惜分飛〕云："淺笑深顰無意緒。煞憶柔情如許。小立花深處。濃春都被君收去。　冉冉春雲忙散聚。記取舊題斷句。銀燭重開處。泪痕紅濕桃花雨。"〔長相思〕云："别時愁。會時愁。離合一生雙鬢秋。骨灰情始休。　　恨無由。思無由。淺醉初逢一味羞。背人紅泪流。”〔生查子〕《閨情》云：“深院静聞鶯，午夢人初醒。舊恨似春潮，一一心頭省。　　紅雨慣飛愁，暮色蒼生暝。不語自亭亭，立瘦花前影。”

八　龐檗子與王蒓農詞

南社同人，長於倚聲，足與柳、姚逐鹿詞場者，復有虞山龐檗子樹伯、梁溪王蒓農藴章。檗子〔浣溪沙〕云：“垂楊依依畫檻邊。倡條冶葉把愁牽。總教攀折也堪憐。　　慘碧山塘春似水，落紅門巷雨如烟。怎生消受斷腸天。”〔鷓鴣天〕《題病鶴丈石屋尋夢圖》云：“水白霜紅初雁天。西風衰帽又今年。尋來無賴三生夢，畫出銷魂一角山。　　山似黛，夢如烟。鐘聲落葉到愁邊。阿誰解得凄凉句，留段斜陽看不完。(金雲門女士遺句也。)”蒓農〔乳燕飛〕《題風洞山傳奇》云：“一滴真元血。是天工撑持世界，作成豪杰。猿鶴沙蟲秋燼化，了却中原半壁。生不幸謀人家國。欲乞黄冠歸里去，聽桃花扇底嬌鶯泣。抽佩劍，四空擊。　　靡笄獨抱孤臣節。盡昏昏終朝醉夢，草間偷活。柱木焉能支大廈，萬丈靈光照澈。灰冷透昆明殘劫。遍地皆非乾净土，莾青山何苦收遺骨。休更向，老僧説。”

九　孫鷉洲詞

吾鄉孫鷉洲先生，不獨能咏，兼擅倚聲，集中有詩餘數闋，兹録其《春游》，調寄〔菩薩蠻〕云：“東風吹斷簾纖雨。尋芳踏遍青郊路。心醉板橋西。垂楊護酒旗。　　春光無近遠。到處流鶯囀。日暮折花歸。餘香尚滿衣。”〔蝶戀花〕云：“妝罷登樓愁望遠。楊柳青青，又是春將半。枝上流鶯千百囀。芳心一點如絲亂。

不恨玉郎音信斷。祇悔當時，錯把封侯勸。日日花前珠泪濺，鏡中漸覺紅顔换。”〔山花子〕云：“隱隱江城漏欲終。背人獨立月明中。兩頰凝紅無一語，怨東風。　　聽得唤眠佯作意，幾番不肯入房櫳。猶自徘徊香徑畔，看花叢。”〔賀新郎〕云：“生就枝連理。看華堂杯斟合巹，共誇雙美。已是郎才如錦綉，女貌更如桃李。問艷福幾人消此。漸漸更闌銀燭燼，想凝眸暗把芳心遞。呼侍女，展鴛被。　　從前無限相思意。算今宵相思償盡，良緣天啓。怎奈夢回天又曙，不住鷄聲催起。略代整新妝鏡裏。手把風流京兆筆，畫雙蛾一抹遥山翠。簾幕捲，鎮偎倚。”風流旖旎，詞家之最。

一〇　王又點木蘭花慢詞

浙東戚又村，善丹青，性傲岸，而與余交好，嘗爲余誦閩中王又點〔木蘭花慢〕詞一闋，題爲《興郡客感》云：“洗紅連夜雨，吹不散畫橋烟。嘆景物關人，光陰在客，情味如禪。尋思刺船弄水，便歸歟何用置閑田。拚約春風爛醉，恨春輕老花前。　　湖天。碧漲篁紋邊。日日憶家眠。料試衣未妥，暈妝還懶，鬢冷欹蟬。分明片時怨語，説相思金篋已無箋。雨歇西齋淡月，隔牆猶咽幽弦。”王名允晳，生平詞學玉田，頗能神肖。

一一　黄人詞

虞山黄摩西人，天才横溢，其詞直可抗手辛蘇，惜以瘋卒。生平著作，半已散佚，然見於《南社集》中者，亦頗不少，兹録四闋，可想見摩西當年之跌宕情場也。〔喝火令〕云：“心比珠還慧，顔如玉不凋。砑羅裙底拜雲翹。立把剛腸英氣，傲骨一齊消。　　眼借眸波洗，魂隨耳墜摇。低鬟一笑過花梢。可惜匆忙，可惜性情嬌。可惜新詩無福，寫上紫鸞綃。”又云：“再覓仙源路，劉郎鬢欲凋。蒼苔隱約印雙翹。立到下風偷嗅，香氣未全消。　　花底爐烟祝，燈前挂盒摇。茫無頭緒問收梢。何日重逢，何日許藏嬌。何日腮邊雙泪，親手拭鮫綃。”〔南歌子〕云：“枕匣鸞情活，釵梁燕影横。千憐萬惜泥呼卿。但覺香濃聲軟欠分明。　　倚玉酬初願，量珠定舊盟。投懷驀地臉波生。衹怕桃花年命犯風驚。”又云：

“霞頰含嗔暈，山眉斂翠横。不知何事又干卿。任爾左猜右測負聰明。　胡亂賠花罪，慌忙指月盟。天生小膽是書生。爲甚衹禁歡喜不禁驚。”

一二　林慕周善填詞

吾鄉林慕周，一號香輪，余未見其人，友人咸稱其善填詞。嘗游秦淮，眷一妓，别後不能忘情，於舟中作〔後庭宴〕〔醉春風〕詞兩闋，以寫懷思，悟笙嘗爲余誦之。〔後庭宴〕云：“暮靄沉山，斜陽挂樹。孤舟獨泊秋江渚。一鈎新月照篷窗，姮娥應解離愁苦。　思量未帶愁來，何事帶將愁去。者番去也。後會知何處。夢繞水邊樓，魂銷江上路。”〔醉春風〕云：“如玉人千里。欲見終無計。思量衹有夢魂通，睡。睡。睡。單枕愁寒，孤衾怯冷，怎生成寐。　往事從頭計。幽恨何時洗。消魂無奈又天明，起。起。起。試把相思，寫來箋上，却將誰寄。”

一三　蔣小培詞數闋

張烈仲世兄，嘗手録江蘇蔣小培詞數闋見寄，沉雄悲壯，有稼軒、龍川之遺風，不得目爲粗豪也。〔水調歌頭〕云：“八九不如意，搔首問青天。將人抵死，磨挫辛苦自年年。不作名場傀儡，便合沙場馳騁，壯志豈徒然。倚酒拂長劍，慷慨繫腰間。　天下事，非草野，所能言。驀思南宋，朝局怒髮欲沖冠。却笑中興宰相，慣有和戎妙策，歲幣輦金錢。五百兆羅卜，牧馬不窺邊。”《客窗聽雨》〔一剪梅〕云：“春雨簾纖膩似油。密過機籌。細數更籌。連宵織得幾多愁。旅客眉頭。思婦心頭。　濁酒頻澆不解愁。望裏鄉樓，夢裏歸舟。十年踪迹等沙鷗。鈍了吴鈎。敝了貂裘。”《聞雁》〔虞美人〕云：“小窗一夜西風緊。梧葉飄金井。燈前白雁兩三聲。不是離人聽得也關情。　問伊此去歸何處。道向衡陽去。來時帶月過津沽。爲問征人可有一封書。”《聞戴孝侯統帶六營，赴吉林防禦俄人，喜而賦此》〔清平樂〕云：“憂時念切。海上妖氛烈。聞道故人新建節。佇看犂庭掃穴。　　吾生七尺昂藏。腰間蓮鍔霜寒。便欲乘風萬里，先驅手斬樓蘭。”

一四　姜參蘭賀新凉詞

社友姜參蘭詩，已入《詩話》。玆又於《南社叢刻》中，讀其〔賀新凉〕《吊史閣部墓》詞一首，激昂排宕，極似蘇辛。云：“血鑄興亡劫。戀江城忠魂一縷，動人歌泣。何事文山偏入夢，末季又完臣節。縱抛去沙場骸骨。身後了無毫髪憾，衹當年未葬高皇側。千載下，共凄絶。　　舊時袍笏新朝碣。剩寒宵梅花帶泪，二分明月。我亦臨風來膜拜，别有恨填胸臆。覺萬事從今休説。十日揚州君記否，者乾坤愈逼前途窄。空吊古，唾壺缺。”

一五　潘蘭史詞

番禺潘蘭史，在德時，曾撰《海山詞》一卷，中多記彼邦山水美人。余友寄塵《海天詩話》中，擇録數首，讀而愛之，惜全帙余未之見也。〔一剪梅〕《斯布列河春泛》云：“日暖河乾殘雪消。新緑悠悠，浸滿闌橋。有人橋下駐蘭橈。照影驚鴻，個個纖腰。　　絶代蠻娘花外招。一曲洋歌，水遠雲飄。待儂低和按紅簫。吹出羈愁，蕩入春潮。”〔碧桃春〕《夏鱗湖在柏林西數里，松山低環，緑水如鏡，細腰佳人夏日多游冶於此》云：“山眉青抹一奩烟。湖平花滿天。羅裙香影漾紅船。凌波人是仙。　　風絮外，醉魂邊。層樓燈又燃。畫筵歌舞繫歸舷。鴛鴦眠不眠。”〔擣練子〕《與嬉嬋女士游高列林，林有酒樓臨夏菲利河，極烟波之勝》云：“河上路，翠浮空。萬點蘋花逐軟風。縹緲樓臺如畫裏，捲簾秋水照驚鴻。”

一六　魏鐵三工倚聲之學

浙中魏鐵三先生，負才不偶，徜徉江湖，生平工倚聲之學。傷時感物，游宴登臨，往往借長短言，以抒懷抱。其清新拔俗，頗有南宋諸家風概焉。〔高陽臺〕云："擣麝留塵，焚香聚影，天涯俊侶曾招。曾幾多時，墜歡一倍迢迢。孤雲漸有飄流意，渺無憑風過清簫。最魂銷，止是當時，不似今宵。　　華年莫漫尊前數，甚無端錦瑟，觸撥弦么。別有傷心，酒波分付如潮。東風例把嬋娟誤，好花枝容易紅凋。更無聊，明日華顛，昨日華顛，昨日垂髫。"《游萬柳堂》，調寄《摸魚子》云："問江潭、婆娑萬柳，而今當剩多少。河陽潘令殷勤補，同是一般潦倒。春已老。算如此年光，還有詞人到。虛堂晝悄。祇呵壁尋詩，憑欄寄恨，思古發清嘯。　　牢落感，槩敦風流已渺。劇憐無限芳草。倡條冶葉渾如帚，可惜不將愁掃。風褭褭。把十丈黄塵，吹滿間亭沼。清游倦了。好款段歸來，斜陽影裏，休聽暮鴉噪。"

一七　許賡皞詞

《蘿月詞》二卷，閩中許克孳先生賡皞著。先生性好山水，游輒經月忘返，嘗偕友游武彝，渡紅橋板，失足墜崖死。兹録其〔滿江紅〕《題郵亭壁》云："秋冷郊原，看一帶平林如畫。嘆閲盡嶔崎世路，夢中猶怕。萬里關河長緬渺，千年塵土空悲吒。祇垂楊不管別離愁，斜陽挂。　　誰苦勸，勞人駕。料不似，青山暇。奈感生髀肉，壯懷難罷。滚滚黄塵隨馬起，悠悠白鳥和烟下。聽笳聲寒月戍樓西，驚心乍。"〔蝶戀花〕《撥悶》云："悶捲蘭窗消永晝。小小蛾彎，緑得愁痕皺。人在子規聲裏瘦。落花幾點春寒驟。　　坐擁博山熏翠袖。燕姹鶯嬌，不管人僝僽。拍斷闌干吟未就。鸚哥驚醒將人咒。"　"子規"句，的是絶妙好詞。當與《輞川》《陽關三迭》曲，同唱遍旗亭。林薌溪每盛稱先生詞："品高詣粹，瓣香在邦卿、白石間。"良不誣也。

一八　陳蝶仙詞

錢唐陳蝶仙以艷體詩聞，而其長短言，亦復娟媚流麗，不同凡俗。嘗有〔南柯子〕《咏閨情》兩闋云："柳葉顰眉黛，桃花襯臉霞。剛剛睡穩莫驚他。分付鬟兒簾外走輕些。　　睡起雙鬟亸，羅衾半體遮。横波無賴向人斜。笑索檀奴親手遞杯茶。”又“嫁去教郎愛，歸來阿母誇。和卿不是别人家。爲甚人前稱我總稱他。　　膚色瑩如玉，妝成艷若霞。同心結子綰雙丫。要與郎肩相并照菱花。”〔浣溪沙〕《贈曲中人翠玉》云：“阿姊年華二八强。大家風度畫眉長。西湖歌舞問端詳。　　無限嬌憨羞小妹，若般輕薄笑痴郎。佯言阿母到中堂。”芳馨悱惻，讀之令人香生齒頰。

一九　吴眉孫工爲詞

丹徒吴眉孫清庠，工爲詞，一宗南宋。聞所著有《春風紅豆詞》一卷，惜未寓目，僅於《南社》十一集中，見其〔喝火令〕《别後寄阿蓮》云：“豆蔻同心結，芙蓉透臂紗。洛陽街上七香車。笑指馬櫻，一樹是兒家。　　長命千絲縷，相思一寸芽。青衫門外又天涯。記得沿河，十里紫菱花。記得鮫珠彈出，一曲悶琵琶。”

二〇　葉楚傖菩薩蠻詞

邇來海上伶人馮春航之色藝，名震全國。南社同人，若柳亞子、林一厂輩，復力爲揄揚，筆歌墨舞，幾不惜嘔盡心血，爲之辯護。葉楚傖嘗有〔菩薩蠻〕詞一闋，《戲送一厂歸粤，并調亞子》云：“幾生修到江南住。緣何復向蠻荒去。即不記吴儂。還應戀阿馮。　　近來心變了。到處窺顰笑。什麽是相思。分明一對痴。”

二一　吴癯盦蝶戀花詞

社友吴癯盦，吴中名士，其詩余已收入《詩話》。頃得其〔蝶戀花〕詞四闋，讀之令人想見其抑鬱磊落之氣。詞云：“蟣虱浮生同一夢。横海功名，才大難爲用。試問芻尼誰作俑。可憐困坐醯鷄瓮。　　顛倒天吴翻紫鳳。浪説通侯，不及書城擁。和泪送窮窮不動。白楊風裏銘文塚。”又“拍案悲歌中夜起。生小吴儂，却帶幽并氣。汴水東奔湘水沸。人間難得埋愁地。　　又向華亭聽鶴唳。

烟驛燈昏，諳盡勞生計。誰解霜裘温半臂。少年結客談何易。”又“大道青樓揺策去。錦瑟雙聲，子夜同心句。春水吴艭楊柳漵。匆匆艷夢歡如絮。　白馬青絲惟萬緒。一篋牛衣，孤負當時語。偏又重逢深院宇。小紅不是吹簫侣。”又“悔向名場標赤幟。一霎天風，折了南鵬翅。三十光陰如激矢。觀河面皺而今是。　識字從來憂患始。用盡聰明，笑破河東齒。咄咄書空真怪事。侏儒飽死臣飢死。”癯盦工爲傳奇，如《風洞山》《緑窗怨記》《鏡因記》《暖香樓》《落茵記》《雙泪碑》諸院本，唱遍旗亭。葉楚傖謂其“才調不讓臨川，音律辨别，精嚴無錯，且增損節拍，獨著新唱，聞癯盦歌，令人如坐〔江城梅花引〕中”。殆非虚語也。

二二　程善之素工倚聲

歙縣程善之，素工倚聲，《南社集》中，收其詞最夥。嘗有《倦雲憶語》之作，少年情事，縷述無遺，其筆墨亦不在沈三白《浮生六記》下也。兹録其〔虞美人〕〔唐多令〕詞兩闋入《詞話》，以告海内之知善之者。〔虞美人〕云：“絳紗窗下珠絨墮。暗遞櫻桃唾。記儂生小慣聰明。怪底閑人偏説是多情。　無端風雨年華暮。催促朱顔故。闌干倚遍怕黄昏。不耐舊人新夢訴温存。”〔唐多令〕云：“何處話春愁。花柔草更柔。舊心情度上眉頭。燕子不曾來入夢，人獨倚小紅樓。　望遠倦凝眸。韶光幾日留。怕相思錯了簾鈎。桃葉桃根還柳絮，溝畔水自東流。”

二三　鄭蘿庵詞

長沙鄭蘿庵澤《述感》，調寄〔上西樓〕一闋云：“萱花誰道忘憂。試回眸。已是隔簾彈泪爲伊愁。　春信好。東風早。上妝樓。拓起茜紗窗子再梳頭。”風格秀逸，酷肖迦陵。

二四　巢南詞纏綿深婉

巢南之詩，已傳誦海内，而其詞之纏綿深婉，如曉霞媚樹，春水浮花，尤極幽艷蕩漾之致。録其《春暮與景瞻、匪石、痴萍、楚傖、無射旗亭偶集》，調寄〔鷓鴣天〕云：“薄霧濃雲半帶烟。鷓鴣啼亂奈何天。緑楊巷陌人誰過，細雨櫻桃色可憐。　情脉脉，意綿綿。愁來且向酒家眠。鱸蒓味美盤飧好，莫問春歸何處邊。”〔蝶戀花〕云：“寒食清明都過了。盼得春來，又怕春歸早。緑暗紅稀鶯燕老。天涯何處尋芳草。　獨上高樓思渺渺。感逝懷人，幾度愁盈把。白日蹉跎清興少。落花流水江南道。”巢南嘗輯其邑中自宋至清之詞，凡二百餘家，名曰《笠澤詞徵》，刊於歇浦，其用力可謂勤矣。

二五　摩西詞

讀摩西詞，如入武夷啖荔枝，鮮美獨絶，前已收其數首，兹更録其〔浣溪沙〕兩闋，以餉世之同嗜者。詞云：“偷驗紅痕玉臂寒。釧聲入袖炙笋蘭。欠伸不定骨珊珊。　千手佛香攤掌嗅，十眉月樣并肩看。買花容易養花難。”又：“草草蘭盟未忍寒。願爲文簟受花眠。燈前獨坐弄金鈿。　瘦骨難消纏臂印，枯毫常帶畫眉烟。親探碧海種紅珊。”

二六　某君減字浣溪沙詞

近見某君〔減字浣溪沙〕詞下半闋云：“曲檻半危猶倚笛，中庭小立衹低鬟。笑啼宛轉向人難。”蓋謂全歐戰争，波及青島，我政府方守局部中立也。寫弱國左右做人難之苦衷，隱然言外。

二七　題分湖舊隱圖

亞子《分湖舊隱圖》，題詩者幾遍海内。詞則以蒓農、檗子兩家爲最。蒓農〔太常引〕云：“五湖歸計太無聊。鄉思落輕橈。魂也不禁銷。看畫裏溪山路遥。　松陵十四，碧城十二，吹瘦小紅簫。酒醒又今宵。有自琢新詞最嬌。”檗子〔剔銀燈〕云：“劫外移家何地。寫出水荒烟悴。夢吊疏香，詞搜珍篋，（同社葉楚傖爲天寥後裔，有《分堤吊夢圖》；陳巢南輯《笠澤詞徵》，有《徵獻論詞圖》。）一樣悲秋情味。滴殘清泪。却輸與冷吟閑醉。　遥想寒燈獨倚。望斷蒹葭無際。故國梅花，扁舟桃葉，我亦難償心事。且拋歌吹。聽漁笛蘆洲夜起。"

（以上1917年《小説海》第3卷第6號）

固紅談詞

張慶霖◎著

張慶霖，生平不詳。室名退思齋。著有《退思齋詩話》。《固紅談詞》刊於《民國日報》1917 年 11 月 14 日。

《固紅談詞》目録

固紅談詞

一　金主亮鵲橋仙

詞始於唐，興於六朝，盛行於宋，金人亦多好爲之。金主亮頗知書，閲柳耆卿西湖作，欣然有慕於“三秋桂子，十里荷花”，遂起投鞭渡江之志。乃密隱畫工於奉使中，寫臨安山水，復畫己像，題“立馬吴山第一峰”之句。嘗中秋舉杯待月不至，賦〔鵲橋仙〕云：“停杯不舉，停歌不發，等候銀蟾出海。不知何處片雲來，做許大通天障礙。　　虯須撚斷，星眸睜裂，惟恨劍鋒不快。一揮斬斷紫雲腰，仔細看嫦娥體態。”出語倔强，真是咄咄逼人。

二　金章宗詞

金章宗喜文學，善畫畫，有題扇〔蝶戀花〕詞云：“幾股湘江龍骨瘦。巧樣翻騰，叠作湘波皺。金縷小鈿花草鬥，翠條更結同心扣。　　金殿珠簾閑永晝。一握清風，暫喜懷中透。忽聽傳宣頒急奏，輕輕褪入香羅袖。”又有擘橙爲軟金杯賦〔生查子〕云：“風流紫府郎，痛飲烏紗岸。柔軟九回腸，冷怯玻璃盞。　　纖纖白玉葱，分破黄金彈。借取洞庭春，飛上桃花面。”亦南唐李氏父子之流也。

適齋詞話

鄺振翎◎著

鄺振翎（1885～1932），字摩漢，號石溪，別署石溪詞客。江西省尋烏縣留車鎮黄羌村人。20世紀30年代國内知名的政治經濟學學者、教育家。早年加入同盟會，參加南昌光復、武昌起義。後游學海外，回國後歷任法政大學等校教授。1927年任武昌中山大學經濟系主任，同年冬改任南京中央陸軍軍校政治總教官。鄺氏生平著述甚富。1914年，鄺氏與西河、波民、負天諸子，結"粹社"於南昌。1915年，又與一雁、滄洲、衡雁諸子，築"心社"於滬瀆。同年冬北上，與舊友胡南湖、馮若飛，從游於林紓之門，胡氏、馮氏學詩，鄺氏則學詞，時號"林門三子"。閑暇時，更與樊增祥、易順鼎交游。鄺氏頗喜治歐、晏、姜、張一派，所作亦仿佛一二。故林紓序云："小令流瞻近歐晏，長調清脆近玉田。"著有《石溪詞》《適齋詞話》等。《適齋詞話》原載《愛國月報》1915年第1卷第1期，又載於《同德雜志》1917年第2期，今以《同德雜志》本爲底本，參校以《愛國月報》本。

《適齋詞話》目録

適齋詞話

一 何雋卿贈余詞

何雋卿，吾鄉隱君子，喜治聲韵之學。著有《梅花仙館詩詞草》若干卷。甲寅秋，相遇邑城縣農會，談甚歡，次日贈余〔慶春澤〕詞一闋，曰："曲澗跳珠，風湍瀉玉，泠泠古調誰彈。倚劍悲歌，却憐如此江山。天涯我亦嗟遲暮，恁銷魂秋雨闌珊。思千般，步遍回廊，倚遍雕欄。　　勾當風月吟魂殢，看紅皴酒暈，墨漬襟斑。瀛海歸來，天教重主詞壇。蘇豪柳膩君兼擅，寫烏絲争刻瑯玕。和應難，白雪吟成，唱遍歌鬟。"余依韵和之，稿亡。八月，余策蹇之鄂，祖餞之夕，復贈余詩四章、詞一闋。兹録其〔春從天上來〕詞，曰："咫尺天涯。恨西風無賴，蕩散摶沙。笛冷吹愁，杯深承露，當筵慵泛流霞。約略墜歡如夢，追往迹同惜年華。别情賒，悵楚江渺渺，望斷靈槎。　　惆悵王孫歸去，認櫓聲嘔軋，帆影欹斜。楓錦摇丹，蘋衣皺碧，不知秋在誰家。握手奈旋分手，數相思白露蒼葭。漫籲嗟。待何時把襼，同話桑麻。愛我故人，情深若揭。"余依留别同鄉諸君〔齊天樂〕詞韵，賦一闋答之，曰："旗亭澧酒陽關曲，平生怕傷離别。楓葉飄黄，蘆花落碧，驚起詩愁千叠。離懷百結。悵湘水重經，吴山難越。短棹孤蓬，年年偏照古城月。　　歸來尋朋覓侣，惟吾君書寫，兩兩奇絶。字裹鍾王，詩邊李杜，高卧更同靖節。官腰不折。任屈子悲傷，賈生嗚咽。憤俗憂時，壯懷空激烈。"

二　梅花仙館詞草

《梅花仙館詞草》中多悲感之作。其〔滿江紅〕《中秋感懷》一闋曰："荏苒韶華，早又是中秋時節。應省識人生幾度，得逢今夕。三尺吴鈎酬壯志，五車書史供歌泣。嘆人間無地可埋愁，乾坤窄。　雙眼冷，寸腸熱。滿腔事，向誰説。恁把酒高歌，唾壺捶缺。碧海茫茫隨夢墜，林烟漠漠和愁織。聽荒城旅雁叫西風，心淒切。"《自題紅袖添香圖》〔高陽臺〕一闋曰："月轉魚扃，露冷鴛甃，沉沉已過宵分。伴讀燈前，幾煩翠袖殷勤。星星蕙炷當窗熱，戀餘香比似郎温。忒氤氲，有底思量，直任銷魂。　風流怎奈成虚語，悵春人不見，玉照空存。望斷鱗鴻，無聊怕到黄昏。傷心一幀崔徽畫，懲摩挲泪漬湘筠。盼江雲，思煞阿嬌，愁煞司勛。"

三　蔡啼紅集宋詞十闋

甲寅冬，余過南州，於友人處，得見蔡啼紅集宋詞十闋，命名《庭院深深》，本歐陽永叔語。悱惻纏綿，天衣無縫，余愛讀之餘，亦集詞語和之。啼紅詞曰："庭院深深深幾許。不捲珠簾，人在深深處。盡日沉香烟一縷。畫堂博簺良宵午。　猶憶去年歡意舞。寶勒朱輪，共結尋芳侶。畫扇青山吴苑路。桃根桃葉當時渡。"（一）"庭院深深深幾許。雨濕雲温，留我花間住。惟恨花前携手處。落花已作風前舞。　檀板未終人去去。千里烟波，不見江東路。回首高城音信阻。玉容寂寞誰爲主。"（二）"庭院深深深幾許。前度劉郎，重到章臺路。月細風尖楊柳渡。斷鴻過後鶯飛去。　曉日窺簾雙燕語。燕子樓空，人面知何處。一晌沉吟無意緒。樓前獨繞鳴蟬樹。"（三）"庭院深深深幾許。深院無人，行到無情處。紅粉暗隨流水去。桃溪不作從容住。　短雨殘雲無意緒。夢斷高唐，回首桃源路。泪眼倚闌頻獨語。淒淒誰吊荒臺古。"（四）"庭院深深深幾許。衾冷香消，剩有殘妝污。憶得佳人臨別處。啼痕濕花泪如霧。　遺恨當時留秀句。去意徘徊，唱徹黄金縷。今日獨尋黄葉路。秦樓聲斷秦簫侶。”（五）“庭院深深深幾許。止有飛雲，冉冉來還去。碧落秋風吹玉樹。啼紅正恨重陽雨。　檻菊愁烟蘭泣露。别後風亭，月榭孤歡聚。玉勒雕鞍游冶處。斷腸惹得離情苦。”（六）“庭院深深深幾許。簾捲西風，夜冷寒蛩語。簾外絲絲楊柳舞。梧桐葉上瀟瀟雨。　驚破夢魂無覓處。行盡江南，不與離人遇。欲盡此情書尺素。孤鴻影没江天暮。”（七）“庭院深深深幾許。更漏迢迢，耿耿天涯曙。流水落花無問處。緑蕪雕盡臺城路。　漫被閑愁相賺誤。舊恨前歡，心事兩無主。細算浮生千萬緒。狂情錯向紅塵住。”（八）“庭院深深深幾許。家住吴門，久作長安旅。可恨歸期無定據。登臨況值秋光暮。　冉冉年光真暗度。風月無情，總是傷情處。此會未闌須記取。砌成此恨無重數。”（九）“庭院深深深幾許。一帶長川，自在流今古。錦瑟年華誰與度。斷腸猶憶江南句。　泪眼問花花不語。天上人間，後會知何處。又是天涯初日暮。夜凉明月生南浦。”（十）余詞曰：“庭院深深深幾許。門掩黄昏，寂寞間庭户。開盒愁將紅豆數。凄凄祗是驚秋暮。　隱隱青山濛碧霧。睡起無憀，妒煞紅梅雨。粉蝶雙雙穿檻舞。憑闌總是銷魂處。”（一）“庭院深深深幾許。楊柳堆烟，回首斜陽暮。挽斷羅衣留不住。無情人向西陵去。　秋藕絶來無續處。一别經年，未得魚中素。彩筆閑來題綉户。桃花幾度吹紅雨。”（二）“庭院深深深幾許。記得當年，花底曾相遇。情似依依黏地絮。輞川圖上看春暮。　泪濕闌干花著露。月幌風襟，總是牽情處。千偏懷人慵不語。憑君礙斷春歸路。”（三）“庭院深深深幾許。卓女文君，綉户深深處。好個當壚人十五。年光正是花梢露。　爛醉花間知有數。一笑相逢，魂夢都無緒。深閉長門聽夜雨。紅紗未曉黄鸝語。”（四）“庭院深深深幾許。拍遍闌干，更漏頻頻數。一曲陽春春已暮。緑腰裙帶無人主。　偏怪東風吹不住。揚子江頭，兩兩昏鴉去。欲寄彩鸞無尺素。杜鵑啼盡行人路。”（五）“庭院深深深幾許。垂下簾櫳，一陣黄昏雨。警破夢魂無覓處。銀河暗淡風凄楚。　年少抛人容易去。一霎旗風，斷送青春暮。細算浮生千萬緒。含情相對渾無語。”（六）“庭院深深深幾許。舊恨前歡，試托哀弦語。一片紅雲遮去路。夢魂長在分襟處。　去便不來來便去。月夕風晨，此際誰爲主。欲訴此情書尺素。斷鴻聲遠長天暮。”（七）“庭院深深深幾許。唱遍江南，一曲黄金縷。料得當年腸斷處。緑楊芳草長亭路。　把酒已嗟春色暮。寂寞園林，幾度黄昏雨。門外緑楊風後絮。悠揚便逐東風去。”（八）“庭院深深深幾許。閑展烏絲，翻作新詞譜。點點胭脂飄細雨。杜鵑聲裏斜陽暮。　緑滿當時携手路。楊柳樓臺，零落花無語。檀板未終人去去。玉容寂寞誰爲主。”（九）“庭院深深深幾許。月下殷勤，待客携尊俎。因恁斜陽留不住。爲誰留下瀟湘去。　望斷雲山多少路。冠蓋京華，枉被浮名誤。第四陽關雲不度。人間没個安排處。”（十）乙卯夏，寓滬無事，將此詞投郵寄上。旬餘，得其來書云：“‘庭院’十闋，僕采先賢之語，以述已遇，方且自以爲足，不料更有愈接愈厲，復振雄威如君者。僕集既已不易，君以不易之餘更集是，則難乎其難，不可思議，令人可驚”等語。按啼紅云“采先賢之語，以述已遇”，個中人説個中事，集中編次，自較余爲佳。

四　蔡突靈詞

蔡突靈，自號啼紅詞客，吾贛碩士。光復後，曾任教育司長，參議院議員。雅好倚聲之學，著作頗富。芟除綺語，力主清空，近喜治淮海、稼軒兩詞，故其録示者，多豪俊沉痛之作。余最愛其〔采桑子〕四闋《暮春詞》，曰：“行人誰道春愁苦，滿眼凄凄。三徑都迷。撩亂楊花撲面飛。　落紅無限纏綿意，牽著游絲。挂住殘枝。底事東風不住吹。”（一）“群英結局寧如此，春意闌珊。辜負幽歡。鏡裏韶光不忍看。　故人寥落知何處，萬水千山。相見應難。鎮日無言獨倚闌。”（二）“似曾相識離亭燕，見我翩翩。不似當年。廿四番風獨佔先。　雕鞍綉轂今無賴，江上鷗邊。亂草寒烟。游倦江南三月天。”（三）“流鶯勸我自珍護，萬管花飛。莫聽鵑啼。庭院深深睡起遲。　　此生奈被多情惱，過了花朝。憔悴如斯。酒興新來更不支。”

五　賴波民詞

南康賴波民，與余訂莫逆交。癸丑夏，余重過漢皋，每届夕陽西下，扁舟一葉，五雨風斜。文酒流連，殆無虚日。一和一唱，稿積寸餘。現稿存他處，待後擇尤補入。兹先録其〔滿江紅〕《北京天安門雪中懷古》一闋，曰："一縷斜陽，衹影映千年舊宅。試望那樓臺深處，已非當日。玳瑁梁空春水緑，梧桐院鎖寒烟碧。剩失群孤鳥在林端，聲凄惻。　　青青柳，蒼蒼柏。寫不盡，興亡迹。向城細索，斷戈殘戟。旅客年年鷗夢遠，中原莽莽笳聲急。又無端風雪滿乾坤，山頭白。”沉雄悲咽，殆類其人。

蕊軒詞話

吴絳珠◎著

吴絳珠，生平不詳。福建人。著有彈詞《五女緣》《蘇小小》，另有《瑶臺第一妃》《揚州夢》等。本文據《小説新報》1917 年第 3 卷第 6 期整理。

蕊軒詞話

胡長木紙煤詞

紙煤從未有人咏之入詞者，有之自湘中王壬秋始，和之則爲蜀中胡長木，然余衹記長木〔長亭怨〕《紙煤和王壬秋韵》，詞云："糁香屑、纖纖輕捩。綉袋平裝，畫屏嵌緊。蜜炬燒殘，翠篝熏罷，起圓暈。一絲縈曳，輕裊過、風無準。捻著盡相思，便爇到、葱尖不（叶平）省。　　留燼。把銀筒護取，一寸碧茸堪引。輕吹細撚，記長與、絳唇相近。夜正冷、呵了還擎，恁烘向、熏爐猶潤。想落下餘灰，還惹雙鴛微印。"

空齋詞話

史別抱◎著

史別抱，字芸齋，江蘇宜興人，其他不詳。著有《游戲詩話》《醉月樓詩話》等。《空齋詞話》分6期連載於《先施樂園報》1918年11月25日、12月2日、12月5日、12月27日，1919年2月27日、3月12日。又載於《新世界》1919年5月18日、5月20日、5月24日、5月25日。

《空齋詞話》目録

空齋詞話

一 近世爲詞者如鳳毛麟角

近世作詩者夥，而爲詞者則如鳳毛麟角，非詞高於詩，實神悟難期，而聲音之微者不易究也。陸輔之《詞旨》曰：“命意貴遠，用字貴便，造語貴新，煉字貴響。”《玉梅館詞話》曰：“真正作手不愁亦工，不俗故也。不俗之道，第一不纖。”又云：“詞太做厭琢，太不做嫌率，欲求恰如分際。”又云：“學填詞先學讀詞，抑揚頓挫，心領神會，日久胸次鬱勃，信手拈來，自然神韵諧暢矣。”凡兹數語，可作學詞者之金針指南觀。

二 埮天詞序

《埮天詞序》，張祖望曰：“詞雖小道，第一要辨雅俗，結構天成，而中有艷語、雋語、奇語、豪語、苦語、痴語、没要緊語，如巧匠運斤，毫無痕迹，方爲妙手。古詞中如‘秦娥夢斷秦樓月’‘小樓吹徹玉笙寒’‘香老春無價’‘償盡迷樓花債’，艷語也。‘對桐陰滿庭清晝’‘任老却蘆花，秋風不管’‘祇有夢來去，不怕江闌住’，雋語也。‘試問琵琶，胡沙外、怎生風色’‘河星瀲灎春雲熱’‘月輪桂老’‘撑破珠胎’‘柳鎖鶯魂’，奇語也。‘捲起千堆雪’‘任天河水瀉，流乾銀汁’‘易水蕭蕭西風冷，滿座衣冠如雪’，豪語也。‘泪花落枕紅綿冷’‘黄昏却下瀟湘雨’‘楊柳梢頭能有春多少’‘斷送一生憔悴，能消幾個黄昏’‘斷魂千里，夜夜岳陽樓’，苦語也。‘海棠開後，望到如今’‘惟有樓前流水，應念我、終日凝眸’‘蟋蟀哥哥，倘後夜暗風凄雨，再休來小窗悲訴’，痴語也。‘這次第，怎一愁字了得’‘怕無人料理黃花，等閑過了’‘一寸相思千萬結，人間没個安排處’，没要緊語也。此類甚多，略拈一二。至如‘密約偷期’‘把燈撲滅’‘巫山雲雨’‘好夢驚散’等，字面惡俗，不特見者欲嘔，亦且有傷風化，大雅君子所不取也。”

（以上 1918 年 11 月 25 日）

三　元人裁衣曲

元人《裁衣曲》云：“殷勤織紈綺，寸寸成文理。裁作遠人衣，縫縫不敢遲。裁衣不怕剪刀寒，寄遠惟憂行路難。臨裁更憶身長短，祇恐邊城衣帶暖。銀燈照壁忽垂花，萬一衣成人到家。”寥寥數語，體貼入微，可當得一篇寫情小説《秋閨思遠》讀。

四　妒花歌效宋女士菩薩蠻閨情詞

唐六如《妒花歌》云：“昨夜海棠初著雨，數朵輕盈矯欲語。佳人曉起出蘭房，折來對鏡比紅妝。問郎花好奴顏好，郎道不如花窈窕。佳人見語發嬌嗔，不信死花勝活人。將花撕碎擲郎前，請郎今夜伴花眠。”嬌憨之態，躍現紙上，此歌係效宋女士〔菩薩蠻〕閨情詞格調。

五　李佩金詞

李佩金，字紉蘭，一字晨蘭，長洲人。虎觀女，山陰何仙帆室，著有《生香館詞》。〔青衫濕〕《題潯陽送客圖》云：“半帆冷月空江白，楓荻晚烟横。歸鴻無數，鄉心幾許，如此秋聲。　尊前掩面，凄凄切切，細數生平。琵琶哀怨，青衫憔悴，一樣銷魂。”〔惜分釵〕云：“傷離别，腸斷句。病裏凄凉送秋去。懶巡檐。怕憑闌。燈移虚幌，月下重簾。懨。懨。　愁似繭。眉如綰。難道今生終莫展。漏將殘。泪空彈。夢隨香斷，心共灰寒。潸。潸。”讀之令人陡生秋感。

（以上 1918 年 12 月 2 日）

六 榑洲詞

《榑洲詞》一卷，署西江勒少仲方錡所著，〔金縷曲〕《凝芬閣席上有懷雲儀》并序云：“維年月日，筱石、穎三、秋團偕飲於凝芬小閣，斜月將墮，疏星自明，雲斂天空，風嚴氣肅，於是主人清暇，促席燕談，醇酎累斟，重簾不捲，華燭却夜，温爐借春，穎三顧謂二君，是宜盡醉毋獨醒也。塵世可憐，浮生若夢，今我不樂，日月載馳。更俯仰一二十秋，我三人者亦霜華點鬢矣。謝家别墅，吹竹彈絲，念彼達人，寄情乃爾。我心蘊結，髀肉復生，命酒澆愁，其能已乎。感杜秋須惜少年詩意，爲〔金縷曲〕二闋，用以侑觴。倚醉揮毫，倡予和汝。”詞云：“多少凄凉意。向今宵解裘貰酒，對花拚醉。打破愁城天地闊，消得青蛾皓齒。君莫問功名滋味。匣裹星鐔苔銹澀，枉抛殘湖海英雄泪。驚歲月，一彈指。
珊瑚斷折鞭絲墜。算丁年烟郵水驛，馬蹄千里。落拓京華塵壓帽，如此清歡有幾。肯負了芳筵羅綺。唤出紫雲回粉面，笑分司御史情腸碎。蘭燭下，更凝睇。”又云：“釵鳳摇花髻。傍熏籠搴裙掠帶，晚妝新理。窗外稜風吹月落，一片清寒夜氣。待録事重温芳醴。手撥金猊呼小玉，倩添香近把瓊枝倚。還觸我，舊愁思。
幽詞密寫銀光紙。記年時更闌訴别，十分憔悴。人道夫君真杜牧，惆悵啼痕滿袂。嘆夢影飛烟流水。欲寄楚雲凄惋曲，怕柔蛾蹙損眉峰翠。庭院静，柝聲起。”亦曠達，亦纏綿，允爲個中名手。

（以上 1918 年 12 月 5 日）

七 憶雲詞

《憶雲詞》共分甲乙丙丁四卷，署錢塘項廷紀蓮生撰，仁和許增邁孫校。予觀其字必色飛，語必魂絶，雖皆緣情綺靡之作，感遇怨悱之旨，而使人凄然思，黯然悲。凡吾身之所值，目之所接，纏綿悱惻，煩冤鬱積，低徊而不能自言者，皆若於是編具焉。〔浪淘沙〕《元夜有懷》云：“绿酒負金蕉。叠鼓春宵。小屏風底暗香焦。閑夢一床推不去，夜夜楓橋。　往事祇魂銷。雙鯉迢迢。梅花與我兩無聊。剩有眉樓弓樣月，還憶吹簫。”又〔聲聲慢〕《春聲，擬竹山》詞云：“賣餳小巷，撾鼓深閨，合成一片春聲。暗逗芳心，長堤隱隱車聲。二十四番風訊，滿西湖，吹散歌聲。游倦也，正畫樓夜雨，滴碎檐聲。　又是紗窗曉霽，問驚回香夢，誰簸錢聲。燕語鶯啼，中間却帶鵑聲。莫要訴愁不住，怕落花，飛盡無聲。花自落，減秋千，牆裏笑聲。”按先生姓項氏，名廷紀，鄉舉名鴻祚，字蓮生，道光壬辰舉人。幼失怙，艱苦力學，弱歲已有聲庠序間。性沉默，寡言語，不樂與人酬酢。每同輩狎集，終日無一言，微笑而已。喜填詞，奉《花間》爲宗旨，以爲詞之有晚唐五代，猶文之先秦諸子，詩之漢魏六朝也。故所著小令，抑揚抗墜之音，獨擅勝場，蓋浸淫於此久矣。

（以上 1918 年 12 月 27 日）

八　錢孟鈿點絳唇詞

錢孟鈿，字冠之，武進人。刑部尚書錢文敏公維城女，荆宜施道永濟崔龍見室。性至孝，曾剪臂療父疾。嫻《史記》，擅吟咏，有《鳴秋合籟》《浣青詩餘》。其〔點絳唇〕詞云：“細雨簾纖，曉來燕子銜春去。殘紅飄砌。滴盡珍珠泪。　幾曲闌干，蹙損眉峰翠。渾無緒，天涯凝睇。有個人愁倚。”

九　錢鳳綸鵲橋仙詞

錢鳳綸，字雲儀，仁和人，翰林繩庵女，同邑貢生黄式序室，有《古香樓詞》。〔鵲橋仙〕《寄外》云：“鴻雁初來，梧桐乍落，正是早秋時節。夜深無計遣愁懷，那更又燈兒將滅。　羅襦慵解，篆烟微爐，無限幽情難説。低回脉脉少人知，還幸有今宵明月。”

一〇 白雲詞人咏琵琶詞

白雲詞人，不知爲誰。嘗見其咏琵琶，調寄〔祝英臺近〕云："撥鯤弦，移鳳柱，綉膝乍横處。宫羽初調，宛轉動情緒。惜他半面遮羞，欲彈又却，盡抱得秋心無語。　恨如許。玉纖漫撚輕挑，四弦訴心事。月冷黄昏，曲罷泪如雨。可憐歲歲秋風，天涯淪落，有幾個江州相遇。"

（以上 1919 年 2 月 27 日）

一一 蔣春霖詞

《水雲樓詞》凡二卷，詞共一百零六闋，末附《燼餘稿》一卷，詩共一百二十首。著者爲江陰蔣春霖鹿潭。春霖事多不得志，故其所爲大半無聊感慨之作，調寄〔甘州〕并序云："余少識劉梅史於武昌，不見且二十年。辛亥，予爲淮南鹽官，梅史自吴來訪，秋窗話舊，清泪盈眶，其漂泊更不余若也。"詞云："怪西風偏聚斷腸人，相逢又天涯。似晴空墮葉，偶隨寒雁，吹集平沙。塵世幾番蕉鹿，春夢冷窗紗。一夜巴山雨，雙鬢都華。　笑指江邊黄鶴，問樓頭明月，今爲誰斜。共飄零千里，燕子尚無家。且休賣珊瑚寶玦，看青衫寫恨入琵琶。同懷感把悲秋泪，彈上蘆花。"又歲聿云："暮舟行苦寒，擁衾酌酒，感吟成調。"〔瑣窗寒〕詞云："枯柏團鴉，荒蘆聚鴨，淡陰催暝。雲垂貼水，波暗更無星影。湧平沙寒潮夜生，布帆一霎江風勁。正嘹空斷雁，趁船斜去，酒邊愁聽。　重省。歡游境。記借舫移花，試泉分茗。西洲再過，可奈鷗鄉人醒。掩霜篷殘燈自挑，半床翠被支峭冷。任秋窗夢繞疏萍，隔浦尋烟艇。"

（以上 1919 年 3 月 12 日）

一二 銷魂詞

《銷魂詞》爲儀徵畢振達選，共九十五家，二百三十四首。

詞意凄惋，讀之幾爲腸斷。往復欷歔，不忍掩卷。昔楊蓉裳叙《容若詞》，謂爲“凄風暗雨，凉月三星，曼聲長吟，輒復魂銷心死”，吾於斯篇亦云。趙我佩〔菩薩蠻〕并序：“春雨連綿，園花藹落，風前獨立，悵然久之，譜餞花詞四章，并寄麗軒。”其一曰：“東風吹醒韶華夢。脂痕補却蒼苔空。簾外即長亭。落花無限情。　花開人未去。花謝人何處。明歲此花開。知君來未來。”其二曰：“彩幡摇曳鈴聲碎。秋千墻外餘香墜。不敢怨東風。含情訴落紅。　西園閑步屧。春恨和誰説。啼鳥嗅春歸。雨餘花泪垂。”其三曰：“杏梁燕子春愁重。喃喃絮破紅窗夢。唤起惜花心。離情如水深。　碧城雲樣遠。别泪羅巾滿。春去有時歸。天涯人未回。”其四曰：“闌干拍遍傷春曲。襪羅淺印苔痕緑。香塚替花霾。携鋤下玉階。　留春春不許。花又拋春去。把酒祝東皇。明年花事長。”莊盤珠《柳絮》〔蘇幕遮〕云：“早抽條，遲作絮。不見花開，衹見花飛處。繞砌縈簾剛欲住。打個盤旋，又被風吹去。　野棠村，荒草渡。離却枝頭，總是傷心路。待趁殘春春不顧。葬爾空池，恨結萍無數。”王貞儀〔眼兒媚〕《舟泊江浦道[①]中》云：“小泊行艖路偏賒，雲影雁行斜。數株疏柳，一痕殘照，幾點歸鴉。　蘆花兩岸如飛雪，潮汐下寒沙。水國西風，竹蓬夜月，人在天涯。”葛秀英《送春》〔惜分飛〕云：“泪漬胭脂花濕露。簾外飛紅無數。芳草江南路。春魂一縷斜陽暮。　可惜彩雲留不住。恨煞風僝雨妒。願代相思樹。古來剩有鴛鴦墓。”錢鳳綸《寄外》〔鵲橋仙〕曰：“鴻雁初來，梧桐乍落，正是早秋時節。夜深無計遣愁懷，那更又燈兒將滅。　羅襦慵解，篆烟微燼，無限幽情難説。低回脉脉少人知，還幸有今宵明月。”孫風雲〔訴衷情〕曰：“紅樓夢斷曉啼鶯。綉幕峭寒生。二月江南春晚，深巷賣花聲。　苔蘚薄，柳烟輕。最凄清。昨宵風雨，今朝寒食，來日清明。”又〔點绛唇〕曰：“折

① “道”，原作“遣”。

柳尊前，離亭歌罷西風冷。路遥酒醒。立盡斜陽影。　流水行雲，從此知難定。闌休憑。月殘烟瞑。總是凄凉境。”曹景之〔浣溪沙〕曰：“静掩妝樓不踏青。斷腸時節是清明。又聽墻外賣餳聲。　楊柳有情常怨别，桃花命薄易飄零。依人燕子尚多情。”沈宜修〔憶王孫〕曰：“梨花夢轉杏花寒。碧葉瑯玕玉珮珊。零落春花恨遠山。倚闌看。又見烟籠日半竿。”又曰：“銀燈花謝酒初醒。夢去愁來月半明。玉漏沉沉夜色清。翠生生。芳草能消幾許情。”范玉〔闌干萬里心〕曰：“春山平遠不宜秋。新月彎環衹似鈎。説蕭郎莫浪游。怕登樓。一曲闌干一曲愁。”楊全蔭〔醉桃源〕曰：“晚妝樓上夕陽斜。無聊掩碧紗。東風不管病愁加。開殘紅杏花。　香篆冷，綉簾遮。春深别恨賒。可堪夢裏説還家。魂銷天一涯。”又〔七娘子〕云：“沉沉簾幕人孱僽。杏花殘，又是愁時候。南浦春波，大堤細柳。一般慘緑東風後。尊前怕説相思久。怨江南，容易開紅豆。無賴哀箏，聲聲依舊。銷他弦底春魂瘦。”

（《新世界》1919年5月18日）

一三　花奴師殢人嬌

花奴師，工小説，精詩詞，所作有擲筆空中，栩栩欲活之勢。近見其〔殢人嬌〕《題朱君屺瞻〈肖影詞〉》一闋，并序云：“予求學時，與龔君理封、金君普揚、朱君屺瞻友善，龔號菊痴，予號茶痴，金號文痴，朱號畫痴，時以所好稱四痴焉。迄今十餘年，龔則困於教育；予則困於毛錐子；金則東渡扶桑，將遍游歐美；朱則苦研繪事，數年來精進無已，畫果痴矣。囑題其肖影，勉湊成章，長短句固非所長也。”詞曰：“瀟灑豐神，風流懷抱。賺人人羡渠年少。蘇臺山妙。錢塘水繞。料不到平添許多畫稿。　往事堪思，前塵未老。還記否四痴銜好。文旌遠適，菊痴潦倒。却不道畫痴果真痴了。”

一四　駿乎江城梅花引

楊君吟廬，係蘇浙路債權團理事長，予以駿乎之介紹，方得識荆。今楊君因團事北上，餞别之事，已見各報新聞欄。駿乎君送其北上，〔江城梅花引〕詞云："陽關三叠曲蒼凉。怕思量。又思量。聚也忽忽，離也總徬徨。玉漏聲殘紅燭冷，黯然者，醉難禁，話正長。　　話長。話長。倚行裝。恨一腔。泪一腔。飲也飲也飲不盡，仇血千觴。雲散惟留，星月照河梁。一夜銷魂離緒亂，縱小别，怎偏偏，又斷腸。"

一五　若渠長相思

老友若渠，爲予患難交，其〔長相思〕云："雨綿綿。恨綿綿。多少名花泣路邊。蕭疏我亦憐。　　聽杜鵑。惱杜鵑。底事聲聲啼滿天。荒村一縷烟。"婉轉纏綿，却非凡手所能。

（以上《新世界》1919 年 5 月 20 日）

一六　晁無咎評本朝樂章

《復齋漫録》曰："晁無咎評本朝樂章云：世言柳耆卿是曲調，非也，如〔八聲甘州〕云：'漸霜風凄慘，關河冷落，殘照當樓。'此唐人語不減高處也。歐陽永叔〔浣溪沙〕云：'堤上游人逐畫船。拍堤春水四垂天。緑楊樓外出秋千。'此等語絶妙，衹一'出'字，自是著意道不到處。蘇東坡謂詞人多不諳音律，然居士詞横放杰出，自是曲中縛不住者。黄魯直間作小詞，固高妙，然不是當家語，自是著腔子唱好詩。晏元獻不蹈襲人語，而風調閑雅，如'舞低楊柳樓心月，歌盡桃花扇底風'，知此人不住三家村也。張子野與柳耆卿齊名，而時以子野不及耆卿，然子野韵高，是耆卿所乏處。近世以來，作者皆不及秦少游，如'斜陽外寒鴉數點，流水繞孤村'，雖不識字人，亦知是天生好言語。"

一七　賀黄公評蘇詞

賀黄公曰："蘇子瞻有銅喉鐵板之譏，然〔浣溪沙〕《春歸》詞云：'彩索身輕常起燕，紅窗睡重不聞鶯。'如此風調，令十七八女郎歌之，豈在曉風殘月之下。"

（以上《新世界》1919 年 5 月 24 日）

一八　詞爲詩餘

詞爲詩餘，學詩既成，若有餘力餘興，可兼及填詞。以吟詩之法，照格填詞，未有不能者，故曰：詞爲詩餘。試觀趙宋以來，其工詩者，無不詞稿流傳，此其證也。

一九　劉申叔論詩詞源

劉申叔之論詩詞源云："樂歌既廢，創爲詞調，以紹樂府之遺。夫詞於四始之中，近於比興，長短句則詩中亦多，'殷其雷，在南山之陽'，三五言調也；'魚麗於罶，鱨鯊。'二四言調也。'遭我乎猺之間兮，并驅從兩肩兮。'六七言調也。'不我以，不我以。'疊句韵也。'我來自東，零雨其濛。鸛鳴於垤，婦勤於室。'换韵調也。《行露》章，首章四字句四句，次章五字句四句，换頭調也。梁武帝《江南弄》、沈休六《六憶詩》，爲詞曲之濫觴。唐人所創之〔阿那曲〕〔長相思〕，五言絶之變調也。〔柳枝〕〔竹枝〕〔清平調〕〔小秦王〕〔陽關曲〕〔八拍蠻〕〔浪淘沙〕，七絶之變調也。〔阿那曲〕〔鷄叫子〕，仄韵七絶也。〔瑞鷓鴣〕，七律也。〔款殘紅〕，五古也。古人詩調，多近於詞，後世詞調，轉出於詩。蓋古代詩多入樂，而後世之詞，乃詩之按律者也。"唐詞多緣題生咏，如填〔臨江仙〕，則題水仙；〔女冠子〕，皆言道情；〔河瀆神〕，皆咏祠祭；〔巫山一段雲〕，皆指巫峽。故楊用修升庵，於詞調起源，按考甚晰。如〔蝶戀花〕，取梁元帝"翻階蛺蝶戀花情"；〔滿庭芳〕，取吴融"滿庭芳草易黄昏"；〔點绛唇〕，取江淹

"明脂點绛唇"；〔尉遲杯〕，取"尉遲敬德飲酒必用大杯"之意。至宋人填詞，則不以詞牌題爲意，如〔曉風殘月〕〔流水繞孤村〕，皆去牌題甚遠，如王晉卿〔人月圓〕、謝無逸[1]〔漁家傲〕皆不切詞牌。

（以上《新世界》1919 年 5 月 25 日）

① "逸"，原作"佚"。

根香山館詞話

滕若渠◎著

滕若渠（1901～1941），名固，原名滕成，字若渠。江蘇省寶山縣月浦鎮（今屬上海市）人。著名美術理論家，被譽爲“中國現代藝術史學的奠基者”。早年就讀於上海美術專科學校，1932年獲德國柏林大學美術史學博士學位。曾任重慶中央大學教授、昆明國立藝術專科學校校長等。著有《根香山館詩話》《唐宋繪畫史》《中國美術小史》等。《根香山館詞話》分3期連載於《先施樂園報》1918年12月12日、12月19日、12月25日。

《根香山館詞話》目録

根香山館詞話

一　邵心炯詞

予束髮受書時，即飫聞先師伯邵心炯先生之名。蓋先生與家伯訒庵爲文字交也，後予從其弟心箴、心傅兩先生游，知之尤詳。先生詞宗白石，以遭際有異，故不甚肖，然天分過之。悼亡後所著〔金縷曲〕三首，瘦鵑先生詞話中言之綦詳。然其吴下將歸時，所譜〔金縷曲〕一首，亦如伯奇孤子、屈原忠臣之所嘆。予每於夜闌人静時誦之，不知涕泗之何從也。詞云："欲泣偏無泪。向人前裝歡耐痛，有誰知己。好鳥時來枝頭勸，勸道苟郎休矣。何苦被冤魔攪死。若忒情痴將花殉，教誰來替雪憐花涕。思量透，非耶是。　浮萍聚散隨流水。衹今番爲誰歸去，凄凉行李。仍當花枝春依舊，依舊愁邊病裏。又幾日爲儂憔悴。無奈自家排不下，寫歸期怯向雙魚寄。須寄到，重泉底。"又一闋云："花睡閑庭悄。子規兒未唤人歸，却催春老。誰信東風無氣力，竟把殘紅輕掃。這憔悴問誰能料。痴極咒春春不解，算多情合被無情笑。送春去，爲春吊。　烟花往事今休道。夠銷魂一院斜陽，數聲啼鳥。原識今番留不住，深悔當初迎到。偏又望明年春早。便是春光真長在，可能抛一種傷春抱。春過盡，恨難了。"多讖語，非壽徵。

（以上 1918 年 12 月 12 日）

二　竹眠詞

《竹眠詞》若干卷，係武進黄仲則所著。仲則爲有清一代之大詩家，世人但知其詩，而不知其詞，而其詞之豪放處，有如辛稼軒；旖旎處，有如李後主。如〔貧也樂〕云："一匹馬。千金買。邯鄲少年有聲價。唱龍沙。拍胡笳。吾曹健兒，不聽筝琵琶。
漢家邊釁今朝始。去去同生復同死。天蒼蒼。野茫茫。一片秦時月，挂邊牆。"〔點絳唇〕云："瘦骨無情，年年此際懨懨病。小立風前，討個傷春信。　　淡月微雲，做出春宵景。斜還整。漸無人憑。卐字闌干影。"即此可概其餘。

三　梁任公詞

梁任公詞多豪氣縱横，不可一世，然纏綿婉轉者亦有之。如〔采桑子〕云："沉沉一枕扶頭睡，直到黄昏。猶掩重門。門外梨花有濕痕。　　薰篝蕭瑟爐烟少，不道衣單。却道春寒，絲雨濛濛獨倚欄。"

（以上 1918 年 12 月 19 日）

四　龔定庵詞

龔定庵之《無著詞》《懷人館詞》《影事詞》《小奢摩詞》《庚子雅詞》，意想超脱，語多俊雋，戛戛獨造，脱盡恒蹊。間有不甚協律者，蓋才人之筆，固無所不可也。〔洞仙歌〕云："高樓燈火，已四更天氣。吴語喁喁也嫌碎。者新居頗好，舊恨堪銷，壺漏盡，儂待整帆行矣。　　從今梳洗罷，收拾筝簫，匀出工夫學書字。鳩鳥倘欺鸞，第一難防，須囑咐鶯媒回避。衹此際簫郎放心行，向水驛尋燈，山程倚轡。"〔浪淘沙〕云："好夢最難留。飛過仙州。尋思依樣到心頭。去也無踪尋也慣，六層厢樓。　　中有話綢繆。燈火簾鈎。是仙是幻是温柔。獨自凄凉還自遣，自製離愁。"〔菩薩蠻〕云："文窗花霧凄然緑。侍兒不肯傳銀燭。樓外月黄昏。口脂聞暗香。　　新來情性皺。未敢偎羅袖。此度袷衣單。蒙他訊晚寒。”此數首，予最愛誦之。

（以上 1918 年 12 月 25 日）

根香仙館詞話

滕若渠◎著

《根香仙館詞話》，原載《勸業場》1918年12月9日。本書即據此收録。

《根香仙館詞話》目録

根香仙館詞話

一　靳少仲臨江仙

沈去矜曰："小調要言短意長，中調要骨肉停勻，長調要操縱自如。"稽諸詞苑，類皆不出此範圍。西江靳少仲有〔臨江仙〕一首云："讀破蕓緗三萬卷。回翔直到公卿。胸藏武庫角心兵，綺羅叢裏，擎酒説功名。　　鏤玉橫腰金佩肘。白頭一夢零星。舞裙歌扇總飄萍。故人江海，間續種魚經。"此小令也，某操縱自如，氣慨絶類長調，亦詞家之別樹一幟也。

二　邵心炯金縷曲

先師伯邵心炯先生，詞名遍大江南北，著有《艾盧遺稿》，久已膾炙人口。其所爲詞，悲愁抑鬱，雖屈原忠臣，伯奇孤子之嘆，不是過也。予酷愛其《吴下將歸作》，調寄〔金縷曲〕一首，每於夜深人静時，背誦數過，輒爲之涕泗横流。其詞曰："欲泣偏無泪。向人前裝歡耐痛，有誰知己。好鳥時來枝頭勸，勸道荀郎休矣。何苦被冤魔攬死。若忒情痴將花殉，教誰來替雪憐花涕。思量透，非耶是。　　浮萍聚散隨流水。衹今番爲誰歸去，淒凉行李。仍當花枝春依舊，依舊愁邊病裏。又幾日爲儂憔悴。無奈自家排不下，寫歸期怯向雙魚寄。須寄到，重泉底。"

（以上《勸業場》1918年12月9日）

冷廬非詞話

滕若渠◎著

《冷廬非詞話》分5期連載於《先施樂園報》1919年1月8日、1月9日、2月16日、4月12日、4月14日。

《冷廬非詞話》目録

冷廬非詞話

蔣著超先生著《非詩話》，名重一時，因效其體，作《非詞話》。閲者得弗哂爲狗尾續貂乎，一笑。

一　錢子亭詞

濡東錢子亭，所爲詩詞，清圓流麗，的的可誦。有《美人咏》，頗近滑稽。其一咏聾美人，調寄〔少年游〕云："眼波眉黛鬟雲青。雙耳玉瓏玲。轉側凝神，低回含笑，話響囀春鶯。　背人偷約訴衷情。一再費叮嚀。絮語偏多，芳心如印，未識可曾聽。"其二咏瞎美人，調寄〔浪淘沙〕云："悄悄又暝暝。似睡偏醒。個人風貌太娉婷。膚雪鬟雲光聚月，忍再眸星。　何必盼清泠。暗已惺惺。那關秋水不晶瑩。多管爲郎非冠玉，未肯垂青。"其三咏啞美人，調寄〔點絳唇〕云："默默含顰，誰猜個裏相思苦。未能言處。暗地通眉語。　玉手輕翻，忍把心情吐。偷要汝。縱無推拒。半字何曾許。"其四咏痴美人，調寄〔采桑子〕云："芳心玉貌渾無主，纔拭星眸。忽囀珠喉。爲捉銀蟾又上樓。　知他啼哭皆天趣，不解佯羞。不識閑愁。絮煞檀郎愛并頭。"趣寓言中，香生言外，允稱杰作。

(1919年1月8日)

二　春賽詞三闋

有署名也是詞人者，不識何許人，有《春賽詞》三闋。〔踏莎行〕云："春色將闌，雄心未已。芳原再去騰騏驥。流光如駛本難留，一鞭催徹春歸矣。　士女顧城，游人似蟻。紛紛不管春婪尾。停車勒馬互争看，却將講武當兒數。"〔眼兒媚〕云："踏青人唱踏青歌。衫子試輕羅。絲鞭玉勒，衣香鬢影，幾度經過。　場内如茵芳草地，駿足去如梭。鞭兒梢影，馬兒蹄迹，帶轉秋波。"〔奪錦標〕云："薄暖輕寒，紅稀緑暗，正是困人天氣。借得春蒐遺範，輕策驍黄，飛馳絶地。向場中舉目，却都有奔騰長技。舉紅旗一霎齊飛，畢竟争先誰是。　夕照銜山頭墜。奪得標歸，碧眼虹髯狂喜。遮莫明朝再到，重整馬鞭，更超游騎。有旁觀脱帽，有旁觀拈毫書記。逞豪雄各自嬉游，我也情移綺羅。"描寫士女雜踏之狀，宛然在目。

（1919 年 1 月 9 日）

三　心病黄鶯兒咏錢

無論游戲之文章及詩詞，須寓有諷諫之意，方爲上乘。若一味滑稽，而無寓意，即失之浮矣。心病有〔黄鶯兒〕《咏錢》四闋，一云："是好是銅錢。有了錢。百事全。時來鐵也生光彩，親族盡歡顔。奴婢進諛言。小孩兒也把銅錢騙。滿堂前家人骨肉，不過爲銅錢。"二云："莫要説銅錢。説銅錢。便無緣。親朋爲此傷情面。争什麽家園，奪什麽房田。嘆恩仇總是銅錢變。更可憐沿門求乞，也爲一銅錢。"三云："偏要説銅錢。有了錢。通上天。吕仙曾把黄金點。起課怕無錢。推磨鬼來牽。那鬼神尚把銅錢戀。劉海蟾歡天喜地，因爲有銅錢。"四云："莫再説銅錢。説起錢。實可憐。十年幾度滄桑變。賺不盡的錢。過得完的年。看財奴鑽進銅錢眼。亂山前紙灰飛蝶，可再要銅錢。"詞意清淺，説盡錢之害人，爲守錢虜痛下針砭。

（1919 年 2 月 16 日）

四　一半兒調

〔一半兒〕調，最多游戲之作，然率皆俚俗不堪，讀之可作三日嘔者。予見某君無題詞，調寄〔一半兒〕云："目成心許已多時。宋玉何嫌竟有詞。低著頭兒理鬢絲。太憨痴。一半兒佯嗔，一半兒喜。"（其一）"夜闌人静漫疑猜。私避雙鬟綉户開。月上花梢驀地來。坐郎懷。一半兒驚惶，一半兒愛。"（其二）"碧紗窗外露華凝。頰上紅潮酒暈增。雲雨巫山得未曾。背銀燈。一半兒含羞，一半兒忍。"（其三）"風流生性惱狂夫。密事無端漏阿奴。軟倚郎身片語無。悶葫蘆。一半兒嬌憨，一半兒醋。"（其四）描摹小兒女憨態，呼之欲出，俗不傷雅，允爲作手。

（1919 年 4 月 12 日）

五　跳浜詞五闋

予既述也是詞之《春賽詞》矣，復《跳浜詞》五闋，係調〔浣溪沙〕者，亦游戲筆墨中之可誦者也。其一云："一道鴻溝租界開。超前絶後賭龍媒。檀溪故事漫相猜。　勒馬俄延偏不發，據鞍踴躍水之隈。且看誰得錦標回。"其二云："一片驚風滬水濱。驕蹄微颭水邊塵。風飄馬尾情餘春。　淺淺之漥疑渤海，能超象外彼何人。虹髯碧眼信難倫。"其三云："微雨絲絲欲濕衣。錯疑人醉玉樓時。聽他金勒馬驕嘶。　一失足成千古恨，可憐人馬盡沾泥。要人扶起故依依。"其四云："偶爾諷曲氣便豪。名駒聲價陡然高。滬江誰是九方皋。　公子揮鞭渾欲似，魯連蹈海盡相嘲。些須缺陷那能逃。"其五云："春賽今朝煞尾聲。怨天偏不做人情。跳浜時節未曾晴。　車馬紛紜看賭賽，花萁架子盡縱横。偶然躐過是身輕。"腕底雖能生風，總不如春賽之妙。

（1919 年 4 月 14 日）

凌波榭詞話

曹元忠◎著

曹元忠（1865～1923），字夔一，一作揆一，號君直，晚號凌波居士，吴縣（今江蘇蘇州）人。光緒二十年（1894）舉人。捐内閣中書，歷官内閣侍讀、資政院議員等。民國後爲清遺老。工詩詞，爲晚清西昆派代表作家，有《凌波詞》（又名《箋經室詞》《雲瓿詞》）一卷，著有《箋經室遺集》。曹元忠批校詞集多種，如《樂府雅詞》《樂章集》《清真集》等。其逝世後，陳運彰將其散見的校詞、論詞之語編成《凌波榭詞話》一卷與《凌波榭詞話續》，今均藏復旦大學圖書館。現將二者合編，仍冠以《凌波榭詞話》之名。張響曾將前一種整理發表於《中國詩學》第二十二輯（2016年）。

《淩波榭詞話》目録

凌波榭詞話

樂府雅詞卷上

調笑集句

自〔巫山〕至〔琵琶〕七調無撰人，即曾氏慥《引》内所謂“九重傳出”者，意爲當時大晟樂歌法曲，故特莊麗不涉滛謔，而聲情幼眇，如雲天璈管之奏，必周清真諸公總持雅集，發此奇音，用成楷則。

沉醲至此，絶非尋常供奉所及，其諸草窗、石帚，有此深心。

觀此兩〔轉踏〕，晁無咎乃不及鄭彦能之情韵。

董　穎

過、破、衮、拍皆詞曲節簇之名，惟通音律者知之。此亦自製詞十闋，首尾皆咏西子吴越興亡事，又元曲洎後人傳奇所濫觴。而此則固詞筆也，惜未高妙耳。〔薄媚〕

南匯張嘯山先生《舒藝事雜著》跋《花草萃編》云：“第九卷録董穎〔薄媚〕《西子詞》本出《樂府雅詞》，起《排遍第八》，次《第九》，次《第十攧》，次《入破第一》，次《第二虚摧》，次《第三衮遍》，次《第四催拍》，次《第五衮遍》，次《第六歇拍》，次《第七煞衮》。前九段，依吴越事敷衍，末以王軒遇西子事作餘波，如今曲散套。其排遍、攧、入破、虚催、衮遍、催拍、歇拍、煞衮，乃曲中緩急疏密高下换調之稱，如今曲亦有引子，過曲，賺犯，煞尾等名，各有次第，不可凌亂。乃謬以入破居首，排遍、次煞、衮之後，文意倒置，實不知而作。”其論《花草萃編》之失，至爲精當。藉非見《雅詞》原次，亦何從知之。然則享帚精舍此刻，有功於倚聲家，豈淺鮮哉！〔大曲〕

嘯山先生糾《花草萃編》之失，是已。偶憶《玉照新志》載，元祐中曾文肅帥并門，感《麗情集》馮燕事，自製〔水調歌頭〕，以亞大曲。第一至第七皆稱排遍，當亦有故，惜不能起先生而質之。(〔大曲〕)

歐陽永叔

尖新媚麗，然非歐語。歐陽永叔〔南歌子〕(鳳髻金泥帶)

此蕭、豪、尤同部，“好”“有”相叶，無所謂不合。秦氏以今韵繩之，誤矣。[〔定風波〕(把酒花前欲問君)一首。秦校云“好”“有”二韵不叶。]

吐納靈氣，直欲追跨青蓮。[〔長相思〕(深畫眉)]

體狀方雅，獨步詞壇，真天人元解語也。[〔訴衷情〕(清晨簾幕捲清霜)]

王介甫

此《半山集》集句詩也，端伯誤作樂府。然明抄本與此詩并不分段，尚是臨川舊本款式。(王介甫〔甘露歌〕)

紹興本《臨川集》此首在〔桂枝香〕前，故朱氏刊《臨川詞》則去此詞，以爲集句詩，非詞也。其實宋人集句入詞者頗有之，既係長短句，即名之曰詞亦無不可。

晁無咎

村居□語復出，似不甚烹煉之詞，而愈淺愈真，能於樸處見

老作家精神，滿腹時也。［晁無咎〔永遇樂〕（松菊堂深）］

詞家忽開此崛强一境，亦奇。［〔鹽角兒〕（開時似雪）］

從去年寫到今年後，從春到寫到春歸，回環無端，其胎息當自大蘇得來。文章故以意爲主也。［〔尉遲杯〕（去年時）］

無咎列蘇門四學士，當日傳衣付鉢，具有師承。如此詞清辣幽雋，直是坡僊法乳。［晁無咎〔水龍吟〕（問春何苦匆匆）］

樂府雅詞卷中

賀方回

寄托深遠，别有風懷。此方面身世之感得飛卿之思致，韵亦如之。〔減字浣溪沙〕（鼓動城頭啼暝鴉）

亦本唐人閨情，而婉約不露勝之。〔菩薩蠻〕（章臺游冶金龜婿）

奇情俠氣，噴薄森辣，辛稼軒雖豪健，恕不能傲睨梅子。〔六州歌頭〕（少年俠氣）

幽曲隱約，不免流蕩之譏矣。其諸别有懷艷者邪？〔江城子〕（麝熏微度綉芙容）

托恉幽遠，其聲抑揚。〔浪淘沙〕（一葉忽驚秋）

惝恍迷離，怨歌之遺，意内言外，故曰詞也。〔金人捧露盤〕（控滄江）

舒信道

舒亶乃承奉榷邪密意，與李定鍛煉坡翁詩案者。覽其文辭，亦非士俗下才，乃甘心爲人鷹犬，遂自儕於蟲賊鬼蜮，哀哉！復何及矣。

如此等雅詞，倘出太虚、無咎輩，便覺神骨俱僊，乃辱以舒信道乎？〔虞美人〕（芙蓉落盡天涵水）

亶當日考訊坡公，退而曰：子瞻真天下才。亶能隱眼坡公，故應有此吐屬，卒甘心爲小人。故君子尚德，浮華有文，非道所貴。〔一落索〕（正是看花天氣）

趙德麟

峭而俊，可敵太虚。〔蝶戀花〕（欲減羅衣寒未去）

此種却墮禪偈氣，王半山爲之魁。〔西江月〕（人世一場大夢）

《苕溪漁隱叢話》引《復齋漫録》云，劉偉明既喪愛妾而不能忘，爲〔清平樂〕詞云，“春”作“東”，“氣”作“色”，“時候”作“廝勾”，“青門”作“先問”，“宵”作“朝”，無“魄雲”二字，“衹銷”作“知他”，末二句與唐阿灰之詞有間矣。〔清平樂〕（東風依舊）

王履道

須看其過片處，接法如水流花放，思境最活。〔洞仙歌〕（深庭夜寐）

樂府雅詞卷下

陳去非

簡齋詩往往有極率處，而詞筆清空靈妙。如此三闋，直欲衙官唐人游仙諸作。〔法駕導引〕

朱氏《詞綜》載此後兩詞，竟題“爲韓夫人作”，不可曉。

李蕭遠

學蘇辛壯麗一種，雖氣力少遜，而意味固在。〔水龍吟〕（碧山横繞清湖）

蕭遠詞於疏落不著色，特饒蕭散之韵，固是别裁。〔浪淘沙〕（拍手趁西風）

吕居仁

榛苓西方，别有懷艷，故其詞悱惻而纏綿。〔浣溪沙〕（暖日温風破淺寒）

氣如稼軒，情如石帚，當不屬劉改之豪横也，此爲奇絶。〔踏莎行〕（雪似梅花）

毛澤民

詞家雅頌體裁，易增俗艷，《元會曲》尚有典型。〔水調歌頭〕（元會曲）

李景元

澀調最難得，宛轉關生，須回環折迭，協律和聲處，全是功夫。〔望春回〕（霽霞散曉）

向伯恭

宋人如此種筆墨，本無甚出衆處，而體格老成，政宜學步。〔滿

庭芳〕（月窟蟠根）

朱希真

咏物詞著相語，易犯筆端，古人不免也。此尚渾脱，存之以存楷則。〔清平樂〕（人間花少）

陳子高

看去無甚深意，特於拙淺處藏韵趣，此爲高作。〔好事近〕（尋遍石亭春）

詞人之情，詩人之旨，與之辨淫則□。〔鷓鴣天〕（芳草陰陰脱晚紅）

趙子發

高情雅音，固非夭艷側媚蹂云寄托者所可同日。〔阮郎歸〕（馬蹄踏月響空山）

曹元寵

此等詞看似平平，極不易作。〔水龍吟〕（曉天谷雨晴時）

李易安

用長調咏物者，石帚、中僊已來，大都以此争奇。漱玉乃獨揎袖奮翰，出其雅言，洋溢唱嘆，無不滿之意與閑剩之詞，奇才也。〔多麗〕（小樓寒）

西泠有一種詞派，專尚輕鬆，其源亦出於此。然流極則軟、則滑，不任受過。〔行香子〕（草際鳴蛩）

樂府雅詞拾遺卷上

王元澤

元澤詞筆乃其率爾抽毫之作，然以了戾性情寫屈蟠，律調却能打乖姑，存爲别裁可也。〔倦尋芳慢〕（露曦向曉）

何　籀

澀調最難得韵，語碎又難達情。當泛結轄處，玩其運思之妙。〔宴清都〕（細草沿階軟）

樂府雅詞拾遺卷下

無名氏

詞何用必换頭，换頭何用必争勝處，以一闋精神，全於一二語看，意愜關飛動也。此解换頭突出，夢魂云云，意局忽變，大是勝場。〔卓牌兒〕（當年早梅芳）

無名氏

長調渾浩流轉，尚非宋諸公所罕觀，唯襞積堆垛中，能以情趣相緯，爲真難得矣。〔喜遷鶯〕（梅霖初歇）

無名氏

語義恰好渾足，便是難道之境。〔好事近〕（小院看酴醿）

《樂府雅詞》曾慥引後

端伯自序有云："咸不知姓名，則類於卷末"，是《拾遺》中各詞姓名，疑不出端伯者。然《漁隱叢話》於前集云：曾慥"編《樂府雅詞》，以秋月詞〔念奴嬌〕爲徐師川作，梅詞〔點绛唇〕爲洪覺範作，皆誤也。秋月詞乃李漢老，梅詞乃孫和仲"。又："〔漢宫春〕梅詞，云是李漢老作，非也，乃晁沖之叔用作。"於後集云："曹元寵本善作詞，於望月〔婆羅門引〕，端伯乃以爲楊如晦作，非也。"可見《拾遺》中原有姓名，特未全耳。《文獻通考》載曾氏自序作"或不知姓名"，是也。

手校《樂府雅詞》跋

鶴盧假我士禮居舊藏明鈔《樂府雅詞》八册，卷端有"弱侯"及"子晋"、"汲古主人"諸印，知焦、毛兩家故物也。取校此本，合處固多，而改易處亦復不少，且移易删并，甚失端伯本意。如《拾遺》上，〔勝勝慢〕至〔侍香金童〕，皆疑“九重傳出”，故不標姓氏，自爲一卷，與《雅詞》首列〔轉踏〕，體例略同，非見明鈔，何從知邪。

樂章集

黃鶯兒

按：本集〔征部樂〕調有“每追念狂踪舊迹”句，則□或是舊字。(《樂章集校勘記補遺》〔黃鶯兒〕“恣狂踪迹”梅本作“恣狂踪□迹”。)

雪梅香

按：《梅苑》有無名氏用耆卿此韵，畢曲云：“賞南枝，倚闌凝望，時見征鴻。”亦不盡如宋本也。(〔雪梅香〕)

送征衣

按：本集〔永遇樂〕調，有“璇樞繞電，華渚流虹”，宋本沿彼二語，故此處亦作“流虹”。(〔送征衣〕(過昭陽)“璇樞電繞，華渚虹流”。)

笛家弄

按：萬氏移下半闋“帝城當日”下接“未省”“宴處”二語，而以“蘭堂夜燭”四語移在“豈知秦樓”之上，其説甚辨。特以宋朱雍《梅詞》用耆卿此韵者校之，則次弟悉與《樂章集》吻合，無所用其更改耳。至“韶光明媚”句，朱作“天然疏秀”，“秀”字是韵，知柳詞必做“韶光明秀”，似當據改。(〔笛家弄〕)

運彰按：《詞律》卷二十萬氏注云：“凡長調詞，起結前後互異，而中幅每每相同，此詞恐有顛倒。今以臆見附此。蓋‘别久，帝城當日’是换頭起語，其下當移入‘未省’至‘花柳’十四字，而以‘蘭堂’四句對前‘水嬉’四句，‘豈知’八字對前‘是處’八字，‘前事難重偶’對前‘往往携纖手’，‘空遺恨’以下兩三字、一六字對前‘遣離人’以下三句，句法、字法相同，豈不恰當？蓋謂因久别而追思當日在帝城之時，宴處即聽弦管，醉裏必尋花柳，從未有忘此二事者，故上加‘未省’二字。‘未省’者，不解如此也。下即以‘蘭堂’四句，實注彼時歡會之勝，而下以‘豈知’二字接之，言不料如今若此之寂寥也。如此則意順調協矣。”

運彰又按：《欽定詞譜》亦作“韶光明媚”，而《御選歷代詩餘》“媚”作“秀”。

看花回

按：本集〔玉蝴蝶〕調亦有“雅俗熙熙”句，宜從宋本補“熙”字。[〔看花回〕（雅俗熙物態妍）]

尉遲杯

按：清真《片玉集》此調上半闋亦於“每相逢、月夕花朝，自有憐才深意處”分段，又换頭“綢繆鳳枕鴛被”句不叶韵，疑“被”乃“衾”之誤，後人因其似韵而不覺耳。畢曲“且相將，盡平生”句六字當從宋本作“且將共樂平生”爲是。（〔尉遲杯〕）

法曲獻仙音

按：“少孜煎，剩好將息”與本集〔駐馬聽〕調“無事孜煎”，“孜煎”疑皆“敖煎”，傳寫訛“敖”爲“孜”耳。（〔法曲獻仙音〕）

西平樂

按：上朱雍《梅詞》用耆卿此韵作“畫角哀時暗度”，當據宋本補“暗”字。[〔西平樂〕（寂寞韶光度）。]

浪淘沙慢

按：起調至下半闋相憐相惜，句法與清真皆合，惟换頭后微異。自“恰到如今”以下，句法既異，又四十一字中，衹叶“隔”“説”“憶”三韵，訛謬迭出。恐《尊前》《酒邊》爲歌兒增損，大非耆卿之舊矣。〔浪淘沙慢〕

夏雲峰

按：《梅苑》有無名氏此調作“怎奈風寒景裏，獨是開時”，則似當有“時”字也，梅本有之。（〔夏雲峰〕“坐久覺，疏弦脆管，時换清音”，顧、陳本無“時”字。）

荔支香

按：明盟鷗園主影元巾箱本《清真集》，此調亦屬歇指，其第一闋工調與此悉合，惟“黄昏客枕無憀”句，此作“金縷霞衣輕褪”，平側微異耳。據彼則“來繞瓊筵看”之“來”字，是宋本誤改，猶調名〔荔支香〕下亦改“近”字。蓋此詞歇指調有近拍，固見於《碧鷄漫志》也。（〔荔支香〕）

内家嬌

按：“向”疑“何”字之訛，本集〔駐馬聽〕調亦有“奈何伊，恣性靈”等句。[〔内家嬌〕（奈向好景難留）]

二郎神

按：“顧”乃“願”之訛，本集〔洞仙歌〕調亦云“願人間天上”，可互證。〔二郎神〕（“顧人間天上”。顧本，朱本“顧”作“願”。）

定風波

按：上半闋已叶“暖酥銷，膩雲亸”，此處不得重“亸”韵，疑“亸”即俗“躲”字。（〔定風波〕“鎮相隨，莫抛躲”，宋本“躲”作“亸”。）

集賢賓

按：蟲蟲，當時妓名。本集〔征部樂〕調“但願我，蟲蟲心下，把人看待，長似初相識”，〔玉樓春〕調“蟲娘舉措皆温潤”是也。宋本於“蟲蟲”字皆改去，此等處似皆不如梅本。（〔集賢賓〕“就中堪人屬意，最是蟲蟲”。運彰按：“最是蟲蟲”，宋本“蟲蟲”作“春風”，“但願我，蟲蟲心下”，宋本作“重重心下”，“蟲娘”，宋本作“重娘”。）

戚　氏

按：元延祐雲間本《東坡樂府》分兩段，與此分三段異，而工調悉合，惟“别來迅影如梭，舊游似夢，烟水程何限”三句凡十五字，無一叶韵者，蘇詞則作“雲璈韵響寫寒泉，浩歌暢飲，斜月低河漢。漸漸”。視此多兩字，又叶兩韵，疑《樂章集》訛改。（〔戚氏〕）

望遠行

按：鄭谷詩云“亂飄僧舍茶烟濕，密酒歌樓酒力微。江上晚來堪畫處，漁人披得一蓑歸”。此詞“好是漁人，披得一蓑歸去。晚來江上堪畫”全本鄭詩。“亂飄”二句恐不必倒轉，且萬氏但據本集“綉幃睡起”一調，不知彼是中吕宫，此是仙吕宫。細校兩詞句法調法，似無庸强和也。（〔望遠行〕萬氏云：“亂飄僧舍，密酒歌樓”二句宜倒。）

玉山枕

按：梅本“歌”作“歡”。本集〔征部樂〕有“雅歡幽會語”可證。朱本同。[〔玉山枕〕（邊争奈，雅歌都廢）]

郭郎兒近

按：本集〔過澗歇〕調亦云“避畏景，兩兩舟人夜語”，豈有動輒即誤之理？據《錦綉萬花谷·别集》引王言史詩“曲池煎畏景，高閣絶微飆”，則“畏景”猶謂“夏日可畏耳”，非誤字也。（〔郭郎兒近〕“畏景天氣”，萬氏云“畏景”，决是誤字。）

木蘭花慢

《樂府指迷》謂柳詞〔木蘭花〕云"坼桐花爛漫"，此正是第一句，不用空頭字，故用坼字，言開了桐花爛漫也。又謂詞中多有句中韵，如〔木蘭花〕云"傾城。盡尋勝去"，"城"字是韵，不可不察也。沈氏所舉正倚聲家所當致意，撮其説於此。(〔木蘭花慢〕)

瑞鷓鴣

按：此耆卿和韵賦紅梅之作，今兩詞并存《梅苑》。據《梅苑》下半闋"恨聽烟鴻深中"與原倡"好將心事，都分付於，時暫別，小庭來"，句法平側微有不合。其實"鴻"與"塢"形近而訛，當讀"恨聽烟塢深中，誰恁吹羌笛，逐風來"，平側無不合，特句法少異耳。"烟塢深中"與清真〔法曲獻仙音〕調"翠幕深中"同例，意亦北宋常語矣。(〔瑞鷓鴣〕)

塞　孤

按：朱雍《梅詞》次柳耆卿韵作"向亭皋、一任風裂"，似宋本既誤作"冽"，又衍一字。(〔塞孤〕"漸西風緊，襟袖淒裂"。宋本"裂"作"冽"。)

樂章集校勘記補遺跋

壬寅病月，元忠重游白下，謁吾師藝風先生於鍾山講舍，出近撰仲飴方伯新刊《樂章集校勘記》見示，且命輯録屯田逸詞。既得十許調，復取《花庵詞選》《草堂詩餘》《陽春白雪》《樂府指迷》《梅苑》《全芳備祖》及徐誠庵丈《詞律拾遺》，爲《補遺》一卷。柳詞自汲古刻六十家本，至此始一再理董，縱未能刊嘌唱新添之字，傳舍韞内裹之聲，亦庶幾有井水處能歌矣。師與方伯謂可存，促成之，附《校勘記》後。皋月十又二日吴曹元忠識於鍾山小園。時紅藕試畢，緑蕉坼陰，宿雨初姓，凉思灑然。(《樂章集

校勘記補遺》)

絳都春

按：此詞顧陳《草堂詩餘》皆作丁僊，現其人無考。《樂府指迷》謂古曲亦有拗者，舉〔尾犯〕之“金玉珍珠博”，“金”字當用去聲。〔絳元春〕之“游人月下歸來”，“猶”字合用去聲爲說。按〔尾犯〕見柳詞，〔絳元春〕亦必柳詞。當時尊前酒邊，被諸弦管，惟柳詞爲最當行，故沈氏用以指點。《苕溪漁隱叢話》云：“先君嘗云柳詞‘鰲山彩結蓬萊島’，當云‘彩緵’。”既改其詞益佳，則此詞爲《樂章集》所佚，明矣。今據胡元任語補輯。(《樂章集》選詞〔絳都春〕)。

僊吕宮調

此即《詞源》夷則羽，俗名僊吕調也。與上卷〔傾杯樂〕〔笛家弄〕之爲夷則宮，俗名僊吕宮者别。(朱孝臧《樂章集校勘記》下卷〔僊吕宮調〕引。)

清真集

意難忘

《詞旨》“詞眼”云：“燈籠燃月”注清真，當即此“燈籠就月”句。(〔意難忘〕)

滿庭芳

《潁川語小》云：“作詞於〔滿庭芳〕换頭處第二字當押韵，如秦少游云‘銷魂當此際’，周美成云‘年年如社燕’。‘魂’‘年’，韵也。”按此陳叔方爲陳瑩中“家山何處近”，舒信道“豐年時節好”言之，實則南北宋詞家除陳、舒外，固皆押韵也。(〔滿庭芳〕)

花　犯

“脆圓”即“脆丸”，宋避欽宗諱，每改“丸”爲“圓”。(〔花犯〕)

大　酺

《樂府指迷》云：“清真詞多要兩人名對使，亦不可學他。如〔宴清都〕云：‘庾信愁多，江淹恨極’，〔西平樂〕云‘東陵晦迹，彭澤歸來’，〔大酺〕云：‘蘭成憔悴，衛玠清羸’，〔過秦樓〕云：‘才減江淹，情傷荀倩’之類是也。”據沈義父所見本，則“樂廣”當作“衛玠”。(〔大酺〕)

青玉案

《山谷琴趣》〔憶帝京〕《私情》：“銀燭生花如紅豆，占好事，而今有。人醉曲屏深，借寶瑟，輕拈手。一陣白蘋風，故滅燭，教相就。花帶雨，冰肌香透。恨啼鳥，轆轤聲曉。岸柳微凉吹殘酒。斷腸時，至今依舊。鏡中銷瘦。那人知後，怕夯你來僝僽。”此似

改山谷爲之。〔青玉案〕（良夜燈光簇如豆）

運彰按：《欽定詞譜》十六"岸柳"至末作"岸柳微凉吹殘酒（韵）斷腸人（句）依舊鏡中銷瘦（韵）恐那人知後（韵）鎮把你（讀）來僝僽（韵）"。注云"曉"字與"透"字押，亦遵古韵。

又按：楊湜《古今詞話》（趙萬里輯本，據《緑窗新話》上引。）：秦少游在揚州，劉太尉家出姬侑觴。中有一姝，善擘箜篌。此樂既古，近時罕有其傳，以爲絶藝。姝又傾慕少游之才名，偏屬意，少游借箜篌觀之。既而主人入宅更衣，適值狂風滅燭，姝來且親，有倉促之歡。且云："今日爲學士瘦了一半。"少游因作〔御街行〕以道一時之景曰："銀燭生花如紅豆。這好事、而今有。夜闌人静曲屏深，借寶瑟、輕輕招手。可憐一陣白蘋風，故滅燭教相就。　　花帶雨、水肌香透。恨啼鳥、轆轤聲曉，岸柳（案：句有脱誤。）。微風吹殘酒。斷腸時、至今依舊。鏡中銷瘦。那人知后。怕你來僝僽。"

慶宫春

《嘯餘譜》"簧"作"簧"。《齊東野語》云："美成樂府，亦有'簧暖笙清'之語。"可知草窗所見本是作"簧"字。且吴郡王及平原王家，"自十月旦至二月終，日給焙笙炭五十斤，用錦熏籠藉笙於上，復以四和香薰之，蓋笙簧必用高麗銅爲之，艴以緑蠟，簧暖，則字正而聲越，故必須焙而後可。"足與此詞相證。（〔慶宫春〕）

滿江紅

《鶴林玉露》："楊東山言《道藏》云：'蝶交則粉退，蜂交則黄退。'周美成詞云：'蝶粉蜂黄渾退了'正用此也。而説者以爲宫妝，且以'退'爲'褪'，誤矣。"按楊長孺所言，甚非清真本

意。惟“都”字作“渾”，據本似勝。(〔滿江紅〕)

西河

《耆舊續聞》云：“周美成〔西河〕詞‘賞心東望淮水’，今作‘傷心’。”似《花庵詞選》所據本，未必善。(〔西河〕)

浣溪沙慢

《耆舊續聞》云：“古詞‘水竹舊院落，櫻笋新蔬果’。《叢話》乃云：‘鶯引新雛過。’”而以“櫻笋”爲非。陳鵠在宋寧宗時去胡仔不遠，苟有舊本亦不見之，何致以《叢話》爲言？恐“鶯引新雛”句不足據也。(〔浣溪沙慢〕)

歸去難

好彩無可怨，疑“歹”音近而誤。(〔歸去難〕)

闌干遍倚

宋葛剛正《三續千文》“闌干遍倚”注引周美成詞“空竚立，盡日闌干倚遍”，爲此本所無。(卷末。)

宋徽宗詞

玲瓏四犯

按：此闋《絶妙好詞》以爲曹松山作，升庵當别有據。(〔玲瓏四犯〕)

導引第二首

按:《宋史·后妃傳》:“劉貴妃政和三年秋薨。先是妃手植芭蕉於庭，曰：‘是物長，吾不及見矣。’已而，果然。左右奔告，帝始大悲惻，特加四字，謚曰‘明達懿文’。叙其平生，弦諸樂府，則《樂志》所載《追册》及《祔廟導引曲》，皆徽宗御製，明矣。”(〔導引〕第二首)

導引第三首

此曲《樂志》列奉安欽成皇后，御容后，似即欽成神主祔廟之作。然欽成薨時，年五十一，不得謂朱顔。且芭蕉遺迹又明指劉貴妃事，則非欽成可知。疑是劉貴妃御容奉安别廟，徽宗製此。故云:“秋風又見芭蕉長。”又云:“悵望慘朱顔”也。(〔導引〕第三首)

瑶臺第一層

《能改齋漫録》云:“武才人以色最後庭，教坊詞名〔瑶臺第一層》托意於梅云”。按:《苕溪漁隱叢話》前集載《後山詞話》云:“武才人出慶壽宫，色最後庭，裕陵得之，會教坊獻新聲，爲作詞，號〔瑶臺第一層》。”則此詞爲徽宗御製也。(〔瑶臺第一層〕)

凌波榭詞話續

一　范仲淹漁家傲

《苕溪漁隱叢話》前集引《東軒筆録》云“范希文守邊日，作〔漁家傲〕宴歌數闋，皆以‘塞下秋來’爲首句，頗述邊鎮之勞苦”云云，則〔漁家傲〕必不止一闋也。

二　揚州平山堂

《方輿勝覽》卷四十四“淮東路揚州平山堂”注云：“在州城西北大明寺側。慶曆八年二月，歐陽公來牧是邦，爲堂於大明寺庭之坤隅。江南諸山，拱列檐下，若可攀取，因目之曰平山堂。沈括爲記。”劉原父詩：“蕪城此地遠塵寰，盡借江南萬疊山。”後歐公在翰林，原父出守，公作〔朝中措〕詞寄之，有曰：“平山欄檻倚晴空。山色有無中。手種堂前楊柳，别來幾度春風。　文章太守，揮毫萬字，一飲千鍾。行樂直須年少，樽前看取衰翁。”蘇子瞻〔西江月〕：“三過平山堂下，半生彈指聲中。十年不見老仙翁。壁上龍蛇飛動。　欲吊文章太守，仍歌楊柳春風。休言萬事轉頭空。未轉頭時已夢。”〔揚州慢〕“竹西佳處”，按《錦綉萬花谷》後集云“揚州蜀岡有竹西亭”，故東坡〔南歌子〕云：“山與歌眉斂，波同醉眼流。游人都上十三樓。不羨竹西歌吹古揚州。”

三　毛滂月波樓詞

毛澤民《東堂詞》有《月波樓中秋作》半闋。予年來假館琴川周維之户部小園，風露之夕，夜色湛然，輒獨步回廊，曼聲度詞。栖禽磔磔出闌外柳枝上，緑絲摇摇，月光明滅，與池水相掩映。乃知隨時隨地皆此景，何必中秋，又何必月波樓耶！

四　張炎臺城路

〔臺城路〕。元起善齋鈔本《詞源》錢良祐跋稱玉田嘗賦〔臺城路〕咏歸杭一詞云：“當年不信江湖老，如今歲華驚晚。路改家迷，花空蔭落，誰識重來劉阮。殊鄉頓遠。甚猶帶羈懷，雁凄蛩怨。夢裹忘歸，亂浦烟浪片帆轉。　閉門休嘆故苑。杖藜游冶處，蕭艾都遍。雨色雲西，晴光水北，一洗悠然心眼。行行漸懶。快料理幽尋，酒瓢詩卷。賴有湖邊，舊時鷗數點。”爲陶南村寫本《山中白雲詞》所遺，蓋南村未見是跋也。考跋中所言爲乙卯歲玉田寓錢塘時事，以玉田詞末卷〔臨江仙〕序稱甲寅秋寓吴時年六十有七。評之則譜此詞時已六十八矣，故云“歲華驚晚”也。亦次其韵記之。

五　曹組射弓詞

《苕溪漁隱叢話》五十四引《桐江詩話》：“潁昌曹緯彦文，弟組彦章，俱有俊才。彦文釋褐即物故，彦章多依栖中貴人門下。一日，徽廟苑中射弓，左右薦至，對御作射弓詞〔點絳唇〕一闋云：‘風勁秋高，頓知斗力生弓面。弝分� 簳。月到天心滿。　白羽流星，飛上黄金碗。胡沙雁。雲邊驚散。壓盡天山箭。’今人但知彦章善謔，不知其才，良可惜也。彦章後字元寵，兄弟幼孤，母王氏，教養成就。王氏亦能詩，嘗有《雪中觀妓》詩云：‘梁王宴罷下瑶台，窄窄紅靴步雪來。恰似陽春三月暮，楊花飛處牡丹開。’”

六　盤游飯

《苕溪漁隱叢話》三十九東坡云：“江南人好作盤游飯，脯鮓鱠炙，無不有，然皆埋之飯中，故里諺云：‘闕其厥切得窖子。’羅浮潁老取凡飲食雜烹之，名谷董羹，坐客皆稱善。詩人陸道士遂出一聯云：‘投醪谷董羹鍋内，闕窖盤游飯盌中。’東坡大喜，録之以付江秀才收，爲異時一笑。”《老學庵筆記》引《北户録》

云："嶺南俗家富者，婦産三日或匝月洗兒，作團油飯，以煎魚鰕、鷄鵝、豬羊灌腸、蕉子、薑、桂、鹽豉爲之。"據此即東坡先生所記盤游飯也。二字語相近，必傳者之誤。

七 樂府雅詞之誤

《苕溪漁隱叢話》五十九：曾端伯慥編《樂府雅詞》，以秋月詞〔念奴嬌〕爲徐師川作，梅詞〔點絳唇〕爲洪覺範作，皆誤也。秋月詞乃李漢老，梅詞乃孫和仲，和仲即正言諤之子也。又世傳〔江城子〕〔青玉案〕二詞，皆東坡所作，然《西清詩話》謂〔江城子〕乃葉少藴作，《桐江詩話》謂〔青玉案〕乃姚進道作。四詞皆佳，今并録之。〔念奴嬌〕詞云："素光練净映秋山，隱隱脩眉横緑。鳷鵲樓高天似水，碧瓦寒生銀粟。千丈斜暉，奔雲湧霧，飛過廣仝屋。更無塵氣，滿庭風碎梧竹。　誰念鶴髮仙翁，當年曾共賞，紫岩飛瀑。對影三人聊痛飲，一洗離愁千斛。斗轉參横，翩然歸去，萬里騎黄鶴。滿天霜曉，叫雲吹斷横玉。"〔點絳唇〕詞云："流水泠泠，斷橋斜路梅枝亞。雪花初下。全似江南畫。　白璧青錢，難買春無價。歸來也。風吹平野。一點香隨馬。"〔江城子〕云："銀濤無際捲蓬瀛。落霞明。暮雲平。曾見青鸞紫鳳下層城。二十五弦彈不盡，空感慨，有餘情。　蒼梧烟水斷歸程。捲霓旌。爲誰迎。空有千行流泪寄幽貞。舞罷魚龍雲海晚，千古恨，入江聲。"〔青玉案〕詞云："三年枕上吴中路。遣黄耳、隨君去。君到松江呼小渡。莫驚鷗鷺，四橋盡是，老子經行處。　輞川圖上看春暮。長記高人右丞句。作個歸期天已許。春衫猶是，小蠻針綫，曾濕西湖雨。"漢老〔念奴嬌〕詞中有"滿天霜曉，叫雲吹斷横玉"之句，乃用崔魯《華清宫》詩"銀河漾漾月輝輝，樓礙天邊織女機。横玉叫雲清似水，滿空霜逐一聲飛"。或云叫雲乃笛名，非也。又端伯所編《樂府雅詞》中，有〔漢宫春〕梅詞，云是李漢老作，非也，乃晁沖之叔用作，政和間作此詞獻蔡攸。是時，朝廷方興大晟府，蔡攸携此呈其父云："今日於樂府中得一人。”京覽其詞喜之，即除大晟府丞。今載其詞曰：“瀟灑江梅，向竹梢稀處，横兩三枝。東君也不愛惜，雪壓風欺。無情燕子怕春寒，輕失佳期。惟是有、南來歸雁，年年長見開時。　清淺小溪如練，問玉堂何似，茅舍疏籬。傷心故人去後，冷落新詩。微雲淡月對孤芳，分付他誰。空自倚，清香未減，風流不在人知。”此詞中用玉堂事，乃唐人詩云“白玉堂前一枝梅，今朝忽見數枝開。兒家門户重重閉，春色因何得入來”。或云玉堂乃翰苑之玉堂，非也。

八　曹組望月婆羅門

《苕溪漁隱叢話》後集三十九：曹元寵本善作詞，特以〔紅窗迥〕戲詞，盛行於世，遂掩其名。如〔望月婆羅門〕詞，亦豈不佳，詞云：“漲雲暮捲，漏聲不到小簾櫳。銀河淡掃澄空。皓月當軒高挂，秋入廣寒宫。正金波不動，桂影朦朧。　佳人未逢。嘆此夕，與誰同。望遠傷懷，對景霜滿愁紅。南樓何處，想人在長笛一聲中。凝泪眼，泣盡西風。”此詞病在“霜滿愁紅”之句，時太早耳。曾端伯編《雅詞》，乃以此詞爲楊如晦作，非也。

九　宋人木樨詞

木樨，陳去非有詞云：“黄衫相倚。翠葆層層底。八月江南風日美。弄影山腰水尾。　楚人未識孤妍。離騷遺恨千年。無住庵中新夢，一枝唤起幽禪。”万俟雅言有詞云：“芳菲葉底。誰會秋江意。深緑護輕黄，怕青女霜侵憔悴。開分早晚，都占九秋天，花四出，香七里。獨步珠宫裹。　佳名岩桂，却是因遺子。不自月中來，又那得蕭蕭風味。霓裳舊曲，休問廣寒人，飛太白，酬仙蕊，香外無香比。”

一〇　天威遥碑

宋周去非《嶺外代答》卷一：欽之士人曾果，得唐人“天威遥碑”，文義駢儷，誠唐文也。碑旨言安南静海軍地皆濱海，海有三險，巨石矻立，鯨波觸之，晝夜震洶。漕運之舟，入深海以避之。少爲風引，遵崖而行，必瓦碎於三險之下。而陸有川遥，頑石梗斷焉。伏波嘗加功力，迄不克就。厥後守臣屢欲開鑿，以便漕運。錐鑁一下，火光熤然。高駢節度安南，齋戒禱祠，將施功焉。一夕大雨，震雷于石所者累日，人自分淪没矣。既霽，則頑石破碎，水深丈餘。旁有一石，猶未可通舟。駢又虔禱，俄復大爾震雷，悉碎餘石，遂成巨川。自是舟運無艱，名之曰“天威遥”。退而求諸傳，載天威遥事略同，但不若是詳爾。

一一　周康善書

董史《皇宋書録》周邦彦字美成。曹谷中云周美成正行皆善，有詞稿藏張宫講宓家。又康與之，字伯可，號順庵。吴興陶定序其詞集云：君嘗謂余曰我昔在洛下，受經傳於晁四丈以道，受書法於陳二丈叔易，有書傳於世。

一二　宋宫樂詞

庚申八月，太子請兩殿幸本宫清霽亭賞芙蓉木犀。韶部頭陳眄兒捧牙板歌“尋尋覓覓”句。上曰：“愁悶之詞，非所宜聽。”顧太子曰：“可令陳藏一譔一即景撰快活〔聲聲慢〕。”先臣再拜承命，五進酒而成。二進酒，數十人已群謳矣。天顔大悦，於本宫官屬支賜外，特賜百疋。兩詞曰：“澄空初霽，暑退銀塘，冰壺雁程寥漠。天闕清芬，何事早飄岩壑。花神更裁麗質，漲紅波、一奩梳掠。凉影裏，算素娥仙隊，似曾相約。　閑把兩花商略。開時候、羞趁觀桃階藥。緑幕黄簾，好頓膽瓶兒著。年年粟金萬斛，拒嚴霜、錦絲圍幄。秋富貴，又何妨與民同樂。”明年四月九日，儲皇生辰。令述〔寶鼎現〕，俾本宫内人群唱爲壽，上稱得體。詞曰：“虞弦清暑。佳氣葱鬱，非烟非霧。人正在、東闈堂上分瑞，祥輝騰翠渚。奉玉斝，總歡呼稱頌，争羡神光葆聚。慶誕節、彌生二佛，接踵瑶池仙母。　最好英慧由天賦。有仁慈寛厚襟宇。每留念、修身忱意，博問謙勤親保傅。染寳翰、鎮規隨宸畫，心授家傳有素。更吟咏、形容雅頌，隱隱賡歌風度。恩重漢殿傳觴宣付，祝恭承天語。對南薰初試，宫院笙簫競舉。但長願際昇平世，萬載皇基因睹。問寢日，俟鷄鳴舞，拜龍樓深處。”又明年，賜永嘉郡夫人全氏爲太子妃，錫宴畢此下恐脱“太”字子妃回宫，令旨俾立成〔絳都春〕家宴進酒詞曰：“晴春媚曉。正禁苑乍暖，鶯聲嬌小。柳拂玉闌，花映朱簾，韶光早。熙朝多暇舒長晝，慶聖主、新頒飛詔。貽謀恩重，齊家有訓，萬邦儀表。　偏稱宫闈歡笑。釀和氣共結，天香繚繞。侍宴回車，韶部將迎金蓮照。鷄鳴警戒，丁寧了，但管取、咸常同道。東皇先報，宜男已生瑞草。”（宋臨川陳《隨隱漫録》二。）

一三　康與之舞楊花

慈寧殿賞牡丹，時椒房受册，三殿極歡。上洞達音律，自製曲，賜名〔舞楊花〕，停觴命小臣賦詞，俾貴人歌以侑玉卮爲壽，左右皆呼萬歲。詞云：“牡丹半坼初經雨，雕檻翠幕朝陽。困倚東風，羞謝了群芳。洗烟凝露向清曉，步瑶台月底霓裳。輕笑淡拂宫黄，淺擬飛燕新妝。　楊柳啼鴉晝永，正鞦韆庭館，風絮池塘。三十六宫，簪艷粉濃香。慈寧玉殿慶清賞，占東君誰比花王。良夜萬燭，熒煌影裏，留住年光。”此康伯可樂府所載。（宋張端義《貴耳集》下。）

一四　晁端禮并蒂芙蓉

政和癸巳，大晟樂成。嘉瑞既至，蔡元長以晁端禮次膺薦於徽宗，詔乘驛赴闕。次膺至都，會禁中嘉蓮生，分苞合趺，夐出天造，人意有不能形容者。次膺效樂府體屬詞以進，名〔并蒂芙蓉〕。上覽之稱善，除大晟府協律郎，不克受而卒。其詞云：“太液波澄，向鑒中照影，芙蓉同蒂。千柄緑荷深，并丹臉争媚。天心眷臨聖日，殿宇分明敞嘉瑞。弄香嗅蕊，願君王壽與南山齊比。

池邊屢回翠輦，擁群仙醉賞，憑闌凝思。萼緑攬飛瓊，共波上游戲。西風又看露下，更結雙雙新蓮子。鬥妝競美，問鴛鴦向誰留意。”（《能改齋漫録》十六。）

一五　綉圈詞

女競作綉圈，臨水弃之，即修禊之義也。玉田所咏蓋此。

一六　揚無咎四梅花卷題跋

從怡園主人顧筠隣麟士，假得潘西圃先生遵祁舊藏揚補之《四梅花卷》題跋，録補之〔柳梢青〕元詞及柯丹邱和詞於此。揚云：“漸近青春，試尋紅瓃，經年踈隔。小立風前，恍然初見，情如相識。　　爲伊衹欲顛狂，猶自把、芳心愛惜。傳與東君，乞憐愁寂，不須要勒。”一“嫩蕊商量。無窮幽思，如對新妝。粉面微紅，檀脣羞啓，忍笑含香。　　休將春色包藏。抵死地、教人斷腸。莫待開殘，却隨明月，走上回廊。”二“粉牆斜搭。被伊勾引，不忘時霎。一夜幽香，惱人無寐，可堪開匝。　　曉來起看芳叢，衹怕裏、危梢欲壓。折向膽缾，移歸芸閣，休薰金鴨。”三“目斷南枝。幾回吟繞，長怨開遲。雨浥風欺，雪侵霜妒，却恨離披。　　欲調商鼎如期。可奈向、騷人自悲。賴有毫端，幻成冰彩，長似芳時。”四末云：“范端伯要予畫梅四枝，一未開，一欲開，一盛開，一將殘，仍各賦詞一首。畫可信筆，詞難命意，却之不從，勉徇其請。予舊有〔柳梢青〕十首，亦因梅所作，今再用此聲調，蓋近時喜唱此曲故也。端伯奕世勛臣之家，了無膏粱氣味，而胸次灑落，筆端敏捷，觀其好尚如許，不問可知其人也。要須亦作四篇，共誇此畫，庶幾衰朽之人，托以俱不泯爾。乾道元年七夕前一日癸丑，丁丑人揚無咎補之書於豫章武寧僧舍。”柯云：“懊恨春初，飄零月下，輕離輕隔。重醖梨雲，乍舒柳眼，羞人曾識。　　已看索笑巡檐，早準備、憐憐惜惜。莫是溪橋，纔先開却，試馳金勒。”右未開。“姑射論量。漸消冰雪，重試梳妝。欲吐芳心，還羞素臉，猶吝清香。　此情到底難忘。悄脉脉、相思寸腸。月轉更深，凌寒等待，更倚西廊。”右欲開。藏。“翠苔輕搭。南枝乍暖，乍收微霎。亂播繁花，快張華宴，繞花千匝。　玉堂無限風流，但衹欠、些兒雪壓。任選一枝，折歸相伴，綉屏花鴨。”右盛開。逗。“瓊散殘枝。點窗款款，度竹遲遲。欲訴芳情，笛中曾聽，畫裏重披。　春移别樹相期。漸老去、何須苦悲。人日酣春，臉霞清曉，復記當時。”右將殘。漬。末云：“補之詞翰，稱妙一時代，此卷尤佳。其〔柳梢青〕四詞，可以想像當時風致。勉强續貂，以貽好事。丹邱柯九思書於雲容閣，至正元年冬十有一月日南至也。”揚云“舊有十首”，今存明都穆《鐵網珊瑚》第四卷。

一七　校蘇軾詞一

弇陽《雲烟過眼録》云：“蘇東坡書詞一云：‘東武城南，連堤就、郟湛初溢。’今刊本作‘漣漪初溢’，非也。”然則宋本□非精審，亦有未足恃者。特元延祐雲間本《東坡樂府》則正作“東武南城，新堤就、郟淇初溢”，與弇陽所見墨本同。據題云：“東武會流杯亭，上巳日作。城南有坡，土色如丹，其下有堤，壅郟淇水入城。”則“南城”當作“城南”，宜從墨本。“郟湛”當作“郟淇”，又宜從集本矣。

一八　校蘇軾詞二

朱存理《鐵網珊瑚》載東坡帖如〔菩薩蠻〕“買田陽羨吾將老，從初衹爲溪山好”，與元祐雲間本作“從來不爲溪山好”異；〔滿庭芳〕序云“予居黄五年，將赴臨汝，作〔滿庭芳〕一篇别黄州。既至南都，蒙恩放歸陽羨，復作一篇”，與雲間本作“謫居黄州”及“别黄人”異；詞中“何處是”，與雲間本作“有”異，恐皆當從帖本也。

一九　姜夔元夕不出詞意

《元夕不出》："簾寂寂，月低低。舊情惟有絳都詞。"按此指丁仙現〔絳都春〕詞也。詞見明顧汝所本《類編草堂詩餘》，云："融和又報。乍瑞靄霽色，皇州春早。翠幌競飛，玉勒争馳都門道。鼇山結彩蓬萊島。向晚色、雙龍銜照。絳綃樓上，彤芝蓋底，仰瞻天表。　縹緲。風傳帝樂，慶三殿共賞，群仙同到。迤邐御香，飄滿人間聞嬉笑。須臾一點星毬小，漸隱隱、鳴梢聲杳。游人月下歸來，洞天未曉。"《樂府指迷》云："〔絳園春〕'游人月下歸來'，'游'字合用去聲。"白石賦此，蓋有孟元老"東京夢華"之意。

二〇　姜夔滿江紅詞序

〔滿江紅〕"居人云爲此湖神姥壽也"，按祝穆《方輿勝覽》"無爲軍"下"姥山"云："在巢湖中，湖陷姥升。此山有廟。"然則即《淮南》所謂"歷陽之郡，一夕爲湖"是也。又"濡須水"云："在軍北二十五里。源出巢湖，東流經亞父山。曹、吴相拒於此月餘，曹公牋曰：'春水方生，公宜速去。'公曰：'權不敢欺孤。'遂還。"即其地也。

二一　荔枝香近

〔荔枝香近〕，是調名本清真詞，上半句末句皆作"驚鴻去遠"，惟明盟鷗園主人影元巾箱本作"去雲遠"，又下注"歇指"二字，正與王晦叔《碧鷄漫志》"今歇指、大石兩調皆有近拍"吻合，可從也。戊戌夏，鶴亭以甌碧夫人《話荔圖》索題，譜此同義門調："似向緑（平）窗絮語，色香味。道俊如許睽違，隔盈盈一枝。教郎怎便移家，旁得唐時園子。偕隱舊約，從今與提起。

不問海南十載，勞夢憶（叶）。爲憶長安，怕誤老紅塵裏。借伊寫出，薏尔蓮儂兩心事，話離人好歸矣。"（時鶴亭同客都門。）

黛影閣詞話

謝黛雲◎著

謝黛雲，字岱芸，浙江古堇（今鄞縣）人，陳寥士之妻，其他不詳。《黛影閣詞話》僅一則，原載於《先施樂園報》1919 年 4 月 4 日。

黛影閣詞話

龔定庵詞

龔定庵詞凡五卷，曰《無著詞》，曰《懷人館詞》，曰《影事詞》，曰《小奢摩詞》，曰《庚子雅詞》。其詞才氣横逸，不爲格律所束縛，如飛仙劍客，飛行無迹。如〔虞美人〕云："紗窗暝色低迷緑，猶未傳銀燭。春寒瑟瑟鏡臺邊，玉釧微聞應是换吴棉。金爐香篆愔愔墮，新月窺人坐。湘簾放下悄含顰，生怕梨花和月射啼痕。"〔浪淘沙〕《寫夢》云："好夢最難留。飛過仙州。尋思依様到心頭。去也無踪尋也慣，六層厢樓。　中有話綢繆。燈火簾鈎。是仙是幻是温柔。獨自凄凉還自遣，自製離愁。"〔菩薩蠻〕《四月十九日即事》云："文窗花霧凄然緑。侍兒不肯傳銀燭。樓外月昏黄。口脂聞暗香。　新來情性皺。未敢偎羅袖。此度袷衣單。蒙他訊晚寒。"其他警句，亦多瑰奇。如云："萬刦千生再見難，小影心頭葬。"又云："醒時如醉，醉時如夢，夢也何曾作。"又云："長風起，吹墮寄愁到世間。"又云："我已厭言愁，不理傷心話。翻願得嬌嗔，故惹鶯喉駡。"

（1919 年 4 月 4 日）

冰簃詞話

馮秋雪◎著

馮秋雪（1892～1969），名平，號西轂。廣東南海人。少讀於澳門灌根學塾，後加入澳門中國同盟會，參與辛亥革命與討袁鬥争。之後在澳門參與文教事業，與馮印雪、劉草衣、梁彦明（卧雪）、趙連城（冰雪）、周佩賢（宇雪）、黄沛功等創立澳門文學史上著名的文學團體“雪社”，創作舊體詩詞，出版《詩聲》月刊，在1934年出版了七人詩詞合集《六出集》。馮氏還與妻趙連城創辦佩文學校，從事革命活動，并參與抗日戰争，建國後任廣州市文史館館員。著有《宋詞緒》《金英館詞》《甲甲夏詞》《秋音甲稿》《水珮風裳集》等。輯有蘇曼殊詩集《燕子龕詩》，并爲之作序。《冰簃詞話》刊於1919年《詩聲》月刊，署名“秋雪”。另外，馮氏《宋詞緒》間有《冰簃詞話》，故一并録出。楊傳慶、和希林《輯校民國詞話三十種》收録該詞話。

《冰簃詞話》目録

四五　姚雲文紫萸香慢詞
四六　范仲淹御街行詞
四七　柳永曲玉管詞
四八　晁補之憶少年詞
四九　賀鑄更漏子詞

冰簃詞話

去歲金風初至，采薪遽憂，晝永夜長，書城坐困，籠愁日淡，煮夢燈熒，連城藥爐事暇，輒於榻前，爲余誦唐宋諸大家長短句，每終一闋，絮絮評高下，有屈古人者，余則如律師，滔滔申辯不已，連城謂余傷氣，古人縱屈，亦不許作辯護士，否則去詞，談野乘，余素不甚喜説部，願反舌，可否亦筆之。積二旬，得百三十則，病中所記，詞多蕪雜。去臘歲除，出而删汰。冰簃，余與連城讀書之室也，爰取以名篇，中所論者，皆愈後余辨正也。民國第一己未年（1919）初夏，秋雪記。

一　詞者補詩之窮

詞者補詩之窮也。蓋詩於五七言不能盡者，詞能長短以陳之，抑揚緩促以達之，温柔細膩以出之，和人之性情，詞之功尤居詩上也。

二　詞實樂之餘

詞或曰詩餘，不知實樂之餘也。六藝，《樂》居其次，而佚亡久。居今日而求樂之似者，不能不取諸詞矣。

三　李易安洵一代詞家

宋女子李易安（清照）洵一代詞家，果使易笄而弁，則宋代諸公，亦當避軍三舍。其〔聲聲慢〕〔醉花陰〕〔壺中天慢〕等，非當代專家所能望其肩背。其〔聲聲慢〕詞云:“尋尋覓覓,冷冷清清,凄凄慘慘戚戚。”一連十四叠字,匪特不覺其叠,且一叠一轉,一轉一深,一深一折,真化筆也。後人多有仿之者,然自鄶矣。

四　朱淑真斷腸詞

繼漱玉後者,推朱淑真,有《斷腸詞》一卷。辭則可頡頏易安,而情則不及焉。其〔菩薩蠻〕云:“山亭水榭秋方半。鳳幃寂寞無人伴。愁悶一番新。雙蛾衹舊顰。　起來臨綉户。時有疏螢度。多謝月相憐。今宵不忍圓。”纏綿悱惻,又可伯仲易安矣。

(以上 1919 年《詩聲》第 4 卷第 2 期)

五　鳳凰臺上憶吹簫詞

李易安之〔聲聲慢〕一連十四叠字,已是難能可貴,不謂《西青散記》内有〔鳳凰臺上憶吹簫〕云:“村村微雲,絲絲殘照,有無明滅難消。正斷魂魂斷,閃閃遥遥。望望山山水水,人去去隱隱迢迢。從今後,酸酸楚楚,衹是今宵。　青遥。問天不應,看小小雙卿,裊裊無聊。更見誰誰見,誰痛花嬌。誰望歡歡喜喜,偷素粉寫寫描描。誰還管,生生世世,夜夜朝朝。”連用四十餘叠字,脱口如生,洵心靈舌慧,前無古人矣。

六　蔣捷聲聲慢詞

詞之叠韵,所在多有,然連叠一韵到底,則罕覯焉。宋蔣捷〔聲聲慢〕《賦秋聲》云:“黄花深巷,紅葉紙窗,凄凉一片秋聲。豆雨聲來,中間夾帶風聲。疏疏二十五點,麗譙門不鎖更聲。故人遠,問誰摇玉佩,檐底鈴聲。　彩角聲吹月墮,漸連營馬動,四起笳聲。閃爍鄰燈,燈前尚有砧聲。知他訴愁到曉,碎噥噥多少蛩聲。訴未了,把一半分與雁聲。”

七　有清一代詞學大昌

詞之有宋，猶詩之有唐。有清一代詞學大昌，集宋之成者也。吴梅村、顧梁汾也，則可追踪幼安；曹寔庵也，可伯仲方回、美成；納蘭容若，則升南唐二主之堂；朱竹垞、陳其年、厲樊榭也，則容與乎白石、梅溪、玉田、夢窗之間；王小山則直逼永叔、少游；張臯文則集兩宋之精英，開詞家未有之境；項蓮生則從白石、玉田、夢窗而超出其外；龔璱人則合周辛一爐而冶，作飛仙劍俠之音；蔣鹿潭則與竹垞、樊榭異曲同工，勝朝杜工部也。鹿潭而後，雖有作者，然大都從字句間雕琢，有辭無氣，過此目往，恐成廣陵散矣。

（以上1919年《詩聲》第4卷第3期）

八　謝菊初詞

月前因沛功先生得交謝君菊初，并介紹入社，破題兒第一課題爲“落花”，君填〔大江東去〕詞云：“朱欄憑眺，看千紅萬紫，已知春暮。記得夭桃曾識面，可奈東風吹去。一段鶯愁，幾番蝶怨，多少銷魂處。杏芳園裏，悄然相對無語。　回憶漢苑繽紛，楚宫旖旎，觸景添離緒。縱使家僮還未掃，畢竟留他難住。流水無情，斜陽尚在，莫把衷懷訴。春陰乞借，明年更倩誰護。”不匝月，謝君即賦悼亡，君謂“生平未嘗填詞，而首次賦落花，時已心滋不懌，詎料竟成詞讖”云云。雖然，詩讖之説，按諸古籍皆云歷歷不爽，惟我觀之，則未敢决其必然。猶憶八年前，讀書於廣雅書院，時初解吟咏，《秋懷》兩律中有句云：“萬斛愁懷百歲身”，詩成以箋謄寫，分示學友。陳子見而弗悦，曰：“君詩不祥實甚。”余曰：“何謂也?”曰：“萬斛愁懷百日身。”余曰：“余作乃歲字，非日字也，君誤耳。”陳子立出詩箋示余，余亦爲咋舌，果誤寫“萬斛愁懷百歲身”爲“萬斛愁懷百日身”。後學友來言，與陳子同，謂恐成詞讖，蓋皆誤“日”爲“歲”也。時余雖不信，而心終惴惴，恐真成讖。然屈指至今，蹉跎八載，則此詩終不驗也，又何讖之足云乎。（此段與下段乃近著加入，非此編原作，讀者幸毋誤會。）

九 與連城填七夕詞

今歲雙星渡河之夕，予約連城填七夕詞，題爲《問仙》與《傲仙》，各賦一題，以鬮定。余得《問仙》，連城得《傲仙》也。復翻詞牌以定譜，得〔踏莎美人〕。時已夜午，推窗仰視，雙星閃閃，正渡河時也。拙作下半闋云："白露横空，鵲橋延佇。人間天上喁喁語。一年一度歡娱。細問天孫，巧字怎生書。"連城作有云："夜夜比肩，朝朝檢韵。此情此景而無分。女牛若解悄含顰。應羨阿儂，朝夕畫眉人。"予之《問仙》詞，"問"字已嫌問得太過，而連城之《傲仙》詞，"傲"字尤突過予前，牛女有知，泪當簌簌落也。詩成，黑雲頓翳，微有雨點，意者其仙姬之泪乎。

（以上 1919 年《詩聲》第 4 卷第 4 期）

一〇 連城論漱玉集

連城最愛《漱玉集》，謂其清新雋逸，别饒豐致，且詞華横溢，睥睨一代，唐宋諸公，不足道也。余謂其言過當。連城曰："'寵柳嬌花'之'寵'字，'怎生得黑'之'黑'字，奇險而穩，唐宋諸公，能及否乎。至其詞之純屬天籟，不假雕飾，尤與宋代諸公七寶樓臺者有别。"又曰："寫真景，男子能之，惟寫真情，非女子不辦。男子縱有能者，亦與真字相去尚遠，試將古今來巾幗詩詞，一讀便知。蓋情字天賦女子獨厚，無可如何者也"云云，是二説，我頗疑之。

一一 鍾梅心詞脱胎李易安

連城又曰：鍾梅心之"花開猶似十年前，人不似十年前俊"二語，時人稱道弗置，不知實從李易安之"舊時天氣舊時衣，祇有舊懷不似舊家時"句脱胎出來，而情韵鏗鏘不及也。

一二　易安詞

易安詞之“守着窗兒獨自怎生得黑”，情語也；“莫道不消魂，簾捲西風，人似黄花瘦”，致語也；“寵柳嬌花寒食近”，麗語也；“祇恐雙溪舴艋舟，載不動許多愁”，趣語也；“舊時天氣舊時衣，祇有舊懷不似舊家時”，痴語也；“此情無計可消除，纔下眉頭，却上心頭”，苦語也。才思如此，蔑以加矣。

一三　漁家傲詞

其〔漁家傲〕云：“天接雲濤連曉霧。星河欲轉千帆舞。仿佛夢魂歸帝所。聞天語。殷勤問我歸何處。”昂藏若千里之駒，此豈女兒家言耶。兩宋諸公，當低首碧茜裙下也。

一四　清真六醜詞

周止庵批清真〔六醜〕云：“不説人惜花，却説花戀人，已是加倍寫法。而易安之‘惟有樓前流水，應念我終日凝眸’二句，比清真詞更深一層。”蓋清真詞云：“長條故惹行客，似牽衣待話，别情無極”，則覺物尚有情，而易安則覺眼前事物，俱屬無知，誰可與語，祇有强教流水以情，縱不能載歸舟，亦應憐我危樓悵望也，的是更加一倍寫法。

（以上 1919 年《詩聲》第 4 卷第 6 期）

一五　周邦彦點絳唇詞

評周邦彦〔點絳唇〕“遼鶴歸來”：此詞脉絡釐然。以相思爲經，以寄書爲緯。“舊時”二句，用留字訣收住。并復上“遼鶴”二句，讀之令人蕩氣回腸，有悠然不盡之思。

一六　周邦彦菩薩蠻詞

評周邦彦〔菩薩蠻〕“銀河宛轉三千曲”：“何處望歸舟，夕陽江上樓。”“深院捲簾看，應憐江上寒。”寄意深遠，皆從對面下筆，乃自比老杜“遥憐小兒女，未解憶長安”二句嬗蜕出來。

一七　周邦彦蝶戀花詞

評周邦彦〔蝶戀花〕“月皎驚烏栖不定”：不隔。又曰：刻骨深情。語語從心坎中出不假雕飾。可抵一篇江淹《别賦》。换頭“執手”三句，情景逼真，低徊往復。極纏綿之致，已難爲别矣。至“露寒人遠鷄相應”，更何以爲情邪？末句以露寒回應月皎，以“鷄相應”回應“驚烏”，以人遠回應栖不定。周詞脉絡之細，於此可見。

一八　周邦彦解語花詞

評周邦彦〔解語花〕“風消焰蠟”：“桂華流瓦”四字寫月色，細膩風光，妙絶千古。從舞休歌罷，用重筆結，直破餘地。

一九　周邦彦千秋歲引詞

評周邦彦〔千秋歲引〕“蟬咽凉柯”：“縹緲玉京人”二句，情韵悠揚，如柳絲摇漾春風中。又收二句，痴拙，與“拚今生、對花對酒，爲伊泪落”“夢魂凝想鴛侣”等句，異曲同工。是周詞之不可及處。

二〇　吴文英霜花腴詞

評吴文英〔霜花腴〕“翠微路窄”：通篇衹做“霜飽花腴”“燭銷人瘦”二句耳。“秋光”句用人常道之俗語入詞，彌見深妙。“芳節多陰，蘭情稀會”，復上“霜飽”二句，“算明朝”以下，結出題義。通篇辭意綿密，極低徊往復之致。

二一　吴文英高陽臺詞

評吴文英〔高陽臺〕“修竹凝妝”：“傷春不在高樓上”，言在上者猶是湖山歌舞，不知國之將亡也。

二二　吴文英點絳唇詞

評吴文英〔點絳唇〕“明月茫茫”：下半闋咏嘆出神，凄咽鎸骨，當是憶姬之作。

二三　吴文英渡江雲詞

評吴文英〔渡江雲〕“羞紅顰淺恨”：“明朝”二句，是空際轉身法。用筆力重千鈞。

二四　吴文英六么令詞

評吴文英〔六么令〕“露蛩初響”：“塵緣”句與“雲梁”句，隔韵爲對，“今夕何夕”，過峡語。此亦憶姬之作。

二五　吴文英掃花游詞

評吴文英〔掃花游〕“水園沁碧”：“愛緑葉”二句，用荆公詩“緑陰清潤勝花時”句入詞，而分作兩句。

二六　吴文英塞翁吟詞

評吴文英〔塞翁吟〕“有約西湖去”：“天勁秋濃”四字甚新。杜校以爲“香動”之誤，何也？竊以爲“天勁”二字甚新，亦無費解之處。若改作“香動”，真點金成鐵矣。

二七　吴文英古香慢詞

評吴文英〔古香慢〕“怨娥墜柳”：亡國之音哀以思，此詞定必元兵入臨安後作。曰“淩山高處”“秋澹無光”者，哀九廟之丘墟也。曰“夜約羽林輕誤”者，咎約金攻遼、約元滅金之失策也。曰“腸斷珠塵蘚路”者，傷帝昺之蒙塵嶺海也。

二八　碧山詞

評王沂孫：碧山詞意顯而不晦，又能含蓄。夫顯則易流於直率，碧山却顯而能曲、能留。其不可及處在此。

二九　王沂孫更漏子詞

評王沂孫〔更漏子〕“日銜山”：温、韋之遺。

三〇　王沂孫慶宫春詞

評王沂孫〔慶宫春〕“明玉擎金”：宋人詞多有用唐人詩意者。如此詞後段，係用李長吉《金銅仙人辭漢歌》語意。運筆超邁，落想昂藏。一結寫出水仙之神。

三一　王沂孫長亭怨詞

評王沂孫〔長亭怨〕“泛孤艇”：中仙〔長亭怨慢〕，故園身世之哀，遲暮之感，同時并奏。讀“苒苒斜陽”二句，令人起惘惘之思。

三二　王沂孫一萼紅詞

評王沂孫〔一萼紅〕“占芳菲”：“歲寒”二句，孤懷誰語，感喟遥深。借題發揮，而不離題，又不著相。此碧山咏物諸作，所以壓倒一切也。

三三　王沂孫千秋歲引詞

評王沂孫〔千秋歲引〕“層緑峨峨”：“已銷黯”句用重筆作撇，總束上段。然後以“况凄凉”句進深一層開下，“荏苒”句復提，回顧上段，縱有復蕩開，“但殷勤”復合。數虚字運用之妙，爲王詞少見者。

三四　錢惟演木蘭花詞

評錢惟演〔木蘭花〕“城上風光鶯語亂”：“緑楊芳草幾時休”，有悲天憫人之思，惜下句略淺耳。

三五　晏殊浣溪沙詞

評晏殊〔浣溪沙〕“一曲新詞酒一杯”：南唐二主之遺。

三六　晏殊浣溪沙詞

評晏殊〔浣溪沙〕“一向年光有限身”：全首衹做“不如憐取眼前人”一句耳。

三七　晏殊清平樂詞

評晏殊〔清平樂〕“紅箋小字”：“鴻雁”句拙樸。

三八　歐陽修蝶戀花詞

評歐陽修〔蝶戀花〕“誰道閑情抛弃久”：“不辭”句極温柔敦厚之致。

三九　張孝祥六州歌頭詞

評張孝祥〔六州歌頭〕“長淮望斷”：于湖此詞，忠義奮發，與岳武穆〔滿江紅〕異曲同工。

四〇　張孝祥西江月詞

評張孝祥〔西江月〕“問訊湖邊春色”：“寒光”二句，不是寫景，是寫胸中悠然之致也，是跟上二句來。

四一　姜夔一萼紅詞

評姜夔〔一萼紅〕“古城陰”：换頭以下，聲可裂帛。姜詞之聲情激越者，首推此闋。

四二　姜夔長亭怨慢詞

評姜夔〔長亭怨慢〕“漸吹盡枝頭香絮”：“高城不見”“亂山無數”，隱刺時局，何限感喟。

四三　劉克莊沁園春詞

評劉克莊〔沁園春〕“何處相逢”：神似稼軒，而氣有未逮，要與龍洲相伯仲。

四四　周密高陽臺詞

評周密〔高陽臺〕“小雨分江”：“夢魂”二句，語意精警，未經人道。〔一萼紅〕〔高陽臺〕，皆草窗詞之沉雄悲壯，聲情激越者。

四五　姚雲文紫萸香慢詞

評姚雲文〔紫萸香慢〕“近重陽偏多風雨”：慨當以慷。

四六　范仲淹御街行詞

評范仲淹〔御街行〕“紛紛墜葉飄香砌”：李易安〔一剪梅〕云“此情無計可消除，纔下眉頭，却上心頭”句，爲人傳誦，不知實從文正此詞末三句奪胎出來。

四七　柳永曲玉管詞

評柳永〔曲玉管〕“隴首雲飛”：平易中有峭拔氣，鈎勒處亦極渾厚。

四八　晁補之憶少年詞

評晁補之〔憶少年〕“無窮官柳”：换頭以下，合物我人三面齊寫，感喟遥深。

四九　賀鑄更漏子詞

評賀鑄〔更漏子〕“上東門”：末三句與李後主“離恨却如春草，更行更遠還生”，同一神理。惟此拙而彼巧耳。

（以上《宋詞緒》）

心陶閣詞話

黄沛功◎著

黄沛功，生卒年未詳，號奉宣，又號心陶閣主、岐江釣徒，廣東香山（今中山）人。清末優增生。中歲以後寓居澳門，任瀚華學校校友。雪社社友。著有《心陶詩鈔》。《心陶閣詞話》，刊於 1919 年《詩聲》月刊，署名“沛功”。楊傳慶、和希林《輯校民國詞話三十種》收録該詞話。

《心陶閣詞話》目録

心陶閣詞話

一　心餘與容若蝶戀花詞

心餘、容若之〔蝶戀花〕，各極其妙。心餘詞云：“雨雨風風愁不止。月下燈前，愁又從新起。天許有情人不死。不應更遣愁如此。　暫時撇去仍來矣。纔盡天涯，又到人心裏。我愛人愁愁愛汝。一人一個愁相倚。”容若詞云：“蕭瑟蘭成看老去。爲怕多情，不作憐花句。閣泪倚花愁不語。暗香飄盡知何處。　重到舊時明月路。袖口香寒，心比秋蓮苦。休説生生花裏住。惜花人去花無主。”真所謂筆舌互用也。心餘妙句，如：“情一往，灩灩溶溶難比，恰似一江春水。”又：“記前歲，同在京華懷爾，爾懷亦復相似。”又：“料知音各有泪痕雙，誰先墮。”又：“却怪影兒難拆，峭風前拋他獨自。料應偎倚。防人相妒，轉令歡相避。”又：“捫胸臆。既相識如斯。不若休相識。”又：“不如放眼向青天。立盡松陰，我與我周旋。”容若妙句，如：“不恨天涯行役苦。衹恨西風，吹夢成今古。”又：“一世疏狂應爲著，橫波。作個鴛鴦消得麽。”又：“塞鴻去矣，錦字何時寄。記得燈前佯忍泪，却問明朝行未。”又：“緘書欲寄又還休。個儂憔悴甚，禁得更添愁。”又：“曾記年年三月病，而今病向深秋。”又：“腸斷月明紅豆蔻。月似當時，人似當時否。”又：“幾時相見，西窗剪燭，細把而今説。”又：“不爲香桃憐瘦骨，怕容易減紅情。”皆別具一副詞筆。曲而能達，爲二公獨步也。

（以上1919年《詩聲》第4卷第6期）

二　題畫詞二闋

《潛確類書》言衡州華光長老以墨暈作梅花，如影然。黄魯直觀之曰：如嫩寒春曉，在孤山水邊籬落間，但欠香耳。家漱庵畫意，仿雪湖道人，客歲用潑墨法寫梅，蓋雪中景也。余題〔清平樂〕云："暗香含雨。黯黯雲遮住。幾個放翁和幾樹。不辨沉沉何處。　　是梅是雪繽紛。非烟非霧氤氲。一樣龍賓驛使，伴伊尊緑黄昏。"漱庵令弟弼臣，亦善丹青，其畫《美人花間戲卧圖》，生趣天然，栩栩欲活，余題〔菩薩蠻〕云："春人慵到扶難起。腰肢倦甚無人倚。羸得十分憨。紅顔花半酣。　　鞦韆方弄罷。眠近酴醿架。緑縟縱如茵。嫌渠香未温。"余酷愛兩翁之畫，因録此二闋而并志之。

三　咏漁家詞

咏田家要閑淡樸雅，咏漁家要灑脱飄逸。金完顔璹〔漁父詞〕云："楊柳風前白板扉，荷花雨裏緑蓑衣。紅稻美，錦鱗肥。漁笛閑拈月下吹。"頗饒風致。及觀厲樊榭〔漁家詞〕云："漁事多，奈漁何。漁心太平誰似我。春雨漁蓑落日，漁艖漁舍水雲窩。約漁兄漁弟經過。聚漁兒漁女婆娑。漁竿連月浸，漁網帶烟拖。歌漁笛，定風波。"其風趣殆更過之。宋人郭振《宿漁家》詩云："幾代生涯傍海涯，兩三間屋蓋蘆花。燈前笑説歸來夜，明月隨船送到家。"亦佳。

四　賀無庵詞

賀無庵寓澳門南灣時，學琴於李柏農，所習《雙鶴聽泉》一曲，每當夜静，爲余一彈再鼓，風濤之聲，與琴聲相贈答，恍置身塵世外也。余偶與無庵别，寄余以〔菩薩蠻〕云："南灣日晚多風雨。抱琴獨坐無人語。君去幾時歸。懷君花正飛。　　春山青欲墮。春水愁無那。昨日得君書。還君雙鯉魚。"觀此詞，其志趣可想見矣。乃未幾無庵還返羊城，余亦南飄北轍，迄無定所，惜未能學琴於無庵，如無庵之學柏農也。

（以上 1919 年《詩聲》第 4 卷第 7 期）

五　張南山黄香石詞

清道咸間，粤東三子詩，推重一時，而其倚聲則少流傳。譚康侯詞，尚未之見。若張南山《黄香石詞》，偶見於名流筆記中，亦管豹耳。南山《海珠寺》之〔滿江紅〕云："一水盈盈，似湧出蓬壺宫闕。遥望處紅牆掩映，碧天空闊。光接虎頭春浪遠，影翻驪夢秋雲熱。看人間天上兩團圓，江心月。　南北岸，帆檣列。花月夜，笙歌徹。願珠兒珠女，總無離别。鐵戟苔斑兵氣静，石幢燈暗經聲歇。試重尋忠簡讀書堂，英風烈。"《香石》〔西江月〕云："屋角烏雲漬墨，檐前銀竹懸流。愁心滴碎幾時休。怕看遠山沉岫。　安得青天見月，但聞玉漏添籌。曉來花架莫凝眸。打落那邊紅豆。"又〔憶仙姿〕云："銀漢迢迢清景。滿院露凉風冷。回憶别離時，又是隔年秋永。人静。人静。憑遍一欄花影。"香石素稱方嚴，而詞乃爾風韵，宋廣平賦梅花，不類其爲人，未足奇也。

六　姚雲文紫萸香慢詞

重陽詞不少佳作，而以宋人姚雲文之〔紫萸香慢〕爲最佳。其詞云："近重陽偏多風雨，絶憐此日暄明。問秋香濃未，待携客，出西城。原自羈懷多感，怕荒臺高處，更不勝情。向樽前、又憶漉酒插花人，祗座上已無老兵。　凄清。淺醉還醒。愁不肯與詩平。記長楸走馬，雕弓搾柳，前事休評。紫萸一枝傳賜，夢誰到漢家陵。盡烏紗便隨風去，要天知道，華髮如此星星。歌罷涕零。"若此等詞，正杜少陵所謂"顧視清高氣深穩"者矣。

七　秦少游好事近詞

秦少游在處州時，夢中成〔好事近〕一闋云："山路雨添花，花動一山春色。行到小溪深處，有黃鸝千百。　　飛雲當面化龍蛇，夭驕挂空碧。醉卧古藤陰下，杳不知南北。”詞語頗奇，非復人間意境。後公南遷，久之北歸，逗遛於藤州光華寺，方醉起，以玉盂汲泉，欲飲，笑視之而化。自來慧業文人，具有夙根，觀此詞益信。

（以上 1919 年《詩聲》第 4 卷第 8 期）

八　宋人詞雅俗共賞者

宋人詞，有風趣絶佳，雅俗共賞者。辛幼安填〔西江月〕《示兒》云：“萬事雲烟忽過，一身蒲柳先衰。而今何事最相宜。宜醉宜游宜睡。　　蚤已催科了辦，更量出入收支。乃翁依舊管些兒。管竹管山管水。”又宋自遜，號壺山，填〔蓦山溪〕《自述》云：“壺山居士，未老心先懶。愛學道人家，辦竹几蒲團茗碗。青山可買，小結屋三間。一徑俯清溪，修竹栽教滿。　　客來便請，隨分家常飯。若肯再留連，更薄酒三杯二盞。吟詩度曲，風月任招呼，外事不相關。自有天公管。”陳眉山亦有詞云：“背山臨水。門在松陰裏。茅屋數間而已，土泥牆窗糊紙。　　竹床木几。四面攤書史。若問主人誰姓，灌園者陳眉子。”“不衫不履。短髮垂雙耳。携得釣竿筐筥，九寸鱸一尺鯉。　　菱香酒美。醉倒芙蓉底。旁有兒童大笑，唤先生看月起。”詞能似此明白如話，句句雅馴，更難於詩。

九　題冰簃讀書圖

孫子瀟之夫人席浣雲，所居曰長真閣，閨房唱和，令人艷羨。馮秋雪與其夫人趙連城，讀書一室，顏曰冰簃，倩家漱庵繪《冰簃讀書圖》，囑余題詞，余倚〔壽星明〕云：“冰簃主人，仙侣劉樊，時還讀書。看燈熒縹袟，雙行并坐，香添紅袖，滴露研朱。董氏書帷，孟光食案，月夕風晨酒熟初。南陔近，指杏花深巷，是子雲居。　　今吾自愛吾廬。愛吟社、攤箋集庾徐。况塤箎迭奏，翩翩二陸，唱隨多暇，汲汲三餘。公子親調，佳人相問，一片清泠貯玉壺。閑掩卷，記當年雄武，攬轡登車。”觀此詞，則馮君唱隨之樂，何讓子瀟、浣雲耶？其令弟印雪，有《雲峰仙館圖》，亦漱庵所繪，余題〔清平樂〕云：“溪山佳處，中有高人住。峰外白雲飛過去，閑煞兩行烟樹。　　客來風月能談，知非捷徑終南。半點紅塵不到，螺青當户層嵐。”

（以上 1919 年《詩聲》第 4 卷第 10 期）

紅葉山房詞話

霜　蟬◎著

《紅葉山房詞話》，霜蟬著，又名《啼紅詞稿評注》。刊於《民覺》1920年第1卷第1期。霜蟬，姓氏生平待考。《啼紅詞稿》爲蔡復靈（又名突靈）所作，蔡氏（1982～1949），筆名尋芳倦客，江西省宜豐縣人，同盟會元老，江西同盟會盟主。在孫中山領導下進行反清革命，曾參與創建“我群社”“易知社”，又與李烈鈞、黄興交好，故自號少鈞、少黄。曾被孫中山委任爲贛軍副都督，組織革命軍參加萍瀏醴起義。辛亥革命時任瑞州革命軍政府都督兼革命軍司令，歷任江西都督府教育次長、司長，首屆國會參議員，後又參與討袁鬥争。通經史，能詩詞，有詞集《變風遺操》，據其友熊公福《變風遺操叙》知其尚有《霜蟬詩稿》《苦竹詞稿》，惜罹劫灰。然由其詩稿名可推“霜蟬”或爲蔡氏又一筆名，《紅葉山房詞話》乃其評注己詞所作。楊傳慶、和希林《輯校民國詞話三十種》收録該詞話。

《紅葉山房詞話》目録

紅葉山房詞話

吾友尋芳倦客，盡瘁國家，熱心社會，歷遭失敗，備極慘酷。而其志潔行廉，泥而不滓，所作詩餘，妙精律吕，咏嘆淫液，一往情深。其稱文小而其指極大，舉類邇而見義遠，楚些遺風，於今復振。人僅賞其含英咀華，披風抹月，而未解詞客哀時之旨。兹將抄列數作，附以説明，然后知傷心人别人懷抱。

一 高陽臺感事詞

己未所作〔高陽臺〕《感事》一闋云："爐烟沉香，鏡鸞銷玉，簾櫳不耐春陰。薄明歸鴻，流丹卻認斜曛。畫梁鸚鵡言猶在，向何人訴與殷勤。擲黄金，懶倩圖工，慢賦長門。　儋緣歷盡閑愁苦，又花殘月缺，酒冷燈昏。一枕高唐，覺來云雨無痕。從今休憶江南樂，任天涯絮果蘭因。斂芳魂，愿化東風，莫化纖塵。"（一）（此數目記號指第幾韵，餘準此。）猶北風雨雪之意，以比國家危亂，而氣象愁慘也。（二）春陰叵耐，渴望晴天而不可得，以見彼近黄昏之斜陽爲幸，詎非斜陽，乃流霞之餘焰耳。痴想之極，曲盡其致，以喻吾人希望武人護法，不知其實假名遂欲。（三）人民不能爲代議機關之后盾，反責其不行使職權。（四）（五）夤緣求媚於虜廷，以圖私利者，實每有徒，而君嚴絶之。（六）换頭追叙艱難締造之苦。（七）數載共和，付與槐安一夢。（八）當時紛紛主張南京制憲，君持反對，雖至解散，亦所弗恤。（九）（十）固定精神，决不同流合污，枉己徇人。觀其意緒重重，鋪叙井井，不以富麗取妍，而自然流利，投荒念亂，往復低徊，好色不淫，怨悱不亂，擷風挹雅，其庶幾乎？一結有拔山之力，蓋世之氣，而無撫劍裂眥之態。纏綿懇摯，餘韵悠然，尤耐尋味。詞至此境，洵神化也。

二　虞美人己未花朝詞

〔虞美人〕《己未花朝》云："自隨征雁南來后。江上西風瘦。年時花事太匆匆。一任韶光冉冉又西風。　　今年花事何如也。卜個東風卦。香亭北待繁華遮。莫來年依舊阻天涯。"自相從中山護法以來，迂徊曲折。以四換頭，而道盡過去、現在、未來四年間事，作短調而峰巒層叠，波浪騰涌，大氣盤旋，得未曾有。其言也，約而博，簡而該，譬而喻，且逆料到次年花朝，亦復如是。人咸謂護法結果，必不至此，以爲詩人浮誇，是其常態。今此遷延之役，庚申花朝，餘幾日矣。三復此詞，可堪浩嘆。

三　祝英臺近己未春感詞

〔祝英臺近〕《己未春感》云："杏花殘，芳意悄，小院東風老。無那流鶯，喚起懵騰覺。謝仙陌上依依，多情楊柳，放青眼親人如笑。　　休憑眺。忙了蝶使蜂媒，趁把餘香醮。燕燕飛飛，飛到幾時了。年年寒食江南，舊時草色，慣惹得羈愁盈抱。"（一）（二）刺護法當局之萎靡。（三）鄰邦提出警告。（四）主張合法和平各團體。（五）（六）鑽營趨赴和會諸人員，君曾通電反對。（七）奔走呼號于滬瀆者。永叔"庭院深深深幾許"之句，人皆愛之。君之"燕燕飛飛飛到幾時了"，字法、句法、情致，無不酷肖。（八）刺长江某滑督。此词臚举事實，寓以褒貶，可謂詞史。人方渴望和議快，君殊否認。輕輕以"幾時了"三字斷定之。而"年年""慣"等字，皆有作意。今又重施設置仲裁于寧之倡議，賜不幸而言中，是使賜多言者也。吾於此詞亦云。

四　青玉案咏緑陰

〔青玉案〕《咏緑陰》云："東風過盡江南路。草草又春歸去。

暗柳黄鸝聲不住。枇杷巷迴，芭蕉㕚冷，舊夢無尋處。　　千紅萬紫渾無據。斷送芳華是誰主。翠幕重重深幾許。晝長人倦，黄昏庭院，點破蒼苔雨。”上闋極寫疲靡不振，無正大强固之主張。下闋莊嚴神圣之國會，黑幕中竟有犧牲之陰謀。其條件紊亂不堪。（四）（五）（八）（九）换韵創格。

五　醉花陰感事詞

〔醉花陰〕《感事》云：“韶華消郤情深淺。直恁朱顏變。倦眼待清明，深院誰家，欲把春光占。　　匆匆一度尋芳宴。莫又笙歌散。歸騎倚吹鞭，閑殺東風，遍染垂楊岸。”（一）（二）事勢日非，内部感情益惡，態度漸變。（三）乘機伺隙。欲實行其包賣政策。（四）（五）遷延之際，有涣散之虞。（六）各路援軍盡撤，虜庭從容局部運動。

六　虞美人回文詞

〔虞美人〕回文一闋，不過施其餘才小技，發爲游戲之作。然試一尋味，其一片感事傷時之情，自然流露滿紙。至性如此，豈尋常雕蟲刻鵠者可比耶？文云：“年華訴與誰辛苦。遍歷鹹酸趣。緑肥紅瘦怨殘春。甚説看花閑事也勞神。　　南天問訊新來燕。極目煩愁遣。遠山流水思悠悠。日落翠蕪平處倚高樓。”“樓高倚處平蕪翠。落日悠悠思。水流山遠遣愁煩。目極燕來新訊問天南。神勞也事閑花看。説甚春殘怨。瘦紅肥緑趣酸鹹。歷遍苦辛誰與訴華年。”詩之回文，句同字數，故易。詞則長短不齊，每闋自起一字至末，連屬不斷。故難。此作一氣貫注，渾無接痕而又得自由發攄性靈之妙，殊屬罕覯。

七　蘇武慢

如上所舉，尚屬短調，且前後闋字數相等，可分作兩部爲之；若爲長調，而前後闋又有多寡之不同。自起一字延亘連綴。累百餘字，直貫至全之首之終者，尤難回。〔蘇武慢〕云“暗柳嗔鶯，慘紅驚蝶，永晝晴闌倚倦。微酣新酒，簿酹閑花，餘香凝味清淺。風動簾波，翠紋横叠，輕悄静陰庭院。小窗幽，短夢重（平）温屏枕，愁春黯黯。　　自笑枉怨斷歌殘，剩長懷忘（去），了去來華序换。滄桑祇怕，緑鬢添絲，幾曾濃興游散。雲外樓空，城西江曲，到處平蕪青眼。放沉沉日盡，迥天寥碧，山重水遠。”“遠水重山，碧寥天迥，盡日沉沉放眼。青蕪平處，到曲江西，城空樓外雲散。游興濃曾，幾絲添鬢緑，怕祇桑滄换。序華來去了，忘（平）懷長剩，殘歌斷怨。　　枉笑自黯黯春愁，枕屏温重（去），夢短幽窗小院。庭陰静悄，輕叠横紋，翠波動風淺。清味凝香，餘花閑酹，薄酒新酣微倦。倚闌晴晝永，蝶驚紅慘，鶯嗔柳暗。”纍纍乎如貫珠，此之謂矣。

八　一首回作兩調者

君回文詞，尚有一首回作兩調者，〔人月圓〕云：“屏山掩映翠嵐淺，春色暝高樓。輕寒晚散，雲鳥游倦，罷舞休休。　　横塘水秀，軟風萍碎，瘦柳烟浮。笙調玉笋，嫩聲新起，静院悠悠。”〔秋波媚〕云：“悠悠院静起新聲。嫩笋玉調笙。浮烟柳瘦，碎萍風軟，秀水横塘。　　休休舞罷倦游鳥，雲散晚寒輕。樓高暝色，春淺嵐翠，映掩山屏。”兩詞互回，各自成調，極有味也。

九　逐句回者

其逐句回者，〔子夜〕二首。文云：“細塵香輛閑花碎。碎花閑軟香塵碎。紗碧護鈿車。車鈿護碧紗。　　緑波隨岸曲。曲岸隨波緑。鬢翠擁眉山。山眉擁翠鬢。”“醉眠重昵香羅綺。綺羅香昵重眠醉。烟莫鎖深寒。寒深鎖莫烟。　　斷腸愁夢遠。遠夢愁腸斷。潮落晚天寥。寥天晚落潮。”又二首“亂雲横叠重山晚。晚山重叠横雲亂。遥路客魂銷。銷魂客路遥。　　雁回驚夢斷。斷夢驚回雁。殘月悵天南。南天悵月殘。”“暗燈寒悄空庭晚。晚庭空悄寒燈暗。長恨鎖眉雙。雙眉鎖恨長。　　笑啼隨事好。好事隨啼笑。難處過秋三。三秋過處難。”

一〇　瑞鷓鴣

又調名〔瑞鷓鴣〕者，即七言律，有句云：“紅萼一枝春帶雨，碧蕪平野莫連天。”“紅飛滿苑空啼鳥，緑軟垂楊瘦倚人。”皆回文之工緻者，餘不備録。

一一　詞中復字

山谷“萬事休休休莫莫”爲詞中復字之最精者。李易安創三叠韵六雙聲，千古詞宗，不可無一，不可有二。非雙聲叠韵之不可用，用之者不可强效施顰，適增鄰醜也。馮煦“花花葉葉雙雙”，項鴻祚秋聲詞“泠泠暗起，澌澌漸緊，蕭蕭忽住”。余淑柔“檐雨溜風鈴，滴滴丁丁。”君謂馮詞以“雙雙”形容花葉，如此使用復字，仿古生新；謂項詞復字形容，妙有層次；謂余詞承上雨鈴，用四雙聲二叠韵，以形容其音，巧無痕迹，别覺生色。可知使用復字，自有方法，正不必專以勦襲爲事也。乃喬夢符“鶯鶯燕燕，春春花花，柳柳真真，事事風風韵韵，停停當當人人”。譽之者謂此等句亦從李易安“尋尋覓覓”得來。□□□〔滿庭芳〕全首復字“……望望山山水水……”譽之者謂易安不得擅美于前。夫二氏者，拚命勦襲，痴笨欲死。不揣簡陋，反欲逸古賢而上之，誠不復知人間有羞耻事。季氏舞八佾，是可忍，孰不可忍。彼嗜痂嘗糞者，更不足道矣。君嘗讀至此，輒抛卷而起曰：何何物物傖傖父父唐唐突突西西施施。其深絶而痛惡之如此。君所作〔長想思〕云：“風凄其。雨凄其。風風雨雨過城西。鳥鳥城上啼。　　草離離。黍離離。勞勞亭畔燕飛飛。勞人歸未歸。”多使復字，加以變幻調節，遂不覺其笨伯。前“燕燕飛飛飛到幾時了”句亦佳。

一二　高陽臺詞

〔高陽臺〕自序云：“國初鋭霆弟威鎮湖口，幼襄自武昌遣使，來修同姓兄弟之好，協以備袁。癸丑敗後，各自出亡，生平曾未一謀面也。弟就義後，幼襄同仇之念益切。詎今出師未捷，而身被害，視彼蒼蒼，空書咄咄。嗟予馬齒，自慚後死，臨風灑泪，莫知所云。”詞云：“目斷鴻飛，心傷鶴唳，夕陽無限江山。哀角蒼茫，風烟萬里荒寒。龍城飛將今何在，任强胡馬度秦關。動渺然，楚客想思，痛切南冠。　　中原大事還堪問，但死生骨肉，相繼摧殘。一世參商，將星又隕南天。冤魂誰倩招清些，夢悠悠天上人間。剩重泉，細數生平，遺恨綿綿。”君與蔡公濟民，素無一面，不過彼此知名而已。第以兄弟同志關繫，以其所愛，及其所愛，至情高誼，楚楚動人，晚近有此，可以風矣。論其文詞，一字一泪，可哀可怨，悲懷鬱結，仿佛屈宋，一結於無可奈何之際，反爲死者設身處地，尤令人難以爲情。吾每讀一回，輒復掩卷，心爲之酸，欷歔曾不自禁。聲音之道，感人深也。

一三　黄花岡詞

《清明謁黄花二望兩岡》〔醉吟商〕二闋。“十里芳塵，寶馬香車無數。行人來去。　　靈鶴歸何處。望斷白楊烟樹。斜曛無語。”“剩水殘山，迸入東風泪眼。忠魂吊遍。　　空把牧兒唤。問杏花村不見。緑蕪平遠。”寥寥數筆，將情、景、致全行寫出，綽有餘地。不見其率而。《丁巳秋過黄花岡》〔惜秋華〕長調一闋“莽莽荒原，有神鴉隱隱，隨人來去。亂塚蕭蕭，一任慘風淒雨。珠江脉脉東流，浪淘盡英雄千古。傷心，問斷螢衰草，幾番秋莫。　　事業如塵土。者匆匆一夢，國魂無據。贏得人民，城郭鶴歸何處。可堪北望燕雲，更百粤關山誰主。延伫。黯銷魂夕陽無語。”大氣郁勃，鋪叙有序，與前作長短詳略，舉適其宜。（一）（二）因彼時尚未加修緝，故有銅駝荆棘之感。時北庭毁法，粤史又不贊成護法，故下半闋慨乎言之。黄花岡爲建國歷史重地，遷客騷人，題咏極多，而詞最少，且無甚佳者。歷誦各作，輒嘆觀止。

一四　舊院一闋

君嘗就診於廣州杏林醫院，其醫妥娘悦之，殷勤半載，要君弃其舊以與己。君弗允，妥娘怨望，君遂絶之。後過其處，則室邇人遠矣。爲自譜“舊院”一闋云：“玉驄曾繫處，朱户塵迷，翠衣人遠。小徑苔荒，杏花幾度開遍。回首妝臺何處，衹緑滿窗前。犀簾誰捲。語軟殷勤，多情算有，舊巢雙燕。　杜郎俊賞，揚州一夢，覺來游興都懶。僝僽年光萬重，芳思零亂。赢得天涯冷落，商婦琵琶，向人依黯。枉教儂感時撫景，臨風浩嘆。”對景傷情，不勝前度劉郎重來崔護之感。

一五　探春慢詞

《題許乙仙運甓齋詩集》〔探春慢〕云：“踏雪行吟，尋芳載酒，一襟幽思如許。錦纜盟鷗，金堂客燕，回首南州舊侣。漫數興亡迹，總銷向五陵風雨。征鞍十載歸來，入天影事無據。　江左夷吾何處。但阮屐看山，謝棋賭墅。匣裏青龍，鏡邊華髮，三十功名塵與土。無恙秦淮月，衹望眼關河非故。倦倚危闌，子規啼遍烟樹。”君與許有師生之誼，辛亥起義，皆有光復之勞。癸丑失敗出走後，嘗賭酒放歌於逆旅。今同護法於廣州，慨談身世，無限牢愁。故其大處發揮慷慨淋漓，不落尋常題詞窠臼。

一六　渡江雲詞

《病中所作》〔渡江雲〕云：“乍輕寒又暖，纔醒還倦，天氣苦愁人。早嫣紅散盡，侵曉鶯啼，處亂碧濃陰。夢中夜雨，惜殘英猶自傷神。算輸與山公解事，慰問忒殷勤。　沉沉。蠻歌隔院，竟日騰喧，惱羈懷陣陣。渾不管吴鈎潛焰，湘瑟封塵。從今莫問東風訊，倩柔荑爲整紅衾。拚醉了、胡床漫倚枯吟。”（一）病中情狀。（二）（三）感物傷時。惓懷大局，纏綿如許。（四）君有小猿，名克定，性聰慧。見君未下床，據窗呼鳴，聲極淒惋。（八）（九）

此時決意不聞世事，專心静養。奈情不可遏，乃藉醉鄉以自頽放，丹忱熱血，不能慰心之甚也。

一七　碧牡丹詞

《己未五日》〔碧牡丹〕云："灑遍悲秋泪。勞倦傷春思。節序催人，又早趁炎天氣。榴火槐金，各自争華美。殉春誰念桃李。　渾慵起。夢擾蜩螗沸。游驄陌頭如水。艾虎龍舟，漫付尋常嬉戲。記否靈均，遺恨湘蘭佩。騷魂何日歸祇。"（四）（五）競攘私利，護法捐軀，諸先烈則忘之。（六）（七）（八）（九）大局紊亂，竟如兒戲。（十）（十一）帶動零陵舊事。

一八　臨江仙詞

《追悼援閩粤軍陣亡將士》〔臨江仙〕云："半壁殘棋誰主，百年幽憤填胸。數奇李廣未侯封。權奸排異己，重地陷英雄。　南渡君臣輕社稷，諸公齎恨何窮。黄龍痛飲又成空。岳軍方效死，秦檜竟和戎。"競存司令戡定南閩，功高勞苦，忌之者絶其軍械，斷其餉源。又利用所號稱民軍之土匪，塞其後路，以制止攻閩，爲媾和之密件。此作侃侃而談，公道難泯。

一九　蝶戀花詞

林子超以美人憑石依桐畫幅徵詞，即所見以起興，爲作〔蝶戀花〕云："南國佳人幽谷裏。有所思兮，城北徐公美。薄幸不來腸斷矣，望夫石上長凝睇。　采采春萱言樹背。欲待忘憂，可奈心如醉。一點情痴何處寄。鉛華泪托秋桐洗。"（一）指某要人。（二）指虜酋。（三）（四）媾和中心移向武鳴，某大失望。（五）呼其名。（六）（七）其代表章某，爲暗通密款。此詞恰有其人，恰有其畫。傳神耶？寫照耶？何物詞人，具此魔力？燃犀一照，遂令方良無所遁形，奇文奇事。

静照軒詞話

陳　詩◎著

陳詩（1864～1943），字子言，號鶴柴，安徽省廬江縣人。出身於官宦家庭，終生布衣。少於里中閉門自學，後旅寓南京、上海，與文廷式、鄭孝胥、陳三立、范肯堂、沈曾植、狄平子等人相交。著有《蘿隱詩草》《據梧集》《鶴柴詩存》《鳳臺山館詩抄》《風臺山館續集》《尊瓠室詩話》《静照軒筆記》，選編《廬江詩雋》《廬州詩苑》《皖雅初集》，編纂《冶父山志》《廬江疆域考》《安徽通志藝文考·集部》等。《静照軒詞話》刊於《小時報》1921年7月11日、9月27日。

《静照軒詞話》目録

静照軒詞話

一　吕惠如詞

旌德吕惠如女士□□名家，篤於舊學，教授秣陵頻年，尤工詞。録其《清明寄調》〔掃花游〕云："一番雨過，早梨雲卸了，新烟乍起。曉霞晴膩。漾籠門翠柳，萬家春意。粥冷餳香，人隔秋千巷尾。數花事。正開到杜鵑，恰染紅泪。　埋玉芳草地。有多少春魂，墓門長閉。緑羅裙碎。想化成胡蝶，飛來塵世。如夢光陰，袛有斜陽不死。暗紅紫。鎮年年，畫愁無際。"〔憶舊游〕詞序云"羈泊江南，匆匆十五年矣。桑海遷易，百憂填膺，行將卜居冶城山麓，以秣陵之烟樹作故山之猿鶴。勝地有緣，信天自嘉時，藉倚聲聊攄襟抱。"詞云："記襟分遼月，鬢染吴雲，十載猶賒。老向江南住，把莫愁故里，當作儂家。青山待人情重，留與共烟霞。看轉燭人情，搏沙世事，且伴梅花。　獨立水雲側，似信天翁鳥，飢守蒼葭。没個消凝處，倚東風一笛，自遣生涯。平生不願枯寂，冷處亦清華。正怕作愁吟，郊寒島瘦誰效他。"〔點绛唇〕云："暝入高樓，西風又送砧聲暮。斷鴻來去。雲暗江天路。　象管鸞箋，不賦銷魂句。秋懷苦。愁風愁雨。人是芭蕉樹。"〔鵲橋仙〕云："鐘聲遠寺，鷄聲近陌，曙色漸分林罅。秋雲何處隴頭飛，正木葉、亭皋初下。　瑶階凉露，瑶窗明月，一片融成瀋雅。曉來無處覓吟魂，想神與、西風俱化。"〔浣溪沙〕詞序云："朔風騷屑，雲水凄其，釀雪不成，雨霰時集，九九光陰已過强半，正遲六花之際也。”詞云：“雲獨無心鬥玉龍。嘿成珠雨澀寒空。不知天意恁惺忪。　　風竹吟成雙管玉，小梅開破半椒紅。殘年憑賞莫匆匆。”《庚申除夕調寄》〔浣溪沙〕云：“絳燭籠紗照夜闌。瓊籤愁報曙光寒。一年陳迹付飄烟。　　盡使江流馳短夢，待招春色入吟箋。好懷休自減中年。”又〔清平樂〕云：“翠樽紅炬。送了年華去。聽盡鄰娃歡笑語。好在不知愁處。　　春風又到人間。憑樓何事相關。多少夕陽烟柳，可憐如此江山。”〔好事近〕云：“殘雪寄崖陰，淺碧已生纖草。三兩幽花誰見，有詩人能道。

春寒猶鎖玉樓人，尋芳喜儂早。偏有小黄胡蝶，更比儂先到。”前調云：“滿袖落梅風，吹笛石頭城下。楊柳小於嬌女，倚赤欄低亞。　　六朝金粉盡飄零，燕子傷心話。剩有齊梁夕照，罨青山如畫。”諸詞深秀温婉，似竹山、小山，足□李易安、吴□□矩範。

（《小時報》1921 年 7 月 11 日）

二　周彦升詞

周彦升先生有《蕙脩盦詞》一卷，余最愛其咏絡緯調寄〔露華〕云：“連天翠蔓，著數點秋花，過雨庭院。半訴半啼，將近風吹旋遠。吸露咽月喁喁，做與深宫愁泫。流黄畔，銀釭夢回，一枕秋怨。　　無腔有恨誰管，似舊曲凉州，按了重按。兒女不知，情事偷送簾幔。乍斷乍續堪聽，誰省繅車腸轉。心正苦、征人莫嗔婦懶。”幽婉耐人尋味，似蔣竹山。

三　潘慎生詞

懷寧潘子眘孝廉（慎生）道咸時人，有《緑笙囊詞》。任邱邊袖石方伯最愛誦其“一片南朝春影，問夕陽何處紅多”之句，謂佳處不減兩宋。

（《小時報》1921 年 9 月 27 日）

雙十書屋詞話

忍　庵◎著

忍庵，身份不詳。《雙十書屋詞話》發表於《國慶紀念特刊》1921 年。

《雙十書屋詞話》目録

雙十書屋詞話

一　吊黄花崗七十二烈士詞

國慶詩詞以元年度爲最多，武進汪蘭皋吊廣州死事七十二烈士詞，調寄〔大江東去〕，曰："幾抔荒土，化萇弘碧血，此中何物。風馬雲車來往處，閃閃青燐石壁。博浪沙前，田横局外，暴骨皚皚雪。黄花開落，鬼雄還是人杰。　回想電掣雷轟，犁庭掃穴，叱咤喑嗚發。大纛高牙靈眼底，拉朽摧枯齊滅。天妒奇功，問天不語，怒指衝冠髮。毋忘在莒，年年記取今月。"

二　吊黄花崗七十二烈士詞其二

同社汪蘭皋吊廣州死事七十二烈士詞，其二曰："英雄寧死，要河山還我，當年之物。一十二旬軍再起，取次功成赤壁。灑酒靈旗，椎牛銅像，白者衣冠雪。招魂來下，故人多少豪杰。　滿眼流水華輪，游龍駿馬，意氣風雲發。整頓乾坤餘子在，往事空談興滅。化鶴歸來，尉佗城畔，山縷青於髮。傷心憑吊，珠江獨酹明月。"

小梅花館詞話

范　沁◎著

范沁，字冷芳，女，江蘇吴縣人。南社范君博之妹。著有《小梅花館吟稿》《挹香樓散記》等。《小梅花館詞話》原載《消閑月刊》1921年第4期，乃一部閨秀詞話。本書即據此輯録。

《小梅花館詞話》目録

小梅花館詞話

一 李清照浣溪沙

周介存《詞辨》，所選甚微，謂閨秀詞惟李清照最優，究苦無骨，存一篇，尤清出者。按，《詞辨》以一卷爲正，起温飛卿。二卷爲變，起南唐李後主。清照〔浣溪沙〕詞，列一卷之末，則固視以爲優也。詞録於下："髻子傷春嬾更梳。晚風庭院落梅初。淡雲來往月疏疏。　玉鴨熏爐閑瑞腦，珠櫻斗帳掩流蘇。通犀還解辟寒無。"

二 松陵女子夢江南詞稿

聞松陵金女士眉長，初嫁后，夫婿即遠出。因誦温飛卿〔夢江南〕詞而感之，和至百闋。其集即名《夢江南詞稿》。惜余尚未之見，女士固深於情而富於才者。按，温詞含情不露，自足移人，詞云："梳洗罷，獨倚望江樓。過盡千帆皆不是，斜暉脉脉水悠悠。腸斷白蘋洲。"

三 張槎雲虞美人

古來雄俊非常之士，建大業於當世者，大約都有夙根。東坡所謂其生也有自來是也。若夫女子之聰明絶世者，亦何獨不然。《兩浙輶軒録》云："張槎雲，名昊，孝廉步青之長女也。孝廉苦貧，以授經餬口四方。母陳氏，僅以女工課之。而槎雲喜讀書，覽典籍，輒通其文理，所著詩詞皆工。從兄祖望偶見槎雲詩，有‘殘風殘雪段橋邊’之句，悄然嘆曰：‘是妹必以詩傳，但福薄耳。’年十九，歸胡生文漪，倡和極諧。后步青赴春官試，卒於京師。訃音至，槎雲痛悼欲絶，有‘孤山何太苦，變作我親邱’之句，讀者憐之。踰年，槎雲方晨起，與文漪論詩，語及關盼盼絶句，曰：‘詩至此，得無傳乎？’既而曉裝畢，整衣臨窗，徘徊久之，凝眺雲際，忽曰：‘吾腸斷矣。’侍兒扶至床，目已瞑。先是槎雲夢白鶴振翮於庭，作人言，謂槎雲曰：‘盍乘吾以歸乎？若夫婦七年之緣已盡矣。’槎雲跨鶴背，憑空而起，有若神仙。及卒，人始知爲兆云。”按，《林下詞選》有槎雲〔虞美人〕詞云：“楓林昨夜多風雨，籬菊欹新露。疏枝無力倚西風，這是斷腸花瘦與人同。　憑欄無語心何已，又見吟蟲起。今年何事忽多愁，怪底凄凄風雨暗層樓。”槎雲，錢唐人。

四　江陰女菩薩蠻

《衆香詞》載江陰一名家女，作回文體，填〔菩薩蠻〕云：“鏡開羞學新妝靚，靚妝新學羞開鏡。離别怕遲歸，歸遲怕别離。　緑痕螺黛促，促黛螺痕緑。千萬約來年，年來約萬千。”女子姓氏未詳，文才敏妙，篇什甚富，爲宦室婦。外君戒其吟咏，故不以姓氏傳。又録〔少年游〕一闋云：“斜風捲水，平蕪吹側，波面細於絲。楊柳烟中，蓼花影裏，密樹度雲遲。　藤床八尺龍鬚席，卧聽晚蟬嘶。携却楸枰，沉吟應刦，拋局數殘。”有如此才華，而禁其弄翰，女子無才便是福一語，毒人酷哉。

卧廬詞話

周曾錦◎著

周曾錦（1882～1921），字晋琦，號卧廬，江蘇通州（今南通）人。光緒三十二年（1906）優貢，著有《藏天室詩》，詞有《香草詞》一卷，另有《卧廬詞話》一卷。本書據民國十年（1921）《周晋琦遺著三種》排印本整理。唐圭璋編《詞話叢編》收録該詞話。

《卧廬詞話》目録

卧廬詞話

一　杜文瀾詞

昔譚仲修謂蔣鹿潭，咸豐兵事，天挺此才，爲倚聲家老杜，斯言當矣。與蔣同時唱和而工力悉敵者，有秀水杜小舫（文瀾）。其《采香詞》二卷八十二首，幾於首首可傳，不能選録。但録其與蔣贈答者三闋。〔憶舊游〕《與蔣鹿潭話黄鶴樓舊游》云："記波涵紫堞，霧冪丹梯，頻展吟眸。念爾南冠久，問江城玉笛，曾聽吹否。去塵頓如黄鶴，萍迹話浮鷗。自戰鼓西來，楚歌不競，望斷空樓。

前游。漫回首，便十里春風，何處揚州。燐火迷荒岸，任雕搜金粉，都付滄流。素絲暗尋霜色，詞客病工愁。怕賦冷晴川，萋萋草碧鸚鵡洲。"〔三姝媚〕《贈蔣鹿潭》云："空憐歸去好。聽千山啼鵑，泪痕多少。沽酒瓶空，算袖中、還剩散花舊稿。逝水年華，判斷送、斜陽芳草。憔悴訴知，紅豆愁抛，玉龍悲嘯。　誰勸春明頻到。更氣壓雲虹，意輕飛鳥。典却貂裘，墮蒼茫塵海，芰衣秋老。愛作詞人，詩綉出、餐霞幽抱。還怕黄粱邀夢，炊香未了。"〔無悶〕《鹿潭病痁，譜此以代七發》云："長劍當年，敲碎唾壺，豪氣都無千古。便黯淡青衫，壯懷如故。酒醒偏憐短鬢，漸鏡裏、霜痕驚秋絮。家山何在，杜鵑唤作，不如歸去。　遲暮。尚羈旅。又賃廡人孤，病愁争主。漫證破情禪，藥爐茶杵。我有新笋遲爾，且醉聽、檀槽歌金縷。更没咏、却瘧花卿，舊日草堂詩句。"讀蔣、杜二公之詞，覺白石、梅溪去今未遠。天挺二老於咸同之際，亦詞界之中興也。

二　張子野詞

張子野詞："雲破月來花弄影"，"嬌柔懶起，簾壓捲花影"，"柳徑無人，墮飛絮無影"，人因目之爲"張三影"。余按子野詞，又有句云："隔牆送過秋千影。"又云："中庭月色正清明，無數楊花過無影。"又詩句云："浮萍破處見山影。"語并精妙，然則不止三影也。此公專好繪影，亦是一癖。又按"柳徑無人"二句，子野詞集作"柔柳摇摇，墮輕絮無影"。

三　魏伯子詞

魏伯子（際瑞），本不以詩詞名家，其詞不衫不履，然頗有俊快之筆。〔蝶戀花〕云："妾本城南楊淑女。小字留姑，自小南門住。門對桃花三四樹。春風日日花叢住。　那日門前曾一過。郎自多情，特地回頭覷。妾本無情仍未許。等閑花裏窺郎去。"又，"獨立蒼苔東望久。明月黄昏，恰上西園柳。幾陣宫鴉歸去後。碧天雲樹空搔首。　漫説破愁須是酒。影落深杯，越看成清瘦。泪迸銀盤如散豆。翠微峰上人知否。"又，"年少風流人第六。小扇新詞，字字蠅頭緑。扇手一時同似玉。玉人何必何平叔。　我欲爲君歌一曲。我唱君酬，歌斷心相續。但願無情無眷屬。無愁無恨無孤獨。"數詞小時誦之，至今不忘。又，〔滿庭芳〕云："去去來來，孤孤另另，凄凄冷冷清清。年年歲歲，苦苦苦營營。日日時時刻刻，心心念念念卿卿。昏昏睡、睡殘殘夢，夢影影盈盈。　春春春寂寂，山山水水，叠叠層層。對雙雙對對，燕燕鶯鶯。處處愁愁悶悶，行行住，住住行行。懨懨病，病中中酒，酒醒醒惺惺。"雖曰戲筆，叠字至此，亦未易也。

四　李漁衫詞

吾邑李漁衫先生（懿曾），博學能文，著作極富。其《扶海樓詩集》，典贍風華，卓然名家。至於倚聲，非所措意，然《藕葉詞》二卷，不乏鴻篇麗制，亦可謂出其餘技，足了十人者矣。〔滿江紅〕有感云："泪灑秋衫詞，都衹爲、有人憐我。他説是，裁雲鏤月，肝腸綉做。結緑未邀和氏賞，陽春却少他人和。嘆十年、風雨小窗寒，空燈火。　柯亭竹，休愁挫。齊門瑟，休嗟左。任英雄落魄，牛衣馬磨。青眼偏從紅粉出，驪珠解用鮫綃裹。算平生、知己得昭容，消愁可。"〔長相思〕云："怕閑行。又閑行。野渡荒烟一雁聲。釣船依舊横。　水盈盈。泪盈盈。莫辨離人一段情。柳梢斜月明。"〔浣溪沙〕云："驀地相逢油壁車。夕陽流水板橋斜。笑聲飛出幾盤鴉。　新緑眉棱裁柳葉，小紅門扇掩琵琶。粉牆轉過是天涯。"〔望江南〕云："江南好，山水擅神州。絶壁鬱蟠龍虎勢，大江流盡古今愁。滿目荻花秋。"又云："江南好，風景記重來。沽酒夜尋桃葉渡，品泉晝上雨花臺。詩句袖中裁。"

五　榑洲詞

勒少仲（方錡）《榑洲詞》二卷，清麗有餘，新警不足。惟"綺羅叢裏，擎酒説功名"二語，未經人道。其他如"落紅萬點圍歌舫，春水多情不肯流"。又，"吹得雨聲寒，雁聲空外酸"。又，"正是客愁深處，一燈紅得無情"。又，"山外江流江外山。春雲迷故關"。又，"天涯目斷平蕪。斜陽淡照栖烏。輸與寒磯釣叟，眼前忘得江湖"。又，"葉打疏窗絡緯啼。燈殘秋夢迷"。又，"多謝秋蟲，會得人心苦。燈殘處。更無頭緒。替我模糊訴"。均恰到好處，惜如此者不多耳。

六　柳耆卿詞

柳耆卿詞，大率前遍鋪叙景物，或寫羈旅行役，後遍則追憶舊歡，傷離惜别。幾於千篇一律，絶少變换，不能自脱窠臼。詞格之卑，正不徒雜以鄙俚已也。

七　吴少山醉春風詞

吴丈少山（毓沈），如皋老名士也。工書法，瘦硬通神。居白蒲鎮，予嘗訪之，時年八十，兩耳皆聾。手寫一詞示予，題《縫窮婦圖》云："布抹飛蓬首。小市提筐走。問渠何不住深閨，否否否。短綫零針，亂絲敗絮，藉兹糊口。　　儂亦途窮久。羞露襟邊肘。思量何物付卿卿，有有有。白袷衫殘，黑貂裘敝，敢煩纖手。"〔醉春風〕調。

八　李他山自題滿江紅詞

吾邑李他山先生（進瑄），文名震一時，所著《萬花齋集》，不乞人序，自題〔滿江紅〕《自笑》《自哭》二闋於簡端。《自笑》云："心血無多，怎暮暮朝朝嘔得。我不惜、也無人惜，算來那值。筆管墨枯頭已禿，屋梁月落愁俱黑。料將來、都入廢書堆，真何益。　　原不獻，荆山璧。原不想，天鵝食。但狂歌起舞，壯懷誰識。掉臂肯隨人步武，搜腸愛闢吾阡陌。定千秋、自作自吟哦，消岑寂。"《自哭》云："一曲琵琶，便惹出、許多眼泪。若再聽，江州司馬，青衫破矣。老婦重提當日話，愁人各觸心頭事。怪區區、從未轉柔腸，頻揮涕。　　志侘傺，顔憔悴。雖不逝，時不利。忽掀髯大笑，無須嘆喟。拂意已過年半百，賞心空負花三四。問家人、斗酒在牀頭，予姑醉。"落拓名場，賫志以殁，今閲其詞，可喟也。

九　陶咏裳自題踏莎行詞

母舅陶咏裳先生（炳吉），上元人。倜儻權奇，工六法，尤長於仕女，名滿東南。久寓滬上，求畫者户外履滿，然非其人不與也。予家藏小幅一，畫美人蕩舟采蓮，自題〔踏莎行〕一闋云："淺碧垂條，亂絲飛絮。新凉恰好纔過雨。小橋一帶種蓮花，蓮花深處儂家住。　　十里銀塘，幾重香霧。歌聲宛轉輕舟渡。芙蕖采罷夕陽斜，笑呼姊妹同歸去。”所著詩詞甚富，身後遺稿散失殆盡，惆夫！

一〇 陳師曾慶清朝詞

杇道人陳師曾（衡恪），旅通時，寓城南通明宫，古刹也。荒墳老木，杳無人烟。小樓三楹，道人與其夫人汪春綺女士居之。有時會客，亦在樓中，瓶花爐篆，翛然絶俗。道人詞不多見，僅得一闋〔慶清朝〕咏海棠云：“絶艶宜簪，倩魂易冷，幾回彈裊東風。春嬌乍倚，曲闌獨映嫣紅。和醉重鳴怨瑟，無人處、幽意誰同。斜陽外，斷霞作被，殘粉成叢。　　猶憶故山步月，聽杜鵑啼夜，緑碎烟空。朱英數點，飛簾應爲詩工。鏡裏暗藏清泪，怕教零落亂雲中。深深院，濃愁未醒，争似花儂。”嘗一滴水可知大海味，正不在多也。

一一 杜小舫詞

〔齊天樂〕咏蟬，〔天香〕咏龍涎香，此宋末諸老社題也。杜小舫稍更之，以〔齊天樂〕咏蟬蜕云：“已判身世斜陽外，虚空又留塵影。幻相猶存，凡胎易换，寂寞枯僧禪定。西風夢醒。問抱樹何心，鬢凋青鏡。猶有螳螂，夜深偷上翠梧等。　　前緣遠戀瘦柳，嫩凉斜曳處，無限凄哽。翳葉辭柯，焦桐寫韵，藥裹誰療詩病。清霜自警。算羽化疑仙，舊愁都屏。冷眼冰蠶，怨絲抛未肯。”〔天香〕咏卍字香云：“窗眼嘘雲，闌腰印月，雛鬟夜静重炷。篆蜕盤蝸，薰圓睡鴨，縈繫荀郎吟緒。春融四角，渾不倩、流蘇深護。剛似儂心，宛轉連環，萬絲千縷。　　温灰半星微度。畫秋蛇、似鈎愁譜。一寸綉腸，顛倒佛龕低訴。漫説情田未補。怕隔斷相思舊時路。織向鴛機，回文更苦。”二作别出匠心，脱盡前人窠臼，固由取徑不同也。

一二 先府君滿江紅詞

先府君生平著作甚富，數游京師，稿多散佚。見背時，錦甫周歲。及長，檢篋中遺著，僅得駢文數首、詩十數首、詞一闋而已，已并編入《周氏先墨》。詞録於下。《題章蘊卿和雅堂集》，調寄〔滿江紅〕云："驀地逢君，快同話、西窗夜雨。聞説道，黄皮縛袴，從戎幕府。策馬關山衣短後，横刀舊領征南部。指西湖、潭月岱峰雲，屯軍處。乍拋却，應官鼓。重綉上，蟾宫譜。向京華飽吃，軟紅塵土。粉帳傳宣崔䞤制，布裙酬唱梁鴻廡。讀新詩、一卷擬風騷，搴蘭杜。"

一三　楊古醖詞

戊申之秋，予以采石、赤壁、黄鶴樓、滕王閣四詞，徵和海内。雲間楊古醖丈（葆光）賜以四闋，信騷壇斲輪手也。兹録二闋。〔百字令〕《采石》云："石頭城上，指袍披宫錦，扣舷高咏。偶遇宗之，招與侣、餘子那堪游泳。旁若無人，飄然高舉，皓月明如鏡。一時無兩，磯邊草木輝映。　猶憶創業高皇，伐陳大舉，笳鼓軍中競。宵濟舟師，乘敵醉，開國果然風勁。九曲池深，黄天蕩闊，未足儕名勝。小詩休唱，謫仙猶恐來聽。"〔臺城路〕《滕王閣》云："壯游偶放章江棹，封藩試稽前事。畫棟纔輝，徽章忽降，羡煞洪都王子。唐宗往矣。剩高閣巍然，尚留江汜。誰念滄桑，浦雲山雨兩無意。　重陽小舟競檥。馬當神慨助，一夕風利。霞鶩齊飛，水天一色，要亦尋常詞耳。憐才念起。便請遂成文，衆賓驚異。惆悵臨江，此風誰更繼。"

一四　夢窗雕琢太過

玉田於夢窗頗致不滿，不但七寶樓臺之喻而已。夢窗"何處合成愁"一闋，在夢窗爲别調，而玉田亟稱之，他詞不如是也。以此取夢窗，則其所不取者可知矣。平心論之，夢窗雕琢太過，致多晦澀，實是一病，固不必曲爲之諱也。

一五　黄畊南詞

詩中有真摯一境，填詞所無也。如皋黄畊南詞，雖不爲上乘，而其真摯處，固自可取。如〔百字令〕《哭沙婿卧雲》云："貧儒一個，合舉家八口，不能坑倒。村館遠爲謀食計，拚却寒氈終老。書報平安，人驚短折，倉卒何曾料。蕭然歸櫬，紙灰空使盈道。　去年也客荒村，沉沉卧病，衹辦今生了。豈意白頭偏後死，留取者番相吊。泠落親知，伶仃婦女，魂向高堂繞。我詩誰輯，反教收爾零稿。"《聞沙婿舉殯，余客曉塘，不得一送，叠前韵》云："一抔黄土，把古今豪杰，生生埋倒。少不成名兼富貴，合使衡門栖老。坦腹床空，招魂路隔，此别非吾料。朝來執紼，白衣遥想遮道。　堪憐六十衰親，兩三弱息，一閉重泉了。我女未亡應更苦，身後不知誰吊。老矣窮鄉，凄其遠樹，望裏寒烟繞。秋墳何處，鮑家詩唱殘稿。"此種雖非詞家所尚，然正如龍眠人物，以白描見長，要非批風抹月者所能辦。又〔百字令〕之曉塘云："在家如客，從歸來計日，一旬纔滿。打點輕裝還欲去，坐席何曾能暖。兒女情牽，友朋歡洽，致把行期緩。催人征棹，早維門外河岸。　回首荒海漫游，孤村浪迹，吟興原難遣。少不離鄉今老大，怎脱天公成算。後會堪憑，長途可即，莫動三秋感。春寒風雪，者番前度差遠。"又前調《舟中寄懷同人》，其前遍云："酒醒何處，衹扁舟一葉，離愁裝滿。如許東風偏作惡，吹面不教人暖。去固無情，行還有侣，報道郵簽緩。推篷遥望，依稀雙店田岸。"又〔漁家傲〕九日，前遍云："掃盡寒雲山色净。遥空一碧開天境。落帽今朝誰露頂。秋幾頃。東籬小拓柴桑境。"畊南數與熊澹仙女史唱和，著有《畊南詩鈔》。

一六　李季瓊詞

合肥李季瓊女史，名敬婉，可亭公子之胞妹。年十五，題詩妓錢素秋《吟秋小草》三闋，婉麗可誦。〔眼兒媚〕云："鈎心團泪做成詩。展捲意爲痴。數行殘墨，十分幽怨，一半相思。　女兒生受聰明誤，平白被愁欺。蕪城恨事，鳩江夢影，同入新詞。"又〔羅敷艷〕云："一身漂泊江南北，恨滿江頭。泪滿雙眸。若個人兒無限愁。　　今朝遇了憐才客，兩字吟秋。没世名留。便是機濤及得否。”又〔闌干萬里心〕云：“秋花天使傲霜妍。百折千磨忒可憐。好句傳愁付短牋。恨綿綿。嵌入春心不計年。”素秋名緑雲，錢唐人。本宦家女，嫁某氏子，後與離婚。爲債家所逼，遂墜樂籍。戊申至通，余與伯茗、悼棠、峰石、澹廬，相與張之，其名大噪。而可亭適至，見其所著《吟秋草》，出資爲之鋟板。無何，素秋仍返滬上，後遂不復相聞，或曰已從良矣。其《種花》云：“種花日日替花愁，及至花開轉自羞。一片芳心纔半吐，誰知已上美人頭。”《次某君韵》云：“年來識得清虚旨，默對青燈讀道書。”《和可亭韵》云：“年年憔悴風塵裏，詩句都成脉望仙。”附録於此。

一七　雕琢傷氣

《白石道人詩説》有云，雕琢傷氣。予謂非第説詩而已，惟詞亦然。夢窗諸公，恐正不免此。

一八　陳散木詞

吾通工詞而有盛名於世者，僅陳散木（世祥）一人。散木性狷介，不爲苟容。有捷才，讀書數行，下筆數千言不竭。明末舉於鄉，宰新安，不屑折腰權貴，投劾歸。徜徉山水，與王西樵、阮亭、杜茶邨、冒巢民善。每有詩歌，隔千里郵寄無虚日。所在淹留，幾忘歲月，不問家人生産。有《楚雲章句》《半豹吟》《敝帚》《蠱餘》《瑶草》諸集行世。工倚聲，與迦陵檢討有“江左二陳”之目。其《含影詞》二卷，刻入《十六家詞集》中。全稿未見，僅從《五山耆舊集》摘録數闋，以見一斑。〔浣溪沙〕《午泛歸西園》云：“蝶子尋花日日忙。一溪春水膩歸航。杏烟深處讀書莊。　織柳欲成鶯襯貼，壘巢未就燕商量。迎人小犬出東牆。”前調，《書友人壁》云：“桐葉虚幽滿地陰。闌干曲曲路層層。遥聞棋子落楸枰。　香倚碧紗花壓夢，影牽紅杏鶴調琴。隔簾茶吼讀書聲。"〔虞美人〕《黄湖積霖，正理歸棹》云："千紅萬紫剛裁就。花事家家有。惱人無奈雨和風。何處杏花深處、月照中。　嗚鳩不管人愁絶。瀫鵝頻頻説。春泥滑刺雨如蓑。説是風狂，行不得哥哥。"〔蝶戀花〕《咏愁》云："潦倒十年愁窟裏。漏酒逋詩，意興都無幾。愁緒世間無物比。青衫濕似邗江水。　著地尋來無計避。好月名花，總是相思泪。笑煞天公無意味。生生無雨將春廢。"〔菩薩蠻〕《客夜》云："冷風索索尋窗紙。那堪更是簾纖雨。半睡過黄昏。殘燈偏著人。　閑愁無可破。夢裏成真個。醒睡總來難。雙眸枕上乾。"前調，《次夜又雨》云："客愁飛入梅花紙。做成夜夜蕭蕭雨。參影已横昏。停杯正憶人。　春陰吹不破。鳩婦還添個。衹爲看花難。芒鞋不要乾。"〔最高樓〕《歸來》云："無窮路，今日賦歸與。整頓舊茅廬。蒲葉抽風能睡鴨，柳枝拖露好穿魚。莫踟躕，還度曲，更提壺。　從今不、冷打詩書謎。從今不、熱下江山泪。身外事，總然迂。好花放蕊今良友，好句吟成古大儒。拌醉倒，雲作伴，月相扶。"

一九　露香詞

散木弟世昶，字仙庚，拔貢生。工詩詞，出散木指授。著《露香詞》一卷，温柔香艷，其吊古諸作，直逼髯翁。〔滿江紅〕《舟過赤壁》云："陡壁臨江，沙磧上、幾堆殘雪。凝睇望，戰場何處，烟波空闊。横槊賦詩才不小，沿流縱火功偏烈。想周郎、英發擅英姿，真人物。　何必恨，賢豪没。最可詫，荒唐説。有千秋信史，堪稽事業。衹道綸巾同羽扇，未聞仗劍還披髮。笑天屏山頂祭風台，冤諸葛。"〔沁園春〕《荆州九日》云："借問蒼天，雨雨風風，意欲如何。算光陰瞬息，一年有幾，鄉關迢遞，千里還多。寒食秦淮，中秋襄水，佳節都從客裏過。重陽到，又仲宣樓上，把酒高歌。而今更莫蹉跎。好細看、紅萸間緑莎。笑鷊冠自整，怕來嘲語，龍山擬上，爲避愁魔。警句難酬，新醅易醉，伸紙含毫信口哦。君知否，此稜稜鐵硯，久不堪磨。"

二〇　徐貫恂詞

同學徐貫恂鋆，號澹廬，年十二，即以工書善詩名。所作詞曰《碧春詞》，曰《蠅須館詩餘》，清新可傳。歸安朱古微侍郎稱其詞自壬子後，一洗粉澤之態，與東坡、後邨二家爲近，可謂善變。雲間楊古醞大令《和〔滿江紅〕題其集》有“如此清才供跌宕，盡堪游戲人間世，撥海濤、北向望伊人，蒼茫裏”等語，其爲詞場耆宿獎許，有如此者。茲撮録數闋於下。〔沙頭雨〕《題珠媚園》云：“城市山林，依稀粉壁留題處（園壁舊有“城市山林”四大字。）。斷烟零雨。幾换名園主。燕子雙雙，飛入誰家去。愁如許。一絲蛩語。宛把興亡訴。”〔浣溪沙〕云：“一剪風輕劈柳枝。春閨人起較鶯遲。海紅湘碧可憐時。　艷曲歌殘三字令，回文織就九張機。眼簾泪雨不成絲。”〔金菊對芙蓉〕《癸卯夏避暑滬上味蒓園》云：“金碧樓臺，琉璃世界，半江剪取吴淞。携桃笙竹簟，著我當中。茜紗衫子香收汗，賀新凉、低唱吴儂。櫻唇索潤，晶瓶瀉白，甘露檸檬。　捲上百葉籠櫳。報鋼絲車到，挽住青驄。借蒓鱸興味，不待秋風。萬家兒女痴如夢，一雙雙、都是情蟲。鄰僧多事，當頭一棒，敲起晨鐘。”（園在静安寺路，夏夜游人雜遝，有破曉方散者。）〔生查子〕《和周劍青》云：“千萬擲黄金，難買天無曉。花底不禁消，蝴蝶香魂俏。　鳥不識歡心，催起人偏早。兩點小眉山，擱住愁多少。”〔臨江仙〕《感事寄晋琦》云：“一夜西風三日雨，名山先送秋來。年年被放敢言才。前途行不易，依舊倒綳孩。　碎了珊瑚埋了劍，雄心無計安排。人生但使酒如淮。酒酣星可摘，同上妙高臺。”（時約游金山。）〔一絡索〕《題畫》云：“任爾同生同滅。紫荆紅棘。孤根不肯寄人籬，晚乃見、黄花節。　留取九秋消息。枝枝葉葉。何來一個八哥兒，盡偷眼、休饒舌。”〔十二時〕《〈綴玉軒話别圖〉，爲梅郎浣華題，即送東行》云：“櫻紅妻島，丁歌甲舞，黄金争買。纖纖散花手，怎輕分天外。綴玉軒中人宛在。最難忘、故緣今愛。先行問歸信，繫羊車遥待。”《題晋琦〈天涯芳草填詞圖〉，次原韵》云："蒼然平楚。莫問天涯路。手撥冰弦心太古。恰到清真處。　晚凉捲上簾衣。粉箋輕界烏絲。留做畫圖憑證，一編香草新詞。"又，《摘句爲玉寶題扇》云："東風第一琵琶手，人也多情。夜也多情。勒住情天不放明。"又，"既做有情人，忍説情爲累。"又，《題佩秋〈病秋圖〉》云："簾外黄花簾内人，十分幽怨三分病。"皆警妙。貫恂自幕浙中官京師，而詩境益進。倚聲一道，不過偶爲之耳。

花庵絶妙詞選筆記

劉毓盤◎著

劉毓盤（1867～1927），字子庚，號椒禽，浙江江山人。劉毓盤是近現代詞學史上著名的詞學家，1919年起任北京大學國文系教授，開設“詞”“詞史”“詞選”等課程。主要著述有《詞史》《中國文學史》（含“詞略”）《唐五代宋遼金元名家詞集六十種輯》《江山劉毓盤先生校唐宋詞集選》《宋遼金元詞鈔》以及《濯降宧詞》（又名《噙椒詞》）等。本書據上海圖書館藏《花庵絶妙詞選筆記》整理。

《花庵絶妙詞選筆記》目録

花庵绝妙詞選筆記

李太白〔清平調〕三首，是中國之古樂，是中國之古詞。漢制氏《制樂》全出於胡人，非中國音律。

陳暘《樂書》曰：清樂爲周房中樂之遺聲（房中樂，鄭玄《詩》《周南》《召南》爲周房中樂。），隋文帝平陳獲之，以爲華夏正聲之一，本有聲而無詞（所謂清樂者，清平調、側調是也。側調亦作瑟調，以各書改之，當作側調爲是。）。姜夔《白石道人歌曲》曰：琴調之側商、側蜀、側楚等，皆漢代所制，非三代之譜也。按琴曲有長清、短清、正平、高平、大側、小側等曲。北宋末、南宋初王灼《碧鷄漫志》曰：清平側本三調名，皆屬清樂。案明皇命太白賦《清平調》者，因偶不喜側調，故改，命之專就清、平二調中爲之，可見其爲琴曲。此隋文帝所以曰“華夏正聲”，非謂其果出於三代也。

後世不專以琴譜曲。

《唐書·樂志》曰：玄宗時所製新曲，皆以邊地爲名，如《甘州》《凉州》《氐州》《梁州》等等，玄宗喜之，命改立部爲坐部（如舞部亦分爲軟舞、硬舞，詳見崔令欽《教坊記》，與法曲、道曲於殿上合奏。）。

中國古樂初亡於漢武，再亡於唐明皇。

明代無文學，明代之經學似是而非，詞曲亦似是而非。

歷代講詞者不少，講宫調者不多，可見，宫調極難。

崔令欽《教坊記》是詞家必讀之書。

唐分爲法曲、道曲、新曲，宋分爲大曲、小曲，宋徽宗以後有南曲、北曲。

王世貞《藝苑卮言》曰：金人主中國，嫌大曲之淡而無味也，乃就中國之舊譜以箏、琶奏之，是爲北曲之始；南人又嫌北曲之急促也，乃改琴笛，以和緩之聲奏之，是爲北曲改南曲之始。

元好問《中州樂府》多選小詞。蓋元人以〔摸魚子〕等詞爲大曲，專爲賀喜、祝壽、應酬之用（詳陶宗儀《輟耕録》。），實則元之大曲與宋之大曲不同。

秦少游詞卷三全屬俳詞。

方言俗語鄙陋不文者謂之俳詞。白石無俳詞，然太生硬，故不可學。此言雖出於常州派，然而其言是也。唐五代詞無俳詞，故必從唐五代入手，若孫光憲〔浣溪沙〕不能不謂之俳詞。

唐詞最好，譬如人之面目，可惜甚少，長調僅二首：（一）杜牧〔八六子〕，九十字；（二）鍾輻〔卜算子〕，八十九字。

《碧鷄漫志》曰：引、近、慢、令、序皆好。唐中葉“序”已亡，惟姜夔《霓裳中序第一》（其小序曰：霓裳譜，今不傳。下但言宮調，不言何以曰序。）。考《碧鷄漫志》，霓裳曲分十二段（凡分段者皆大曲，如凉州大曲，分廿四段，是序者，乃大曲中之一段。後世大曲不傳，故序亦不傳。據白石詞序考之，大約亦長調如八九十字體者，是與引、近、令無涉）。〔卜算子慢〕明是慢詞，宋人張先、柳永皆有此體。因〔卜算子〕本屬小令四十四字體，與此不同，故加“慢”字以别之。惟子野詞（張先字）〔卜算子慢〕九十三字體，前後片中間各加二字短韵一句，其宮調同，可見，短韵二句本屬和聲（如曲中之襯字，在詞中亦有虚字。），與詞實字（如曲中之本字。）無涉。

片——詞均有二片，一首詞中間空二字，空以前爲前片，以後爲後片。

言詞者以温庭筠〔河傳〕爲近詞。竊意：杜牧〔八六子〕九十字體亦屬近詞，非慢詞也，因句法與慢詞不同。宋人詞〔八六子〕，詞最善秦少游一首，南宋葛長庚《玉蟾詞》至借秦詞改作己詞，全爲神仙家言，其句法亦近詞體，非慢詞體也。何以爲别，慢詞無含蓄，近詞必言近而指遠，如《詩》之興、比，慢詞可用賦也。

《花庵詞選》由唐至北宋。

《中興以來詞選》由南宋而下。此本不好，因選其友的太多。

《絶妙好詞箋》周密選的，他是南宋大家之一。此本是繼《花庵》而選的，優於《中興》本。

宋詞七大家：周邦彦北宋人；姜夔、史達祖、吴文英、王沂孫、張炎、周密均南宋人。

言律，南宋勝於北宋；言格，北宋勝於南宋；言曲，北曲高於南曲，散曲高於劇曲。

詞必以温庭筠爲第一，爲其厚也。

“皺”“瘦”“透”三字是宋人論石，後人借以論詞。“透”，清利。“瘦”與“肥”對。詩不妨肥，詞非瘦不可，如清人〔浣溪沙〕“寒窗愁聽一樓鐘”，論者以爲佳句，唯“樓”嫌肥，能易“窗”字尤佳。肥之病必失之野，清詩人舒鐵雲（一等詩家。）《瓶水齋集》，人笑爲野才子。“皺”，清蔣劍人（敦復）論詞以“皺”爲上乘，“皺”即曲折，多使人一覽不盡之意。“皺”與“透”相反，而兩相成“厚”。張炎《詞源》言周邦彦《片玉詞》厚。《碧鷄漫志》以温飛卿爲專作艷詞側曲（由於其立品不高也。），而極重蘇東坡詞，唯蘇詞能得中聲，不能得正聲（此言亦太高。王灼頤堂向以《雅》《頌》爲正聲。）。《詞源》：温韋并稱（五代韋莊。）。按韋詞薄而温詞厚，温猶之周邦彦，韋猶之張炎，相去甚遠，張不能與周并，韋亦不能與温并，但曰温以穠艷勝，韋以清麗勝，不考其厚薄，尤觀其皮毛也。

宋詞開端於晏殊、歐陽修，二家均自言從南唐二主及馮延巳詞入手。

唐詞，興也；五代詞，比也；宋詞，賦也。宋以下能得興、比之體者極少，至清人詞，若蔣春霖道咸人《水雲樓詞》，頗能從唐詞入手，故其品純高，且勝於元之張翥《蜕岩詞》（《知不足齋叢書》《彊邨叢書》均有，共二本。），因張詞亦從宋詞入手，尚得唐詞之妙。

唐詞亦唯李太白、温飛卿二家最妙。太白詞《尊前集》所録五十餘首，然細考之，皆係别人所作，誤繫之太白。且唐五代詞，時有互見者，如〔更漏子〕“柳絲長”一首，或作温飛卿，或作南唐後主，或作馮延巳，或作牛嶠，幾不能辨其爲何人所作，然以興、比之體推之，此詞全是興也，即可見爲唐詞；又如〔蝶戀花〕“庭院深深深幾許”一首，或作馮延巳，或作歐陽修，李清照《漱玉詞》極言此詞爲歐公所作，且深得叠字之法，因效之，用爲〔臨江仙〕起句，以此言之，此詞是歐公作矣，各本馮集、歐集皆有之，宋吉州歐本羅泌校注（雙照景宋本。）曰此中雜有馮詞，又其詞之淺近者，皆是劉煇僞托，可見未必全是歐公詞，《碧鷄漫志》曰歐公詞大半是他人所作，“庭院”一首全是比體，當是五代詞；又如〔魚游春水〕一首，“秦樓東風裏”一首，諸本作唐詞，《草堂詩餘》謂阮逸北宋人女作，爲北宋詞，不知此詞全是比體，必非阮女作，阮女詞存者唯〔花心動〕一首，論詞者皆知之并無他作。

張炎《詞源》曰：近時選本，黄昇（一作易，字叔暘，别號玉林。少年應科舉不第，乃弃之，專力於詞，其詞亦蘇辛一派，故其選於宋人詞多録歐、蘇二家，《中興以來絶妙詞選》多録辛、劉二家。）《花庵絶妙詞選》及周密《絶妙好詞選》二種最完善，草窗（密，字公瑾，别號草窗。）選本尤在《中興詞選》之上。案黄選録唐五代詞太少，宋詞太多，宋詞亦有不盡佳者，以其人而存之，不如周選之嚴，最多姜白石亦衹十餘首，餘則僅一二首。草窗生於宋而没於元，其用意在表章宋詞，首録張孝祥，以其與秦檜忤不附和也，唯録蔡松年（金右丞相）、仇遠（元溧陽學正）與本意不合，此外皆與白石之志在中原同意，實在《中興》之上。黄選有書名與各本不合者，如南唐中主〔望遠行〕，各本皆作後主，唯陳振孫南宋人《直齋書録解題》曰此詞是中主作，借此可考見宋人相傳説之舊，後人不知何故改作後主詞也，明吕遠刻本、毛晋鈔本、清初侯文燦刻本均從其説，與各本不合，餘若温庭筠、韋莊、牛嶠、張泌各家亦有書名與各本不合者，唯張泌〔浣溪沙〕“枕障熏爐隔綉帷”一首，案《唐人説薈》曰是張曙作，唐人侍郎禕之子，是詞是悼亡而作，細味之，是興體，且末句“黄昏微雨畫簾垂”七字，袁枚《隨園詩話》亦以爲是悼亡佳句，可見是曙詞，唯亦可借以知宋人之傳説也。

太白詞除《花庵詞選》外，僅有五首，〔清平樂〕三、〔連理枝〕二、〔桂殿秋〕一，《尊前集》所録之〔菩薩蠻〕非太白作。

杜甫“詩聖”自“三别”外（《新婚别》《無家别》《垂老别》。），大約皆賦也，“三别”頗得比興之體。唐人詞則不然，專以興體爲之，所以其品極高。五代詞專以比體爲之，已下手唐人矣。唯唐人慢詞極少，宋人多作慢詞，後人以小令尊唐，以慢詞尊宋，不知慢詞亦可以興比體爲之，何必專學宋人之賦體，如杜牧〔八六子〕，其意實指河北藩鎮不服從中央而言，與《罪言》（《新唐書·藩鎮傳序》全録之。）相似，而其詞借宫人望幸興之，深得興體，與其詩不同，如《早雁》等作是賦體，故其詞可居上品，詩不得居上品。詩自漢魏後，唯陶淵明詩不專從賦體，其餘若李太白亦得之，餘竟寥寥矣。

李　白

一　菩薩蠻

《詞苑叢談》疑李太白〔菩薩蠻〕是温飛卿僞托。《杜陽雜編》（唐末蘇鶚著）：宣宗大中間女蠻入貢，珠絡被體，危髻高冠，因刱爲〔菩薩蠻〕詞。案〔菩薩蠻〕始見崔令欽《教坊記》，《唐書·宰相世系志》：令欽乃玄宗時人，可見，玄宗時有〔菩薩蠻〕，安得曰太白詞爲僞托，且温飛卿詞穠艷，此詞高遠，與温十五首不同。

此詞當在禄山入京、明皇入蜀時作，興也。首句言朝政黑暗；次句指禄山入京，“高樓”，即《古詩十九首》“西北有高樓”，注：“高樓”，言君也；後半首望諸將急速平亂，而後君臣可得歸也。

此首以外，〔菩薩蠻〕若“游人盡道江南好”與“舉頭忽見衡陽雁”等等，皆非太白所作。

二 憶秦娥

〔憶秦娥〕本叶入聲韵，改平聲韵，明清初人有叶上去聲韵者，非，而以叶入聲韵爲正體。

太白詞後人多疑其僞托，唯〔憶秦娥〕一首無疑僞托者。

此傷安禄山之亂而急望收復也。“秦娥”暗指明皇，“夢斷”言明皇不能恢復，而太子即位於靈武，以郭子儀爲兵馬副使以討賊也；“霸陵”，漢文帝陵名，唐人折柳道别在灞橋，此不曰灞橋而曰霸陵，暗指明皇以奢致亂，不能如文帝以儉致治也；“樂游”二句言一盛一衰，樂游原在長安城外，唐人春秋游宴之處；咸陽，秦都，在長安西五十里，言咸陽，借秦之速亡以爲鑒也。凡唐五代詞“西風”“殘照”等字，皆憂亂之意，與“春風”“朝曦”等字寫太平興盛之意相同。“漢”字代“唐”字，如白樂天《長恨歌》首句“漢皇重色思傾國”；“陵闕”二字連用尤奇，可見其用意之深。

細案之，此詞叠用霸陵、樂游、咸陽種種地名。明人有以七絶一首每句用一地名，自言唐人已有此體。沈歸愚嘗議之曰：唐人有之，便不足爲病耶。太白雖亦犯復，而語氣渾厚，讀者不覺其復，故論之者以此詞爲詞曲之祖，不善學之，便不可讀矣。詩詞最忌犯復，此種詞學之者必不易見勝。

三 清平樂令

〔清平樂〕二首，一言“春晝”，一言“秋夜”，雖應制而作，中亦寓規諫之意，晝宜作事而眠，夜宜眠而不眠，與隋煬帝《夜飲朝》二曲同一欣樂語，而實不同。

〔清平樂〕以太白詞爲正格，前半側韵，後半换平韵，唯太白别一首，前後一韵，不换平叶，或疑其僞托，故後人亦無從之者。

〔清平樂〕二首，應制之中仍寓諷諫之意。楊妃善霓裳舞，明皇寵之，以致春晝不理朝政也，此與白樂天《長恨歌》“春宵苦短日高起，從此君王不早朝”同意；第二首亦與《長恨歌》“後宫佳麗三千人，三千寵愛在一身”參看，極言楊妃專寵而明皇不悟也。

四　清平調

〔清平調〕向入詩。按陳暘《樂書》及《碧鷄漫志》皆當入詞，不當入詩。明皇賞木芍藥（牡丹），太白應制而作。此三首句句説花，句句夾寫貴妃之美，而中間寓以諷諫，讀之又使人不覺，所以稱妙。

第二首“雲雨”句，用宋玉《高唐賦》，又用“飛燕”（飛燕爲漢成帝所寵，宫中皆目爲禍水，必滅漢火。）爲比，其規諫深矣。楊妃不以爲怪，高力士以脱靴之恨，進讒於妃，妃怨之，遂言於明皇，放還山，終身不復用。

《高唐賦》以楚昭襄王惑於女色，而忘其父懷王爲秦所欺，客死於秦而不知報，故設神女下降而作此賦。太白之意，言不可以女色而忘國政，故復言飛燕，其用意可謂切矣。

白樂天

長相思

樂天《長相思》“汴水流”一首，本集不言閨怨，《花庵》或别有所據。“巫山高”，“高”字宜韵，不用韵者少。

唐人考試，每作閨怨詩詞：“妝罷低聲問夫婿，畫眉深淺入時無?”此張祜應試之作，其尤善者，“夫婿”指考官，“畫眉”指場作者而言，即如秦韜玉《貧女》“蓬門未識綺羅香”一首，亦寒士考試不利，非真言貧女也。“深畫眉”一首亦是此意，下一首有當别論。

“深畫眉”一詞，必非閨怨，疑爲應試不第而作。唐制，雖舉進士，不過官縣尉，若求大用，或試拔萃科，或試製誥，種種之科目極多也（縣尉即清之典史。）。

“汴水流”一詞，必非閨怨，又非談錢唐景。“吴山”二字，雖曰鳳山之别名，决非杭州。按此詞當是香山官蘇州刺史時作，香山嘗爲杭州、蘇州刺史，入爲御史，後貶爲江州司馬，終於刑部尚書。唐制重内輕外，凡出爲州郡官皆曰左遷。又唐都長安驛路(三十里一驛。)，由河南經安徽亳、潁等處，再入江南，故先汴後泗，再曰瓜洲(江南地。)。“吴山點點愁”一句，指蘇州各山而言，因蘇州各山統名曰吴山，不比杭州僅城内之山曰吴山。全詞仍望入而内用之意，顔真卿官刑部尚書，貧而食粥，不肯外出，故見其重内輕外也。

王建

“三朝行坐鎮相隨，今上春宫見少時。脱下禦衣偏許着，進來龍馬每教騎。常承密旨還家晚，獨奏邊情出殿遲。不是當家頻説與，九重争遣外人知。”

王建，字仲初，舉進士。與宦官王守澄情好甚密，結爲兄弟，館其家。德、順、憲三朝，守澄恃寵專權，仲初與飲，以漢十常侍亂國微諷之，守澄大怒，執仲初所作《宫詞》百首，欲誣以污蔑宫廷之罪，仲初作詩以解，遂絶。後，守澄被誅，仲初亦免禍，出爲陝州司馬以終。

一　古調笑

《古調笑令》名《調笑令》。

别本“病”作“并”，“并”字不對。

此詞原名《宫中調笑》，當指順宗初即位，病瘖，每朝置簾於座前，群臣奏事，由牛昭容代答，於是宦官等勾結爲奸。古有宫扇，無團扇，摺扇始於高麗，宋人入貢，一名聚頭扇，宫扇以紈爲之，班婕妤賦《團扇》即宫扇，宫中所用即故名。收句“昭陽”，宫名，皇后所居，極言牛昭容之專寵；“玉顔”句承上“病”字而言。

“金花枝葉”，别本作“金枝玉葉”。

此詞指王守澄等宦官而言。凡詩詞用“蝴蝶”，皆言其輕薄也。魏收，北魏人，作《北魏書》，必索重賂，則爲作佳傳，如不與，則醜詆之，人呼之爲“驚蛺蝶”，極言其輕薄。

“君前”兩句言其盛時；“日暮”用伍子胥對申包胥曰“我途窮日暮”，即末路之意。

“睹舞”，别本作“暗舞”；“玉”字作“平”，語居切。此詞指他妃嬪而言，昭容既專寵，他人皆不得進見也，收句點明作意。

凡入作平，皆陽平聲，無陰平聲；作上皆陰平聲，無陽平聲；作去聲皆陽去聲，無陰去聲——詞曲皆同。

“商人”句當作“仄仄平平仄平”，如作“少婦商人斷腸”則與詞合，别本亦作“商人少婦”，疑誤，不可從。

此詞指宦官失寵者而言。“鷓鴣”用唐詩“吴王宫殿鷓鴣飛”。凡在君前而不得其所者，以鷓鴣爲喻。宦官失寵者，或貶謫，或坐罪，曰“失伴”，言視專寵者相去若天壤也。

二　三台令

〔三台令〕六言四句調最古，唐初李燕作《牧獲子》（見《崇文書目》。），宋人改作《穆獲砂慢》詞，與原詞不同。

〔三台令〕一名《回波詞》，又名〔何滿子〕，又名《開元樂》，均平叶，唯《賽姑》用仄叶，微不同。此詞亦有五言絶句題。《三台》，萬俟雅言體分三叠慢詞。此二詞當是順宗病瘖半年，朝政日非，群臣奉太子即位，是爲憲宗元和元年而作。第一首言奉順宗爲太上皇帝。第二首“赭黄”，别本“柘袍”，似勝；“日色”二句言，憲宗即位，不用垂簾與群臣相見也。

徐昌圖，各本作：陳洪進據泉、漳二州，欲降宋，使昌圖奉表入汴，宋祖留爲博士，歷官殿中丞；楊湜《古今詞話》（今亡。）曰唐肅宗時進士。其詞皆唐二首，與官殿中丞者同姓名，實又一人也。《花庵》列於張志和之前可爲證。

三 木蘭花令

〔木蘭花令〕七言八句，一名〔木蘭花〕，一名〔春曉曲〕，一名〔玉樓春〕，皆平起（凡詩詞首句首字爲平聲者謂平起，仄聲者謂仄起。）。周濟《宋四大家詞選》曰：平起者名〔木蘭花〕，仄起者名〔玉樓春〕。非也。柳永《樂章集》、張先《子野詞》、晏幾道《小山詞》皆平起，半曰〔木蘭花〕，半曰〔玉樓春〕，其宫調各不同。此詞屬雙調，見《尊前集》。

此詞名曰寒關，昌圖詞確是唐音，得興體也，當時指張后、李輔國内外勾結，以蒙肅宗，使與明皇父子不相見，明皇幽居南内，鬱鬱而卒。"孤鸞"指明皇；"雙鸞"指張、李二貴；收句言父子不相見，斥肅宗之不孝；"一剪"句言小人乘隙而進；"漢宫"二句言后之才貌。

張志和

張志和，原名龜齡，肅宗時待詔翰林，後貶官南海尉，乃弃而歸隱，作《漁父》以見志。

漁歌子

《漁歌》原名《漁父》，東坡有《漁父》詞四首，與此不同，乃東坡自製曲，他無作者。

《漁父》調平仄可不拘。《金奩集》有志和《漁父》詞十五首，與此不同。又宋高宗和志和《漁父》詞十五首，用韵與《金奩集》十五首原韵同，亦與此不同。陳振孫《直齋書録解題》有言：《真子漁父詞碑傳集録》一卷云：南卓、柳宗元諸人皆有和志和《漁父》詞。黄山谷書之，作志和《漁父》詞，故合《李衛公集》所載（志和集不傳，《漁父》詞五首附見李德裕集。），共二十首。《彊邨叢書》據曹元忠考定：《金奩集》十五首爲南卓、柳宗元諸人和作，《衛公集》所録五首爲原作，其誤始於黄山谷，宋高宗沿其誤。至于今反以原作五首爲不足憑，不可不訂證也。

志和隱於太湖，西塞山在浙江湖州，松江在江蘇，皆與太湖接近，霅溪即湖州城河。《湖州通志》以志和隱於湖北之黄州，謂西塞山在黄州，又以巴陵爲證。按巴陵在湖南，非湖北，陶淵明《桃花源記》"武陵人捕魚爲業"，巴陵疑武陵之譌。武陵亦在湖南，此不過用典，非指所居之地也。

五代閩陳后金鳳《樂游曲》二首："西湖南湖鬥彩舟，青蒲紫蓼滿中洲。波渺渺，水悠悠，長奉君王萬歲游。"《詞律》曰：《樂游》與〔漁歌子〕平仄不同，當别是一律。按《金奩集》及宋高宗和詞共三十首，其平仄有與《樂游曲》相合者，可見其爲一律，《詞律》非。

温庭筠

飛卿以〔菩薩蠻〕爲最著，張惠言之《茗柯詞選》以爲皆感士不遇之作。〔菩薩蠻〕今傳者十五首，唯一首咏泪，餘皆爲應舉不第而發。宣宗愛唱〔菩薩蠻〕，令狐綯命飛卿代作，囑其勿語人，而遽爲外人所聞，綯由是疏之，飛卿遂終身不遇而卒。

"小山"一首當是初應試時作。"新著"，别本作"新帖"，用此二字，可見其預備考試情形；"小山"句，憂主試者之不明也。唐詩"紀央綉出從君看，不把金針度與人"，"度"字，即傳授新法之意。用一"懶"字、一"遲"字，與首句同意；"照花"二句，言己之文章絶妙。

"南園"一首，不第後之作。"杏花"指進士，至清猶然（秀才采芹，舉人攀桂，進士探杏。）。唐時，進士試在二月舉行，放榜在清明前後。"輕絮"二字，指凡應試者而言，含有輕薄之意；"斜陽"指得第者，下接"零落香"三字，含有藐視之意；後半言自已不第，大發牢騷，故曰“無言”，又曰“無聊”。凡用“屏山”等，皆指蒙蔽重重也。

“翠翹”一首，當指令狐綯，青瑣宰相，在宫中辦事處。唐時，宰相五日一休沐。“玉關”指吐蕃之亂，白敏中出而平之，綯同爲宰相，一無表見也（即河湟之役。）；“雙”字，指宰相不止一人；“細”字，指河湟之亂起於憲宗時，延至數十年，朝廷目爲小亂而不急也；“池上”四句，言在朝者知有富貴，不知治事也；“飛蝗”二字，指綯以小人之才而居大位也。

“水精”一首，此詞關鍵：前片在“簾”字，後片在“隔”字。

孫光憲《北夢瑣言》曰：沈詢知貢舉，知飛卿之專爲捉刀也，乃别施一席，使與他人隔，事畢，謂之曰：我潜救人矣。

“水精”“頗黎”言欲其明於論文也，下接“暖”字，亦望吹嘘，若黍穀回春之意；“江上”指詢，詢江南人；“雁飛”句言其不明也；“藕絲”二句，以喻文章之妙；“人勝”即方勝，言己之登第亦無望也。

唐五代詞，用“簾”字，除考試外，則指人君垂簾聽政而言；用“屏山”，則指蒙蔽而言。

一　更漏子

“柳絲長”一首，《尊前集》作南唐後主詞，非，各本作温詞，是。此數詞皆專指令狐綯而言。“閣”字指宰相。唐詩：“經綸閣下文章静，鐘鼓樓上日月長。”此指相臣在宫中治事而作。《唐書》：不經鳳閣鸞台不得曰敕。

懿宗即位，出爲淮南副大使，安南平，以饋運功，封梁國公。龐勛作亂，綯欲撫之，裨將李湘曰：勛既反我，宜守高郵，其地厓峭水狹，敵不能進，一舉可滅也，否則，彼得徐、泗，不可治矣。綯不聽，勛入徐州，其衆六七萬，乏食，兵跛，滁、和、楚、壽等州糧盡，啖人以飽。詔以綯爲徐州招討使，勛詐請降，綯喜，勛襲湘，壘醢湘，悉俘其衆而食之。詔貶綯爲太子太保。

二　清平樂令

此調宜稱〔清平樂〕，不宜加“令”字。案吴城小龍女《荆江亭》一首，原名〔清平樂令〕，與此調不同。

“簾捲曲欄獨倚，山展暮天無際。泪眼不曾晴，家在吴頭楚尾。　數點雪花亂委，撲漉沙鷗驚起。詩句欲成時，暮入蒼烟叢裏。”此是〔清平樂令〕，爲四十六字體，與〔清平樂〕四十六字句法不同。萬紅友《詞律》名之曰《荆州亭》，杜撰。

“洛陽”，此詞爲不第而作。飛卿，太原人，不曰太原而曰“平原年少”，猶之白香山《長恨歌》不曰唐皇而曰“漢皇重色思傾國”之意。唐都長安，而曰洛陽，與上同意。“楊柳”三句，描摹失意之狀，先曰“愁絶”，又曰“愁殺”，非犯復，乃呼應也。

三　河傳

〔河傳〕以温詞爲最早填者，宜奉以爲法。此詞凡廿餘體，皆在其後。温詞共三首，別二首。“烟蒲花橋路遥”六字作一句，“橋”字不叶韵，唯論者以此一首爲正格。

此詞爲令狐滈而作。滈，綯之子。滈未嘗舉進士，妄言已解，綯爲相，滈受李琢賄，言於父，用琢爲安南都護，以致叛亂，時目爲白衣宰相，遷右拾遺、史館修撰，爲左拾遺劉蜕、起居郎張雲所劾，綯爲其累，罷相，出守淮南，滈亦終身不振。

“郎馬”用《後漢書》：“行行且止，避驄馬御史。”拾遺、御史皆言官；“蕩子”明言滈無行；“閑望”及“路遥”“夢”“迷”等皆指其妄言已解也，於收句“不聞”二字點明。

韋　莊

《詞源》論以温韋并稱，其實二家派別不同，温以濃厚，韋以明淺，其厚薄相隔甚遠。唯五代諸家自南唐後主外，必以韋端己爲第一。

端己世爲宰相，復以龍紀元年進士，官侍御史，奉昭宗命入蜀宣論王建，建留不遣，建稱帝，以爲相。

一　菩薩蠻

“洛陽”一首，關鍵在一“魏”字。朱全忠爲宣武節度使，劫昭宗遷都洛陽。

莊，京兆人（即長安。），不曰京兆才子，而曰洛陽，與温飛卿“平原年少”同意。宣武駐汴梁，七國梁亦稱魏，魏王指朱全忠。“此時”句指其篡弑；“桃花”二句，指貪富貴者而言，用“桃花”二字，極言其輕薄；“淺暉”指唐之將亡；“君”指昭宗。

二　應天長

〔應天長〕起句，均作五字句，如南唐後主詞“柳堤芳草住”。唯此詞作三字兩句，疑中有虚字，猶曲之有襯字也，“天”字疑即虚字。收句“否”字向屬尤部，魚虞部無此字，唯五代宋詞用“否”“負”等尤部字入魚虞部者甚多，戈順卿《詞林正韵》始補收之，復注明曰：此俗音也。

此詞指全忠篡後，王建自言爲昭宗復仇，未幾，稱帝，亦不言復仇矣。唐之將亡，其大臣勛戚聞王建好賢，相□避亂入蜀，故蜀得人最盛。莊則奉命宣論，與衆不同。“緑槐”句，三公曰三槐，九卿曰九棘，言三公無人也。《詩》：“巧言如簧。”指佞人也。“黄鶯”即如此。後半片明言思故君。

三　清平樂令

端己爲王建所留用，以爲相，似乎相待甚優，所以有“羅帶悔結同心”之句，既而，見其不能爲唐復仇而據有一方，便有欿然自足之意，故有“夢覺”二句。“半床”之“半”，“小窗”之

“小”字，五代人詞凡用此等字，皆指割據一方不能統一天下而言。張泌〔浣溪沙〕十五首，幾大半皆用“小庭”“小窗”“小溪”“小欄”“小市”等字，尤其明顯。

此詞前半片以“香閨暗老”四字，以喻己之不能有爲，奉命入蜀，思故君而不見也。

四　小重山

端己有寵妾，能歌舞，王建托以教宫人留之宫中，端己思之，不置，遂作〔小重山〕〔荷葉杯〕等詞。後，此詞傳入宫中，妾見之不食而卒。

五　謁金門

〔謁金門〕詞疑亦爲此而作。

六　木蘭花

〔木蘭花〕本仄韵，七言律詩（○○△△○○△，△△○○○△△。四韵同。），刱於温飛卿，原名〔春曉曲〕，後人改曰〔木蘭花〕，後蜀後主孟昶改曰〔玉樓春〕，平仄同。周濟曰：平起者曰〔木蘭花〕，又曰〔春曉曲〕；仄起者爲〔玉樓春〕（△△○○○△△，○○△△○○△。仄起。）。按常州派均不知律，專重用意，止庵（周號）所論，非也。小山詞〔木蘭花〕〔玉樓春〕各十餘首，均平起；張先《子野詞》，柳永《樂章集》，亦均平起；唯柳永有仄起一首，曰〔木蘭花令〕，與韋莊此詞同，韋詞第三句作三字二句，柳詞則作七言一句，又韋詞後半片换韵，柳詞不换韵，此其不同者。至〔木蘭花〕〔玉樓春〕之别，蓋用律不同，非平起、仄起之别也。徐昌圖〔木蘭花〕一首，《尊前集》注明曰屬雙調，《子野》《樂章集》亦皆注明所屬，唯《小山詞》無注，亦可借張、柳二家所注，參考自悟也。

七　薛昭藴

薛昭藴，前蜀侍郎。唐之末，諸故臣多避亂入蜀，蜀王建初聞朱全忠之簒，力言必爲蜀故主復仇，故仍稱天復四年，唐之故臣皆樂爲之用，既而，遂自爲帝，亦不言復仇，而荒於酒色，諸故臣有心乎唐室者，多致不滿，如韋莊以奉昭宗命入蜀，與諸故臣之避亂而來者不同，王建雖用以爲相，而莊頗不爲之盡力，其餘諸臣，有貪建之爵禄者，有力爲建謀統一者，有借事納規諫者，有遇事寓諷刺者。讀前蜀人詞，皆當用此數法，便豁然貫通矣。總之，五代詞必須先考求其人所處之地、所處之時、所遇之人，皆須一一看清，不可混同而論，此要訣也。

讀詞必讀五代人詞。詞莫盛於五代。唐人辭不過發其源，宋人詞不過揚其波，唯五代人握其中堅，上集隋唐之成，下啓宋元之盛，而令、引、慢詞各法皆五代人開之，故五代人之詩之文均不足觀，唯詞則千古無以勝之也。

八　浣溪沙

此詞用“楚烟”“湘月”“吴主”“越王”四國，楚指馬殷，湘指高季興，吴指徐溥，越指錢鏐，蓋言此數國皆割據一方，楚、湘地與蜀爲臨。“握手”一首言，近交之策不可恃也，故以“兩沉沉”三字寓意。“傾國”一首言，吴、越與蜀相隔甚遠，遠交之策亦不可恃，且吴、越二國亦不能統一天下，不久亦將亡也。此二詞大意爲，前蜀謀自立計，與他國聯盟未必有益也。

“意滿”二句，用“滿”字、“深”字，連環句法，究屬小樣，不必學。

九　小重山

一“春”、一“秋”，與太白〔清平樂〕一“春”、一“秋”同，此二詞皆思故君之意。“至今”一句，點明二詞作意；“長門”

“玉階”“昭陽”皆指唐故宫。

一〇 謁金門

〔謁金門〕一詞，悲唐之亡也。後半片極寫故宫荒凉之象；“金鋪”二字指宫殿而言（金鋪，門也。）；首句言唐之盛時；第三句言，唐自内宦擅權弒立出於其手，而爲之君者，猶未悟也；“雙語燕”三字，言在廷諸臣皆以巧言蒙蔽君聽也；收句“頻”字，言其盛其衰如同一夢也。

牛 嶠

牛嶠，字松卿，爲唐宰相牛僧孺之後，入蜀，官給事中。

一 更漏子

此詞當是避亂入蜀時作。首句“南浦”出江淹《别賦》，指别故都而言；“兩人深意”，言非梁篡唐即唐滅梁也；“低翠黛”三句，言避亂出行之象；後半片“還是去年時節”一句，指王建仍用唐正朔，且言爲唐復仇；收處三句，仍會有望唐復興之意。

二 菩薩蠻

“舞裙”一首，當是王建稱帝后作。“驚殘夢”三字，言爲唐復仇非其真也；“遼陽”指後唐李克用爲晋王，亦言爲唐復仇，非滅梁不可，晋都太原，先滅燕，後與梁戰，遂滅梁，梁末帝自殺；“玉郎”言唐故君，晋爲唐報仇，未幾，遂自稱帝，而唐亡矣。

張 泌

張泌，字子澄。泌在唐官句容縣尉，上萬言書，後主奇其才，用爲御史，歷官中書舍人，書雖不傳，其大指先治内政，後興兵力，以統一天下（南唐自稱唐憲宗第四子之後。），可以復唐之業也，略見馬令（北宋人）、陸游（南宋人）兩《南唐書》。

泌〔浣溪沙〕十五首，皆用一“小”字。“枕障”一首非泌作。《唐人説薈》：唐張侍郎褘有妻喪，悲悼之甚，其子曙爲此詞，褘見之曰：此必阿灰作也。後人以“黄昏”“微雨”“畫簾”等字爲悼亡之用，袁枚《隨園詩話》亦以此爲悼亡佳句。

子澄詞以〔浣溪沙〕得名，其詞均以“小”字寓偏安不可久之意，與所上萬言書用意略同。首句言，爲君者如能開誠布公，則天下事無不可爲；次句言，既無力而又慵於爲政，則不可；第三句言荒於色也；“微雨”句言國勢可危；“燕鶯”句言在朝多小人也；“杏花”句自喻，言不能用其計以統一天下也；以“東風”作收，寓所望於後主者甚深，故以興復唐之祖業相責也。

一 滿宫花

〔滿宫花〕名曰宫詞，似乎極寫宫中行樂之象，而語語有沉痛之意。起二句極寫春景，以寓國家初興景象；第三句接“寂寞”二字，言無人爲政，則國家不保，故以“上陽宫裹”四字點明；“簾”指人君垂簾聽政，此二句言，如荒於色則不能勤於政也，故以“冷”字點明；後半“嬌燕”“公子”皆暗指後主，“黄鶯”指佞臣之巧言如簧也；“細雨”即《易經》之“履霜”“堅冰”，《詩經》之“先集維霰”也；收句言“東風”，又言“清明”，言國家有可爲之時，而無如其“沉醉”不醒也。此詞深責後主。

二 江城子

二首。馮延巳《陽春集》亦有之，各本有作馮詞者，亦有作張詞者。案此二詞均有“小”字，與子澄他詞相同。《古今詞話》言，子澄以〔江城子〕得名，亦其證也。

浣花溪在四川成都，即工部避亂入所居之地。子澄，南唐人，而忽言蜀，即暗指蜀主王建昌言復仇，而唐之故臣信之，相從避亂入從，蜀多爲之用，不知建遂自稱帝，置前言於不顧也。

毛文錫

一　醉花間

〔醉花間〕，《詞譜》以爲即〔生查子〕，其實不同，二者第三句以下皆同，唯〔生查子〕首句係五言詩句法，〔醉花間〕首句係三字二句。又馮延巳《陽春集》有〔醉花間〕四首，四十九字體，與此不同，當是又一體。侯文燦彙刻《名家詞》内《南唐二主詞》〔謝新恩〕一首，亦四十九字體，又誤多一字，此字作□，下注曰：此字缺。案此詞與馮〔醉花間〕同，自是〔醉花間〕，非〔謝新恩〕也。葉申薌《天籟軒詞譜》據侯本之誤而不細考，徐本立《詞律拾遺》又承葉氏之誤，此不可不辨也。

毛體係四十一字體，爲正格。

“冉冉秋光留不住，滿階紅葉暮。又是過重陽，台榭登臨處。茱萸香墜紫，菊花飄庭户。晚烟籠細雨，雝雝新雁□（一作秋。），誤聲愁，恨年年長似。”此侯本南唐後主〔謝新恩〕詞，葉本收二句作“雝雝新雁咽寒聲，愁恨年年長相似”，以馮詞體校之，當作“雝雝新雁咽寒聲，恨年年長似”，“紫”字、“似”字以支微、魚虞二部通叶，宋人亦常有之，蓋此二字，馮詞二首均用韵也。又按此與毛〔醉花間〕大略相同，唯首句六字改作七字一句，次句平仄掉轉，三四句同“茱萸”二句，與毛第二首後半起處同。“雝雝”句多二字，當是虚字，唯多“晚烟”五字一句而已，當是又一體。凡所謂又一體者，皆就正體改定，或增或減之也。

葉夢得南宋人《避暑録話》曰：五代人詞以毛司徒爲最下，諸家評庸陋詞，必曰此仿毛之〔贊成功〕而不及者。其實司徒詞和順之中亦多穩洽，唯無甚寓意，此不足取。案五代詞以張泌命意最深，唯其人多遺行少鄰，入宋後，又以私怨争吴越王謚，故時論薄之。

“春水”二句，言貪富貴者多也；“偏意”二句，言王建無意於爲唐復仇也。“風摇”二句亦與“春水”二句同意，“玉佩”二字點明；“銀漢”二句深致不滿之意。

二　何滿子

〔何滿子〕，唐詞衹六言四句，五代詞加作六言六句，宋詞加後片，復於第三句改作七言詩句法，後片亦然。

“對鏡偷匀玉筯，背人學寫銀鈎。係誰紅豆羅帶角，心情正著春游。那日楊花陌上，多時杏子牆頭。　眼底關山無奈，夢中雲雨空休。閑幾許憐才意，兩娥藏盡離愁。難拚此回腸斷，終瑣定紅樓。”此晏幾道〔何滿子〕詞，宋多從此體。“紅豆係誰”一作“係誰紅豆”。

此詞收三句寓思故君之意。毛司徒亦以避亂入蜀，而爲王建所用，以直諫貶茂州司馬，前蜀亡，亡後唐爲内廷供奉。“紅粉”句言蜀主荒於色；“碧紗”句言佞臣之多。

三　更漏子

〔更漏子〕詞中用“丁香”，言心也。賀鑄憶故妓，爲作〔丁香結〕詞，與此同意。此詞言，我心之所用意，非在廷諸之巧言亂政者所可比也，故收句以“雙燕”二字點明。

牛希濟

牛希濟爲牛嶠之兄子，隨嶠避亂入蜀，官翰林學士、御史中丞，前蜀亡，入後唐爲雍州節度副使。

一　生查子

後片起句爲五字句，希濟别一首及他家所作皆同，“已”字明是虚字，與〔醉花間〕毛文錫詞前片起句須用三字二句者不同。希濟生平無甚表現，此詞收處二句“記得”二字、“處處”二字，可見其不講氣節矣。唯其詞語和平，無一毫局促之態，所謂庸人多厚福也。

二　謁金門

〔謁金門〕一詞，當是蜀初亡時作，大有窮無所歸、前塗荆棘之嘆。後半慟蜀之亡，尚有戀戀故君之意。

歐陽炯

歐陽炯，前蜀爲學士，入後唐爲内廷供奉，後蜀後主孟昶爲宰相，專權誤國，國人恨之，號爲“五鬼”之一，蜀之亡與有力焉，入宋爲散騎常侍。五代詞人，人品最下者莫如炯，其論詞曰：歡娱之詞難工，愁苦之音易好。故其所作專爲歡樂之言。時代屢變更，初無故國故君之念，蓋其人知有富貴，而不知有名節者也，與前蜀之李珣、後蜀之鹿虔扆適得其反。

浣溪沙

收句可見無主見；前半曰“思眠”，可見其終日醉生夢死中；“獨掩”句亦用以“愁”字，然讀之毫不覺愁之音，此唯炯擅長。他於亡國之際，雖故作歡娱之詞，終不免愁苦之色也。炯及其弟陽彬皆爲後蜀顯官（彬爲尚書左丞，出爲寧江軍節度使，有〔生查子〕詞：“竟日畫堂歡，入夜重開宴。剪燭蠟烟香，促席花光顫。　待得月華來，滿院如鋪練。門簇驊騮，直待更深散。”見《尊前集》。），而皆興事業，可見又專爲歡樂之詞，一無寓意。唯其所取翃之《三字令》一詞，專用三字句，音節雖促，而語氣極其自然，後人意無有繼之者，此亦其不可及也。言五代詞必以炯及韋莊二家首稱，一以悲怨，一以和平，二家各有擅長，不以人廢言，斯可耳。

炯詞但須玩其組織字句、調和音節，雖處困境，一無怨言，此非五代當時人所及。

和　凝

和成績作詞共千餘首，自刻板以傳，名曰《紅葉稿》，後爲宰相，每作小詞，必托爲韓偓所作，契丹人入朝，亦呼之爲"曲子相公"，當時人以凝作相，毫無表見，深爲不滿，呼《紅葉稿》爲"冷痴符"（顔之推《顔氏家訓》曰：江南人有自刻稿，不顧爲人訕笑者，爲"冷痴符"。）。按在當時其名位、物望與馮道相等，道善爲詩，有詩集廿卷，今不傳，所傳者"但求行好事，不必問前程"一首；凝善爲詞，今其集亦不傳。二人皆身將政府，歷事四朝（唐、晋、漢、周。），道主政事，後周郭威之篡，亦必得馮道一言，故長樂老之，惡名更甚於"曲子相公"；凝主文章，主試時，得范質卷以衣缽傳之，質果爲宋太祖相，世以爲知人故，史亦不加苛論也。

後唐時，凝爲翰林學士、知制誥，後晋時同平章事，後漢時太子太傅，封魯國公，後周時加侍中。言詞者皆以凝爲後唐人，與《五代史》以凝屬後周不合意，其詞多在後唐時作，及後晋時爲宰相，其所作則托名韓偓，故《花間集》《尊前集》所收者《紅葉稿》中所有，若詭托他人名者，均所不收，故以後唐人稱之歟。

後唐莊宗善音樂，既滅梁，志漸侈，日與伶人戲，伶人有官刺史者。歐陽修《五代史》特創《伶官傳》（今梨園所供奉爲翼宿星君者，俗傳爲唐明皇，非也，即後唐莊宗是。）。後爲伶官郭從謙等所弒。凝〔采桑子〕一詞，極描寫莊宗身爲優伶，置國事於不問之意。收處用"無事"二字、"翻教"二字，無非言優孟衣冠，全是代戲中人，設身處地、喜怒七情皆非我之本性也；前片"椒户"二字，《漢書》曰：帝后所居之室，以椒塗牆壁，故曰椒房（遼王鼎《焚椒録》亦言：遼道宗蕭后遇讒而死，故曰焚椒。）；下接"閑時"二字，明言莊宗以游戲爲樂，不理國政也；其餘諸句亦極力描寫紅氍毹歌舞妝飾之華麗，蓋莊宗以身登場，自呼曰"李天下"，爲伶人所辱，亦不以爲忤，歐史《伶官傳》詳言之；"競學"一句，凝蓋不便明言，故以"睹"字、"樗蒲"字代之，其實言莊宗與伶人賭勝負，如伶人勝，則予以官，亦見歐史，此詞當如此讀。

一　喜遷鶯

《南唐書·馮延巳傳》曰延巳有〔鶴沖天〕詞最著名，即此詞也。《花庵》以此詞爲和凝作，今本《陽春集》亦作馮詞。細案之，其語氣當是和作，與馮詞不合，馮所中主、後主時代，其君臣遇合，非若和在後唐弟主文事而已。

"曉月墜"句，指莊宗立劉氏爲后，不以正也。劉后父賣藥善卜，號劉山人，后性悍，與諸姬争寵，常自諱其事，莊宗乃自飾爲劉叟負藥囊，命其子繼岌提破帽而隨之，至后所，曰劉山人來省女，后大怒，笞繼岌而逐之，宫中以此爲笑樂。"風""月"字均指后，猶之"日"指君也；"宫漏出花遲"句，群臣入朝，日侍漏下，接一"遲"字，其耽於逸樂而怠於聽政已在言外；"紅日"句，言莊宗手創天下，爲開國之君，使勤於爲政，則天下可以復見太平也，此"日"字指君，與前片"月"字相應。

"春"字指國家之盛，接一"淺"字，言新創之國，國基未定，未可以爲太平也；"嚴妝"二句，極言莊宗能恭己涖朝、宵旰不倦，則國家可以萬年，故以"萬年"點明，"黄鸝"指小人，言小人貪利，如聽其言，則萬年之國家亦不可保，故曰"飛上"。小人當指伶人周匜、景進、史彦瓊、郭門高（即郭從謙。）等，皆以伶人爲大官，景進尤寵，凡國事皆與參决，孔謙爲三司使，以兄事進，呼爲八哥，進官銀青光禄大夫、上柱國，彦瓊官武德使，居鄴都，凡留守以下皆俯首聽命，從謙官從馬直指揮使，掌親兵，伶中惟敬新磨不爲惡。莊宗時别無小人，惟此數人而已，然而，身死國亡，皆在此數人之手也，故歐史深以爲戒。

二　薄命女

“冷霞”之“霞”字無作平聲者，馮延巳〔長命女〕詞作“一願郎君千歲”，“願”字去聲可見。别本或者“冷霧”，或作“冷露”，當從“霧”爲是。

《隋書·天文志》：北辰之垣，是謂帝星，帝星之前曰太子星。故太子曰“前星”，即本此。後唐莊宗有子繼岌，封魏王，不立爲太子，命之伐蜀，爲元帥，命郭崇韜爲副元帥。蜀既滅，伶官等怨郭，慫恿於劉后，劉后以教（時劉后專權，所下命曰教，與帝詔并行。），命繼岌殺崇韜，并殺其三子，誣以謀亂，故族誅也，蜀人不服，遂作亂，殺繼岌於軍中。“窗裏星光少”句，言繼岌既死，以立太子爲急也；“殘月”句，言劉后專權太過，物極必反，其勢可危也；其餘各句，無非言莊宗荒於酒色不理國政也。

三　小重山

此詞全言伶官專政。“鶯”“蝶”指伶官，“滑”字、“狂”字言伶官之滑而狂，上冠以“禁林”二字，言在宫中無惡不作；“曉桃”句，指劉后亦聽伶官之言而妒悍更甚，收處點明“笙簧”，可見此詞言伶官專政之本意；“御溝”句，言莊宗如澄清百政，則亦可與爲善，無奈其轉入下流也；“微雨”二字，即《論語》“膚受之愬”之意。

顧　敻

敻，後蜀官太尉，先於前蜀王衍時爲小官，衍嘗命群臣飲酒作詩，及敻，終日苦思，僅成一句，群起觀之，乃“到處不生草”，群大笑，唯作小詞和平雅正，與詩截然如出二人，斯不可解。

一　河傳

剏自温飛卿，五代人作此詞者極多，凡分十餘，至宋人又加二體（即〔怨王孫〕〔月上梨花〕。），共爲廿體。“岸花”句，各家均作七言句，此句亦以有“共”字爲是。

顧敻在前蜀官不顯，在後蜀官至太尉，未入宋而卒。〔河傳〕詞所謂“離恨”者，明指後唐命郭崇韜伐蜀，蜀主王衍不戰而降，崇韜受其降，使之率全眷入洛陽，未中塗，莊宗使人殺衍。

由蜀入洛，自重慶泛舟渡三峽而下。“不知何處”一句，明言其去而不歸也。衍寵用王昭遠，命之將兵，昭遠自命爲諸葛後生，手後鐵如意，自誇曰“我必滅此而朝食矣”，士卒素不服昭遠，及戰，不戰而潰。崇韜凡出師七十日而全蜀平。李白詩“祇今唯有鷓鴣飛”，言吴（吴王夫差）之亡也，後人用之，凡過故宫殿者，皆用“鷓鴣”等字以寓亡國之感。“心字香燒”，此蔣竹山詞也，凡曰“香蕉”“香”字，即“心”字之代名詞。

二　玉樓春

前後片起句均用仄起。案歐陽修詞有轉聲〔木蘭花〕八首，六首皆平起，二首用仄起，與此詞同，則此亦轉聲〔木蘭花〕也。總之，〔木蘭〕即〔玉樓春〕，平仄可不拘，必曰何者是、何日非，此瞀説也。常州派不知律，何必争。

顧敻詞亦以“小”字寓意。〔河傳〕曰“小爐”，〔玉樓春〕〔浣溪沙〕曰“小屏”，〔臨江仙〕曰“小檻”，皆寓偏安之意。莊宗滅蜀，分蜀地爲二，以董璋爲東川節度使，孟知祥爲西川節度使，識者知其必不相容，璋尤忌知祥，知祥懼，與璋結爲婚姻，璋喜，不復設備，後唐亂，莊宗爲亂兵所殺，明宗即位，知祥於其時起兵滅璋，自立爲後蜀。此詞前半片“雙飛”句明言兩蜀，“來去”二字明言不并立；收二句，言前蜀之亡，恐後蜀雖立國，亦有前車之鑒也；中間四句言憂患未已也。

三　浣溪沙

此詞用“雙燕”“小屏”等字，與上首同意。第二句“可堪蕩子不還家”，明言前蜀後主率領宫眷到處游玩，并命各處遍造離宫，采選民間美女以實之，荒淫無度，以至於亡國也。後蜀人詞所用“蕩子”等字，往往係指王衍而言，欲後蜀以前蜀爲鑒之意，南唐人如張泌〔楊柳枝〕詞所用“蕩子”等字，此當别論。此詞首句“恨正賒”三字，係接上面“春正迷人”四字，其爲戒切矣。

四　臨江仙

五代人詞與宋人詞不同，宋詞前片第一句必須仄起，與後片第一句同，△△○○○△△，五代人詞前片用平起，○○△△○○△，如南唐後主所作與此詞皆然。又收處二句，宋詞作五言詩兩句，如小山詞“落花人獨立，微雨燕雙飛”，○○○△△，△△△○○，五代詞作上四下五兩句，無與宋詞同者。康與之補南唐後主〔臨江仙〕詞三句，以宋詞句法補五代詞，而又改前片四字句爲五字句，真妄作矣。

此詞當是前蜀亡後所作，故有“何事”二句。前片“舊歡”一句，以寓思故君之意；玩收處“畫堂”三句，當是孟知祥爲西川節度使未滅董璋時也，“風”“雨”二字，言國勢如風雨飄摇也。

孫光憲

字孟文，南平御史中丞，入宋爲黄州刺史，宋太祖欲爲翰林學士，未及而卒。太祖欲伐南唐，光憲力勸高季興上表，願以兵夾攻，及南唐亡，又勸南平舉國降宋，故太祖喜之。

周之琦《十六家詞選》下各繫一詩，於孟文曰：“一庭疏雨善言愁，傭筆荆台耐薄游。最苦相思留不得，春衫如雪去揚州。”孟文先以才干楊行密，行密不能用，乃去而之南平，高季興以爲御史中丞，及保勖嗣立，宋太祖欲伐之，孟文力諫保勖，入地於宋，宋以爲黄州刺史，既而，欲用爲翰林學士，未及而卒。行密先爲淮南節度使，後稱帝，國號吴，一傳爲李昪所篡，改國號曰南唐。

浣溪沙

“花漸凋疏不耐風”一詞，當是未去揚州時作。行密在位，李昪專權。昪原名徐温，後自言爲唐憲宗之後，復姓李。行密子楊渥嗣立，昪旋離間其舊臣，逼之禪於己，居渥於丹陽宫，以兵圍守之。此詞指楊氏無人爲助，李氏不臣之心已見，而不能用己，以預爲之防也。“殘香”二字，明指李昪，言昪自謂欲興復唐室，不知唐已亡，而欲復興亦非易事也；“蕙心”句言，己欲助楊而楊不用。

“攬鏡無言”一詞，當是將去揚州時作。孟文〔浣溪沙〕共二十首，最爲人指斥者爲：“醉後愛嬌姐姐[①]，夜來留得好哥哥。不知情事久長麼?”見《尊前集》《全唐詩》，他選本皆不録。“一庭”句爲最著名。案“細雨濕流光”五字，荆公論五代詞，以此句爲最妙。又曰此南唐後主詞，今本馮延巳《陽春集》〔南鄉子〕詞首句即此五字，是馮詞也。“一庭”句與“細雨”句如出一機杼，其妙處同在一“濕”字，孫句較爲曲折，似勝之；“怨别”“離憂”，明言將去而之他也。

① 據詞譜此句脱一字。

海棠香夢館詞話

朱婉貞◎著

朱婉貞，生平不詳。《海棠香夢館詞話》發表於《快活》1922 年第 36 期。

海棠香夢館詞話

馮愓厂壽詞

重九後一日爲焦溪承月坡先生七十壽辰，徵文海内，一時名作雖多，終嫌膚廓不稱，惟余問字師馮愓厂先生所填〔滿江红〕一闋爲恰稱分際，猶憶其詞曰："籬下黄花，纔過了、登高佳節。携螯酒、祝公純嘏，康彊七秩。舊業巾箱傳奕禩，清門累世稱通德。更栽培、桃李滿春風，多英杰。　　詩吟遍、樓前月。書讀遍，窗前雪。早蜚聲黌宫，望隆辯席。雀鼠隱消鄉里訟，冰霜久煉神仙骨。問年來、銅狄幾摩挲，滄桑説。"

啼紅閣詞話

沈瘦碧◎著

沈瘦碧，生年未詳。曾於《申報·自由談》發表小説《蠶話》及《滑稽釋名》《奇行録》《夢徵》《説茶》《雋語零拾》，1931年在南京省立湯山農民教育館工作，任《農民教育》期刊編輯部主任。曾與沈子善合著《外國名人的童年生活》（上海商務印書館1936年版）。《啼紅閣詞話》刊於《禮拜六》第一百五十七期（1922年4月15日）。

《啼紅閣詞話》目録

啼紅閣詞話

一　洗帕圖如夢令

曩見某雜志一小册子，封面作仕女緑楊陰下，一淡裝女郎，持洗帕欲曝之，顔曰晚風晾帕，阿憐夫子。喜其句可作詞料，因戲拈爲拍句之資，得〔如夢令〕一闋云：“應是酒痕污了，莫是泪痕紅了。玉手浣殷勤，趁着晚風斜照。斜照，照人，人與緣楊俱俏。”復有陳君亦爲之，猶憶其警句云：“無限別離情，算有鮫綃知道。知道知道。洗得泪珠多少。”後有擬再題之者，見此遂爲之擱筆，亦一時佳話也。

二　無名氏昭君怨

某歲於輪中獨居一室，彌覺凄然。夜闌，徘徊未寢，惟聞汽機排浪聲耳，偶一回顧，忽見壁間隱約有蠅頭小字數行，極纖秀，逼視之，蓋不知誰家少婦以蘸釵墨所書〔昭君怨〕一闋也，讀竟爲之凄咽累日。詞云：“那日臨歧無語，那日有情難訴。忍泪背郎啼，怕郎痴。　今日維舟江渚，任我泪飄如雨。和病更和愁，對江流。”世不乏傷心人，讀此感想當何如。

三　吴晋丞詞

吴君晋丞，肆力倚聲有年矣。今已屹然自立，能不落前人窠臼。昔年見其《自湘中寄懷阿憐夫子》一闋，至今猶仿仿記之，覺其一縷深情，尚縈於腦際也。詞云：“故人寄我河梁意，遺我鯉魚雙。書中何有，相思兩字，紅泪千行。　　行間字裹，愁濃墨淡，語重心長。情深一往，直隨湘水流到潯江。”其〔卜算子〕亦感慨凄凉，一字一泪，今并録之。“籬下野花黄，窗外疏風勁。小枕□騰夢乍醒，微怯衣裳冷。　　起坐更沉吟，往事從頭省。知已天小涯死生，攬鏡憐孤影。”

四　紅豆詞人四時令

嘗見紅豆詞人有〔四時令〕一闋，其憨痴處，殊不可及。“風痴雨痴，愁痴夜痴，含情欲告影兒，怕影兒又痴。　　思伊恨伊，憐伊感伊，擁衾不語多時，又悲伊悼伊。”

五　倚紅闌主人虞美人回文詞

“長簪玉鳳銀釵舞，髻墮香聞坐。傍肩偎臉眼盈盈，絶妙淺深眉意可傳能。　　良宵遇得難心賞，燭剪窗紋漾。碧紗羅袂夜沉沉，慣伴卸裝慵理又初更。”此倚紅闌主人戲填〔虞美人〕通體回文詞也。閱者試回讀也，當立浮一白，嘆曰佳構。

六　吕惠如詞

庚申秋於蔡君用之齋頭，見旌德吕惠如女士所作詞稿一册，其中佳作，美不勝收。余最喜其〔瑣窗寒〕云：“空欲成烟，净無堪唾，碧愔愔際。凄迷一片，隔斷故園千里。隱江邊、誰家小樓，有人立在斜陽裹。正單衣纔换，玉釵風漾，滿身凉翠。　　花事，久消替。又换了梅園，清和天氣。鳴鳩乳燕，共賞緑天新意。想前番、殘紅褪餘，此中猶有春魂寄。伴畫橋、明月眠琴，夜色籠清綺。”字字由烹煉而來，爐火純青，今之李易安也。

蘭蓓蕾館詞話

唐和華◎著

唐和華（1907～?），生平不詳。著有《蘭蓓蕾館室倚屑》《蘭蓓蕾館歌榭歸語》等。《蘭蓓蕾館詞話》僅一則，刊於《先施樂園報》1923年8月29日。

蘭蓓蕾館詞話

詞貴清空

詞貴清空，而病於質實。錢塘憶雲生，詞之清空而甚者，如《魂》〔水龍吟〕云："幾時飛上瑶京，月中環佩珊珊静。朦朧似醉，悠揚似夢，迷離似影。真個曾銷，黯然欲别，凄凉誰省。寄相思衹在，黄泉碧落，聽一片啼鵑冷。　　楚些歌殘漏永，翠簾空篆香温鼎。梨雲罩夜，絮烟籠曉，梧陰弄暝。來不分明，去無憑據，舊情難證。待亭亭倩女，前村緩步，唤春風醒。"清靈可誦。

（1923 年 8 月 29 日）

養心齋詞話

王紫來◎著

王紫來，生平未詳。《養心齋詞話》，刊於《益世報》1923 年。

《養心齋詞話》目録

養心齋詞話

一　工詞未必工詩

《左庵詞話》云："詩詞之界，迴乎不同。意有能用之於词，而不能用於诗。字亦有能用之於詞，而不能用於诗。"又云："工詞者未必工詩，工詩者亦未必工詞。"此説固當。然予以爲詩詞本同歸而殊途。不過詩情貴實，詞情貴虚。而其格律聲調，多有不同耳。至於工詞未必工詩之説，則人之性各有相近故也。

二　易實甫菩薩蠻

易實甫觀察，少有才子之名，著有《琴志樓集》。詩詞皆清卓可誦，其〔菩薩蠻〕詞云："銀屏夢入江南遠，桃花落盡無人管。何處避春愁，小紅樓上樓。　細塵飛不起，惆悵芳踪去。纔隔一重簾，便同千萬山。"詞句清麗，讀之不忍釋手。

三　莊蓮佩詞

毗陵女史莊蓮佩，名盤珠，其所作〔浪淘沙〕《病起》詞云："夢斷小江樓，宿雨初收。鬧晴蜂蝶上簾鈎。一院海棠春不管，儂替花愁。　吟賞紀前游，轉眼都休。風前扶病强抬頭。知道明年人在否，花替儂愁。"讀之惟覺黯然魂銷。又〔踏莎行〕《京口泊舟》云："白日西馳，大江東去。朝朝暮暮相逢處。其旁坐老有青山，不言不笑看今古。　渡口帆檣。波心鐘鼓。後人又逐前人去。莫將詩句擲寒濤，多情恐惹蛟龍怒。”語意頗爲雄壯。

四　向伯恭酒邊集

薌林向伯恭刻有《酒邊集》，其〔虞美人〕《喜見趙正之又言別》詞云：“淮陽堂上曾相對，笑把姚黄醉。十年離亂有深憂，白髮蕭蕭、同見渚江秋。　履聲細聽知何處，欲上星辰去。清寒初溢暮雲收，更看碧天如水月如流。”其〔秦樓月〕云：“芳菲歇，故園目斷傷心切。傷心切，無邊烟水，無窮山色。　可堪更近乾龍節。眼中泪盡空啼血。空啼血，子規聲外，曉風殘月。”其〔卜算子〕《江月亭》云：“雨意挾風回，月色兼天静。心與秋空一樣清，萬象森如影。　何處一聲鐘，令我發深省。獨立滄浪忘却歸，不覺霜華冷。”數詞遥吟唱，悠然有韵外之味。

五　劉宜人啓秀軒詞

大□朱少襄先生再繼室劉宜人，名芝□，字冉仙。性素□，書史遇目成誦，著有《啓秀軒詩鈔》。其附小詞數首，頗有可觀。〔虞美人〕《送春》詞云：“枕邊不住聞啼鳥，道是春歸了。曉來忽起餞芳菲，獨自抱琴無語立斜暉。　東風一霎胭脂影，紅雨香盈徑。思量何處最銷魂，相共碧桃花下倒芳樽。”〔菩薩蠻〕云：“月光滿地涼如水，馥馥披香蕊。何處曲□飄，隔墻吹玉簫。　玉簫吹盡處，似惜秋□暮。秋盡已涼天，秋來更可憐。”婉麗可喜。

六　翠露室詞

長白闊普通武，與予先祖爲文字交，常以詩筒往來。刊有《翠露室詞》一卷。其〔菩薩蠻〕《夜坐》云：“梅花帳下挑燈坐，烹茶自爇紅爐火。長夜不能眠，隔窗明月圓。　藕絲千萬縷，難喻蘭懷苦。叉手且吟哦，吟來秋恨多。”〔臨江仙〕《感舊》云：“荏苒韶華流水逝，青青兩鬢堪憐。倦來痴立小橋邊。魂銷楊柳岸，腸斷落花天。　記得舊時游覽勝，回頭不禁淒然。人生聚散總前緣。問雲無去住，皓月有虧圓。”〔醉花陰〕《□試報罷》云：“□日薰風穿綉户，似解儂愁緒。幽鳥更多情，飛去飛來，衹管聲聲訴。　柳陰低轉斜陽暮，何處尋雲路。漫道過牢騷，廿載寒窗，韋布仍如故。”

七　東坡詞中深意

《左庵詞稿》云：“東坡詞云：‘架上秋千墻外道。墻外行人，墻裏佳人笑。笑漸不聞聲漸杳，多情却被無情惱。’”此寓言無端被謗之喻。予因思古人作詞，多設綺麗之語，而其中皆有深意也。

八　周星貽詞

周星貽《勉熹集》中，其詞多清麗可讀，其〔菩薩蠻〕《題陳味梅梅窗覓句圖》詞云：“梅花一樹垂垂好，碧羅窗子茶烟裊。滿地月朦朧，闌干幾折紅。　珠簾閑不捲，庭院東風軟。步遍小回廊，新詩字字香。”又〔朝中措〕《泊三板橋感舊》詞云：“畫船明月客衣單，日暮水生寒。白板垂楊門巷，紅樓臨水闌干。　而今寂寞，淡烟疏雨，人在天邊。正是熟梅時節，那堪重客江南。”

九　朱芷青詞

予太姻伯大興朱芷青先生，詩才奇偉，著作宏富。與予先祖最善，恒以詩箋來往。刊《素園晚稿》，及《玉屑詞》一卷，多有可誦之作。兹録其〔昭君怨〕《春閨》詞云：“到處落花啼鳥，又報殘春歸了。展鏡蹙雙蛾，奈愁何。　多少珠簾翠泊，倚徙佳人無著。雲鬢曉猶妝，惜餘香。”〔長相思〕《秋曉》云：“風淒清，露淒清，風露淒清將五更。塒間鷄亂鳴。　花縱横，樹縱横，花樹縱横窗影明。披衣調玉笙。”又〔浪淘沙〕《秋感集詞牌》云：“回首少年游，佳麗今休。漢宫春好幾家留。待定風波何日也，望海潮流。　獨上最高樓，黄葉飛秋。水龍吟起一天愁。安得歸朝歡似舊，重夢揚州。”詞工意婉。茶餘酒後讀之，便慾擊破唾壺也。

一〇　汪琭虞美人

汪琭〔虞美人〕詞云：“鶯聲勸我尋春好，將近春分了。便隨芳草到城東，却又春陰漠漠雨濛濛。　分明雁字橋邊路，是我曾游處。重來不見小桃花，何況小桃花下那人家。”描寫無可奈何情景，甚妙。昔予師潘六弢先生云：“作詩造句，愈痴愈佳。”予謂賦詞造句，愈俗愈妙。蓋其詞句俗而痴情更躍于紙上矣。

一一　文廷式菩薩蠻

文廷式《雲起軒詞》，有〔菩薩蠻〕四首。釵光鬢影，微婉動人。玆録其三首。其一云：“蘭膏欲燼壺冰裂，褰帷忽見玲瓏雪。無奈夜深時，含嬌故起辭。　徐將環佩整，相并瓶花影。斂黛鏡光寒，釵頭玉鳳單。”其二云：“啼鶯喚起羅衾夢，柳絲無力春愁重。曉枕困相思，憑春説與伊。　語深良夜促，燈穗飄紅粟。回面泪偷彈，此情郎忍看。”其三云：“千花百草尋常見，綺樓别寫芳華怨。雲影護瑶臺，碧桃千朵開。　畫屏金鳳舞，對對芝光吐。凝照倍增妍，佯矜未肯前。”詞麗句艷，可與《花間》詞并美。

一二　吕緒承詞

武進吕緒承，少有奇氣，爲文豪放絶塵。年三十二而卒，壯志未伸，良堪慨嘆。著《留我相庵詩詞》五卷，録其〔臨江仙〕云：“記得春風湖上路，横塘第二橋頭。馬纓花裏隱紅樓。珠簾閑不捲，閑煞小銀鈎。　一剪横波雙暈靨，沉吟偏又低眸。爲伊憔悴爲伊留，從伊索解，付我幾多愁。”〔清平樂〕云：“一聲啼鳥，喚醒春魂早。恰恰花朝芳信好，昨夜春分過了。　梢頭容易風吹，不如樹底開遲。悄語一雙蝴蝶，等閑休上高枝。”尚有《花月平分館綺語》二卷，皆香奩體詩也。

一三　潘蘭史詞

番禺潘蘭史先生，著《飲瓊漿館詞》，其中多香艷之作，其録别爲銀屏校書作。〔蝶戀花〕詞云："客裏雲萍情緒亂。便道歡場，説夢應腸斷。莫惜深杯珍重勸。銀筝醉死銀燈畔。　同是天涯何所戀。月識郎心，花也如儂面。東去伯勞西去燕。人生那得長相見。"又〔虞美人〕《記王寶玉》云："東風不送離愁去，燕子飛何處。忍聽絮語囑桃根，千萬替儂珍重與温存。　紐兒留贈相思結，香澤渾難滅。畫圖深夜唤真真，知否情天獨坐總傷神。"纏綿悱惻，一往情深。蘭史又著《羅浮紀游》一書，爲一時所傳誦。

一四　胡孝博詞

大興胡孝博著《天雲樓詞》二卷，其〔桃源憶故人〕《聽簫》詞云："月明何處蕭蕭起，滿地碧雲如水。可惜良宵似此，人坐孤燈裏。　天涯夢破葳蕤子，把劍長吟誰可比。春光旖旎，愁落深杯裏。"寄調〔踏莎行〕《和□子見寄夕陽》詞云："楊柳低垂，秋千凉挂。落花剩有些兒在。殘荷滴雨聽分明，腰圍新綉芙蓉帶。

曲曲疏籬，悠悠清□，蕭條香閣情無奈。斜陽已自可憐紅，銷魂更在斜陽外。"情致纏綿，詞句婉麗，而〔踏莎行〕末二句，尤令人叫絶。

一五　錢玉爰詞

宛平錢玉爰女士，有《小玲瓏舫詞》一卷，其〔清平樂〕《春日》云："柳摇花顫，吹遍東風軟。好夢驚回鶯百囀，天遠何如人遠。　乍寒乍暖無憑，一宵幾遍陰晴。猜著天公情性，算他真個聰明。"用筆頗甚靈巧。又陸蓉佩女士〔菩薩蠻〕《咏蝶》云："荒園露冷花枝少，忽忽舊夢春前杳。抱蒂似尋思，伶俜弱不支。

天涯風景换，霜緊飛鷹倦。黄菊耐秋風，蕭疏獨伴儂。"頗有逸致。

一六　周星譽詞

周星譽先生早歲成翰林，著《東鷗草堂詞》。所作小令，皆極工雅。〔浪淘沙〕云："酒醒夜迢迢，睡又無聊。五更月暗雨如潮。瘦盡黄花秋不管，盡着瀟瀟。　　金鉔小羅幬，紅蠟孤燒。黄昏庭院鎖芭蕉。還記那時聽不得，何況今宵。"〔南鄉子〕云："客榜又天涯，翠被鄉愁一倍賒。生怕東風攔夢住，瞞他。侵曉偷隨燕到家。　　愁憶小窗紗。寶幔沉沉玉篆斜。月又無聊人又睡，寒些。門掩紅梨一樹花。"清音悠韵。冒鶴亭謂使十八郎，執牙板歌之，恐聽者回腸蕩魄也。

一七　夏仁虎三臺令

江寧夏仁虎，幼嗜倚聲。著《嘯盦詩詞稿》，録其〔三臺令〕二首，其一云："春色春色，不似舊時防陌。牡丹憔悴紅嬌，□惜花間少年。年少年少，買得風流須早。"其二云："南浦南浦，曾是送君行處。近來生怕登樓，花落人行水流。流水流水，不及溶溶别泪。"按，〔三臺令〕即〔調笑令〕，又名〔轉應曲〕，以中二字相倒，頗饒逸趣。

一八　嘯盦詞中小令

嘯盦詞中小令，多見有逸趣者。其〔賣花聲〕云："落日小長干，柳絮吹殘，荷風不動□鷺閑。波外蜻蜓飛更住，留戀漁竿。　　愁緒漸闌珊，無限蓬山，月痕依舊似眉彎。窺見丁□簾下影，猶憑紅闌。"〔更漏子〕云："杏花殘，畫閣晚，一片斜陽紅散。呼茗碗，上簾钩，霜風吹滿樓。　　清游地，無悶事，鎮日棠酣杏醉。憐□治，學疏狂，不教輕斷腸。"〔菩薩蠻〕云："年年盡説春光好，今年却任鶯啼老。細雨落花天，垂簾清晝眠。　　梨雲寒似月，柳絮吹成雪。江上孤舟還，烟波愁路□。"清音悠韵，讀之惟覺心舒意適，不知其所以然也。

一九　錢夢鯨詞

陽湖錢夢鯨，才高絶俗，有不可一世之概。其所刻《謫星集》，有説詩、筆談、雜著等，持論甚高，駭人聞聽。其詞亦獨出胸臆，具見性靈。〔蝶戀花〕云："一樹海棠花婀娜。半夜狂風，處處飄花朵。鶯老客歸無一可。緑陰庭院門深鎖。　難道東皇看得過。未到污泥，還望天憐我。簾底傷春人自坐。自嗟心事都成錯。"〔少年游〕云："多時不寐太淒清，欹枕數寒更。酒已銷時，茶餘爽後，争奈此時情。　如烟小夢來還去，總是不曾成。一個吟蛩，半牆清月，相約到天明。"〔減蘭〕云："天涯佳境，個個村莊皆畫景。疑是仙家，没數紅桃没數花。　一般情韵，山要遠看花要近。春水無涯，更愛波紋似碧紗。"冒鶴亭謂其雅與元人相近，信然。

二〇　程甘園詞

程甘園《匏笙詞》中〔蝶戀花〕云："一種春陰天氣好。笑撚花枝，莫待韶光老。夜雨小樓寒料峭，落紅滿院知多少。　病酒懨懨愁起早，瘦蝶伶俜短夢如烟渺。帽影鞭絲迷碧草，鷓鴣啼破江南曉。"〔臨江仙〕云："一曲驪歌催折柳，橋邊嘶過花驄。清明時節客途逢。杏花村店雨，楊柳酒旗風。　曲巷禁烟門盡掩，更無人捲簾櫳。春陰深鎖畫堂東。芳茵無意緑，棽尾已殘紅。"頗有韵味。

二一　葉衍蘭詞

廣東番禺葉衍蘭，咸豐丙辰進士，著有《秋夢庵詞鈔》。余最愛其〔賣花聲〕云："梨院雨紛紛，深鎖閑門。春人原自怕黄昏。簾幕半垂窗半掩，怎不銷魂？　影事墮無痕，夢也何因。月明花笑總前塵。剩有畫梁雙燕子，愁緒平分。"〔菩薩蠻〕云："緗匳花簇盤龍鏡，鈿窗閑殺春人影。獨自畫蛾眉，淺深君不知。　羅裙金蛺蝶，斜擘丁香結。幾日海棠風，雕欄落碎紅。”纏綿詞句，一往情深。

二二　宋魏夫人詞

偶讀《花庵絶妙選》，見有宋魏夫人詞數首，微婉可誦。〔武陵春〕云：“小院無人簾半捲，獨自倚闌時。寬盡春來金縷衣，憔悴有誰知。　　玉人近日音書少，應是怨來遲。夢裏長安早晚歸，和泪立斜暉。”〔菩薩蠻〕《春景》云：“溪山掩映斜陽裏，樓臺影動鴛鴦起。隔岸兩三家，出牆紅杏花。　　緑楊堤下路，早晚溪邊去。三見柳綿飛，離人猶未歸。”〔好事近〕《恨别》云：“雨後曉寒輕，花外曉鶯啼歇。愁聽隔溪殘漏，正一聲淒咽。　　不堪西望去程賒，離腸萬回結。不似海棠花下，按凉州時節。”披香嚼蕊，絶妙好詞。唐宋作家，自是與後世不同也。

二三　汪述祖詞

休寧汪述祖，字子賢，有《餘園詞》一卷。余愛其〔醉花陰〕云：“闌外碧桃花一樹，細□粉無數。瞥見暗思量，院落深深，似是曾經處。　　畫梁雙燕留人語，門巷今如故。此去早些還，緑葉成陰，莫誤來時路。”又水仙一本凍甚憔悴，賦此志惜。〔菩薩蠻〕云：“緑紗窗外寒風緊，陰晴天氣渾難準。仙骨净無塵，護花宜暖春。　　珠簾朝夕捲，那怪芳心晚。莫道洛靈知，怨儂珍惜遲。”詞意靈巧，頗有唐宋之遺音。

二四　張一麐滿江紅

歲辛酉夏五月，爲余先祖父八秩壽初度，兼以鄉舉重逢。蒙宣統帝及大總統給匾，徵詩開宴，唱和如林，頗極一時之盛。張一麐先生以詞爲壽，調寄〔滿江紅〕云：“六十年中，算一枕、黄粱而已。贏得個平泉花木，盈庭蘭芷。水部風流詩卷在，黄堂行部秋風起。指芙蓉七十二仙山，吾歸矣。（先祖署堂額曰七十二芙蓉仙館。）

君壽考，如園綺。有陰德，詒孫子。但琴歌酒賦，紛羅書史。回首從前宴鹿鳴，少年舊時重提起。更瓊林歡會到期頤，稱觥俟。”作壽詞最難得佳，斯調尚不失詞旨之正。

二五　板橋詞獨創格調

板橋老人詩文，獨創一格，後之名人才士，雖極力摹效，罕有能及之者。所作詞亦絶奇。其〔蝶戀花〕《晚景》云：“一片青山臨古渡。山外晴霞，漠漠收殘雨。流水遠天波似乳，斷烟飛上斜陽去。　徙倚高樓無一語，燕不歸來，没個商量處。鴉噪暮雲城堞古，月痕淡入黄昏霧。”〔菩薩蠻〕《留春》云：“留春不住由春去，春歸畢竟歸何處。明歲早些來，烟花待剪裁。　雪消春又到，春到人偏老。切莫怨東風，東風正怨儂。”〔浪淘沙〕《暮春》云：“春氣晚來晴，天澹雲輕。小樓忽洒夜窗聲。卧聽蕭蕭還淅淅，濕了清明。　節序太無情，不肯留停。留春不住送春行。忘却羅衣都濕透，花下吹笙。”板橋詞獨創格調别有逸趣，其自序云：“少年游冶學秦柳，中年感慨學蘇辛，老年淡忘學劉蔣。皆與詩推移，而不自知也。”

二六　板橋西江月

〔西江月〕最難得好，以其調稍近俚，少有雅音。板橋〔西江月〕云：“細雨玲瓏葉底，春風澹蕩花心。夢中做夢最怡情，蝴蝶引人入勝。　俗子幾登青史，英雄半在紅塵。酒懷豪淡卧旗亭，滿目蒼山暮影。”此詞蓋警世之作。又：“一段不平山色，數叢分本桃花。小橋紅板逐溪斜，錦帶一條虹跨。　夢裏江鄉魚稻，眼前杜曲桑麻。清明無客不思家，閑看草堂圖畫。”此二闋尚覺工穩。

二七　史念祖詞

江都史念祖都護，爲藩司，以目不識丁，被劾去官。遂發憤求學，著書都成巨集。其詞亦頗可讀。〔謁金門〕云：“人影外，詩思被鶯啼壞。風聚殘紅斜日晒，緑肥花徑隘。　　烟老柳輪畫黛，風急蝶荒舞態。也算春光填夙債，杏花和雨賣。”末二句頗見靈思。〔月中行〕云：“愁似篆出金爐，烟重倩花扶。纖塵翳鏡肯模糊，瞞過妾容孤。　　斜陽慣刺愁人眼，休携手再上春湖。楊花未緑腐萍鋪。君信斷腸無。”用句頗見佳巧。史著有《弢園隨筆》一卷，予曾見之，固儼然名人手筆。

二八　林琴南燭影摇紅

閩縣林琴南先生，喜譯泰西小説，爲海内所歡迎。而其填詞亦頗工，余愛其〔燭影摇紅〕詞云：“情海波翻，情絲牽傍愁邊岸。懨懨抱夢墜梨花，夢帶梨花顫。恨事填胸漸滿。數今生傷心未半。寄懷何許，畫裏鷗波，緑漪風善。　　天際書來，書詞能做秋心暖。回春纖影兀伶俜，那值人兒伴。畫艇重撑人懶。峭金風聲斷雁。日斜風定，草長簾深，眼中人遠。”纏綿情致，綺麗詞句，想讀者亦當深許之也。

愛蓮軒詞話

林子和◎著

林子和，生平不詳。《愛蓮軒詞話》刊於《小説日報》1923 年第 43、44、58、60 期。

《愛蓮軒詞話》目録

愛蓮軒詞話

一 詞體之演變

自國風息而樂府興，樂府微而歌詞作。其始非有成律以範之。特以抑揚之音、短修之節以合歌者口吻而已。至六朝，聲詩漸降爲長短句，潛啓其意。迄於隋唐，而詞體乃創。五代繼其隆軌，逮於宋初，尤沿勿變。迨大晟設官，宫調乃備。而周美成諸人，復增演爲慢、曲、引、近。或移宫换羽，爲三犯、四犯之曲。按月令爲之，詞旨遂繁，亦自此而精密。

二 離騷經爲詞賦之祖

屈子《離騷經》，叙古舒情。如嫠婦夜泣，洵爲詞賦之祖。學倚聲者，不可不先讀之。

三 周邦彦六醜

周美成負一代詞名。所作詞渾厚和雅，善於融化。如〔六醜〕《咏薔薇謝後》云："正單衣試酒，悵客裏、光陰虚擲。願春暫留，春歸如過翼，一去無迹。爲問花何在？夜來風雨，葬楚宫傾國。釵鈿墮處遺香澤，亂點桃蹊，輕翻柳陌。多情爲誰追惜？但蜂媒蝶使，時叩窗隔。　東園岑寂，漸朦朧暗碧。静繞珍叢底，成嘆息。長條故惹行客，似牽衣待話，兩情無極。殘英小、强簪巾幘。終不似一朵，釵頭顫裊，向人欹側。漂流處、莫趁潮汐。恐斷鴻、尚有相思字，何由見得?”

四　虞邵庵風入松

虞邵庵先生在翰林時，有〔風入松〕詞云：“畫堂紅袖倚清甜，華髮不勝簪。幾回晚直金鑾殿。東風軟、花裏停驂。書詔許傳宮燭。輕羅初賦朝衫。　　御溝冰泮水挼藍。飛燕語呢喃。重重簾幕寒猶在，憑誰寄銀字泥緘。報道先生歸也，杏花春雨江南。”此詞即其七絶詩：“屏風圍坐鬢毿毿，銀燭燒殘照暮酣。京國多年情盡改，忽聽春雨憶江南”一首意也，但簡繁不同爾。當時機坊多織此詞帕中，其貴重如此。張重舉詞有句云：“但留意江南杏花春雨，和泪在羅帕。”蓋指此也。

五　王次回浪淘沙閨情三首

王次回以香奩體見稱於世。嘗於扇頭書〔浪淘沙〕《閨情》三首云：“幾日淹病煎，昨夜遲眠。强移心緒鏡臺前。雙鬢淡烟低髻滑，自也生憐。　　不貼翠花鈿，懶易衣鮮。碧油衫子褶紅邊。爲怯游人如蟻擁，故揀陰天。”其二云：“疏雨滴青簾，花壓重檐。綉緯人倦思懨懨。昨夜春寒眠未足，莫掩湘簾。　　羅袖護摻摻，怕拂妝奩。獸爐香倩侍兒添。爲甚雙蛾長翠鎖。自也憎嫌。”其三云：“斜倚鏡台前，長嘆無言。菱花燭彩個人蔫。吩咐侍兒收拾去，莫拭紅棉。　　滿砌小榆錢，難買春遲。若爲留住艷陽天。人去更兼春去也，煩惱無邊。”才致如此。真所謂却扇一顧，傾城無色矣。

六　林景清楊玉香鷓鴣天

楊玉香者，金陵娼家女也。年纔十五，性愛讀書。鄙與俗偶，豪貴慕之。雖千金不能得其一盼。閩中林景清，年少而有才情，嘗薄游金陵，與奴邵三狎，三乃香玉姊也。景清以三爲介，訪香玉於紅閨。一見交歡，兩情無間。數月後，景清將歸。玉泫然曰：君歸勢不可從，但誓潔身以待，并令此軒無他人之迹。景清感其言，與之引臂盟約。期不相負。遂以一清名其居。兼製〔鷓鴣天〕詞留别，詞云："八字嬌娥恨不開，陽臺今作望夫台。月方好處人將别，潮未平時僕已催。　　聽聲付，莫疑猜。蓬臺有路夫遠來。毿毿一樹垂楊柳，休傍他人門户栽。"香玉亦填〔鷓鴣天〕一闋報之。詞云："郎是閩南第一流。胸蟠星斗氣横秋。新詞宛轉歌纔華，又遂征鴻下翠樓。　　開錦纜，上銀舟。見郎歡喜别郎憂。妾心正似長江水，晝夜隨郎到福州。"景清去後，香玉思之成疾，不久遂卒。

七　吴文英思佳客

蘇東坡嘗作《女髑髏贊》，其後徑山大慧師宗果，亦作《半面女髑髏贊》。吴文英因賦〔思佳客〕云："釵燕攏雲睡起時，隔牆折得杏花枝。青春半面妝如畫，細雨三更花欲飛。　　輕愛别，舊相知。斷腸青塚幾斜暉。亂紅一任風吹起，結習空時不點衣。"

八　葉小紈與沈静回文詞

詞句回文甚難，非不能也，以其難工也。嘗見葉小紈〔菩薩蠻〕咏《暮春》及沈静專咏《春曉》回文詞，二者雖非絶響，然已無瑕矣。《暮春》云："柳絲迷碧凝烟瘦。瘦烟凝碧迷絲柳。春暮屬愁人。人愁屬暮春。　　雨晴飛舞絮。絮舞飛晴雨。腸斷欲黄昏。黄昏欲斷腸。"《春曉》云："曉花流露春風少。少風春露流花曉。輕燕掠波平。平波掠燕輕。　　緑陰簾控玉。玉控簾陰緑。驚夢奈深情。情深奈夢驚。"綜觀二詞，《春曉》似覺顧盼自然，暢無所滯，較勝於《暮春》矣。

九　李後主浪淘沙

凡填詞，不可爲聲譜所縛，須貫通融會。入其中而出其外，斯爲美善。若泥於詞譜，反覺牽强。唐後主所爲詞，其善於融會，而不爲譜所限者也。其〔浪淘沙〕云："簾外雨潺潺，春意闌珊。羅衾不奈五更寒。夢裏不知身是客，一晌貪歡。　　獨自莫憑欄，無限江山，别時容易見時難。流水落花春去也，天上人間。"讀此詞流暢自然，誠佳作也。

一〇　俞國寶風入松

淳熙間，一日御舟經斷橋，橋旁有酒肆，頗雅潔。肆中設素屏，書〔風入松〕一詞於上，詞曰："一春長費買花錢，日日醉湖邊。玉人慣識西湖路，驕嘶過、沽酒樓前。紅杏香中歌舞，緑楊影裏秋千。　　暖風十里麗人天，花壓鬢雲偏。畫船載取春歸去，餘情付、湖水湖烟。明日重携殘酒，來尋陌上花鈿。"帝注目稱賞久之。問爲誰作，肆主人以大學士俞國寶醉筆對。帝笑曰：此詞甚好。但末句未免儒酸。因爲改定云："明日重扶殘醉"，則迥不同矣。

一一　黄韵珊浪淘沙

海鹽黄韵珊先生，才思横溢，有《茂陵弦》《帝女花》《凌波影》等院本，均傳誦一時。詞亦工雅。其〔浪淘沙〕一闋，尤饒情韵。詞云："秋意入芭蕉，不雨瀟瀟。閑庭如此好良宵。月自纏綿花自媚，人自無聊。　　别恨幾時銷。認取紅綃。風箏昔苦雁書遥。醒着欲眠眠着醒，燈也心焦。"

一二　何籀宴清都

何籀〔宴清都〕詞，有"天遠水遠山遠人遠"之句，一時號爲"何四遠"。然前有宋景文出知壽春，過維揚，賦〔浪淘沙近〕留别劉原文云："小年不管，流光如箭。因循不覺韶華换。到如今、始惜月滿花滿酒滿。　　扁舟欲解垂楊岸。尚同歡宴。日斜歌闋將分散。倚闌橈、望水遠天遠人遠。"觀此，則何籀蓋本此也。

一三　趙子昂管夫人對答詞

趙子昂嘗欲置妾。以小詞調管夫人云："我爲學士，你作夫人。豈不聞陶學士有桃根、桃葉。蘇學士有暮雨、朝雲。我便多娶幾個吴姬越女，有何過分？你年紀已過六旬，衹管占住玉堂春。"夫人答云："你儂我儂，忒煞情多。情多處，熱似火。把一塊泥，捻一個你，塑一個我。將我兩個一齊打破。用水調和，再捻一個你，再塑一個我。我泥中有你，你泥中有我。與你生同一個衾，死同一個槨。"此詞對答極妙。因録之。

一四　王微修天仙子

女子工詞者，代有其人。然求其纏綿跌宕，抑揚備至者甚難。余嘗誦王微修〔天仙子〕一詞，其氣慨似唐後主，而婉轉過之。誠不可多得之作。其詞云："烟水蘆花愁一片，個中消息難分辨。舉杯邀月不成三。君不見，儂可見。伊人獨與寒烟面。　欲寄封箋情有限，除非做本相思傳。幾回擲筆費成吟。君也念，儂也念，霜斷曉路鷄聲店。"

一五　石林詞寄與解

石林詞："誰採蘋花寄與。又悵望蘭舟容與。"或以爲重韵，遂改"寄與"爲"寄取"。殊乏義理。蓋容與之與，自音預，乃去聲也。楊子雲《河東賦》云："靈與安步。風流容與。"其注爲天子之容服而安豫。又《漢·禮樂》注云《練時日》"淡容與"，其注則爲安閑。二注均去聲。則"寄與"與"容與"非重韵可知。又惡能改之爲"寄取"？況"寄取"又不及"寄與"之佳乎？

雙梅花盦詞話

鄭周壽梅◎著

鄭周壽梅（1897～1975），江蘇吴縣人。周蓉軒幼女。著名學者郑逸梅（1895～1992）夫人。因鄭逸梅與夫人名重均含有“梅”字，故取齋名爲“雙梅花庵”。《雙梅花盦詞話》原刊載於《半月》1924年第3卷第12期，是一部閨秀詞話。本書即據此收録。

《雙梅花龕詞話》目録

雙梅花龕詞話

一 閨秀咏秋海棠詞

秋海棠一種，幽艷清韵，絶勝春日紅妝。余手植甚多。一至秋日，窗前牆角，所在皆是。珊珊臨風，殊可人意。復鈔閨秀所咏秋海棠詩詞若干，寫入窗心。余之酷嗜此，亦可見矣。詞録下，張學雅〔海棠春〕一闋云："西風吹展胭脂片，愁絶處睡醒難辨。試捲晚簾看，酒暈楊妃面。霧籠烟鎖供腸斷。花史還嫌秋色淡。故把雨絲飄，染得紅堪翫。"張學典〔蘇幕遮〕一闋云："嫩舒紅，輕剪翠。拂拭新妝，一種天然媚。淺淺胭脂凝宿醉。力怯憑闌，香夢初驚起。　映殘霞，籠曉霧。嬌態含情，欲語還羞吐。自是月中丹桂侣。一夜金風，吹向瑶臺聚。"學雅、學典，太原人，張佚之女。江陰錢瑜素〔雨中花〕一闋云："滿砌濕紅嬌欲滴。似睡起渾無氣力。看苔蘚籠香，薜蘿擁翠，相映幽姿别。　妒煞曉霞争艶色。奈暮雨絲絲如織。想腸斷西風，自憐冷落，未與春相識。"錢唐戴衣仙〔一萼紅〕云："怪啼痕，甚無端幻出，寒緑間晴紅。艶影迷離，仙姿綽約，西風認做東風。斜陽外，翩然漫舞，漸輕盈欲睡眼朦朧。楊柳烟殘，梧桐葉落，蟋蟀堂空。　暗把曲闌遍倚，看檀痕脂暈，無限惺忪。怕染新霜，愛依凉月，愔愔静掩簾櫳。休更説春前斷夢。問何人銀燭夜高籠。且與黄花同醉，莫管征鴻。"

二 鮑莀芬詩詞

予戚鮑莀芬女史工於詞，然偶作詩，亦輕倩有情。嘗見示四截云："月夜初聞玉笛聲，調將艷曲訴衷情。怪他不管人無寐，已盡黄昏到二更。""明朝又是花朝日，姊妹争來訂出游。紫陌紅塵儂最厭，不如獨自上高樓。""綉鳳初停金綫候，調鸚小倚玉闌時。偶然憶著相思句，却有閑愁上翠眉。""三年種得海棠秋，冷露幽閨共寫愁。清茗一杯琴一曲，銀蟾初上上簾鈎。"此種閨情艷體本可與詞一鼻孔出氣，宜其下語工穩，有如是也。更録莀芬〔浪淘沙〕一闋云："風雨又成秋，深閉吟樓。本無心事上眉頭。聞説海棠牆角艷，忽動幽愁。　猶記去年游。小作句留。舅家妹子病綢繆。正是此花舒艷日，離别堪憂。"其世稿名"翠篔簹閣"，佳構頗多，不盡録。

三 陸游釵頭鳳

《耆舊續聞》云：放翁娶唐氏女，伉儷相得。弗獲於姑。陸出之，未忍絶，爲别館往焉。姑知而掩之。遂絶。後改適同郡宗室趙士程，春日出游，相遇於禹迹寺南之沈園。唐語其夫，爲致酒肴。陸悵然賦〔釵頭鳳〕云："紅酥手。黄縢酒。滿城春色宫牆柳。東風惡。歡情薄。一懷愁緒，幾年離索。錯。錯。錯。　春如舊。人空瘦。泪痕紅浥鮫綃透。桃花落。閑池閣。山盟雖在，錦書難托。莫。莫。莫。"唐見而和之，未幾怏怏卒。放翁復過沈園，賦詩云："落日城頭畫角哀，沈園非復舊池臺。傷心橋下春波緑，曾見驚鴻照影來。"惜唐和作不可得見。此與逸梅外子之老友徐枕亞與蔡蕊珠夫人事相仿佛，惟唐氏女子絶後改適爲不同耳。